rororo

«So wie die Welten des Mars und der Erde Post-Szenarien sind, schillert die Zukunft bei Klein immer ein wenig im Futur II: Sie wird gewesen sein. Und sie wird nicht so strahlend und eindeutig gewesen sein, wie gegenwärtige Bildproduktion uns weismachen will.» (Der Tagesspiegel)

«Ein wunderbar befremdliches Buch.»
(Berliner Zeitung)

«Von stupender Originalität.» (Die Zeit)

«Klein hat eine einzigartige Fähigkeit, Erfahrungen, solche der Kunst und andere, als persönliche, unmittelbare zu machen, sie auf seine und unsere Seelen treffen zu lassen.» (Süddeutsche Zeitung)

Georg Klein, 1953 in Augsburg geboren, veröffentlichte unter anderem die Romane «Libidissi», «Barbar Rosa» und «Sünde Güte Blitz» sowie die Erzählungsbände «Anrufung des Blinden Fisches» und «Von den Deutschen». Für seine Prosa wurden ihm der Brüder-Grimm-Preis und der Bachmann-Preis verliehen; für den 2010 erschienenen «Roman unserer Kindheit» erhielt er den Preis der Leipziger Buchmesse.

DIE ZUKUNFT DES MARS

ROMAN

Rowohlt Taschenbuch Verlag

GEORG KLEIN

Veröffentlicht im Rowohlt Taschenbuch Verlag,
Reinbek bei Hamburg, Februar 2015

Lektorat Katja Sämann
Umschlaggestaltung any.way, Cathrin Günther,
nach einem Entwurf von Lisa Neuhalfen
Umschlagzeichnung Anke Feuchtenberger
Satz Lisa Neuhalfen
Herstellung Daniel Sauthoff
Druck und Bindung CPI books GmbH, Leck, Germany
ISBN 978 3 499 24486 5

Das Entstehen dieses Romans wurde durch den
Deutschen Literaturfonds gefördert.

AN DIE ERDE

1

Nothelfer & Lehrer
- Erzähler -> kann lesen & schreiben = verboten
- Smosmo -> Nothelfer, Lehrer, brachte E lesen & schreiben bei
- Toctoc -> Freund, weiß dass E lesen & schreiben kann
  Nothelfer ↗
- Mutter von E. -> tot
- Twitwi -> Freundin
- Mirmir -> jetzt Barmherzige Schwester genannt, E & sie waren früher ineinander „verliebt"
- Girrgirr -> ehemaliger Lehrer
- Spispi & Hoho => die zwei dickköpfigen Brüder
  -> sind dümmlich

Ich fühle luft von anderem planeten
Stefan George: entrückung

- homodiegetischer Erzähler mit interner Fokalisierung
- lebt nicht auf der Erde → schreibt aber Erzählung für Erdlinge
- kann als Einziger unter den Siedlern lesen & verheimlicht es
- arbeitet als Nothelfer → ausgebildet von Smosmo, der ihm auch lesen beibrachte
- auf Planet (= Mars) gibt es oft genutzten Rohstoff: Mockmock

ERSTE SCHREIBNACHT

Alle mussten sterben. Bis auf den heutigen Tag ist noch ein jeder von Euch gestorben, kaum dass er bei uns eintraf. Fast allen, die Ihr geschickt habt, erlosch das Dasein gleich nach der Auffindung, als bliese ihnen unser freudig erregter Atem das Lebenslicht aus. So hat es Smosmo mir, den er zum Nothelfer gemacht hat, gefragt und ungefragt, wieder und wieder erzählt. Smosmo, mein verehrter Lehrer und Vorleser, war das letzte Mal, voll Sehnsucht, voller Sorge, erfüllt vom Weh der aufflammenden Hoffnung, am Ort des Geschehens. Keuchend inhalierte er die damals noch schmerzhaft arme Luft des freien Geländes. Smosmos bloße Hände lagen auf den knittrigen Schulterpolstern des Raumanzugs. Der Helm fehlte. Jener Helm, hinter dessen bläulich getöntem Sichtfenster dem vorletzten Angekommenen, Smosmos ältester Kollege hatte es mitangesehen, der in unseren Himmel gerichtete, noch ein knappes Weilchen kindlich staunende Blick zerbrochen war.

Allein das letzte Mal gelang es dem herbeigeeilten Bergungstrupp, den aus den Wolken Gefallenen lebend bis ins Sonnenhaus zu schaffen. Von der Transportkarre hob man ihn auf den Altar. Angeleitet von der damaligen Barmherzigen Schwester begannen die Nothelfer, Euren Abgesandten aus seinen irdischen Hüllen zu schälen. Zwei unserer Allesmacher hatten ihn nahe der Grabungsstelle für orangen Warmstein im Sand gefunden. Auf dem Kopf trug er eine enge Haube aus einem unserem Mockmockgummi ähnlichen, allerdings silbrig hellen Material. Als sie ihm vorsichtig vom Schädel geschnitten wurde, überraschte Smosmo die geringe Länge des grauen Haars. Er, der Heimlichleser, der Buchkundige, schloss daraus für sich, dass dieser Schädel vor dem Abschied aus Eurer Welt glatt rasiert worden war. Und weil wir, nicht anders als Ihr, einen Grund, der uns derart aus dem Augenschein entgegenstürzt, ins Herz schließen müssen wie ein neugeborenes Kind, dachte mein zukünftiger Lehrer in allermenschlichstem Kurzschluss, just diese Rasur habe dem Reisenden das Schicksal seiner Vorgänger erspart.

Schon wenig später war auch der an seinem letzten Erdentag glatzköpfig Gewesene tot. Gerne schriebe ich für Euch und für mich als Trost auf diese Seite, auf die erste der drei Leerseiten, die jedes Heilige Buch beschließen, Smosmo hätte mir von einem leichten Hinscheiden berichtet. Die Barmherzige Schwester und die Nothelfer taten, was sie vermochten. Die beängstigend kühle, von feinem Schweiß bedeckte Haut wurde mit einem heißen Brei aus zerriebener Mockmockschale und Blausteinpulver bestrichen. Bei uns gibt es keinen Schmerz, den eine solche Paste nicht zumindest lindern, keinen Krampf, den ihre schnell eindringende Wärme nicht bis in seine Wurzel lösen könnte. Aber dem grauhaarigen Erdling war es offenbar bestimmt, noch einmal jeden einzelnen seiner Muskeln zucken zu lassen. Wenn es einen Tanz im Liegen gibt, dann gehorchte er dessen Regeln. Zu sechst mussten sie seinen Körper festhalten, sonst hätte es ihn wie eine losschnellende Feder vom orangen Warmstein der Altarplatte auf den Boden geschleudert.

Smosmo kam es zu, die trotz ihrer Größe wohlgeformten Ohren in den Handtellern zu bergen. Seine Fingerspitzen spürten das Vibrieren der Kiefermuskeln. Lange schlug dem Krampfenden das Kinn so heftig auf die Brust, als gelte es irgendeine Aussage oder Einsicht mit fortwährendem Nicken zu bestätigen. Und kaum dass sein Nacken erschlafft und die Lider mit einem letzten Zittern halb über die Augäpfel gesunken waren, floss ein Lächeln in seine Züge, das Smosmo an eine besondere Zufriedenheit denken ließ, an das Glück, das man bei uns wie bei Euch empfindet, wenn eine äußerst verzwickte, bis zuletzt von Scheitern bedrohte Arbeit doch noch einen befriedigenden Abschluss findet.

Ich will Euch nichts vormachen. Und da ich wie alle in der Kolonie gehalten bin, an den Seligen Tausch zu glauben, bitte ich Euch, auch mir, wenn es sich ergeben sollte, in einem gnädigen Gegenzug nichts vorzuschwindeln. Heuchelt nicht. Lügt mich dann lieber nicht an. Womöglich käme ich Euch auf die Schliche. Ich kenne Euch recht gut. Zumindest kenne ich Eure Welt wie kein Zweiter auf unserem Planeten. Ich weiß über manches Bescheid, denn ich habe all unsere Bücher, jeden der sechsundfünfzig Folianten immer wieder studiert und begrübelt, und ihre mögliche Weisheit wie ihren möglichen Unsinn in mein Gemüt sickern lassen.

Kein Kolonist hat Kenntnis von meiner Lektüre. Niemand bei uns ahnt, dass ich die Mutter unserer kargen Sprache, jenen prächtigen Singsang, in dem die Heiligen Bücher verfasst sind, nicht bloß ablesen und verstehen, sondern auch in eigene Sätze gießen und Wort für Wort, Buchstabe an Buchstabe, Strich an Bogen niederschreiben kann. Der Umfang unserer Büchersammlung muss Euch kümmerlich, ja lachhaft erscheinen. Haltet mir zugute, dass es sechsundfünfzig sehr große und recht dicke Bücher sind. Ihre Blätter sind quadratisch, die Seitenlänge entspricht fast genau der Länge meines Unterarms, vom Ellenbogen bis an die Mittelfingerspitze. Jede der dreihundertfünfzig Seiten, die der absatzlose Text umfasst, ist nahezu randlos beschrieben, in den jüngsten Bänden so winzig, dass auch ein starkes Auge gutes Licht braucht, um die Zeilen zu entziffern. Nur das allerletzte Blatt und die Rückseite des letztbeschrifteten hat der schlaue Verfasser, vielleicht um mich, den Kommenden, den heute Nacht endlich bei seiner Bestimmung Angekommenen, in Versuchung zu führen, weiß und frei gelassen.

Bei uns ist es Brauch, Blatt um Blatt andächtig langsam zu wenden. Keiner meiner Mitweltler würde wagen, an der heiligen Unlesbarkeit des Niedergeschriebenen zu zweifeln. Und so weit das Große Palaver zurückreicht, ziemte es sich für die Unsrigen, beim Besuch des Sonnenhauses die beiden von der Barmherzigen Schwester täglich frisch aufgeschlagenen Seiten still zu betrachten und schließlich behutsam, ohne die glänzenden Blätter zu berühren, die Stirn über die Naht zu neigen, der links die letzten, rechts die ersten Buchstaben gerade so nahe kommen, dass man ihre letzte Rundung, ihren ersten Aufstrich eben noch erkennen kann. Viele Male habe ich meine Mutter ihren Scheitel so auf die Scheitel der Heiligen Bücher senken sehen. Meine lieben Kollegen, die vier anderen Nothelfer, und unsere Vorgesetzte, die Barmherzige Schwester, tun es jeden Tag auf die gleiche Weise. Ich jedoch, der Verräter, muss inzwischen täglich ein Quäntchen mehr an ängstlicher Wachheit darauf verwenden, die Prozedur ohne auffällige Abweichung zu vollziehen. Dennoch sind mir gestern Abend noch in Anwesenheit der anderen erneut die Lippen über den offenen Seiten, über einem Absatz, den ich inzwischen auswendig kann, in ein verräterisches Zucken geraten.

Ich schreibe dies im allerersten, noch trügerisch zögerlichen, in einem wie mit seinem Anheben spielenden Morgengrauen. Gleich vier langdochtige Steinschmalzkerzen habe ich an den oberen Buchrand gerückt. In der zurückliegenden Nacht, zu Beginn meiner neun Nächte dauernden Bereitschaft, habe ich kein Zipfelchen Schlaf zu fassen bekommen. Der nahende Beginn der Niederschrift trieb mich um und zwang mich immer aufs Neue, mich von meiner rechten, der Einschlafschulter, auf die unbequemere linke Schulter zu wälzen. Unser Altar, heilkräftiges Krankenlager und Ruhestätte des Nachtdienst leistenden Nothelfers, ist nur scheinbar hart. Oranger Warmstein besitzt eine eigentümliche Nachgiebigkeit. Von einem lebenden Körper belastet, beginnen sich seine Poren mit unmerklicher Langsamkeit zu dehnen. Nur aus der ebenso sacht zunehmenden Erwärmung kann der Liegende schließen, wie innig sich seine Unterlage bereits an ihn schmiegt. Wohlig warm, unfühlbar weich ruht der wachhabende Nothelfer unter seiner Decke, bis ihm das Pochen des Türklopfers oder das Brummen des neuen, von Twitwi gebauten Fernrufmelders befiehlt, in die Galoschen aus Mockmockgummi zu schlüpfen.

Zuletzt malte ich mir aus, einfach um mich zur nötigen Nüchternheit zu ertüchtigen, was der Panik-Rat mit mir anstellen würde, falls man mir auf die Schliche käme. Smosmo, mein verehrter Lehrer, mein Vorleser in einem doppelten Sinne, hatte wohl bis in seine letzte Sonnenhausstunde Angst davor, dass unsere irdische, unsere erdvernarrte Lektüre auffliegen könnte. Smosmo war der Vorgänger der jetzigen Barmherzigen Schwester, und so weit der Schein des Großen Palavers reicht, ist er der einzige Mann gewesen, der dieses Amt je bekleidet hat. Smosmo fürchtete, der Panik-Rat würde sich, sobald man ihn ertappt hätte, wie aus einem bösen Nichts erleuchtet, jener Folterkünste entsinnen, die Ihr gewiss weiterhin praktiziert. Er rechnete damit, recht scheußlich gemartert zu werden. Wahrscheinlich hat er sich deswegen, wegen dieser lang gehegten und gepflegten Sorge auf eine noch immer anstößig einmalige Weise aus unserer Kolonie und aus seinem Leben davongemacht.

Da ist sie: Endlich erhebt sich unsere Sonne. Euch muss die Mutter unseres Planetensystems, wenn Ihr Abbildungen ihrer hiesigen Erscheinung betrachtet, lächerlich klein und in ihrem schmutzigen Orange recht schäbig vorkommen. Prächtig purpurrot, dann goldgelb, schließlich platinweiß steigt sie, das habe ich aus den Heiligen Büchern gelernt, bei Euch in einen sich nicht weniger großartig wandelnden, nicht selten sogar wolkenlosen Himmel. Smosmo hat als Knäblein auf dem Schoß einer Greisin gesessen, die behauptete, noch aus dem Mund einer alten Siedlerin gehört zu haben, wie auf Erden, mit Donnern und Brausen, in einer Symphonie aus Schrecken und Wohlgefallen, die dort so viel näher liegende Sonne aufgeht.

Klein wird unsere Sonne immer bleiben. Ihr Farbenspiel hat allerdings bereits begonnen, Fortschritte zu machen. Denn die Atmosphäre, in der sich ihr Licht bricht, nimmt allmählich an Dichte zu. Unsere Lungen sind nicht feinfühlig genug, um den genauen Verlauf dieser Veränderung zu registrieren. Doch unsere ehrenwerten Mockmock-Beobachter besitzen einen untrüglichen Maßstab, um die Verbesserung der Luft zu messen. Längst ist erwiesen, dass unser Ernährer, der gute Mockmock, unendlich langsam und doch in steter Beschleunigung auf dem Weg zur Oberfläche des Planeten ist. In den von uns gegrabenen Gängen und in den vulkanischen Gaskaminen haben die Mockmock-Beobachter Markierungen angebracht, aus denen sich auf das Tempo dieses Aufstiegs schließen lässt.

Das Große Palaver erzählt uns, wie schwierig es uranfangs, in der Siedlerzeit, gewesen ist, bis zu den Kavernen vorzudringen, in denen Freund Mockmock damals gedieh. Mich und die anderen Kinder meines Jahrgangs hat Smosmo, als er noch lehrender Nothelfer war, auf einer dreitägigen Wanderung vom Kugelturm, dem Unterrichtsgebäude, hinaus in die Südebene und dann hinab in das legendäre erste Stollensystem geführt, das unsere Vorfahren für die Mockmock-Ernte gegraben hatten. Seine Stimme bebte vor Ehrfurcht, während er uns die Mühsal des anfänglichen Bergbaus beschrieb. Noch heute gebe ich ihm ohne Einschränkung recht. Wahrscheinlich sind nur wahre Pioniere fähig, sich mit einer Unermüdlichkeit, für die, wenn ich dies recht verstanden habe, bei Euch die Ameisen berühmt sind, in Gestein hineinzukratzen. Grimmig grinsend stelle ich mir die Gesichter dieser vielbeinigen Winzlinge vor. Und zur ameisenhaften Beharrlichkeit brauchte es hier bei uns noch einen Erfindungsreichtum, wie ihn, vielleicht selbst auf der märchenhaft artenreichen Erde, allein der Mensch im Kampf mit seinen Nöten beweist.

Tief unten angekommen, beguckten wir Kinder uns damals das Wenige, was von der Urzeit zeugte. Wie Smosmo strichen wir über die Kerben und Kratzer, die das erste selbstgebastelte Grabungsgerät in den Wänden hinterlassen hatte. Wie unser Lehrer klopften wir mit den Fingerknöcheln gegen Stützsäulen, die von den Siedlern aus Grausteinblöcken errichtet worden waren, um die Decke dort zu sichern, wo es durch bedenklich sandige Schichten geht. Ganz zuletzt führte uns Smosmo in einen Seitenstollen, so niedrig, dass er seinen damals noch dichten Schopf bis auf die Höhe unserer kindlichen Scheitel senken musste. Der Gang endete in einer kreisrunden Kaverne, gerade groß genug, um uns allen bequem Platz zu bieten.

An der gewölbten Decke und auf den Wänden klebten einige Mockmock-Kugeln im Ruhezustand. Ihre Schalen reflektierten das Licht unserer Steinschmalzlämpchen. Smosmo hieß uns im Kreis antreten, rund um ein großartiges Artefakt, um ein rares, erhebend nobles Überbleibsel. Bis auf wenige Schrauben war es hier unten, an Ort und Stelle, aus uraltem, rötliche Salzkristalle ausscheidendem Mockmock zusammengefügt worden. Von unseren eigenen Schnitzübungen wussten wir, wie schwierig dieses spröde, sehr harte, aber jäh splitternde Material zu bearbeiten ist. Sogar das erstaunlich regelmäßige Rad der niedrigen Schubkarre war aus kunstvoll verkeilten Schalensegmenten gefertigt.

Allein unseren Mockmock-Beobachtern ist erlaubt, Kugeln vom Gestein zu lösen. Nur sie erkennen, wie rissig der Rand des Mockfußes bereits geworden ist, wie leicht sich dieser abdrehen lässt, wie nahe der Augenblick ist, in dem die Kugeln auf dem Höhepunkt ihrer Muße von allein abfallen. Smosmo ließ jeden von uns so viel herabgeplumpsten Mockmock aufladen, wie er sich zutraute. Und ich weiß noch, wie mir die Arme zitterten, nachdem ich mit meiner Fracht, fünf kleinen, gerade mal kinderfaustgroßen Exemplaren, das kurze Stück zum Hauptgang gefahren war, dort unter Verlust einer Kugel in engem Kreis gewendet und mit allerletzter Kraft den Rückweg bewerkstelligt hatte. Unser Stärkster, ein Junge, der gewiss schon ein muskulöser Säugling gewesen war, legte sich mehr als das Doppelte in die Karre. Scheinbar mühelos gingen bei ihm Kraft und Geschick Hand in Hand. Flott und sorglos bewältigte er den kleinen Parcours und ließ sich von uns als würdiger Nachfahr der Pioniere feiern.

Wen wundert es, dass ein erstklassiger Allesmacher aus ihm geworden ist. Im letzten Frühling kam er zu mir in meine Kammer, weil sich auf deren Heizmauer aus gelbem Warmstein ein schmieriger Niederschlag gebildet hatte. Im Nu hatte er die komplette Wand abgebaut, und während wir gemeinsam die Vorder- und Rückseiten der demontierten Platten reinigten und mit speichelbenetzten Lippen den Grad ihrer energetischen Erschöpfung prüften, versuchte ich ein paar Erinnerungen mit ihm aufzufrischen. Aber abgesehen von einem einzigen Vorfall, einer Rauferei mit einem anderen Starken, die er sich halbwegs deutlich zurückrufen konnte, war sein Entsinnen an die gemeinsam durchquerte Zeit, an unsere Kindheit und Jugend, so schwergängig, wie es vor allem bei den Allesmachern, aber nicht nur bei diesen die Regel ist. Auf das meiste, was ich anführte, reagierte er wortkarg, ja unwillig, oft nur mit einem kurzen Kopfschütteln oder gar unhöflich grunzend. Von unserer Exkursion in die Unterwelt der Siedler, von seinem dortigen Triumph, von der Pracht seiner frühreifen Kraft schien ihm nichts, nicht der Schatten eines Bildes, nicht der Hauch einer Empfindung geblieben.

Als die Warmsteinkacheln wieder an Ort und Stelle hingen, machte er sich daran, einige zusätzliche Entlüftungslöcher in die Boden- und in die Deckenleiste zu bohren. Hierzu zog er seinen Kittel aus, und ich durfte beobachten, welche Muskeln die Arbeit mit dem großen Handbohrer an seinen Armen und auf seinem Rücken spielen ließ. Zur Kühlung gab ich ab und zu einen Spritzer Wasser auf das Gewinde des Geräts. Schnitzen und Bohren, Sägen und Schrauben, Verkeilen und das wirklich heikle Kleben mit erhitztem Mockmockgummi habe ich, wie alle, im Kugelturm gelernt. Ich war nicht der Ungeschickteste, bis sich in den fraglichen, in den verwirrten Jahren dann doch herausstellte, dass ich zu wenig Selbstvergessenheit besaß, um zum Allesmacher oder gar zum Neubastler zu taugen. Meine Mutter hatte, wie Mütter es bei uns und womöglich auch bei Euch zwangsläufig tun, noch mehr erhofft und bis zuletzt geglaubt, ich könnte einen guten Mockmock-Beobachter abgeben. Aber dann erkrankte die Barmherzige Schwester schwer, und Smosmo, der Älteste der Nothelfer und damals der einzige Mann im Sonnenhaus, zog zur Überraschung der ganzen Kolonie das Los ihrer Nachfolge. Noch am selben Tag bestellte er mich trotz meiner Jugend auf die frei gewordene Nothelferstelle und begann nur wenig später mit meiner heimlichen Unterrichtung. Er ahnte offenbar, wie viel Zeit ihm hierfür noch bleiben sollte.

Mein Schreibwerkzeug kratzt. Im Eifer des Beginns habe ich es arg heftig beansprucht. Aber eben kam mir eine Idee, wie ich seine Spitze aus Mockmockborsten noch verbessern kann. Die selbstgebraute Tinte hingegen scheint sich ohne Einschränkung zu bewähren. Sie fließt vortrefflich, trocknet schnell, und wenn ich mit der Fingerspitze über das Geschriebene streife, verwischt es kein bisschen. Meine Hand wirft einen schärferen Schatten. Unsere kleine Sonne steht hoch genug. Ich kann die Kerzen löschen. Bald werden die anderen zur Morgenrunde eintreffen. Und da auch diese Dienstnacht ohne Notfall war, habe ich den Ohren meiner lieben Kollegen und den besonders hübschen Öhrchen der verehrten Barmherzigen Schwester, anders als Eurem Auge, das ich mir erdhimmelblau und glänzend vor Neugier wünsche, rein gar nichts mitzuteilen.

ZWEITE SCHREIBNACHT

Es regnet, und wer von uns wäre nicht entzückt darüber. Noch immer ist Niederschlag rar, noch immer folgen wir Erwachsenen, sogar die beiden halblahmen Alten, die weiter in der Gemeinschaftsküche mitwerkeln dürfen, den hinausstürmenden Kindern ins Freie, um das Gesicht gegen die roten Regenwolken zu wenden. Zunächst, bis in den späten Nachmittag hinein, schenkten uns ihre rosa und lila gemaserten Bäuche das ersehnte Nass nur zögerlich in vereinzelten dunklen, mit rostfarbenem Staub gesättigten Tropfen. Erst in der Dämmerung ergoss es sich dicht und rein. Und jetzt, wo ich den Nachtdienst angetreten habe und das Buch, das ich nun, für diesen einen Satz, kühn das meine nenne, in der Ostnische vor mir liegt, hat das Himmelswasser die Scheiben über der Fensterbank fast völlig klar gewaschen.

Fenster sind uns keine Selbstverständlichkeit. Meine Wohnkammer hat, obwohl sie, wie es sich für eine Nothelferbehausung gehört, in einem der Oberflächengebäude liegt, nicht eine einzige derartige Öffnung. Den Kunststoff der runden Luken, die den Kuppelrand der vier großen Altbauten wie ein Kreis aus Augen schmücken, hat der Sandwind blind geschliffen. Allein im Haus Für Alle strömt noch so viel Licht in den Eßsaal, dass dort zur Mittagsstunde keine Steinschmalzkerzen brennen müssen. Seit meiner Kindheit ist ein eigener Trupp von Neubastlern mit der Gewinnung von Glas beschäftigt. Ich weiß noch, wie uns Smosmo erstmals drei bräunliche Stücke in den Unterricht mitbrachte und über den Tisch kullern ließ. Beulig und dellig, konnte man sie kaum Kugeln nennen. Aber so wie sie eine gleichmäßige Form bereits als Versprechen in sich trugen, ließ ihre trübe Halbtransparenz ahnen, dass gutes Glas, über das Ihr offenbar in Hülle und Fülle verfügt, seine Anwesenheit restlos vergessen macht.

Als ich das letzte Jahr unter der Erde wohnte, wurden die Mutterkind-Kammern unseres Stollens mit Türen ausgestattet. Die uralten Vorhänge aus Altstoff waren endgültig zerschlissen. Der Türbautrupp hatte sich, obwohl den ehrsüchtigen Neubastlern dergleichen immer wieder schwerfällt, mit den Glasmachern zusammengetan. Der Selige Tausch ist Sonnengebot. Wir spüren Sinn und Dringlichkeit und können dem Gebotenen dennoch nicht immer gerecht werden. Damals schien die Wechselgabe gelungen. Jede der Türen enthielt ein handhohes Guckfenster aus Steinglas.

Alle waren von dessen Lichtdurchlässigkeit begeistert, und dass seine blasige Unregelmäßigkeit das Gesehene bei Einblick wie Ausblick komisch verzerrte, erhöhte nur das Vergnügen, das Groß und Klein an der Neuerung hatten. Am Tag des Einbaus schoben meine Mutter und ich uns in der halb offenen Tür viele Male aneinander vorbei, um die Position zu wechseln. Ich schnitt auf beiden Seiten des Fensterchens immer kühnere Grimassen, die meine Mutter mit Kopfschütteln tadelte, bis sie meine Scherze doch zum Lachen reizten. Ich lachte mit. Wir lachten und lachten. Schließlich lagen wir uns in der halb aufgezogenen Tür, die Fußspitzen auf der frisch gesetzten, flachen Schwelle, in den Armen. Meine Mutter kicherte am Halsausschnitt meines Kittels, wie ich sie nie vorher hatte kichern hören. Und mit einem nicht geringen Schreck begriff ich zum allerersten Mal leibhaftig, wie klein sie war, wie klein sie meine ganze

Kindheit hindurch gewesen sein musste, denn ihre Brust drückte in unregelmäßigen Stößen gegen den untersten Bogen meiner Rippen.

Erst als noch reineres Glas in fast unterarmlangen Stücken zur Verfügung stand, wurden Fensteröffnungen in das Sonnenhaus gebrochen. Die Neubastler setzen jeweils vier der Scheiben in einem Rahmen zusammen. Inzwischen können wir uns den Altarraum gar nicht mehr anders als von Himmelslicht durchflutet vorstellen. Und seit letzter Woche weiß ich sogar aus eigener Anschauung, wie Scheiben dieser erstaunlichen Größe gewonnen werden. Uns erreichte ein Fernruf der Glasmacher. Das dumpfe, noch aufregend ungewohnte Brummen im Ohr, griffen Toctoc und ich unsere Rucksäcke und rutschten die Stange in den Fahrzeugraum hinunter.

Der Doppeltretroller ist das schnellste Mobil, das wir besitzen. Alle vier Roller unseres kleinen Fuhrparks sind gleich unseren beiden Transportkarren weitgehend aus Mockmock gefertigt. Größere Stücke Erdmaterial, die leichten und dabei traumhaft festen Aluminiumbleche oder den geschmeidigen und dennoch reißfesten Kupferdraht, gibt der Panik-Rat nur nach zauderndem Abwägen zum Bau von Gerätschaften frei. Sogar als vor kurzem an einem unserer beiden Einmannroller der Radbelag riss, dauerte es fast ein Dutzend Tage, bis wir das zur Reparatur benötigte Stück Altgummi bewilligt bekamen.

Mockmockschale wiegt schwer. Aber das höhere Gewicht des Doppeltretrollers ist eigentlich nur beim Abbremsen von Nachteil. Wenn auf dem Hinweg zu einem Erkrankten oder Verletzten kein längerer Anstieg und kein weicher oder sehr unregelmäßiger Untergrund bewältigt werden müssen, ist er nicht nur in den Stollen, sondern oft auch im freien Gelände die erste Wahl. Die Werkstatt der Glasmacher liegt weit draußen, bei den bislang besten, erst vor kurzem entdeckten Fundstätten. Und das ganze Endstück, bestimmt vier Fünftel des Wegs, führt über einen wunderbar glatt erstarrten Lavastrom aus der Zeit des Gerechten Untergangs.

Toctoc versteht sich darauf, mit einem Zungenschnalzen den Moment des wechselseitigen Abstoßens anzugeben. Da er ein bisschen kleiner ist als ich, durfte ich, die Hände auf dem stummelkurzen, unbeweglichen Lenker des zweiten Mannes, über Toctocs Schulter hinweg erneut bewundern, wie er die Unregelmäßigkeiten der natürlichen Fahrbahn, den flachen, vom Wind verschliffenen Faltenwurf der erkalteten Lava, voraussah. Jede tiefere Rille, jeder festgegossene Felsbrocken wurde in beizeiten angesetztem Bogen, fast ohne Verlust an Geschwindigkeit, umfahren. Schnell zu sein, den Körper entgegen seiner Trägheit als stetig beschleunigt zu erfahren, ist uns im Gegensatz zu Euch nicht oft vergönnt. Und diesen raren Genuss durch eine Pause abreißen zu lassen, kam uns trotz der Länge des Wegs nicht in den Sinn. Smosmo hat mir erzählt, wie restlos erschöpfend einst ein kurzer Fußmarsch auf der Oberfläche unseres Planeten war. In seiner Jugend stand noch ein allerletztes betriebsbereites Atemgerät aus der Zeit der Siedler zur Verfügung. Aber die damalige Barmherzige Schwester rückte es, bis sein Tank endgültig leer war, nur in besonders dringlichen Fällen heraus.

An eine alle Kräfte fordernde und zugleich wunderbar beschwingte Tretrollerfahrt wie unsere heutige war in jenen Tagen nicht zu denken. Ein böiger Rückenwind gab uns zusätzlichen Schub. Womöglich ist nie einer unserer Roller so rasant unterwegs gewesen. Der Weg verging wie im Flug und gewann gerade hierdurch eine besondere, rauschhaft selige Dauer. Natürlich schmerzten uns, als die Grabungsstätte der Glasmacher in Sicht kam, Hals und Lungen, und unsere Augen brannten, weil ein solches Sausen auch die beste Staubbrille überfordert. Toctoc taumelte, nachdem der Roller an einen Felsen gelehnt worden war, und auch mir fielen die ersten Schritte auf den ungleich tätig gewesenen Beinen nicht leicht. Dazu mühte ich mich, einen heftigen Brechreiz niederzukämpfen. Durch den Mund schnaufend, hatte ich eine gehörige Portion des aufgewirbelten Sands geschluckt. Aber aus dem Stolleneingang schlug uns herrlich kühle, sogleich stärkende Kavernenluft entgegen, und die verblüfften Mienen der Glasmacher, die noch nicht mit unserem Eintreffen gerechnet hatten, entschädigten uns vollends für die Nachwehen der wilden Fahrt.

Der Verletzte stand unter Schock. Ich massierte ihm die Fersen und Knöchel, um sein hektisches Hecheln zu beruhigen. Toctoc befragte die anderen nach dem Hergang des Unfalls. Da sie nicht gewagt hatten, ihren Kollegen zum Eingang zu tragen, befanden wir uns an der Stelle des Unglücks und konnten uns das Geschehene trotz der mürrischen Dürftigkeit ihrer Beschreibung ohne Mühe vorstellen. Wie alle Neubastler genießen die Glasmacher das Privileg, ihr Vorankommen gierigen Blicken zu entziehen. Mir war bislang nur bekannt gewesen, dass sie die Scheiben unserer Fenster aus kugeligen Einschlüssen brechen, die sie in den porösen Lavaschichten aufspüren.

Zum ersten Mal lag uns nun ein solcher Findling vor Augen. Es war, die Glasmacher gestanden es mit trotziger Verlegenheit, ein Prachtstück, mehr als hüfthoch und fast so beulen- und dellenlos rund wie eine Mockmock-Kugel. Vielleicht hatten seine besondere Größe und seine vielversprechende Regelmäßigkeit die erfahrenen Handwerker zu gewagter Hast verleitet. Die Bohrer, Hämmer und Keile, mit denen sie zu Werke gegangen waren, lagen noch auf dem Boden des Stollens, rund um ein erstes abgesprengtes Stück. Uns schien die Kugel perfekt angeschnitten. Toctoc bückte sich und nahm den abgetrennten Teil in beide Hände. Er hob ihn auf, hielt ihn wie eine bis zum Rand gefüllte Schale, drehte sich damit zu mir, neigte die Rundung, als wollte er das Segment ausgießen, und gemeinsam staunten wir einen langen lidschlaglosen Blick über die Glätte und die Helligkeit der Kreisfläche. Mehr ließen die Glasmacher nicht zu. Einer nahm meinem Kollegen das kostbare Stück aus den Händen. Ein anderer verstellte die Bruchstelle der Kugel mit einem breiten Altblech. Dies war ihr gutes Recht. Wir machten uns an die eigene Arbeit.

Die Kunst der Nothelfer ist gering. Ich werde nie vergessen, wie enttäuscht meine Mutter aufseufzte, als ich ihr mitteilte, dass Smosmo mich auf die frei gewordene Stelle ins Sonnenhaus berufen würde. Zur Behandlung von Wunden stehen uns lediglich drei Salben zur Verfügung, die man aus Mockmockmilch und verschiedenen Steinmehlen anrührt. Die schwarze Salbe hilft bei Verbrennungen, die graue kommt auf Hautabschürfungen und Fleischwunden aller Art, die weiße Salbe, schwierig herzustellen und besonders leicht verderblich, wird nur verwendet, wenn die Bruchstelle eines Knochens freiliegt. Dem verletzten Neubastler steckte ein abgesprengter Steinsplitter schräg in der Nasenwurzel, fast genau zwischen den Augen. Also drückte ich, so fest ich konnte, mit den Daumen auf die schmerzverwandten Stellen unter den großen Zehen, während Toctoc sich daranmachte, den Fremdkörper herauszuziehen.

Der Splitter erwies sich zum Glück als nicht lang. Die Wunde blutete nur schwach. Ein dicker Klacks der zähen grauen Salbe verschloss den kleinen Schlitz. Viel mehr war nicht zu tun. Gemeinsam sprachen wir die üblichen Formeln. Die Miene des Versorgten verriet uns, wie wohl ihm unsere Genesung verheißenden Worte taten, und auch seine Kollegen, die Toctocs neugieriger Zugriff auf den Findling zweifellos verstimmt hatte, wirkten bloß noch erleichtert. Man offerierte uns verdünnte Mockmockmilch, wir nahmen dankend an, und gemeinsam hockten wir still um den versorgten

Glasmacher, so lange, bis dieser in den guten festen Schlaf fiel, den die graue Salbe, wenn man sie auf eine frische Wunde gibt, unweigerlich spendet.

Liebend gerne hätten Toctoc und ich noch einen Blick auf den Notfernmelder geworfen, der uns herbeigerufen hatte. Aber es wäre unschicklich gewesen, geradewegs danach zu fragen. Bis jetzt gibt es nur zwei dieser Melder, den zweiten hat Twitwi zur Grabungsstelle für orangen Warmstein hinausgebracht. Dazu kommt der Apparat im Sonnenhaus, der den lautlosen Ruf seiner Brudergeräte empfängt und für unsere Ohren hörbar macht. Die kleine Twitwi hat alle drei gebaut, und wahrscheinlich ist sie die Einzige, die ihr Zusammenwirken auf eine Weise versteht, die uns Übrigen bis jetzt nicht mit Worten vermittelbar ist. Eigens für Twitwi und ihre eigentümliche Findigkeit wurde ein neuer Neubastlertrupp ins Leben gerufen. Smosmo hat das ganze Ansehen, das dem Amt der Barmherzigen Schwester zukommt, in die Waagschale der Entscheidung geworfen, als er die Gelegenheit für diese Neugründung aufgehen sah. Es brauchte eine besondere Konstellation in der Zusammensetzung des Panik-Rats. Erstmals hatte keine einzige Frau das Los der Mitgliedschaft gezogen, und damit konnte keine missgünstige Geschlechtsgenossin gegen Twitwi sprechen.

Twitwi gehörte zu meiner Jahrgangsgruppe, und weil sie die mit Abstand Schmächtigste war, haben wir sie in den Jahren des Unterrichts immer wie ein jüngeres Kind behandelt. Mir und den anderen ist lange nicht aufgefallen, dass sie ein besonderes Talent besaß. Wir hielten sie sogar für ein bisschen begriffsstutzig, weil ihr manche Arbeiten auffällig langsam von der Hand gingen. Wenn sie, den Kinderbohrer oder den kleinsten Hartsteinhammer im schlaffen Händchen, mit stierem Blick über einem einfachen Werkstück brütete, hieß es damals: «Unsere kleine Twitwi schläft wieder mit offenen Augen!» Sogar heute, wo sie den Trupp für unsichtbare Kräfte leitet und Erfolge vorweisen kann, ist es noch üblich, den Kopf über sie zu schütteln, um sich so, mit stummem, dummem Einverständnis, gegen das Unverstandene zu schützen.

Das würfelförmige Gehäuse des Notrufempfängers, das ich von meinem Schreibplatz aus unter dem Altar stehen sehe, hat Twitwi aus Aluminiumblech gebastelt. Oben ragt ein eisengrauer Stummel aus dem Deckel. Nach dem, was ich aus den Heiligen Büchern gelernt habe, bin ich mir fast sicher, dass Ihr einen solchen Auswuchs Antenne nennt. Falls ich mich irren sollte, bitte ich Euch um Nachsicht. Ich habe niemanden, mit dem ich meine Mutmaßungen besprechen könnte. Twitwi hat die Box nicht selbst aufgestellt, sondern bloß ihre beiden Gehilfen geschickt. Als ihr Neubastlertrupp gegründet wurde, bestellte sie zur allgemeinen Überraschung als Helfer ausgerechnet die dickköpfigen Brüder. Alle nennen die beiden so, weil sie, anders als ihre Mutter, die eine rundum wohlproportionierte Frau war, hässlich große, seltsam beulige Schädel auf den arg schmalen Schultern tragen.

Lange hieß es, die dickköpfigen Brüder taugten zu nahezu nichts, weil beide das Sprechen nur unvollkommen erlernt haben und dazu elend mickrige Kerlchen sind. Wären sie nicht bereits im ersten Unterrichtsjahr durch ein besonderes Talent für Zahlen und deren rechnerische Verknüpfung aufgefallen, hätte nicht einmal Smosmo, ihr nachsichtiger Lehrer, die Knaben über kurz oder lang, spätestens nach dem frühen Tod ihrer Mutter, vor dem Dampf des Purpurspalts bewahren können. Bevor Twitwi die beiden Dickschädel anforderte, waren sie in den Altgutkammern als Merker eingesetzt. Unser Altmaterialwart, ein strenger und gewissenhafter Mann, wusste ihr Vermögen, sich die Größe und den Regalort jedes Schräubchens, die Stärke und die Form jedes Blechstücks zu merken, durchaus zu schätzen, dennoch war er wohl froh, ihr blödes Glotzen und das halb verständliche, von komischen Schmatzgeräuschen durchsetzte Gebrabbel, mit dem sie sich verständlich machen wollen, wieder loszuwerden.

Damals, als die dickköpfigen Brüder den Notrufempfänger brachten, suchte ich das Gespräch mit ihnen. Sie wirkten erfreut über meine Neugier und ließen zu, dass ich die Box prüfend in den Händen wog. Das Kästchen ist erstaunlich schwer. Wenn ich die beiden richtig verstanden habe, rührt dies daher, dass es neben allerlei kostbarem Altmaterial auch einen Brocken besten orangen Warmsteins enthält. Damit muss zusammenhängen, dass die beiden unter unserer Altarplatte, die zur Gänze aus dem bislang größten Warmsteinfundstück besteht, den richtigen Standplatz für das Gerät ausfindig machten. Nur dort glomm das Lämpchen, dessen Glas sich neben dem Antennenstummel aus dem Aluminiumdeckel wölbt, zu vollem Rot auf und leuchtet seitdem ohne das kleinste Flackern.

Mein Verstehenwollen hatte Feuer gefangen, und ich versuchte Genaueres aus den beiden herauszubekommen. Sie waren nicht unwillig, aber je mehr sie sich mühten, mir etwas über das Zusammenwirken von Altarplatte und dem Inneren des Kistchens zu sagen, umso unverständlicher wurde ihr heiseres, speichelsprühendes Gehaspel. Zuletzt merkten sie wohl, wie wenig sie mir mitteilen konnten, und schauten mich nur noch still an. Vielleicht lag es an der merkwürdigen Leere ihres Gaffens, dass mein hin und her pendelnder Blick die Verbindung mit ihren Augen verlor. Kurz fiel mir noch auf, zu welch ähnlichem Grübelmuster sich die Hautfalten der hohen, walzenartig gewölbten Stirn bei beiden zusammengezogen hatten. Doch dann entdeckte ich, mit nicht geringem Erstaunen, ja mit Erschrecken, ihre Mützchen.

Es schienen noch immer dieselben zu sein, die sie einst im Unterricht getragen hatten. Bestimmt hatte ihre Mutter die einfachen Kappen einst angefertigt, um eine besonders hässliche Ausbeulung des Hinterkopfes darunter zu verbergen. Die Farbe der Mützen hatte sich im Lauf der Jahre dem Braun der Haare angeglichen. Zudem saßen sie inzwischen so stramm, als wäre der Schädel passgenau in die ihm angebotene Höhlung hineingewachsen. Twitwis Gehilfen schienen mein Hinschauen zu spüren, denn plötzlich kratzten sich beide gleichzeitig genau in der Mitte ihrer Kopfbedeckungen.

Ich weiß nicht, ob sie mich damit ablenken wollten. Aber wie sich die dickschädligen Brüder auf mich stürzten, war ich von ihrer Attacke derart überrumpelt, dass ich rücklings auf den Altar kippte. Beide waren über mir, und ihr Zupacken war stärker, als die kindlich dünnen Ärmchen es erwarten ließen. Die schweren Köpfe plumpsten mir auf die Brust, und aus arg großer Nähe musste ich die borstigen Fasern sehen, die aus ihren Kappen sprossen, offenbar hatten besonders starke Haare deren Gewebe durchstoßen. Der Angriff war mir unheimlich. Und er wäre mir sogar bedrohlich vorgekommen, hätten mir die Bewegungen ihrer Hände, die eifrige Arbeit ihrer zwanzig Finger nicht unmissverständlich mitgeteilt, dass es ihnen, dass es Twitwis Gehilfen, dass es Spispi und Hoho, garstig schmatzend und fast dialogisch kichernd, nur darum ging, mich, den neugierigen, aber vorstellungsschwachen Nothelfer, recht kindisch durchzukitzeln.

DRITTE SCHREIBNACHT

Die Barmherzige Schwester hat mich ins Gebet genommen. Obwohl diese Prüfung jedem Nothelfer regelmäßig widerfährt und während meiner Sonnenhauszeit meist nur eine ernste Ermahnung, allenfalls neun zusätzliche Nächte Bereitschaftsdienst nach sich gezogen hat, kroch mir die Angst mit jeder ihrer Fragen ein wenig tiefer in die Knochen. Ich fürchtete, mich zu verraten. Ich fürchtete, meine noch blutjunge Aufschreiblust könnte bereits im Tonfall meiner Antworten mitschwingen. Und die ärgste Strafe, die meines Wissens überhaupt je einen Nothelfer ereilt hat, nämlich als Spätling einem Steinbrechertrupp zugewiesen zu werden, erschien mir heute Nachmittag und erscheint mir weiterhin viel zu mild, gemessen an der Einmaligkeit meines Vergehens.

Unsere Barmherzige Schwester ist nur wenig älter als ich, aber recht dick. Leibesfülle ist bei uns sehr selten. Ich kenne nur einige gestandene Steinbrecher, denen es gelungen ist, die Extrarationen, die für Schwerstarbeit ausgegeben werden, in einem über den Gürtel gewölbten Bäuchlein anzulagern. Vielleicht wäre sogar fett die richtige Bezeichnung für die Beleibtheit der Barmherzigen Schwester, vorausgesetzt, man vermag dieses Eigenschaftswort bei Euch respektvoll über die Lippen zu bringen. Ich habe auf jeden Fall versucht, seine Buchstaben so hinzuschreiben, dass deren Wohlgeformtheit die in diesem Anwendungsfall nötige

Hochachtung für mein und vielleicht auch für Euer Auge miteinschließt.

Da es sich nicht schickt, der Barmherzigen Schwester ins Gesicht zu gaffen, beobachtete ich, während ich Auskunft über unseren Aufenthalt bei den Glasmachern gab, das Zucken der beiden Ringe, die ihr festes Fleisch zwischen dem Kinn und dem Halsausschnitt ihres Kittels wirft. Sie nickte viel und ließ ab und zu ein freundliches Brummen hören. Offenbar war sie mit meinem Bericht zufrieden. Ihre Fragen verrieten mir, dass Toctoc bereits vergleichbar gründlich vernommen worden war. Und abgesehen von der übertriebenen Hitzigkeit unser Hinfahrt war ja nichts vorgefallen, was ihren Tadel auf sich ziehen konnte. Erst jetzt gibt mir zu denken, wie genau sie sich nach der großen Findlingskugel erkundigte, bei deren Bearbeitung der Unfall geschehen war. Zweimal forderte sie mich auf, das abgesprengte Stück zu beschreiben. Noch ganz zuletzt, sie hatte sich bereits mit einem würdevollen Ächzen aus ihrem Stuhl erhoben, wollte sie wissen, was ich oder Toctoc, dem das Segment ja ein Weilchen in den Händen gelegen war, in dessen Bruchfläche – sei sie denn wirklich völlig klar gewesen? – gespiegelt gesehen hätten.

Unsere Barmherzige Schwester ist früher, so geht der Weg der Berufung, eine schlichte Nothelferin, also eine von uns gewesen. Und damals, als sie noch mit einem Namen gerufen wurde, mochte ich sie, ich will Euch auch hierin nichts vormachen, besonders gut leiden. Smosmo, der mich zuletzt wohl fast genauso gut kannte wie meine Mutter, hat dies gespürt und Mirmir, so hieß sie damals, in meiner Sonnenhaus-Anfangszeit oft zusammen mit mir losgeschickt. Lernend habe ich ihren bis heute schlanken Händen beim Versorgen kleiner und großer Wunden zugesehen. Und auch wie man als Nothelfer einem Steinbrecher, einem Neubastler oder gar einem der gelehrten Mockmock-Beobachter, forschend und dennoch bescheiden, in die fiebrig glänzenden oder vom Schmerz getrübten Augen blickt, habe ich ihrem damals noch schmalen Gesicht abgeguckt. Womöglich hätte ich mit der Zeit sogar bemerken können, dass allein Mirmir in der Lage sein würde, in Smosmos Fußstapfen zu treten. Undenkbar ist auf jeden Fall gewesen, der tüchtige, stets gut gelaunte Toctoc oder ich, der Heimlichtuer und Zweifler, könnte das Los der Nachfolge ziehen.

Mit Mirmir bin ich gleich in meiner ersten Woche in die Tiefe, zu den äußersten Mockmock-Beobachtern, hinabgesandt worden. In meiner Unerfahrenheit war mir, zumindest im Moment unseres Aufbruchs, nicht einmal die Besonderheit dieser Mission bewusst. Jetzt, wo ich mich schreibend erinnere, staune ich über die Länge des Wegs, den wir damals zu bewältigen hatten, über sein Ziel und über das, was uns dort erwartete. Schon als Erstlinge, ganz am Anfang des Unterrichts im Kugelturm, erfassen wir den Aufriss der Oberwelt, indem wir ihn viele Male mit dem Griffel auf geschliffenen Glanzstein zeichnen, und auf dieselbe Weise prägen wir uns das Stollennetz der Unterebene ein, wo wir in den Mutterkind-Kammern zu Hause sind. Euch müssten beide Pläne, so sie Euch vor Augen kämen, lächerlich simpel vorkommen. Und wahrscheinlich schüttelt Ihr ungläubig den Kopf, wenn ich Euch jetzt gestehe, dass wir keine vergleichbar übersichtliche Abbildung von der Tiefwelt besitzen, obwohl deren einziger Bewohner doch lebensnotwendig für unsere Gemeinschaft ist.

Alles, was uns Staub und Sand, was uns der Lehm und das Gestein, das Wasser und das Sonnenlicht nicht geben können, schenkt uns Freund Mockmock. Zu unserem Heil und Segen haben unsere Ahnen, die Siedler, die noch eine Weile von irdischen Vorräten zehren konnten, ihn entdeckt, seine Nutzbarkeit erkannt und sogleich begonnen, seinen Wegen nachzuspüren.

Damals, als ich mit Mirmir abstieg, dauerte es noch gut einen halben Tag, bis wir die erste Kaverne erreichten, in der geerntet wurde. Mirmir maß die Zeit mit der kleinen, aus durchsichtigem und bruchfestem Altmaterial gebauten Gelbkornuhr, die Smosmo uns mitgegeben hatte. Ein erfahrener Allesmacher hatte uns fast zwei Drittel der Wegstrecke geführt, zuletzt wies er in einen Gang, der uns ohne Abzweig zu unserem Etappenziel bringen sollte. Wir könnten das Steinschmalz in unseren Lämpchen sparen, der Boden sei eben und zudem habe man erst vor kurzem alle vierhundert Schritt eine Schaufel frischen Leuchtsand an die Stollenwand gehäuft.

Die Höhle, die wir so erreichten, war ungewöhnlich hoch und enthielt, wie zu jener Zeit in dieser Tiefe üblich, fast ausschließlich Mockmock im Ruhezustand. Ein dreiköpfiger Trupp, eine noch junge Mockmock-Beobachterin und zwei Allesmacher, waren mit dem Abbau beschäftigt. Die zu erntenden Kugeln hingen so weit oben, dass sie nur mit einer Leiter zu erreichen waren. Natürlich boten wir, eingedenk des Seligen Tausches, unsere Hilfe an. Dies wurde nach dem üblichen Zögern und Zieren nicht unfreundlich angenommen. Wir trugen ein paar Dutzend Kugeln hinaus auf den Hauptgang und stapelten sie dort getrennt, je nachdem ob sie beim langwierigen, behutsamen Abdrehen glücklich unversehrt geblieben oder beschädigt worden waren, gegen die Wand, bis es Zeit für das abendliche Essen war. Erst als wir im matten Glimmen einer Leuchtsandkiste frisch geröstete Mockmockschuppen in süßes weißes Steinschmalz tunkten, verriet Mirmir beiläufig, zu wem wir unterwegs waren. Und unsere Gastgeber gaben als Wechselgabe ihrerseits kund, dass der Erkrankte trotz seiner Hinfälligkeit weiterhin uneingeschränkte Anerkennung genieße.

Als wir ihn am Abend des nächsten Tages im rötlichen Schein einer kostbaren Zündpechfackel vor Augen bekamen, lag er bereits auf der Bahre, die ihn nach oben schaffen sollte. Sein Beobachtertrupp, zwei Männer und drei Frauen, hatte unmittelbar vor unserem Eintreffen, einstimmig und gegen seinen Willen, entschieden, dass er die Leitung ihrer Arbeit aufgeben müsse. Er hingegen beteuerte mit schwacher Stimme, aber erstaunlich wortreich, er wolle unbedingt unten bleiben. Sie seien einem bestimmten Erkundungsziel so nah wie nie zuvor. Die Vorstellung, in der dünnen Luft der Oberwelt dahinzusiechen, während hier unten wichtige Entdeckungen gemacht würden, bedeute für ihn eine unerträgliche Schmach. Ich hatte unbedarft, wie ich damals war, Mühe, auch nur zu ahnen, was er meinte. Seine Kollegen sahen betreten zu Boden, solange er derart unwürdig offen zu uns schlichten Nothelfern sprach. Schließlich duldete der Alte, dass wir ihn untersuchten. Die Anzeichen für schweren Sonnenmangel sind stets gleich. In seinen Ellenbogenbeugen, in den Kniekehlen und im Nacken war die Haut handtellergroß in schleimiger Auflösung begriffen. Wir verbrauchten unsere ganze graue Salbe, um die wunden Flächen abzudecken.

Als er eingenickt war, weihten uns seine Mitbeobachter in weitere Fehlzustände ein. Er, der einst ein untrügliches Auge für die hauchdünnen Schleimspuren der Mockmock-Wanderung besessen habe, sehe inzwischen, schlaflos ins Dunkle starrend, Dinge, die auch in schönstem Zündpechfackelschein keiner von ihnen bestätigen könne. Dies war schlimm genug. Aber wir spürten zudem, dass sie, die in großer Tiefe Gesundgebliebenen, noch ärgere Hinweise auf die Fortgeschrittenheit der Erkrankung für sich behielten. Mirmir entschied, nachdem sie die entsprechende Sonnenhausbefugnis mit den üblichen Formeln bekräftigt hatte, er solle unverzüglich ins Licht hinaufgebracht werden.

Zwei der Mockmock-Beobachter begleiteten uns, damit wir uns an den Griffen der Tragbahre abwechseln konnten.

Der Alte wurde gut festgegurtet. Kaum dass er wieder zu sich gekommen war und begriffen hatte, wohin es ging, versuchte er mit der ihm verbliebenen Kraft, sich zu befreien. Und als wir ihn nach einigen Stunden losbanden, damit er sein Wasser abschlagen konnte, nutzte er unser Beiseitetreten zu einem erstaunlich flinken Fluchtversuch. Aber schon nach ein paar Dutzend Schritten begann er zu taumeln. Seine Kollegen warfen ihn nieder, und von da an blieb er auf die Trage gebunden, von wo er uns anbettelte oder beschimpfte. Wir marschierten ohne Pause weiter. Als wir endlich den ersten Stollen erreichten, in den durch einen tiefen Spalt ein wenig Sonnenlicht fiel, schüttelte ihn bereits heftiges Fieber.

Während der ersten zwei Tage, die er dann auf dem wärmenden Altar lag, war nur Smosmo bei ihm. Wir hörten den alten Mockmock-Beobachter in einem fort reden. Es klang, als wollte er der Oberwelt alles, was er über den Gegenstand seiner Forschungen wusste, bis in die feinste Kriechspur des Mockmockfußes hinein erläutern, bevor ihm die Erinnerung versagte. Leider war seine Stimme zu leise, um verständlich bis in unseren Aufenthaltsraum hinüberzudringen. Als ich mich einmal, eine Schale mit Blausteinbröcklein und einen Mörser in den Händen, dicht an die Tür stellte, um vielleicht doch einen Satz zu erhaschen, zwinkerte mir Mirmir vom Tisch her zu. Sie hatte begriffen, dass ich zu lauschen versuchte, ich wiederum sah, welches Vergnügen ihr die kleine Einsicht bereitete, und der jähe Zauber unserer Komplizenschaft füllte den Raum bis in den letzten Winkel.

Auch heute, während mich die Barmherzige Schwester, in die sie sich verwandelt hat, arg gründlich prüfte, gab es einen Moment vergleichbarer Innigkeit. Ihr letztes Nachhaken, ihre Frage nach unserem Blick in das abgesprengte Glas, ließ mich ein Begehren spüren, das meiner einstigen

Neugier an der Tür zum Altarraum verwandt schien. Sie war gerade aufgestanden und strich, zur Ostwand schauend, den Kittel wieder glatt über ihre in nur zwei Amtsjahren rätselhaft üppig gewordenen Hüften. Mir schenkte dies die Gelegenheit, ihr Gesicht im Profil zu betrachten. Aus den prallen Wangen unser Barmherzigen Schwester erhob sich Mirmirs Näschen. Es hatte, gleich ihren feingliedrig gebliebenen Händen, nicht an Fleischigkeit gewonnen, und ich verspürte, ermutigt durch die Gewissheit, dass sie mein unziemliches Hinschauen sehr wohl bemerkte, die unbändige Lust, ihr just diese Beobachtung mitzuteilen.

Natürlich schwieg ich. Auch wenn mich der Missbrauch, den ich mit den Heiligen Büchern treibe, in Gedanken schlimm hemmungslos macht, weiß ich weiterhin, was sich im Sprechen und Handeln vor den anderen gehört. Und die Angst, mich zu verraten, tut das Ihrige dazu. Dem alten Mockmock-Beobachter konnte auch Smosmo nicht mehr helfen. Zwar ließ die Kraft des orangen Warmsteins das Fieber zurückgehen, und die wunden Stellen an seinem Körper begannen abzuheilen. Aber sein Geist verwirrte sich zügig weiter. Smosmo gab auf, bei ihm zu wachen. Jetzt durfte auch ich im Wechsel mit den anderen Nothelfern am Altar sitzen, um dem fast unverständlich gewordenen Gemurmel zu lauschen. Nur wenn man ihn fütterte, stellte der hilflos Gewordene das Reden ein. Schließlich machte Smosmo dem Panik-Rat Meldung, und der schickte zwei grauhaarige Allesmacher, um ihn abzuholen.

Es ist unüblich, dass wir Nothelfer einen Unheilbaren bis an den Purpurspalt begleiten, aber damals hieß Smosmo mich und Mirmir mitgehen. Der Weg ist nicht weit. Wenn man vom Sonnenhaus Richtung Süden blickt, kann man bei nicht allzu diesigem Himmel gut sehen, wie sich das Licht in den feinen Schwaden bricht, die stetig aus dem Felsschlot steigen. Den Kindern ist verboten, dorthin zu gehen. Auch mich hatte meine Mutter früh gewarnt, die Dämpfe seien giftig. Doch irgendwann erfuhr ich von einem älteren Knaben, was es mit dem Purpurspalt genau auf sich hat, und teilte von da an die Scheu, die jeden Kundigen von dieser Stelle fernhält. Gleich mir war Mirmir nie zuvor dort gewesen. Die Allesmacher, die Schulter an Schulter die vierrädrige Karre zogen, schienen hingegen gut mit der Örtlichkeit und dem Ablauf der einschlägigen Arbeit vertraut.

Alles ging zügig und ohne Worte vonstatten. Vor dem Spalt, der nichts weiter ist als ein breiter Schlitz im ebenen Felsgrund, wendeten sie ihr Fahrzeug mit der Deichsel und manövrierten seine Rückseite über den Rand der Öffnung. Als sie die Ladefläche schräg stellten, indem sie das starre Zugholz hochstemmten, rutschte der alte Mockmock-Beobachter allein durch das Gewicht seines Körpers hinunter. Die nackten Füße fädelten sich in den Schlot, kurz hemmten die Falten, zu denen sich seine Hose in den Kniekehlen zusammengeschoben hatte, sein Gleiten, aber ein geschickt dosiertes Rütteln half darüber hinweg. Das magere Gesäß und der Rücken leisteten keinen Widerstand, die Arme klappten bereitwillig hoch, und die Hände des noch immer unaufhörlich Brabbelnden machten keine Anstalten, sich noch irgendwo festzuklammern.

Bis in diese Zeile habe ich kein einziges Mal darüber nachgedacht, warum mein Blick damals zwischen dem fast gemächlich wegtauchenden Leib und Mirmirs Gesicht hin und her zuckte. Nun aber, nachdem sie mich in ihrer heutigen Gestalt ins Gebet genommen hat, ist mir klar: Nie hat sie schöner für mich ausgesehen als damals. Und noch etwas muss ich Euch gestehen: Wir besitzen hier, in den oberirdischen Gebäuden und in den Kammern, die rundum in den lehmigen Grund gegraben sind, nirgends ein Stück Glas oder Metall, das nach Eurem hohen irdischen Maßstab die Bezeichnung Spiegel verdient. Meine Mutter, die Eure Spiegel wie wir alle nur aus einer kleinen Geschichte kennt, die das Große Palaver überliefert, hat diesen Mangel, wenn sie ihr Haar über einer Fliese aus poliertem Glanzstein richtete, oft mit wenigen dürftigen Worten bedauert. Auch die hochrespektable Barmherzige Schwester, zu der Mirmir geworden ist, könnte der Vagheit dieser Klage vermutlich nichts Wesentliches hinzufügen. Allein ich, der heimlich alle sechsundfünfzig Heiligen Bücher studiert hat, wäre heute Nachmittag, bevor sich der wuchtige Leib, in dem sich meine einstige Mirmir verborgen hält, hinausschob, in der Lage gewesen, auswendig eine längere Passage zu zitieren, die einiges mehr, die staunenswert viel über die Freuden und Schrecken erzählt, die ein irdischer Spiegel, ein Spiegel aus geschliffenem, auf der Rückseite mit Aluminium behauchtem Glas, zu spenden vermag.

VIERTE SCHREIBNACHT

- kleine Schwester wurde von wenig älterem Bruder (dieses familiäre Verhältnis ist untypisch) geschlagen
→ Nothelfer rücken an, um Milchzahn fehlt
→ normalerweise wird auf Maß Unrecht mit demselben Unrecht vergolten

Es ist ein Segen, dass unsere Kleinen nur ganz selten den Beistand des Sonnenhauses brauchen. Kopfschüttelnd, erneut von banger Verwunderung erfüllt, habe ich eben im vierzehnten Buch nachgelesen, wie anders es sich bei Euch verhält. Seit Smosmo mich zum Nothelfer berufen hat, musste ich heute erst zum zweiten Mal Hand an ein Kind legen. Das erste Mal hatte ein Junge am Werktisch des Kugelhauses zu heftig mit dem kleinsten Steinhammer ausgeholt und sich eine Schramme in die Stirn geschlagen.

Vielleicht liegt die Wohlbehaltenheit unserer Knaben und Mädchen daran, dass sie nie allein gelassen werden und daher auch nirgends auf eigene Faust umherstreifen. Schon wenige Tage nach der Geburt nimmt die Mutter ihr Kind im Tragetuch mit in den Dienst. Mit einer eigentümlichen Überschärfe glaube ich, mich daran zu erinnern, wie ich als Säugling aus wohligem Schlaf zu mir kam und über den grobfasrigen Rand eines solchen Tuchs auf die arbeitenden, auf die mit einem schmalen Spaten behutsam grabenden Hände meiner Mutter lugte.

Bis in den Beginn ihres Sterbens hinein war sie als Altfinderin tätig, und bevor ich in meine eigene Arbeit bestellt wurde, war ich nachmittags, sobald der Unterricht vorbei war, ihr kindlicher, dann jugendlicher Gehilfe. Noch heute gerate ich regelmäßig in Versuchung, ausführlich vom Tun meiner Mutter zu berichten. Toctoc, der mir seit Mirmirs Erhöhung der Liebste unter meinen Kollegen ist, musste schon manchen Ausbruch dieser Art erdulden. Vorgestern, als wir auf dem Rückweg von den Glasmachern waren, gerieten wir zwangsläufig erneut in die unmittelbare Nähe der Grauen Gruben. Und weil nun meine Hände den Doppelroller steuerten, konnte ich unser Fahrzeug an den Rand der Lavabahn lenken. Gemeinsam schauten wir in die aufgegebene, weil restlos ausgebeutete Fundstätte hinunter, und es schmerzte mich, Toctoc nicht sagen zu dürfen, dass diese weite, von Grabungslöchern übersäte Kuhle, wenn es bei uns nach Euren Bräuchen ginge, den Namen meiner Mutter tragen müsste.

Wieder und wieder habe ich mir als kleiner Junge bis in die schönste Einzelheit erzählen lassen, auf welche Weise sie das Verschüttete entdeckte. Alles war tief unter kleinteiligem Geröll und grauem Staub begraben, keines der üblichen Zeichen, kein Buckel, keine Mulde, nicht das Aufblitzen eines einzigen winzigen Metallsplitters wies auf den verborgenen Schatz hin. Meine Mutter griff sich, wenn sie mit der verlangten Geschichte begann, stets mit beiden Händen an die Schläfen, um mir erneut vorzumachen, wie sie damals ihre Staubschutzbrille abgenommen hatte, um deren Gläser sauber zu pusten. Es dunkelte bereits. Zusammen mit einem erfahrenen Kollegen war sie auf dem Rückweg in die Kolonie. Ergebnislos hatten sie an einer anderen Stelle harten Boden großflächig aufgehackt und knietief abgetragen, weil vorbeikommenden Allesmachern das Beieinander einiger Steinbrocken verheißungsvoll unnatürlich vorgekommen war. Die Findung von Altgut zehrt von solchen Hinweisen. Die dickköpfigen Brüder haben als kleine Buben, an den Händen ihrer Mutter zur Arbeit tapsend und ins Gelände glotzend, gleich dreimal schöne, nur handhoch mit Sand bedeckte Blechstücke in unmittelbarer Nähe der Kolonie entdeckt.

Auch dem Blick meiner Mutter war dereinst, begünstigt vom flach einfallenden Licht unserer im Niedergang befangenen Sonne, das Muster des Sandes aufgefallen. Auf einem schmalen Streifen kräuselte er sich in feinen Wellenlinien. Und ohne groß zu überlegen, hatten sie und ihr Begleiter, der in ihrem Bericht stets namenlos blieb, die Schaufeln von den Schultern genommen und noch einmal zu graben begonnen. Bis heute liebe ich den Moment am meisten, an dem sich meine Mutter dem Rat ihres Kollegen widersetzt. Stets bat ich sie, wortwörtlich zu wiederholen, wie sie ihm damals sagte, sie sei entschlossen weiterzuwühlen, bis das letzte Steinschmalz in ihrer Lampe verbrutzelt sei. Noch heute, vielleicht für immer, verachte ich ihren Begleiter dafür, dass er auf der Geltung des Nachtgrabverbots beharrte, seine Lämpchen aufnahm und sie in halbem Licht alleine zurückließ.

Mit ernsten Worten hat mich meine Mutter regelmäßig darauf hingewiesen, dass ihr damaliges Verhalten alles andere als nachahmenswert sei und ihr bloß die elende Lage der damaligen Altfinderei schlimmen Ärger erspart habe. Seit über einem Jahr war keine einzige Fundstätte mehr aufgetan worden. Der Panik-Rat erwog bereits, die Hälfte der Altfinder als schlichte Allesmacher in den Dienst der Mockmock-Beobachter zu stellen und damit unter Tage zu verbannen. Meine Mutter versicherte mir, sie, die freche Nachtgräberin, hätte als Erste den Weg ins Sonnenlose genommen, wenn ihre Schaufel nicht plötzlich auf einen verheißungsvollen Widerstand gestoßen wäre.

Vorgestern, als Toctoc und ich, gestützt auf die Lenker unseres Doppelrollers, in die Grauen Gruben hinüberblickten, war hellichter Nachmittag. Toctoc hörte geduldig zu. Aber ich kann natürlich nicht wissen, ob meine Worte ihn hinreichend beflügelten, ob seine Vorstellung die unbotmäßig hartnäckige, die frevelhaft kühne Altfinderin so anrührend, wie ich es mir wünsche, auf die Knie sinken ließ. Mir hat sie stets erzählt, der bloße Klang, ein nie gehörtes, hohles Tönen, habe sie tief erschreckt und sie ihr Grabwerkzeug beiseitelegen lassen. Erst als der Lampendocht zischelnd mit dem Erlöschen kämpfte, wagte sie, mit ihren Fingerspitzen den Sand von der Rundung zu streichen, an die das Blech der Schaufel gepocht hatte. Die feinen Fasern, die sie dabei mehr spürte denn sah, wurden von ihr sogleich für Haare, für menschliches Haupthaar, gehalten. Mit ihrem Altfindermesser kappte sie eine Strähne und trug sie als Beweis durch die um sich greifende Nacht, durch den schwachen Schein, den der kleinere unserer beiden Monde durch die Wolken sandte, hinüber in die Kolonie.

Noch vor Morgengrauen trat der Panik-Rat zusammen. Und während der ganzen ersten Grabungswoche war der Ratsvorsitzende, den wir den Bleiber nennen, bei den Arbeiten anwesend. Unsere Kolonie ist zu klein, um eine große Neuigkeit geheim zu halten. Bevor die Sonne ihren höchsten Stand erreichte, wusste fast jeder, der oberirdisch tätig war, Bescheid. Allein die Gegenwart des Bleibers, der in seinem von Kupferdraht durchwobenen Sitzungsgewand auf einen dicken Felsbrocken geklettert war, verhinderte, dass die Fundstätte von den Neugierigen gestürmt wurde. So weit das Große Palaver zurückreicht, niemals waren größere Überreste eines unserer Ahnen gefunden worden. Das Wenige, was man an Knochenähnlichem ausgegraben hatte, war stets so kleinteilig gewesen, dass es den gemeinsamen Ratschlag des erfahrensten Altfinders und der Barmherzigen Schwester brauchte, um die fragwürdigen Splitter in den Rang uranfänglicher Körperlichkeit zu erheben. Das Kistchen, das diese bescheidenen Stücke beherbergt, ist bis heute gerade mal drei Viertel voll. Seit der Entdeckung meiner Mutter ist nur die halbe Pfanne eines recht kleinen, wahrscheinlich jugendlichen Schultergelenks hinzugekommen.

Dem damaligen Bleiber half in der großen Krise der ersten Tage, dass er gleich dreimal hintereinander in dieses Amt berufen worden war. Der Panik-Rat wird jedes Jahr frisch zusammengestellt. Neun der zehn Amtsinhaber beruft das Trommelorakel aus allen, die mindestens hundert graue oder weiße Haare auf ihrem Kopf vorweisen können. Bevor der alte Rat auseinandergeht, bestimmt er in geheimer Wahl den Bleiber, diejenige Ratsperson, in der sich die lückenlose Fortdauer der Einrichtung verkörpert. Der Bleiber sitzt dann den neuen, durch das Orakel gefundenen Räten vor, und seine Stimme gibt im Fall einer unentschieden endenden Abstimmung den Ausschlag.

Meine Mutter genoss es stets aufs Neue, mir und sich auszumalen, wie hart dem damaligen Bleiber das Ausharren auf dem Felsbrocken geworden war. Das schwere, die Sonnenstrahlung aufsaugende Ehrengewand brachte ihn mächtig ins Schwitzen, und weil er nicht mehr der Jüngste war, wurde ihm das unbewegte Stehen nach und nach zu einer rechten Qual. Aber allein seine aufrechte Anwesenheit hielt die Neugierigen auf Abstand. Damals sei ihr klar geworden, dass der Name Panik-Rat sich in der Tat auf die Wahrscheinlichkeit eines allgemeinen Außer-Rand-und-Band-Geratens beziehe. Denn sobald sich der hochehrwürdige, dreimal auserwählte Ratsvorsitzende auch nur kurz, um die schmerzenden Beine zu entlasten, auf den Felsen setzte, gerieten die Wartenden in Unruhe. Wie er sich ein einziges Mal anschickte, von seinem Posten herabzuklettern, rückte die erste Reihe, fast ausschließlich Allesmacher und größere Knaben, sogleich bedrohlich näher. Von hinten flogen plötzlich Steine in die Grabungsstätte. Einer der Altfinder wurde am Kopf verletzt. Und erst als der Bleiber wieder aufrecht stand und beide Arme hob, wichen die Aufgeregten an die befohlene, mit Glanzsteinbrocken deutlich markierte Bannlinie zurück.

Eigens für den von meiner Mutter gefundenen Leichnam wurde eine große Kammer unter unser Sonnenhaus gegraben. Jeder Kolonist hat das Recht, den Körper dort am Jahrestag der Auffindung, am Tag der Ahnenschau, ein Weilchen zu betrachten. Seit ich von Smosmo berufen worden bin, halte ich dann im Wechsel mit den anderen Nothelfern Wache am Fußende des prächtigen Behälters. Er ist ganz aus Altmaterial gefertigt, aus Aluminium, Kupfer, Stahl und schwarzem Altgummi, und diese ungeheure Vergeudung bestaunen zu dürfen, lockt uns fast ebenso sehr wie die Anschauung des Leibes, den Wind und Sand gewiss bis ins Mark der dicksten Knochen ausgedörrt haben. Den Mockmock-Beobachtern ist erlaubt, am Jahrestag ans Sonnenlicht zu kommen, obwohl der Hin- und Rückweg für die in der größten Tiefe Tätigen, für unsere ehrwürdigen Ursprungsforscher, inzwischen volle acht Tage in Anspruch nimmt.

Dieses besondere Zugeständnis ist berechtigt. Denn damals, als an den ersten Grabungstagen das fest geregelte Leben unserer Kolonie in Auflösung zu geraten drohte, erwiesen sie sich als die wahrhaft Verlässlichen. Mockmock-Beobachter versorgten die an der Fundstätte ausharrende Menge mit Nahrung und Wasser. Mockmock-Beobachter gingen im Auftrag des Panik-Rats herum und brachten wohl dosierte Einzelheiten, das vermutliche Todesalter des Gefundenen, sein Geschlecht und Beschreibungen der Dinge, die sich nach und nach in seiner Nähe fanden, unter die Kolonisten. Nachts sicherte ein Kreis aus Mockmock-Beobachtern die von Klebsteinfackeln erleuchtete Fundstelle. Smosmo, damals noch ein blutjunger Nothelfer und einer der Unruhigsten unter den Wartenden, hat später von der Barmherzigen Schwester, die ihm im Amt vorausging, erfahren, dass der Panik-Rat bereits am ersten Morgen heimlich die Waffen ausgegeben hatte. Im Versammlungssaal des Rats wartete ein Trupp ausgewählter Männer und Frauen, gewappnet mit Helm und Brustschutz, auf den Moment, wo es gegolten hätte, die Menge mit langen elastischen Ruten aus Altstahl und Knüppeln aus Mockmock-Kautschuk in Ordnung und Vernunft zurückzuprügeln.

Das kleine Mädchen, das ich heute zu versorgen hatte, ist von einem Altersgenossen verletzt worden. Der Vorfall ereignete sich im Unterricht der Erstlinge. Die Jungen und Mädchen waren mit der Zerlegung von Mockmock-Kugeln zugange. Nur Mockmock im Ruhezustand darf zur Gewinnung von Nahrung und zum Erwerb von Mockmock-Wissen in seine Bestandteile aufgespalten werden. Als ich und Toctoc mit dem Salbenkasten in der Werkstatt eintrafen, saßen die Kinder mit einem Mockmock-Beobachter an den langen Arbeitstischen. Zwei nebeneinander stehende Hocker waren leer, zwei halbe Kugeln verrieten, dass hier die Arbeit abgebrochen worden war. Die Lederhaut aller vier Kugelhälften war sorgfältig abgezogen. Der schmale Spatel aus Altstahl, mit dem im nächsten Arbeitsgang die darunterliegenden Schuppen abgehebelt werden, lag bereit.

Die Verletzte und der Schuldige weilten im Nebenraum. Girrgirr, der unterrichtende Nothelfer, hatte die beiden in seine Obhut übernommen. Ich weiß nicht, was Smosmo, während er noch im Kugelturm lehrte, in diesem besonderen Fall unternommen hätte. Girrgirr, der von Smosmo nach dessen Berufung zur Barmherzigen Schwester zum neuen unterrichtenden Nothelfer bestimmt wurde, ist vermutlich kein schlechter Lehrer. Ein einziges Mal habe ich ihn, den einschüchternd Hochgewachsenen, im Haus Für Alle mit zwei Erstlingen sprechen hören. Die kurzangebundene Schroffheit, mit der er nicht nur mich regelmäßig vor den Kopf stößt, schien dabei ganz einer glaubwürdigen, fast traurigen Freundlichkeit gewichen.

Girrgirr hatte dem Jungen befohlen, der Verletzten die Füße zu massieren. Die Kleine presste sich ein großes Stück nasses Mockmock-Leinen gegen den Mund. Girrgirr hielt uns auf der flachen Hand den Zahn hin, der ihr ausgeschlagen worden war. Toctoc und ich schnauften erleichtert auf, als wir sahen, dass es sich um einen Milchzahn handelte. So blieb uns also erspart, dem Übeltäter, wie es das Gesetz vorschreibt, auf der Stelle die gleiche, gleichermaßen sichtbar bleibende Versehrung zuzufügen. Der Junge würde mit einer schlichten Tracht Prügel davonkommen.

Allerdings machte meine Erleichterung neuer Besorgnis Platz, als das Mädchen den blutbefleckten Stoff aus dem Gesicht nahm, als der Junge ängstlich zu uns aufsah und ich beide fast mit demselben Blick erkannte. Die Kleine war die Schwester des schuldig Gewordenen, genauer gesagt: sein ihm zugefallenes, also besonders schützenswertes Schwesterchen nach dem Gesetz. Geschwister aus einer Mutter, die im Alter dicht beieinander liegen, sind bei uns selten. Die dickschädligen Brüder, die im Abstand von einem Sonnenjahr geboren wurden, sind das einzige derartige Brüderpaar, das ich näher kenne, und manche behaupten, dass ihre Missratenheit daher rührt, dass ihre Mutter, als der Ältere ihren Leib rundete, den Jüngeren bereits als winzigen, aber gierig zehrenden Keimling in sich trug. Auch ich habe lange an dieses doppelte Verweilen geglaubt. Erst beim Studium der Heiligen Bücher ist mir, ich gestehe es Euch beschämt, klar geworden, was für eine Dummheit, welch lächerlicher Aberglaube sich hierin offenbart.

Toctoc hat mir einmal verraten, dass es unter den Allesmacherinnen, die im Haus Für Alle mit der Mockmock-Zubereitung beschäftigt sind, drei fast gleichaltrig wirkende Schwestern gibt. Und als sich im Eßsaal eine Gelegenheit ergab, hat er mir die Frauen sogar nacheinander gezeigt, aber ich konnte, verhohlen zu ihnen hinüberlugend, keine ungute Ähnlichkeit feststellen. Vielleicht wird es mir nie gelingen, Geschwister, wie Ihr es offensichtlich tut, für etwas zu halten, was ohne besondere Begründung oder Rechtfertigung in der Welt sein darf. Den Gedanken, einen Bruder oder gar eine Schwester mein Eigen zu nennen, kann ich noch, halbwegs ruhig bleibend, in geschriebene Wörter fassen, aber die Vorstellung, dass meine Mutter, um eine solche Zweisamkeit zu ermöglichen, noch ein weiteres Kind aus sich herausgeboren haben soll, diese unfassbare Wiederholung, erfüllt mich auch jetzt, hier in der Sicherheit dieser Zeile, mit verstörendem Unbehagen.

Nachdem das Mädchen versorgt war und die beiden vor unseren Augen wieder bei den anderen Platz genommen hatten, bat uns Girrgirr noch auf den üblichen Mockmock-Trunk zurück in den Nebenraum. Aber als wir dort saßen und die weißen Schlieren in unseren Schalen betrachteten, schien ihm der Abstand zu den Kindern wohl noch zu gering, und wir gingen eine Tür weiter, hinaus ins Freie. Die Wolkenschicht war ungewöhnlich dünn, dunstig, nicht vollrot, sondern gerade mal rosafarben, das Mittagslicht so stechend, dass wir unsere Staubbrillen aufsetzten. Auch diesen Augenschutz verdanken wir Freund Mockmock. Die innere Schicht der Lederhaut lässt sich in Fetzen ablösen, welche, eingelegt in Blausteinwasser, schnell aufquellen und allmählich durchsichtig werden. Eine gute Staubbrille hält fast ein Sonnenjahr, wird dann aber unweigerlich, nicht selten binnen eines Tages, rissig und trüb. Die Brille, die sich Girrgirr auf die Nase gestülpt hatte, war in diesem Endstadium angelangt, und als er zu reden anhob, beschlich mich der Verdacht, dass ihm ihre Halbdurchschaubarkeit gerade recht kam.

Ohne Zögern sprach Girrgirr den heiklen Punkt des Vorfalls an. Es sei undenkbar, dass die Bestrafung des Übeltäters auf die übliche Weise vollzogen würde. Der Junge dürfe nicht, wie es bislang Brauch gewesen sei und weiterhin Brauch sein werde, von der Barmherzigen Schwester durchgeprügelt werden. Dies stünde auch der ehrwürdigen Amtsinhaberin als Unmöglichkeit vor Augen, sobald sie von den Umständen des heutigen Vorfalls erführe. Allerdings würde es eine nie da gewesene Unschicklichkeit bedeuten, der Barmherzigen Schwester auf dem gewohnt kurzen Wege mitzuteilen, wer die Verletzte und wer der Verletzer seien.

Wir schlürften an unseren Schalen und waren wohl alle drei sehr froh über ihre Größe, über die langwährende Menge verdünnter Mockmockmilch, die sie enthielten. Toctoc gab seufzend zu bedenken, die Barmherzige Schwester werde bei der Abendrunde erfragen, zu welchen Unfällen und Behandlungen die Nothelfer ausgerückt seien. Die Seltenheit des Ereignisses ziehe unweigerlich nach sich, dass alle Einzelheiten, natürlich auch die Namen der Beteiligten, zur Sprache kommen müssten. Girrgirr schnaubte mürrisch auf. Auf einen Zug trank er seine Schale leer. Schließlich fragte er uns, ob er auf unser Einverständnis rechnen könnte, falls er nun ins Gebäude des Panik-Rats hinüberginge und den beiden dort in Bereitschaft stehenden Räten von der Besonderheit des Vorfalls Bericht erstatten würde.

Ich spürte, dass Toctoc mich ansah. Er kennt mich. Ich habe ihm schon zu viel erzählt. Und so war es sein gutes Recht, fast seine Pflicht, mir den Vortritt zu lassen. Ich widersprach. Ich widersprach, weil er auf meinen Widerspruch hoffte. Aus Toctocs Erwartung zog ich den nötigen Mut. Ich teilte Girrgirr mit, ich selbst wolle die leidige Angelegenheit bei der Abendbesprechung im Sonnenhaus gleich eingangs unter sofortiger Nennung der Namen zur Sprache bringen, und ich sei sicher, die Barmherzige Schwester werde ohne Umschweif die richtige Entscheidung treffen. Girrgirr nickte, zog die Stirn in Falten, zuckte dazu mit den breiten Schultern. Dann nahm er seine Staubbrille ab, und dass er deren Sichtscheiben nacheinander mit dem Zeigefingernagel durchstieß, zeigte Toctoc und mir, wie sehr ihm mein Widersprechen, wie sehr ihm meine Eigenmächtigkeit missfiel.

Heute Abend dann, als ich meinen Entschluss in Worte umsetzen musste, zitterten mir vor Aufregung die Beine, und ich war mehr als nur froh, dass Toctoc unter dem Tisch seinen linken Schenkel gegen meinen rechten presste, um mich bei meinem Bericht zu unterstützen. Wieder erwies es sich als günstig, dass unsere Barmherzige Schwester in ihrer kurzen Amtszeit so außerordentlich dick geworden ist. Wie fest sie dasaß! Keiner ihrer Halswülste bebte, sie verzog keine Miene, nicht einmal ihre fettumpolsterten Öhrchen zuckten. Mit wenigen Sätzen, nicht zu ausführlich, aber auch nicht zu knapp, legte sie dar, was geschehen solle. Und während mein Knie noch an Toctocs Knie bebte, wurde bereits der nächste Punkt, der bedenkliche Schwächeanfall eines Ratsmitglieds, erörtert.

Ich saß still, ohne mich ein weiteres Mal zu Wort zu melden, am Tisch. Nur allmählich begriff ich, was befohlen worden war. Noch jetzt muss ich es mir halblaut vorsprechen, um seine kommende Wirklichkeit zu ermessen. Ohne jeden Missklang, ohne jede peinliche Auffälligkeit hatte die Barmherzige Schwester den versammelten Nothelfern mitgeteilt, ausgerechnet ich dürfe den kleinen Milchzahnausschläger morgen ins Gewölbe hinunterführen. Dort unten soll sich der Übeltäter über den Deckel des Behälters beugen, in dem unser Urahn ruht. Mirmirs einziges Kind, ihr in die Obhut einer anderen Mutter gegebener Sohn, wird dann, so wie es seiner unaussprechlich gewordenen Herkunft zukommt, klaglos still halten, wenn ihm meine gewiss zitternde Hand die verdienten fünf Stockhiebe auf den Hosenboden verabreicht.

FÜNFTE SCHREIBNACHT

- Toctoc hat Schreiber erwischt
- Binnenerzählung über Krankheit der Mutter & der (aufgrund eine Kopfverletzung) misslungenen Suche nach Heilmittel

Toctoc hat mich ertappt. Ausgerechnet Toctoc, der Gutmütige, ist mir auf die Schliche gekommen. Ich bin mir sicher, dass es ohne Absicht geschah. Und dennoch rätsele ich, seitdem es uns zustieß, was ihn bei den drei Heiligen Namen unserer Sonne nur dazu gebracht haben könnte, einfach so in meine Kammer zu marschieren. Anders als bei Euch ist es nicht üblich, dass einer den anderen besuchen kommt. In all den Jahren, während derer ich mit meiner Mutter hinter einem dünnen, allmählich fadenscheinig werdenden Vorhang aus Altstoff und dann hinter einer wunderbar festen Tür in einer schmalen, aber drei Mannslang tief in den lehmigen Braunstein gehauenen Mutterkind-Kammer hauste, ist nie jemand über unsere Schwelle getreten.

Ja, die Matte am Ende dieses fensterlosen Quaders, auf der ich mit meiner Mutter ungezählte Nächte verschlief, scheint mir der Ort, an den auch in alle Zukunft nie die Vorstellung eines Dritten vordringen wird. Als meine Mutter von einem Tag auf den anderen erkrankte, ging sie noch ein einziges Mal, begleitet von mir, zu Smosmo ins Sonnenhaus. Und weil sie schon einen Tag später, wie es für die Schändliche Unlust eigentümlich ist, zu matt war, um diese bescheidene Strecke zu bewältigen, kamen Smosmo und Mirmir danach stets täglich auf die Unterebene, um sie

-> Heilmittel = Blaustein-pulver -> beschreibt Suche danach

auf der Bank, die für dergleichen auf dem breiten Gemeinschaftsgang steht, zu untersuchen und zu behandeln.

Ich war gerade in meinem zweiten Sonnenhausjahr, und es ist üblich, den jüngeren Nothelfern die langen oberirdischen Wege aufzutragen. Mit Toctoc wurde ich losgeschickt, um frischen Blaustein zu ernten. Toctoc kannte den Weg bereits. Das nächste Blausteinvorkommen war damals drei Tagesmärsche entfernt und liegt wie alle in der Folgezeit ausgebeuteten Stellen in den Faltenhügelchen, deren schroffes Gelände keine Rollerfahrt erlaubt. Bald mussten wir sogar die Handkarre zurücklassen. Der Grund dampfte. Die meist weißen, manchmal grauen, selten grünlichen Schwaden rochen angenehm süß, fast wie aufgekochte Mockmockmilch, aber jedes Kind weiß, dass solchen Ausdünstungen nicht zu trauen ist. Smosmo hatte uns noch einmal eingeschärft, um Stellen, an denen es heftig grünstichig qualmte, einen großen Bogen zu schlagen. Als wir am Abend des dritten Tages in die Nähe unseres Ziels kamen, begann der Boden zu beben. Auch dies war nicht ungewöhnlich. Bis heute ist der Untergrund der Faltenhügel in Bewegung, und wenn es im Winter zu sehr heftigen Stößen kommt, kann man von der Kolonie aus die höchsten Dampf- und Staubfontänen bis in den Silberstreif über dem Nordhorizont hinaufstechen sehen.

Blaustein ist wichtig. Stets soll die Blausteinpulverkiste im Sonnenhaus randvoll sein. Für einen Wickel aus Blausteinbrei, der den Bauch vom letzten Rippenbogen bis hinunter an das Haar des Unterleibs bedecken muss, braucht man acht Handvoll zu feinem Mehl zerstoßene Bröcklein. Und wer von der Schändlichen Unlust befallen ist, soll sogleich und dann zweimal täglich, morgens und abends, mit frischem Brei gewickelt werden. Denn die erste Woche gilt als die schwebend kritische Zeit, in der etwas, irgendwo tief in der Mitte des Leibes, entscheidet, ob es zu einer langwierigen Genesung oder zu einem zügigen Aufgeben kommt.

Die damalige Abbaustelle war eine schmale Rampe, recht steil in zähen Grund gegraben. In den Faltenhügelchen schwankt die Feuchtigkeit des Bodens stark. An manchen Stellen hinterlässt jeder Schritt eine Mulde, die sich sofort mit einer metallisch schimmernden Brühe, dem sogenannten Grünöl, füllt. Die meist gerade mal mannshohen Erhebungen, die der Name der Gegend meint, sind von handbreiten Rissen durchzogen, und auch in den Tälchen, auf denen man sie umwandert, muss der Blick den Untergrund im Auge behalten, sonst tappt der Fuß in einen dieser Spalte, die sich bilden, sobald der Spiegel der eigentümlichen Flüssigkeit sinkt, ihre Pfützen verschwinden und der Lehm sich trocknend zusammenzieht. Grünöl ist unbekömmlich, schon das unvorsichtig tiefe Einatmen seines Geruchs kann zu Erbrechen führen. Obwohl Grünöl erwärmtem Steinschmalz ähnelt, brennt es nicht, nicht einmal wenn man es in der Sonne zu einer pechigen Pampe hat eintrocknen lassen. Eine Neubastlergruppe, die lange vergeblich nach einer Verwendungsmöglichkeit für den scheinbar vielversprechenden Stoff gesucht hat, ist vor kurzem vom Panik-Rat aufgelöst worden.

Als Toctoc und ich damals an der Grube eintrafen, war es bereits zu dunkel, um noch mit der Arbeit zu beginnen. Der Blaustein durchzieht das Material, das ihn umgibt, stets in ähnlich flach gewellten, kaum daumenbreiten Adern, und es ist wichtig, ihn ohne Verunreinigung herauszulösen. Also entrollten wir unsere Matten, um bis zum Morgengrauen ein wenig Schlaf zu bekommen. Toctoc hinderte das Grummeln des Untergrunds nicht daran, der Erschöpfung nachzugeben. Aber mich sorgte die Erkrankung meiner Mutter, und während ich mich unruhig hin und her wälzte, glaubte ich, ein Ohr auf dem Gewebe aus groben Mockmockfasern, schließlich, sogar ihr nächtliches Ein- und Ausatmen, so wie ich es als Einziger kannte, aus der Tiefe der Faltenhügelchen herauszuhören.

Keiner ist gegen die Schändliche Unlust gefeit. Womöglich ist sie die gefährlichste Krankheit unseres Planeten. Das Studium der Heiligen Bücher hat mir nicht verraten, ob es dergleichen bei Euch gibt. Manches klingt ähnlich, aber in keinem der 56 Folianten wird ein Verfall beschrieben, der dem hiesigen Dahinsiechen genau entspräche. Die Schändliche Unlust bricht jählings aus. Eine Kollegin, Altfinderin desselben Jahrgangs, kam am fraglichen Tag ins Sonnenhaus und bat mich, nach meiner Mutter zu sehen. Sie habe mitten in einer verheißungsvollen Arbeit, während einer Grabung, die so ganz nach ihrem Geschmack hätte sein müssen, ihre Harke auf das Halbfreigelegte geworfen und sei ohne ein Wort der Erklärung Richtung Kolonie gestapft. In unserer Kammer fand ich sie auf dem Bett, stramm eingewickelt in ihre Decke, meine kurze alte Kinderdecke hatte sie sich um den Kopf geschlungen. Auf meine Fragen antwortete sie allenfalls mit einem merkwürdig trockenen Auflachen.

Smosmo erklärte mir noch am gleichen Tag, dieses Lachen sei, oft verbunden mit einem geringschätzigen Schnauben, der untrügliche Hinweis auf den Ausbruch der Krankheit. Dass meine Mutter am nächsten Morgen aus eigener Entscheidung zur Behandlung ins Sonnenhaus kam, nahm er allerdings als ein gutes Zeichen. Mirmir und Smosmo legten ihr den ersten Blaumehlwickel an, und auf dem Rückweg schlüpfte ihr Arm unter den meinen.

Damals, als ich mit Toctoc in die Faltenhügelchen geschickt wurde, war die Krankheit bereits in ihr mittleres Stadium getreten, das sich unentschieden über Wochen hinziehen kann. Meine Mutter ließ sich nicht mehr zu einem längeren Aufbleiben, geschweige denn zu einem Ausflug ins Sonnenlicht bewegen. Aber sie wusch sich noch und nahm, wenn ich ihr lang genug zugeredet hatte, kleinere Mengen weicher Nahrung, meist lauwarmen Mockmockbrei, zu sich. Obwohl sie wenig aß, schien sie nicht an Gewicht zu verlieren. Ihr Gesicht wirkte sogar fülliger, als wäre sein Gewebe aufgequollen. Die starken Falten von den Nasenflügeln zu den Mundwinkeln, die ich von ihr geerbt habe, hatten an Tiefe eingebüßt, was sie trügerisch verjüngte. Gelegentlich bat sie mich, ihr unsere Spiegelfliese zu reichen, war dann stets mit deren Blankheit unzufrieden, und wenn ich ihr den Glanzstein frisch poliert erneut hinhielt, stieß sie nach einem kurzen Blick auf ihr Bild die Luft scharf durch die Nasenlöcher.

Im ersten Morgengrauen begannen Toctoc und ich damit, den Blaustein abzubauen. Die für feines Werkzeug zuständige Neubastlergruppe hatte uns erstmals schmale Kellen aus Altmaterial mitgegeben, deren Kanten so scharf waren, dass sich die Blausteinadern in fingerlangen Stücken herausheben ließen. So freute die Arbeit. Nur die Unruhe des Untergrunds machte uns Sorgen. Das Beben hatte während der Nacht an Stärke zugenommen. Jetzt gönnte es sich längere Pausen, um dann mit besonders heftigen Stößen zu überraschen. Wir arbeiteten ganz am Ende der Rampe, dort, wo sich unsere Vorgänger mehr als zwei Armlängen unter einen Überhang hineingegraben hatten. Toctoc wies mich auf die Risse hin, die über unseren Köpfen entstanden waren, aber der besonders lehmige, fast tropffeuchte Braunstein schien uns elastisch genug, um die Erschütterungen aufzufangen.

Es war mein Glück, dass Toctocs Kelle brach. Während er aus seinem Rucksack ein Ersatzwerkzeug holte, stand ich allein unter dem Überhang, als dieser schmatzend riss und auf mich herabstürzte. Obwohl es mich schwer am Kopf traf und ich sofort bewusstlos gewesen sein muss, kann ich mich an ein letztes Angstbild erinnern. Mir war, als fiele ich rücklings in einen dunklen, sich nach unten verjüngenden Trichter und risse dabei mit dem Doppelblick meiner Augen, wie mit Hilfe zweier mächtiger Saugnäpfe, auch meine ganze

Welt mit mir in eine Tiefe, in der uns ein endschwarzer Punkt, ein Pünktchen nur, erwarte. Frei fallend verstand ich: Dies ist die geheime Mitte unseres Planeten. In stiller Gier wartet sie darauf, nicht bloß mich, sondern einen jeden von uns samt seinem Tun und Lassen in ihren Abgrund heimzuholen, in eine winzige und doch alles Lebendige fassende schwarze Kugelkammer.

Toctoc hat mich mit bloßen Händen ausgegraben. Seine Finger holten mir den Lehm aus dem Mund und pulten mir die Nasenlöcher frei. Aus seiner Erzählung weiß ich auch, dass er mich um die Leibesmitte fasste, anhob und so heftig rüttelte, wie er konnte. Diese altbewährte Methode half. Ich begann hustend zu atmen und war sogleich wieder, auf eine unheimlich überklare Weise, bei Bewusstsein. Mein Kopf schien, bis auf eine Schwellung dicht über dem Nacken, erfreulich wenig Schaden genommen zu haben. Allerdings hatte sich die Spitze der Kelle, die ich im Krampf meines letzten Gedankens nicht losgelassen hatte, in meine Leiste gebohrt. Die Wunde sah nicht sehr tief aus. Aber Toctoc konnte sie nicht mit Grausalbe behandeln, weil mich dies schläfrig gemacht hätte.

Wir entschieden, sofort aufzubrechen. Bis auf die Wassersäcke und unsere Mockmock-Kekse ließen wir alles an der Grabungsstelle zurück. An unseren Rückweg erinnere ich mich wie an einen einzigen ungeheuer langen, von trüben Verdunklungen getakteten Tag. Bis heute lobt Toctoc mich dafür, mit welcher Ausdauer ich aus eigener Kraft vorangehumpelt sei. Davon, dass ich irgendwann doch aufgeben und nur noch liegenbleiben wollte, ist mir nicht einmal das Gefühl völliger Kraftlosigkeit im Gedächtnis geblieben. Toctoc gestand mir verschämt, er habe mich mit kräftigen Ohrfeigen zum Weitertaumeln ermuntern müssen. Zuletzt schleppte er mich auf den Schultern bis an unsere Karre und zog mich auf dieser heim in die Kolonie.

Smosmo hatte mich, das verstehe ich heute, zum Blausteinholen in die Faltenhügel geschickt, um mir die Vollendung der Schändlichen Unlust, um mir die Verwandlung meiner Mutter zu ersparen. Inzwischen bin ich lang genug Nothelfer, um aus eigener Anschauung zu kennen, wie sich die Kranken dann gebärden. Scheinbar gewinnen sie noch einmal an Kraft. Zumindest beginnen sie wieder zu sprechen. Aber es ist ein übellauniges, zunehmend unflätiges Schimpfen, mit dem sie alles und jeden überziehen. Die Schändliche Unlust endet mit einem Exzess an Gemeinheit. Obwohl ich alle 56 Heiligen Bücher studiert habe und das eine oder andere, was auf ihren engbeschriebenen Seiten dargelegt wird, auswendig zitieren kann, fehlt es mir an den rechten Wörtern, um in Eurem edlen Ton vom finalen Geschimpfe der Todkranken zu berichten. Das um wenige Bilder kreisende Zetern, in dem sie den Rest ihres Lebensmuts verbrennen, macht die Abgehenden zwangsläufig gleich. Smosmo behauptete sogar, dass sogar ihre Stimmen zuletzt peinvoll ähnlich werden. Ich habe keinen Grund, an dieser traurigen Frucht seiner Erfahrung zu zweifeln. Die Schändliche Unlust verwandelt den Erkrankten in ein widerwärtig allgemeines Wesen, in einen nur vagen Abklatsch seiner selbst, und so käme niemand auf die Idee zu widersprechen, wenn die Barmherzige Schwester schon vor dem letzten Atemzug den Wagen bestellt, auf dessen Ladefläche der oder die Keifende an den Purpurspalt verfrachtet wird.

Toctoc überraschte mich heute in meiner Kammer, als ich mit dem Brauen frischer Tinte beschäftigt war. Die Angeln meiner Tür sind gut gefettet, und Toctoc ist ein rechter Leisetreter. Wenn er sich im Sonnenhaus oder bei der Essensausgabe im Haus Für Alle einem anderen von hinten nähert, pflegt er sich laut zu räuspern, weil er in seinen verwirrten Jahren begriffen hat, wie lautlos sein Schreiten ist. Er sah mich über den Tisch gebeugt, die Spannung meines

Rückens verriet ihm, wie innig ich bei meiner Sache war. Alter, gut getrockneter, pulvrig fein zermörserter Blaustein ist der Hauptbestandteil meiner Schreibflüssigkeit, und es brauchte viele Versuche, bis ich herausfand, dass das helle Blau des Mehls in ein perfektes Nachtblau umkippt, wenn man es nur lange genug mit den richtigen Zusatzstoffen verquirlt. Toctoc stand ein kleines Weilchen hinter mir, ohne dass ich sein Dasein bemerkte. Ich hörte wohl nicht einmal sein Räuspern, weil ich den Rührbesen gegen die Wände der Schale klappern ließ. Es galt den Moment des Umschlags, in dem das lichte Blau von den ersten dunklen Schlieren durchzogen wird, nicht zu verpassen. In dieser Phase ist es wichtig, sacht zu rühren, damit sich das als letzte Ingredienz hinzugefügte Grünöl nicht wieder von der schon homogen gewordenen Tinte absondert und in großen, schillernden Tropfen am Rand anhaftet.

Toctoc muss schon am Grad meiner Hingabe abgelesen haben, dass ich etwas Verbotenes tat. Als er mich ansprach und ich erschrocken herumfuhr, kam es weder mir noch ihm in den Sinn, irgendetwas Ausweichendes oder Beschönigendes herauszustammeln. Auf dem Tisch standen die Ausgangsstoffe meiner Tinte, allesamt aus den Vorräten des Sonnenhauses entwendet. Sogar mein Rührbesen verstößt gegen das Gesetz, denn ich habe ihn mir aus unterschlagenen Altmaterialresten gebastelt. Die Tinte war fertig, als ich verblüfft innehielt, und sie ist wahrlich gut geworden. Nachdem ich fast eine ganze Nacht mit der neuen Abmischung geschrieben habe, kann ich ohne Übertreibung behaupten, dass es meine bislang beste ist.

Toctoc legte beide Hände auf den Tisch und glotzte mich fassungslos an. Mich hingegen ritt ein unwiderstehliches Verlangen. Einmal ertappt, wollte ich mich vollends offenbaren. Ich griff in den Halsausschnitt meines Kittels und holte mein Schreibutensil hervor. Toctoc hatte dergleichen nie gesehen. Ich tauchte die gespaltene Spitze in die frische Tinte. Mit der freien Hand schob ich den rechten Ärmel seines Kittels nach oben. Er bekam Angst, aber ich zwinkerte ihm beruhigend zu. Und dann schrieb ich in Eurer Schrift, mit den drei verschiedenen Lautzeichen, die es hierzu braucht, dunkel und groß, beginnend unter dem Ellenbogen und fast bis an die Handwurzel hinab, Toctocs Namen auf Toctocs bleiche, von Sommersprossen übersäte Haut.

SECHSTE SCHREIBNACHT

- Überlegungen über Geld & Liebe
- Mutter hatte mal was mit Smosmo

Ich verstehe nicht, was Geld ist. Erneut habe ich darüber nachgegrübelt, aber ich begreife sein Wesen nicht, obwohl sich in den Heiligen Büchern reichlich Beispiele für seinen Gebrauch finden. Auch Smosmo konnte mir einst in dieser Frage nicht weiterhelfen. In unseren gemeinsamen Lesenächten, im selig verschwendeten Schein ungezählter Steinschmalzkerzen, habe ich meinem Lehrer hierzu und zu anderem, was mir in der märchenhaften Vielfalt Eurer Welt rätselhaft blieb, hundertundeine Frage gestellt. Jede hat er aus seinem Wissensschatz, also aus der eigenen Lektüre der 56 Bücher, beantwortet, so gut er es vermochte. Inzwischen habe ich, auf mich gestellt, Seite auf Seite wieder und wieder gelesen und manche Stelle lesend auswendig gelernt. Und falls kein weiteres Buch bei uns eintrifft, werde ich meinem Nachfolger, jenem Leser, den ich, so es unsere Sonne erlaubt, in Eure Schrift einführen darf, mit recht ähnlichen, ja oft genug mit genau den gleichen Antworten dienen müssen wie Smosmo mir.

Allenfalls dämmert mir ein Verdacht. Geld ist offenbar in besonderer Weise beweglich, wie auf vielen emsigen Füßchen unaufhörlich vorwärtsstrebend. Obwohl Ihr Euch diese tippelige Zukunftsflucht auf mannigfaltige Weise zunutze macht, seid Ihr zugleich auf sorgend ängstliche Weise um den Bestand des Geldes, fast um seinen Stillstand bemüht.

Auf widersprüchlich sinnige Weise scheint es Schwundgeld und Bleibgeld in einem zu sein. So versuche ich mir sein Wesen bildlich zu verdeutlichen, da ich es nicht in gute feste Begriffe fassen kann. Manchmal dachte ich sogar, Geld wäre ein Wort für eine Art von Zeit, die wir nicht kennen. Wenn Smosmo Ähnliches vermutete, hat er seine Ahnung bis zuletzt vor mir verborgen gehalten. Ihr dürft unser gemeinsames Lernen und Lesen nicht missverstehen. Wir sprachen dabei über Gott und die Welt, aber es waren Eure Götter und Eure Welten, so wie sie uns aus den Zeilen entgegentraten. Das bedeutete jedoch nicht, dass uns auch zu dem, was in der Kolonie geschehen ist und weiter geschieht, stets eine Rede und eine Gegenrede gelungen wäre. Das Nahe, das allzu Nahe ist, so soll es auch bei Euch bisweilen sein, am schwierigsten mit Worten zu ergreifen.

Selbst in den schönsten Nächten meiner Knabenzeit, als das Gespräch mit meiner Mutter die Finsternis funkeln machte, wurde nicht alles, was Augen und Ohren, Nase und Fingerspitzen erfahren hatten, von Wörtern angerührt, von Sätzen umtastet. Das erste ungute Schweigen, dessen ich mich entsinne, griff Raum, als ich in die Dunkelheit unserer Mutterkind-Kammer hinein fragte, welcher der dickschädligen Brüder eigentlich der Ältere sei. Die beiden waren damals zusammen in unseren Jahrgang zurückgestuft worden. Smosmo ermahnte uns vor ihrem Eintreffen ernst, ihnen beim Lernen beizustehen. Vom ersten Tag an achtete er darauf, dass an den Arbeitstischen einer von uns zwischen den Brüdern zu sitzen kam, gewiss um deren genügsames Aufeinander-bezogen-Sein zu spalten.

Twitwi, die sich den fraglichen Hocker auffällig oft schnappte, fand bald heraus, das die beiden gerade mal ein Jahr gemeinsam in den gleichen Unterricht gingen, erst seit jenem Tag, an dem der Ältere in die Gruppe des Jüngeren hinabversetzt worden war. Die kleine Twitwi blieb auch die

Einzige, der es mühlos gelang, die beiden jeweils mit dem richtigen Namen anzureden. Beiläufig markierte sie damit auch das Altersverhältnis der Brüder, während uns anderen ihre Hässlichkeit, vor allem die schaurige Klobigkeit ihrer Schädel und vielleicht auch die Gleichheit der Käppchen, die sie als Einzige trugen, stets dazu verleitete, die beiden, wenn überhaupt, als Zweiheit anzusprechen und keinen Unterschied nach Lebensjahren zu machen.

Lesend habe ich nach und nach gelernt, wie selbstverständlich sich bei Euch Männer und Frauen zu mehr oder minder dauerhaften Paaren zusammenfinden. Ich gestehe, die irdischen Ziele oder Zwecke, die zweifellos damit zusammenhängen, bleiben mir bislang dunkel. Also flüchte ich mich in den Vergleich. Manche unserer Arbeitsgruppen sind so klein, dass sie durch Unfall oder Krankheit für eine Weile auf weniger als drei Mitglieder schrumpfen. Und bei uns Nothelfern ist es sogar die Regel, dass man sich zu zweit auf den Weg macht. So rührt mein Zutrauen in Toctoc gewiss auch daher, dass uns Smosmos Entscheidung oder der Zufall der jeweiligen Erfordernisse ungewöhnlich häufig zusammenspannten. Bevor Mirmir in das Amt der Barmherzigen Schwester hinein verschwand, war es mit ihr in gewisser Weise ähnlich gewesen. Ja, am liebsten schriebe ich jetzt, dass es mir damals in den ersten Jahren gleich lieb und recht war, mit Mirmir oder mit Toctoc zu einem Verletzten oder Kranken aufzubrechen. Aber ich merke wohl, wie feucht meine Hand über den letzten Zeilen geworden ist, und dass mich allein schon dieser kleine leibliche Umstand der Unehrlichkeit überführen könnte.

Ich habe die Niederschrift unterbrochen, um den Handteller an meinem Kittel zu trocknen. Er schwitzte zu stark, mein Schreibutensil war mir zu weit in die Mulde zwischen Daumen und Zeigefinger hinaufgerutscht, und prompt ist eine ganze Reihe von Wörtern weniger säuberlich geraten, als es die Würde des Schreibuntergrunds gebietet. Mirmir und ich waren gleich groß. Als mich die Barmherzige Schwester, in deren Üppigkeit sie eingegangen ist, vor ein paar Tagen ins Gebet nahm, musste ich, widerstrebend und doch sehnsüchtig, daran denken, wie unsere Schultern früher auf gleicher Höhe aneinanderrührten. In unserer gemeinsamen Nothelferzeit verdross es Mirmir, dass ich mich, wenn es auf pure Kraft ankam, deutlich stärker als sie erwies. Einmal waren wir an die Eisquelle hinuntergeschickt worden, um einem verunglückten Allesmacher beizustehen. Unmittelbar vor den schwarzen Lavarippen, aus denen damals noch das Eiswasser troff, hatte es ihn hingeworfen, und auch mit Hilfe seiner Kollegen kam er nicht mehr auf die Beine.

Der Eisquell ist im vorletzten Jahr versiegt, und leider haben unsere Mockmock-Beobachter, denen auch die Wasserfindung obliegt, bis jetzt keine andere derart ergiebige Stelle entdecken können. Damals sickerte es noch herrlich stetig aus den feinen Poren des schwarzen Vulkangesteins, so kalt wie nirgendwo sonst. Auch die weitere Aufbereitung war wunderbar einfach. Es genügte, das Wasser ein paar Tage in Behältern stehen zu lassen. Dann setzte sich an seiner Oberfläche eine hauchdünne, zunächst schleimige, dann geleeartige Schicht ab, die zügig noch fester wurde und zuletzt als eine wabbelige Scheibe herausgehoben werden konnte. Das Wasser darunter war ohne jeden Geschmack. Noch heute beginnt mein Hals in unwillkürlicher Nachlust, in Erinnerung an den einstigen Trinkgenuss, zu schlucken, wenn ich an die unglaubliche Reinheit des Eiswassers denke.

Der verunglückte Mann hatte sich an einem vollen Eimer verhoben. Er saß auf dem Boden, den Rücken an einem Felsbrocken, und beteuerte, dass ihn bereits der Gedanke, aufzustehen, erneut den glühenden Schmerz fühlen lasse, der ihm in Lendenhöhe von der Wirbelsäule aus ins linke Bein gefahren sei. Mirmir und ich lasen aus seinem bleichen Gesicht die Sorge, nie mehr arbeiten zu können, ja die Angst, vor der Zeit den Weg aller Nichtsnutze gehen zu müssen. Wir beruhigten ihn mit den üblichen Formeln, halfen ihm dann gemeinsam auf in einen unsicheren Stand. Nun galt es, sein Rückgrat und seine Muskeln auf die bekannte Weise wieder in das rechte Verhältnis zu rücken. Der Allesmacher war ein recht großer, grobknochiger Kerl, der dazu an Bauch und Hüften eine sichtbare Schicht Altersspeck angesetzt hatte. Mirmir, die ein besonderes Talent für das Einrenken besaß, stellte sich breitbeinig in Position und wartete darauf, dass ich ihr den Burschen auf den Rücken legte. Aber kaum lag sein Schulterkreuz auf ihrem, kaum hatte sie ihn an den Handgelenken auf die Zehenspitzen gezogen, da begannen ihre Knie zu zittern, sie wankte, und ich schaffte es eben noch, ihr den schwergewichtigen Kerl wieder abzunehmen, sonst wäre sie mit ihm umgestürzt.

Ich weiß nicht, ob sie mir je verziehen hat, dass ich den Mann dann problemlos schulterte, vom Boden hob und es mit dem üblichen Ziehen und Rütteln schaffte, dass sich die Blockade in seinem Rücken löste. Auf dem Weg nach oben halfen Mirmir und ich, wie es sich gehört, beim Transport des gereinigten Eiswassers. Die mit dem Karrenbau betrauten Neubastler hatten eigens hierfür einen hohen offenen Bottich auf einem schmalen Fahrgestell befestigt. Mit Eiswasser gefüllt, war das Vehikel so schwer, dass es vier Mann an der Deichsel und zwei weitere an seinem Heck brauchte, um es über den harten und glatten, aber nicht ganz ebenen Boden des Stollens voranzubringen.

Mirmir und ich schoben Schulter an Schulter. Und wenn der Tankwagen drohte, sich auf ihre Seite zu neigen, sprang ich schnell um sie herum, um ihn zu stützen. Ich habe noch im Ohr, wie sie vor Anstrengung, aber auch voll verhaltenem Zorn die Luft durch die Zähne stieß. Kaum dass ich ihr am Leib des Allesmachers an Kräften überlegen gewesen war, musste sie erneut sehen und fühlen, um wie viel ich, der Gleichgroße und nur wenig Schwerere, doch stärker war. Sogar als längst in die Lautlosigkeit eines Bildes verkapselte Erinnerung macht mich Mirmirs wütendes Zischen noch einmal tief verlegen, und zugleich fühle ich, dass das Geschehene erst aufgeschrieben, erst in Gestalt Eurer Schrift, seinen ganzen zwiespältigen Zauber offenbart.

Euch mag dergleichen seltsam vorkommen, erschrecken wird es Euch nicht. Ich hingegen habe mehr als nur staunend, ich habe immer wieder mit ahnungsreichem Entsetzen aus den Heiligen Büchern erfahren müssen, wie vielfältig bei Euch Männer und Frauen in mehr oder minder kühnen Berührungen aneinandergeraten können. Hintergründe und Absichten sind damit verbunden, die für Euch so selbstverständlich sind wie der Reichtum der Aromen, die Eure Lungen genießen. Mir aber machen die Einblicke in Euer Paartum beim bloßen Lesen den Atem stocken. Wenn einer von Euch die Reise zu uns überstünde, würde mir die Zunge im Mund brennen, vor Neugier, vor heikler Angst, noch mehr darüber zu erfahren.

Smosmos Stimme wurde leiser und dünner, wenn wir bei unserem gemeinsamen Studium an eine einschlägige Stelle gerieten. Lange war ich so ehrfurchtsvoll befangen, dass ich dann nicht einmal wagte, auf seine Lippen zu sehen. Aber mit der Zeit, von Lesenacht zu Lesenacht, wurde mein verehrter Lehrer allmählich zu meinem Komplizen. Dass er bei Tag das Amt der Barmherzigen Schwester versah, verlor im Sog der Nächte an Gewicht. Und schließlich begann ich sogar, ihn selbst, sein schmales langnasiges Gesicht, seine großen und doch feingliedrigen Hände in die fraglichen Zusammenhänge hineinzuphantasieren.

Zweimal habe ich als Knabe Smosmo mit meiner Mutter ein ungewöhnlich langes Weilchen reden sehen. Das erste Mal ist es an einem der Jahrestage der Ahnenschau geschehen. Dass meine Mutter die Finderin des Siedlerkörpers war, wurde, sobald der prächtige Behälter offenstand, in jäh aufgeflammter Scheu von niemandem mehr angesprochen. Unübersehbar begegneten ihr alle, die wir auf dem Weg ins Sonnenhaus trafen, mit stummem Respekt. Kleine Kinder, die noch nicht den Unterricht besuchen, dürfen den zur Feier des Jahrestags frisch mit weißer Salbe bestrichenen Körper gemeinsam mit ihrer Mutter betrachten. Wer hingegen schon mit seiner Altersgruppe lernt, wer sich jeden Morgen alleine in den Kugelturm aufmacht, geht auch zu unserem Urahn unbegleitet. Am fraglichen Tag war meine Mutter vor mir unten gewesen, und als ich hinabstieg, rief sie mir noch hinterher, sie wolle oben am Eingang des Sonnenhauses auf mich warten.

Ich kann mich noch an die besondere Höhe erinnern, die jede einzelne der Stufen an diesem Tag besaß, zudem an eine eigentümliche Vorsicht, und daran, wie meine Rechte, die in alter Gewohnheit die Fingerspitzen meiner Mutter suchte, neben mir ins Leere griff. Ich schließe daraus, dass es im ersten oder im zweiten Unterrichtsjahr gewesen sein muss. Unten wachte nicht bloß einer der damaligen Nothelfer, sondern die Barmherzige Schwester, Smosmos Vorgängerin, am Kopfende des von seinem Deckel befreiten Behälters, und dies steigerte meine Aufregung, zitternd sah ich alles mit neuartiger Schärfe. Zum ersten Mal fiel mir auf, wie groß die Zähne des ausgedörrten Siedlers waren. Und ich war froh, dass die Kiefer nur ein klein wenig offen standen und die Zunge unsichtbar blieb. Den Gedanken allerdings, dass der Körper eine solche besessen hatte und deren Schwundform vermutlich noch immer besaß, wurde ich nicht los. Zum ersten Mal kam mir der Gedanke, dass dieses flache Stück Fleisch der einzige ungetarnte, der einzige rohrote Muskel des menschlichen Körpers ist. Um das keimende Bild der geschrumpften Siedlerzunge zurückzudrängen, versuchte ich, an die Zunge meiner Mutter zu denken, und musste erschrocken feststellen, dass ich mir diese nicht vorstellen konnte, obwohl sie doch täglich, hinter ihren schön geschwungenen Lippen, hinter ihren kleinen Zähnen zu mir sprach.

Als ich nach oben zurückkam, wartete dort nur eine junge Frau, die sich, ihren Säugling im Tragetuch, ungeduldig und offenbar verärgert über mein langes Verweilen, an mir vorbei die Treppe hinunterdrängte. Draußen, im Sonnenlicht, entdeckte ich Smosmo und bei ihm meine Mutter. Die beiden standen hinter einer der großen Karren, wie die Steinbrecher sie zum Transport von Schwergut benutzen. Sie werden, um Gewicht zu sparen, fast ganz aus Altmaterial montiert. Die Seitenverkleidung ihrer Ladefläche besteht aus den größten ungeteilten Blechstücken, die ich bis auf den heutigen Tag zu Gesicht bekommen habe. Die Karre war defekt, auf der mir zugewandten Seite waren beide Räder abmontiert, zwei große Brocken Rotstein verhinderten, dass das Fahrzeug kippte.

Von Smosmo wie von meiner Mutter konnte ich nur die Füße und die Unterschenkel sehen, dennoch hatte ich beide sogleich erkannt, vermutlich an der jeweils typischen Unruhe, mit der sie sich, befangen in einem lebhaften Gespräch, dicht voreinander auf der Stelle bewegten. Ich war nicht nahe genug, um etwas zu verstehen. Heute denke ich, dass sie vielleicht sogar flüsterten und mir das Spiel ihrer Beine das schnelle Hin und Her ihres Redens wie die Verhaltenheit ihrer Stimmen verriet. Meine zierliche Mutter, in Mockmock-Galoschen, wie sie an Halbwüchsige ausgegeben werden, trippelte auf der Stelle, während Smosmo, der die Schuhspitzen nach außen gedreht hatte, in unregelmäßigen Abständen auf diesen hochwippte, als bemühte sich etwas in ihm, ganz unsinnig eifrig, zu der doch deutlich kleineren Gesprächspartnerin hinaufzugelangen.

Auf dem Heimweg begann meine Mutter von den dickschädligen Brüdern zu sprechen. Sie fragte mich nach Einzelheiten des Unterrichts, danach, was den beiden gelinge und womit sie ihre Schwierigkeiten hätten. Hierzu fiel mir das eine oder andere ein. Oft genug hatte ich mitgelacht, wenn den Dickköpfen die Werkstücke aus den Händen purzelten oder wenn sie, während wir gemeinsam im Sog von Smosmos Erzählung trieben, durch einen Zwischenruf, nicht selten nur durch ein einziges herausgegrunztes Wort, verrieten, wie weit sie im Fortgang des Berichteten zurückgeblieben waren.

Auch die zweite Unterhaltung, deren kindlicher Zeuge ich wurde, fand an einem besonderen Tag statt. Und vielleicht sind beide Beobachtungen nur deshalb mit dem Gewicht, das es für die Entstehung einer selbsttätig wiederkehrenden Erinnerung braucht, in mich gesunken, weil die Bedeutung des jeweiligen Tages sie günstig beschwerte. Die vorausgegangene Nacht war fast klar gewesen, was bei uns sehr selten, kaum ein halbes Dutzend Mal im Jahr, vorkommt. Der Nachtwart, das mit der Himmelsbeobachtung betraute Mitglied des Panik-Rats, hatte erkennen können, dass eine Mondgleiche unmittelbar bevorstand. Die Nachricht ging wie ein Beben durch die Kolonie. Unser Unterricht wurde geändert. Anstelle des alten Steinbrechers, der uns einen weiteren Vormittag mit der Eigenart und Nutzbarkeit der unterschiedlich harten Rotsteinarten vertraut machen sollte, erschien Smosmo, um Mondkunde mit uns zu treiben. Beschämt habe ich aus den Heiligen Büchern erfahren müssen, wie unerhört viel Ihr über unsere beiden Trabanten wisst. Obwohl sie der Erde so fern sind, ist es Euch gelungen, nicht nur ihren Lauf zu berechnen, sondern auch die Beschaffenheit ihrer Oberfläche zu erkunden. Selbst über ihren mutmaßlichen Kern haben Eure wundersamen Instrumente irgendwann Auskunft gegeben. Wir können unsere zwei

Monde allenfalls, so sich die brausende Wildheit unserer höheren Atmosphäre eine rare Ruhepause gönnt, durch letzte über ihre narbigen Scheiben hetzende Schleier am Firmament stehen sehen und ihre jeweilige Position mit vergangenen Stellungen vergleichen.

Als Kind fühlte ich vielleicht inniger als heute, was in den Tagen der Mondgleiche geschieht. Auf seltsam vermittelte Weise, als eine Art Stimmung, kam es auch in Smosmos Mondunterricht vor, obwohl er über den fraglichen Ort sicherlich nie ein Wort verlor. Die Wassersteinhöhle liegt unter dem Ratsgebäude. Und während ich dies für Euch hinschreibe, wird mir zum ersten Mal klar, dass die flache Kuppel des Bauwerks wohl absichtlich über der Höhle errichtet worden ist. Sie muss schon den Siedlern bekannt gewesen sein. Es wäre unsinnig, es wäre fast eine Art Frevel, wenn man den Zugang zu ihr erst später, bei einem nachträglichen Aufgraben des bereits überdachten Bodens entdeckt hätte. Zur Zeit jener Mondgleiche arbeitete meine Mutter an einer Altmaterialfundstelle, die mitten in der großen Bittersalzmulde lag. Auch Twitwis Mutter war mit anderen Allesmachern dorthin beordert worden. Und so machten wir uns nach dem Unterrichtsende gemeinsam auf den Weg, um unseren Müttern den Rest des Tages als Gehilfen zur Hand zu gehen.

Damals waren in unserer Jahrgangsgruppe die ersten in die verwirrten Jahre eingetreten. Erst am Vortag hatte ein Junge zu unserer Verblüffung den unterrichtenden alten Steinbrecher ohne erkennbaren Anlass angeschrien und musste von dem immer noch kräftigen Mann mit einer prächtig präzisen Ohrfeige beruhigt werden. Von den Mädchen unserer Gruppe waren zuvor schon zwei auf andere, aber vergleichbar überraschende Weise auffällig geworden. Beide brachen seit einiger Zeit, einzeln aber auch gemeinsam, in heftiges Weinen aus und gaben solch offensichtlichen Unsinn, wie ihre Hände und die Griffe der Werkzeuge würden nicht mehr zusammenpassen, als Grund für ihre tränenreiche Verzweiflung an.

Als ich mit Twitwi zur Bittersalzmulde hinaus marschierte, musste ich ausgerechnet am Vortag einer Mondgleiche gewahr werden, dass sie als drittes Mädchen unserer Gruppe die Alltagsgewissheit der vorausgegangenen Kugelhausjahre verloren hatte. Heute, nach gründlichem Studium der Heiligen Bücher, vermute ich, dass mir die Veränderung von Twitwis Gang längst hätte auffallen können. Damals, als sie neben mir die mit feinem, splittrigen Kies bedeckte Rinne, die zu den Bittersalzmulden führt, entlangstapfte, bemerkte ich, sobald ich mich zwei Schritte zurückfallen ließ, wie weit ihre Hüften zur Seite schwangen, wie sie die Schultern nach hinten zog und den oberen Rücken derart anspannte, dass sich darunter ein Hohlkreuz bildete, welches das Hervortreten ihres kleinen Gesäßes komisch betonte. Während ich nachdenklich auf ihre im Kies einsinkenden Galoschen starrte, begann sie, mich mit immer spitzer werdenden Bemerkungen zu necken.

Schon als Kind war ich selten um ein Wort verlegen. Dass mich meine Mutter lange für einen zukünftigen Mockmock-Beobachter hielt, rührte vor allem daher, dass mir zu allem und jedem etwas in den Sinn kam und ich meine Einfälle unbefangen kundtat. Auch auf dem Weg zur Fundstelle fiel mir zu jeder von Twitwis kleinen Sticheleien sogleich eine Antwort ein. In aussprechbaren Sätzen formten sich diese Erwiderungen in meinem Kopf, erklangen dort auch in einem angemessenen Ton, aber ich ließ es Twitwi gegenüber bei wenigen matten Worten bewenden. Sie hingegen bohrte weiter, und allmählich zog sich ihr Reden um die dickschädligen Brüder zusammen. Keiner in unserer Jahrgangsgruppe begreife, wie viel wir von den beiden lernen könnten. Bei allen seien die Ohren wie verstopft, sobald die

Brüder etwas sagten, was sonst keinem von uns über die Lippen komme. Von mir habe sie immer mehr erwartet. Leider vergeblich. Aber eigentlich finde sie weiterhin, dass ich Hellhörigkeit beweisen könnte, ja müsste. Ich verstand nicht recht, was sie damit meinte. Natürlich war mir aufgefallen, dass aus den dickköpfigen Kerlen gelegentlich seltsame Kommentare herausbrachen. Allerdings schien in der Regel nicht einmal Smosmo zu verstehen, worauf sie mit ihrem Gebrabbel hinauswollten. Und dass ausgerechnet ich dazu berufen sein sollte, die Einwürfe der tumben Burschen richtig zu deuten, wollte mir nicht einleuchten.

Als wir an der Bittersalzmulde eintrafen, nahmen die dort Beschäftigten gerade ihr Nachmittagsessen ein. Allesmacher, Altfinder und ein paar starknackige Steinbrecher saßen in kleinen Gruppen am Rand des weiten Lochs. Mit dem ersten Blick in seine Tiefe entdeckte ich Smosmo und meine Mutter. Die beiden waren, ganz hinten im linken Eck, in die Hocke gesunken, um ein Fundstück zu betrachten. Es war ungewöhnlich groß. Twitwi und ich konnten, an den Rand der Grube getreten, fast über deren ganze Länge hinweg erkennen, dass es sich um einen schräg im Boden steckenden rostroten Pfosten handelte, fast hüfthoch und armdick, ein prächtiges Stück Stahl, wie man es nicht oft entdeckt. Meine Mutter legte ihre kleine Hand auf die runde Kuppe, ließ sie dort liegen, klopfte sogar immer wieder darauf, als wollte sie die Festigkeit des Pfahls oder seine durchgängige Dichte prüfen. Dennoch dachte ich keinen Moment lang, dass sich die beiden über das ausgegrabene Stück Altmaterial unterhielten. Stattdessen bildete ich mir ein, mein Lehrer und meine Mutter sprächen über mich, über den Dienst, zu dem ich in Bälde taugen könnte, oder über etwas, was bereits in der Vergangenheit versunken war, mich jedoch auf eine neu erstandene Weise betraf. Ich spürte, auch Twitwi glaubte dem allzu vordergründigen Gestenspiel, dem Betasten und

Beklopfen des Pfostens nicht. Allein schon, dass sich ihre Brust, nun wo wir längst still dastanden, schneller hob und senkte als während des Marschierens, schien mir dies zu verraten.

Bald werkelten wir wie gewohnt mit. Twitwi und ich waren einem Steinbrecher zugeteilt worden, der begonnen hatte, einen riesigen Bittersalzbrocken so behutsam wie möglich zu zerlegen, damit das darin eingeschlossene Altmaterial, große Bruchstücke einer dünnen Kunststoffschale, keinen weiteren Schaden nahm. Die Arbeit war nicht schwer, aber sie verlangte doch unsere ganze Aufmerksamkeit, und der Steinbrecher hätte nicht geduldet, dass Twitwi und ich uns währenddessen über etwas anderes unterhielten. Am Abend war ich so müde, als hätte ich ein paar Stunden mit dem schweren Brecheisen und nicht mit dem Hämmerchen und dem kleinen Meißel gearbeitet. Ich legte mich früh aufs Bett und hörte noch, schnell in den Halbschlaf sinkend, wie meine Mutter sich vorne an der Rotsteinschüssel wusch.

Heute, wo mir die Kunde, die in den Heiligen Büchern aus Eurer Welt herüberklingt, mehr als nur einen Schleier von den Augen gezogen hat, staune ich über die Arglosigkeit meines damaliges Dösens, über die Geschwindheit, mit der ich aus dem Wachsein glitt. Den Weggang meiner Mutter bemerkte ich schon nicht mehr. Ich wachte erst wieder auf, als sie zurückkam und neben mir unter ihre Decke schlüpfte. Sie musste lange weg gewesen sein, denn ich fühlte mich frisch und ausgeschlafen. Die Zeit, während der ich dann noch neben meiner tief atmenden Mutter im Dunkeln lag, bevor draußen auf dem Flur der Weckgong erklang, bemaß sich auf eine geringe Zahl von Gedankenzügen, vielleicht waren es so wenige, dass ich ihren sprunghaften Gang bis an ihren Anfang, bis zum Erwachen durch die Rückkehr meiner Mutter, hätte zurückverfolgen können.

Am Morgen nach einer Mondgleiche gehen alle wie gewohnt an ihre Arbeit. Obwohl mindestens zwei Dutzend solcher Nächte in den Zeitraum fallen, in dem ich unsere Kolonie mit forschenden Augen beobachte, habe ich nie versucht festzustellen, wem am Folgetag das nächtlich Erlebte oder zumindest das Fehlen von hinreichend Schlaf ins Gesicht geschrieben steht. Zugleich weiß ich seit langem, seit ich irgendwann als Knäblein begonnen habe, mich als Denkenden und Wissenden zu verstehen, dass in diesen Nächten die Frauen und Männer in die Wassersteinhöhle hinunterströmen.

Wer es mir gesagt haben könnte, ist mir eben, obwohl ich mich erneut grübelnd mühte, nicht erinnerlich geworden. Die kleine Twitwi könnte es gewesen sein, womöglich hat sie es schon während des ersten, in meinem Zurückfühlen unglaublich langen Unterrichtsjahrs in aller kindlichen Unschuld am Werktisch herausgeplappert. Vielleicht hat sie mir diese Einsicht als Gegengabe geschenkt, weil ich ihr, der damals arg Verträumten, dabei half, einen Arbeitsrückstand im Bohren, Sägen oder Zusammenkleben aufzuholen. Während ich dies in Eurer Schrift niederschreibe, erscheint mir ein solcher Tausch, dem Seligen Tausch ähnlich und unähnlich zugleich, sogar die wahrscheinlichste Erklärung.

Auch damals, als wir uns der Grabungsstelle in der Bittersalzmulde näherten, kam es zu einem Wechsel vordergründig ungleicher, aber insgeheim doch gleichwertiger Gaben. Ich war es leid zu hören, wie Twitwi die ungenutzten Talente der dickschädligen Brüder rühmte, und beschloss dem Ganzen ein Ende zu machen, indem ich selbst etwas Freundliches über sie sagte. Auch mir sei aufgefallen, dass in ihren Augen, in ihrem Blick gelegentlich eine besondere Helle, eine erkennende Wachheit aufflackere, die wohl einfach noch nicht zum sprachlichen Ausdruck gekommen sei. Mehr musste ich nicht sagen, denn in diesem Moment erreichten wir den Rand der Grube und sahen Smosmo, meine Mutter und den eisernen Pfosten, vor dem die beiden hockten. Twitwis Hand pendelte zu mir herüber und stupste die meine an, und dann hörte ich sie tief einatmen, heftiger Luft holen, als es den ganzen Weg über feinen, scharfkantigen Kies und zuletzt durch knöcheltiefes Bittersalz nötig gewesen war.

Ach, da dergleichen bei Euch ein anderes Gewicht hat, eine Schwere oder Leichtigkeit, über deren Druck auf Euer Gemüt ich vergeblich mutmaße, will ich nun einfach hinschreiben, was schon einige Absätze lang seine Niederschrift verlangt: Als die dickschädligen Brüder den Notrufempfänger ins Sonnenhaus brachten, hatte ich die beiden bestimmt zwei, drei Jahre nicht mehr aus der Nähe betrachtet. Ihre Gesichter waren magerer geworden, wirkten dadurch länger, vor allem ihre Nasen schienen sich gestreckt zu haben, und die Ähnlichkeit mit einem dritten Antlitz stach mir so jäh, so ungedämpft schmerzhaft ins Bewusstsein, dass ich – zum ersten Mal und sogleich tief beschämt – froh war über Smosmos Tod.

Und noch etwas will ich nicht ungesagt lassen. Vermutlich erwartet Ihr, dass ich, so gut ich kann, erzähle, was in den Nächten der Mondgleiche in der Wassersteinhöhle unter dem Ratsgebäude geschieht. Aber nicht einmal die zapfen- oder pfostenförmigen Auswüchse des Wassersteins könnte ich Euch aus eigener Anschauung beschreiben. Es gibt drei derartige Höhlen im Erkundungsbereich unserer Kolonie. Zwei liegen hinter den Faltenhügelchen, und seit ich Nothelfer bin, ist keiner unserer Trupps mehr so weit Richtung Norden gezogen. Die Höhle unter dem Ratsgebäude habe ich nie besucht, obwohl ich als Alleinwohner längst hierzu berechtigt, vielleicht sogar verpflichtet wäre.

Stattdessen liege ich in den raren Nächten, in denen unsere Monde, erkennbar Kreis bei Kreis, am Himmel stehen und ihr Licht wie etwas Flüssiges tauschen, wach und finde bis zum Weckgong keinen Schlaf. Ich denke daran, wie Mirmirs in der Barmherzigen Schwester verschwundener Körper trotz seiner Zähigkeit und Gewandtheit und bei gleicher Größe ein für sie hoch ärgerliches Quäntchen schwächer als der meine war. Ich denke daran, wie Twitwi vor mir durch das Bittersalz stapfte. Und dann steht mir, im Gefolge dieser Bilder, unweigerlich vor Augen, wie meine Mutter damals, hinter der Karre der Steinbrecher, plötzlich mit einem energischen Ausfallschritt ihren grazilen Fuß zwischen Smosmos Galoschen setzte, und mir graut zugleich vor einem Umstand, der unter Euren himmlisch irdischen Umständen vermutlich nichts Schreckliches an sich hat.

Ach, unsere Kolonie ist zu klein, als dass sich zwei Männer, deren Lebenszeit sich überschneidet, niemals begegnen könnten. Man trifft sich. Man trifft sich unweigerlich. Man trifft sich mehr als nur einmal. Was würde es bedeuten, wenn mir im freien Gelände, in einem unserer Gebäude oder gar, die gnädige Sonne möge es verhüten, im Dämmer der Wassersteinhöhle derjenige Mann entgegenträte, dessen Züge, im nackten Tausch unserer Blicke, den meinen so gleichen wie Smosmos verschwundenes Gesicht den mager und lang gewordenen Gesichtern der dickköpfigen Brüder?

SIEBTE SCHREIBNACHT

- ist jetzt Lehrer → heute Ernennung
- Nachfolger von Girrgirr, der entlassen wurde, weil er Missetat beging
- Erklärung wie Benennung der Kinder geschieht
  → Braunstein mit Zeichen, das Silbe verdeutlicht
  → Doppelung dieser Sibe = Name
- Erde ging durch „Gerechten Untergang" unter

Es ist so weit. Früher als erwartet und ohne ein warnendes Vorzeichen ist es dazu gekommen. Erneut drehe ich den Kopf zur Seite, als könnte sich der Dingbeweis doch noch wie ein Traum- oder ein anderes Trugbild aus der greifbaren Gegenwart verflüchtigt haben. Aber der ehrwürdig blankgeriebene, nur noch an seinem dünnen Ende orangefarbene Zeigestock lehnt weiterhin neben mir an der Wand, und obwohl ich ihn seit meiner Kindheit kenne, frage ich mich zum ersten Mal, wozu er den Siedlern einst gedient haben mag. Bei der Abendbesprechung hat die Barmherzige Schwester das mannslange Ding in meine Hände gelegt, schon morgen soll ich mit dem Tun, das er versinnbildlicht, beginnen.

Nicht selten ist mir in den letzten Jahren bang vor diesem Tag gewesen, und so empfinde ich nun Erleichterung darüber, dass all das klamme Erwarten ein Ende haben durfte. Mit dem vorgeschriebenen Danksatz habe ich den Stock in Empfang genommen. Der Chor meiner Kollegen ließ den obligatorischen Glückwunschruf folgen, und Freund Toctoc drückte sein Knie gegen das meine. Er, der Wohlmeinende, ahnte genauso wenig wie die anderen, welche Skrupel mich sogar in diesem feierlich eindeutigen Moment plagten. Mein armer, zwiespältig aufgeregter Kopf hörte Smosmo lachen. Smosmo, der ein untrügliches Gespür für den Überschwang meiner Ängste besaß, hat mir noch kurz vor seinem Weggang augenzwinkernd prophezeit, ich würde, wenn es denn so weit sei, alles andere als einen üblen Lehrer abgeben.

Jeden Morgen begibt sich der zum Unterrichten bestimmte Nothelfer in den Kugelturm, wo alles, was unsere Kolonie zu wissen glaubt, an die Heranwachsenden weitergegeben wird. Bis gestern stapfte mein Vorgänger, der graubärtige Girrgirr, stets so fest und amtsgewiss aus dem Sonnenhaus zum Turm hinüber, dass mich, wenn mein Blick ihm folgte, die unsinnig selige Vorstellung überkam, Girrgirr würde auf ewig der lehrende Nothelfer bleiben. Sogar die Rückschau in meine eigene Zeit als Turmzögling geriet in den Sog dieses Wunsches: Nachts, wenn mich meine Träume unter meine einstigen Mitschüler zurückversetzten, verschmolzen Smosmos langnasiges Antlitz und das breite, flache Gesicht Girrgirrs zu seltsam stimmigen Mischungen. Girrgirrs schräg herabhängende Lider senkten sich über Smosmos graue Augen. Unter Smosmos hoher Stirn wuchsen Girrgirrs dichte Brauen zu einem dunklen Riegel zusammen. Erwachend fühlte ich mich zunächst unbehaglich verwirrt, dann aber bereitete es mir ein süßes Vergnügen, eine Art Zeitglück, gedanklich aufzuklären und als einzig wirklich anzuerkennen, dass Girrgirr mich keine einzige Stunde unterrichtet hat, sondern erst zum Lehrer berufen wurde, nachdem Smosmo das Amt der Barmherzigen Schwester übernommen und mich auf die frei gewordene Nothelferstelle geholt hatte.

Eins kommt stets nach dem anderen! Gewisse Passagen der Heiligen Bücher lehren mich dies wie ein Gesetz. Gerade aus ihrer festen Folgegewissheit schöpfen sie die Freiheit, auf einer einzigen Seite in geschmeidigem Wechsel von Umständen zu berichten, die Jahrhunderte auseinanderliegen. Wir hingegen haben Mühe mit der Reihung der Ereignisse und können von einem lückenlosen Nacheinander nicht einmal träumen. Aufgrund dieser Schwäche kann ich Euch auch über den Kugelturm nur bruchstückhaft Auskunft geben. Er ist neben dem Sonnenhaus, dem Haus Für Alle und dem Sitz des Rates das vierte Altgebäude, das die Überlebenden des Gerechten Untergangs wieder in Stand setzen konnten. Die Siedler, die offenbar verschiedene Bauweisen erprobten, haben den Kugelturm vollständig aus riesigen, mehr als kniehohen Braunsteinquadern errichtet. Braunstein ist dauerfeucht und nicht selten so geschmeidig, dass man ihn gut schneiden kann. Auch unsere Steinbrecher haben es nach und nach in seiner Verarbeitung, vor allem wenn sie, wie es auf der Unterebene der Fall ist, in reinen Weichstein hineinarbeiten können, zu einer respektablen Fertigkeit gebracht. Aber an einen freistehenden Bau von der Größe des Turms ist noch nicht zu denken. Wenn man sich ihm vom Sonnenhaus her nähert, verblüfft der Kugelturm durch seine eigentümliche Rundheit. Es ist, als wäre ein mächtiger Ball aus Mockmock-Kautschuk vom Himmel gefallen und hätte im tiefsten Punkt seines Aufpralls, vor der Bewegungswende, geschmiegt an den steinernen Grund, für immer innegehalten.

Schon morgen soll ich die anstehende Gruppe Erstlinge in den Turm hinüberführen. Ihre Mütter werden sie bei Sonnenaufgang ins Haus Für Alle bringen, dort wird der Ratsvorsitzende den Frauen für die bisherige Aufzucht danken und sie mit einem letzten, im Wortlaut unveränderlichen Satz bitten, den Saal zu verlassen, ohne dabei noch einmal den Kopf zu wenden. Dann gehen die Kleinen, was in den folgenden Jahren nie mehr der Fall sein wird, für einen vollen Tag bis Sonnenuntergang in die Obhut des unterrichtenden Nothelfers über. Dieser steht in den folgenden Jahren auf eine den Kindern stets fühlbar bleibende Weise über den erfahrenen Neubastlern, Altgutfindern oder Mockmock-Beobachtern, von denen sie außerdem unterwiesen werden.

Ich habe kein einziges Mal mitangesehen, wie der bedeutungsvolle Tag zu Girrgirrs Zeiten anhob, aber ich kann mir nun, wo es nie mehr unter seiner Leitung geschehen wird, vorstellen, wie das Entscheidende vonstattenging: In einem besonderen Trott, stumm vor Ehrfurcht und Erwartung, folgten die Kleinen der vergangenen Jahre Girrgirrs großer Gestalt, seinem breiten, leicht gekrümmten Rücken, seinem von einer Schnur aus Mockmockfasern gebändigten grauen Zopf hinüber zum Kugelturm. Als dicht geschlossenes Häuflein marschierten sie linker Hand um die Rundung herum, um dann, aufgereiht vor der Ostseite des Gebäudes, der ersten Geschichte vom Gerechten Untergang zu lauschen.

Ehrlich gesagt, glaube ich nicht, dass Girrgirr je einen besonders guten Erzähler abgegeben hat. Seine Stimme ist in Widerspruch zu seinem wuchtigen Körper hell und dünn, zudem von fast blecherner Schärfe. Wenn er bei den Abendbesprechungen an der Reihe war, um von seinem Tagwerk zu berichten, fasste er sich meist ungewöhnlich, manchmal unhöflich kurz. Oft genug hat ihn die Barmherzige Schwester ermahnen müssen, den einen oder anderen Unterrichtsvorfall mit der angemessenen Genauigkeit zu schildern. Jetzt, wo ich es nie mehr hören werde, erscheint mir sein harsches Sprechen als der genaue Gegenpol zu Smosmos wohltönendem, die Ausführlichkeit liebendem Vortrag. Smosmo war ein eindrucksvoller Lehrer. Aber obwohl ich dereinst mit meinen Altersgenossen von Smosmo auf die Glasseite des Kugelturms geführt wurde, fehlt mir jede Erinnerung an den denkwürdigen Tag. Ja, mein Entsinnen behauptet in sturer Widersprüchlichkeit, meine Knabenöhrchen hätten nicht auf der Ostseite des Turms, nicht aus Smosmos Mund, sondern nachts im Bett, in allerschönster Finsternis, die fragliche Geschichte aus dem Mund meiner Mutter gehört.

Vielleicht hat die Hartnäckigkeit dieser Fehlerinnerung

damit zu tun, dass meiner Mutter die Feuerwerker von allen Neubastlern die liebsten waren. So weit das Große Palaver reicht, ist einer der Feuerwerkertrupps damit beschäftigt, den je nach Fundort und Grabungstiefe unterschiedlich lehmigen Braunstein durch Hitze zu härten. Und das Geschirr, das sie in ihren Öfen brennen, hat während der Jahre, in denen mein Löffel in unseren Schalen kratzt, deutlich an Glätte und Glanz gewonnen. Aber selbst unsere schönsten irdenen Gefäße sind allenfalls hübsch, verglichen mit der gelben Kruste, von der die Ostseite des Turms überzogen ist. Goldgelb würde ich diese Schicht gerne nennen, wenn ich aus eigener Anschauung wüsste, wie jenes Euch besonders kostbare Element aussieht. Aber anders als Silber, von dem sich manchmal tröpfchenförmige Einschlüsse im Blaustein finden, konnten wir Gold bis jetzt nirgendwo aufspüren. Weil die Glasur der Braunsteinquader auf der östlichen Turmrundung Licht durchlässt, kann man abschätzen, wie dick sie ist. Fast eine Handlang scheint sie in den Braunstein hinein zu reichen. So weit drang die Wirkung des Gluthauchs also vor, dem das Gebäude als Ganzes standhielt.

Seit gestern wird Girrgirrs Name nicht mehr ausgesprochen. Dergleichen muss nicht eigens angeordnet werden, es versteht sich von selbst. Während ich dies schreibe, ist der Panik-Rat zu einer Nachtsitzung zusammengetreten, um den Vorfall mit gewiss quälender, aber unumgänglicher Ausgiebigkeit zu erörtern. Sicherlich wird dabei keinem unserer treusorgenden Räte der Name des ehemaligen Nothelfers, des einstigen Lehrers, über die Lippen rutschen. Ein solcher Übeltäter wird, bevor man ihn dem Vergessen überantwortet, nur noch als der Gewesene bezeichnet. Genau so hat ihn die Barmherzige Schwester bereits bei der Abendbesprechung genannt. Und falls während der kommenden Tage, draußen bei den Arbeitstrupps oder in der abendlichen Traulichkeit der Mutterkind-Kammern, noch einmal mit Worten an das Geschehene gerührt werden sollte, wird man, wenn irgend möglich, sogar diese Umschreibung vermeiden.

Nicht einmal in der größten Tiefe, wo die besten und erfahrensten Mockmock-Beobachter nach dem Ursprung der dort kaum augapfelgroßen Keimlinge unseres Ernährers forschen, wird der Name des Gewesenen noch einmal erklingen dürfen. Und ebenso gewiss ist, dass das Trommelorakel das Steinchen mit der schönen, der fast zärtlich schwirrenden Silbe «girr» zukünftig in seinem Bauch zurückhält, wenn der Ratsvorsitzende in den nach langem Drehen abgebremsten Aluminiumzylinder greift, den halben Namen eines Neugeborenen zieht, um ihn der Barmherzigen Schwester zu reichen. Seit jeher ist nur sie in der Lage, das Bild auf dem Klötzchen in Laute zu fassen. Zweimal stand ich während der Zeremonie dicht genug hinter Smosmo, um einen schnellen Blick auf den Stein eines noch wenige Atemzüge lang namenlosen Säuglings zu werfen. Und ich bin mir ziemlich sicher, dass mein verehrter Lehrer den frisch gezogenen Quader beide Male absichtlich so hoch hielt, dass auch ich erkennen konnte, was auf ihm abgebildet war. Wie auf meinem eigenen und auf dem Namensstein meiner Mutter war da nichts weiter als ein tief eingeritzter Kreis, der irgendwo in seiner Fläche, mal mehr mittig, mal mehr am Rand, eine winzige Kuhle, eine Art Punkt, zeigte. Gleich seinen Vorgängerinnen gelang es Smosmo, daraus sofort das Richtige abzulesen. Und auch seine Amtsnachfolgerin habe ich nie zögern sehen, wenn es galt, den vollen Namen, also die Verdoppelung der aus dem Bild begriffenen Silbe, lauthals in die Runde der gespannt Wartenden zu rufen.

Ganz zuletzt, bevor die Kunde von Girrgirrs Missetat endgültig verstummt, wird es uns genügen, scheu flüsternd, das Schicksal der am gestrigen Vorfall beteiligten Dinge anzudeuten. Denn jeder kennt den Augenblick, wenn die Hände nach dem Tablett mit der Großen Mahlzeit greifen, gleich gut. Jedem zittern im Vorgefühl des kommenden ersten Bissens die Finger. Jeder kann sich vorstellen, dass das flache, aus hellem Braunstein gebrannte Tablett in viele kleine Stücke zerspringen muss, falls es – die Sonne möge es verhüten! – zu Boden fällt. Ein einziges Mal habe ich mitangesehen, wie einem Kind, natürlich einem der dickköpfigen Brüder, ein vergleichbar schlimmes Missgeschick geschah. Die beiden Schüsselchen und die Trinkschale rutschten Spispi – oder war es Hoho? – vom Tablett, lagen dann aber, zum Glück heil geblieben, vor seinen Füßen. Unsere Schalen und Schüsseln sind aus schwerem, dunklem, fast schwarz gebranntem Braunstein und können einen Sturz aus dieser Höhe, aus den Händen eines Kindes, eben noch unbeschadet überstehen. Damals bewahrte den Tollpatsch nicht nur die Unversehrtheit des Geschirrs, sondern vor allem die Gründlichkeit, mit der die Gefäße leergeleckt worden waren, vor einer Bestrafung: Kein Tröpfchen Mockmockmilch war vergeudet, kein Bröcklein Mockmockbrei entehrt.

Es wird hell. Ich muss mich sputen. Etwas habe ich, Smosmo und Girrgirr gedenkend, vergessen aufzuschreiben: Seit einer Weile bin ich mir sicher, dass unser Kugelturm die drei anderen Altbauten, das Sonnenhaus, das Ratsgebäude und das Haus Für Alle, einst vor größerem Schaden bewahrt hat. Eine lange Passage über Wind und Wetter, die das Dritte Heilige Buch beschließt, hat mich auf die Spur dieser Einsicht gebracht. Und ein unauffälliges Nachsehen, ein heimliches Forschen nach den lang verjährten, aber noch nicht völlig durch den Sandwind verschliffenen Folgen von Hitze und Druck haben meine Vermutung bestätigt: Die anderen Häuser der Oberfläche verdanken es dem Kugelturm, dass sie bis in unsere Zeit fortdauern durften. Sie sind schmaler und niedriger als der wuchtige Turm, und sie standen, aufgereiht auf einer unsichtbaren Linie, in seinem schützenden Schatten, als dessen Ostseite von der heranbrausenden Glutwelle vergoldet wurde.

Morgen, wenn ich mit meinen Erstlingen vor die glasierte Rundung trete, kommt der Stock des unterrichtenden Nothelfers zum Einsatz. Seine Spitze wird dem Wellen- und Dellenmuster folgen, dem Verlauf der flachen Tropfen, zu denen der für eine schrecklich zeitlose Spanne verflüssigte Braunstein geronnen ist. Die Länge des Stocks, die im Inneren des Turms, in den Unterrichtsräumen, wohl eher lästig ist, wird mir draußen ermöglichen, im Lauf der Erzählung die vierte, sobald ich auf die Zehenspitzen wippe, sogar die fünfte Quaderreihe zu erreichen.

Girrgirr ist ungewöhnlich groß gewesen. Wenn ich dicht hinter ihm stand, was gemeinsame Nothelferarbeit nicht selten mit sich bringt, konnte ich gerade noch über seine Schulter lugen. Zudem war es keine hagere, sondern eine wuchtige Größe. Und sein Körper wäre gewiss noch höher aufgeschossen, noch muskulöser in die Breite gegangen, hätte er den wunderbaren Überfluss irdischer Ernährung genossen. Als ich mit Smosmo in den Heiligen Büchern zu lesen begann, nahm das Staunen hierüber kein Ende, und es wäre ein Frevel gegen den Zauber erster Lektüre, wenn ich nun, Beispiele nennend, das jeweils Staunenswerte gegeneinander abwöge. Wundersamer als wundersam, unfassbar mirakulös bleibt mir die Vielfalt der Speisen und Getränke, von denen ich lesend erfahren habe. Und wenn ich versuche, die Menge des vermutlich Ungenannten zu bedenken, wird mir schwindlig vor Entzücken, vor Neid und aufflammendem Hunger. Wie ungeheuer satt Ihr doch tagtäglich immer aufs Neue werden müsst. Obwohl mir das Auf und Ab des Hinschreibens hilft, die Gier zu dämpfen, tastet meine freie Linke nach dem Becher mit verdünnter Mockmockmilch, den die Barmherzige Schwester wie immer für den Nachtdienstleistenden bereitgestellt hat. Gleich werden ihn beide Hände umfassen, und ich muss ihn dann ohne ein Absetzen bis auf den letzten Tropfen leeren.

Toctoc hat alles mitangesehen. Er stand hinter Girrgirr und wartete gleich ihm darauf, das Tablett mit der Großen Mahlzeit in Empfang zu nehmen. Er hatte, an Girrgirrs nach vorn gekrümmter Schulter vorbeiguckend, schon bemerkt, dass die ausgegebene Portion nicht bloß bescheiden groß, sondern leider ausnahmsklein war. Fast alles, was unsere Körper zu ihrem Fortbestand brauchen, schenkt uns Freund Mockmock. Nur das weiße, das süße Steinschmalz, das köstlich schmeckt und hervorragend sättigt, aber, in größeren Mengen genossen, unweigerlich zu schlimmen, lang anhaltenden, ja lebensgefährlichen Magenkrämpfen führt, ergänzt diese Kost. Nichts in unserem täglichen Tun und Treiben ist gründlicher geordnet, wird sorgfältiger überwacht und liebevoller gehandhabt als Mockmock-Suche, Mockmock-Beobachtung, Mockmock-Ernte und Mockmock-Zubereitung. Dennoch gilt es gelegentlich, einen gewissen Mangel mit Geduld und Zuversicht zu überbrücken. Der wandernde Mockmock ist heilig. Das Große Palaver spricht in schrecklichen Andeutungen davon, wie die Sonne denjenigen bestraft, der sich an einem weichen, das heißt unmerklich vorangleitenden Mockmockfuß vergreift. Nur der in Ruhe verhärtete Mockmock darf gesammelt werden. Das hell knackende, fast knallende Geräusch, mit dem er sich dann vom Gestein der Kavernen löst, ist das Zeichen seiner Zustimmung. Die festen, flachen Schuppen unter der Lederhaut und das Innerste, Mockmockherz genannt und bei den besten Exemplaren fast säuglingskopfgroß, sind Grundlage all unserer Speisen.

Girrgirr hob sein Tablett in Schulterhöhe, um es mit Schwung auf den Boden zu schmettern. Becher und Schüssel zerbarsten, und die beiden in Steinschmalz gebratenen

Mockmock-Fladen zertrat der Tobende, wild hüpfend und stampfend, zu einem entsetzlich schmutzigen Brei. Toctoc hat mir erzählt, wie maßlos schrill sein Schreien klang. Drei herbeigesprungenen Steinbrechern gelang es, den um sich Schlagenden auf einen Tisch zu werfen und festzuhalten. Nur kurz habe sie der so Fixierte noch bespuckt und beschimpft, dann seien seine kräftigen Glieder in eine merkwürdige Schlaffheit gefallen. Er verstummte, hielt die Augen fest geschlossen, wollte schließlich, an den gefesselten Händen hochgezogen, nicht einmal mehr stehen und musste ins Ratsgebäude hinübergeschleift werden.

Ich weiß nicht, ob Girrgirr danach noch gesprochen hat. Als ich Toctoc über den Vorfall ausfragte, behauptete dieser zunächst, er hätte nicht verstanden, was der außer Rand und Band Geratene in den Saal gebrüllt hatte. Aber Freund Toctoc ist wie die meisten meiner Mitkolonisten ein schlechter Lügner. So gut wir von klein auf im Beiseite-Sehen und Verschweigen sein mögen, die Wahrheit zu verneinen oder gar etwas Falsches regelrecht zu erfinden, gelingt den Allerwenigsten. Toctoc, der mein Schreibgerät auf seinem Arm kratzen, meine Tinte auf der Haut trocknen gespürt hatte, schaffte es nicht, mir, dem Heimlichtuer, die Worte des Tobenden vorzuenthalten. Selbst ich, der ich in Smosmos Nachfolge ungezählte neue Vokabeln aus der Lektüre der 56 Heiligen Bücher gezogen habe und weiterhin ziehen werde, staunte, zu welch besonderen Schmähungen sich Girrgirr hatte hinreißen lassen. Toctoc, der sich gewiss nicht alles gemerkt hat, konnte mir sogar ein Wort mitteilen, das ich nie zuvor gehört und auch niemals gelesen hatte. Dennoch bin ich sicher, dass Euch, gerade weil Ihr in Überfluss und Verfeinerung zu speisen gewohnt seid, der mehrfach mit schriller Stimme in den Eßsaal gebrüllte «Höllenfraß» bestimmt ein Begriff ist.

«Höllenglut» hingegen werden die Kinder morgen ohne

weitere Erklärung verstehen. Man sagt stets so, wenn vom Gerechten Untergang die Rede ist, und es nimmt dem Wort nichts von seiner Kraft, dass wir über keine Idee von Hölle verfügen und das Wort allein sogar für mich, wenn ich es in Euren Zusammenhängen finde, weiterhin unvollständig klingt, weil es bei uns nur in einer einzigen weiteren Zusammenbildung, als Höllenkälte, in Gebrauch ist: Es war höllenkalt, es herrschte einer jener eisigen Winter, mit denen die Siedler einst zu kämpfen hatten, als ihre Welt in Hitze und Feuer unterging.

Die erste Geschichte vom Gerechten Untergang ist kurz. Eigentlich besteht sie nur aus zwei Bildern. Das erste zeigt einen rennenden Mann. Er trägt ein Mädchen, das groß genug wäre, selbst um sein Leben zu laufen. Aber es geht nicht bloß um die Geschwindheit der Beine. Der Mann hält den Kopf des Mädchens gegen seine Brust gepresst und hat es geheißen, seine Glieder an den Leib zu ziehen, um alles, sogar die Hände hinter seinem breiteren Rumpf wie hinter einem Schild zu bergen. Fast hockt sie in seinen Armen. So erreichen sie den Turm. Das Folgebild zeigt das Mädchen bereits auf eigenen Füßen, hinter der schützenden Rundung aus Braunsteinblöcken. Gerettet wendet es den Kopf, sein Blick sucht den Retter.

Die Erzählkunst, die dem unterrichtenden Nothelfer von den weit aufgerissenen Augen, von den offenen Mündern der Erstlinge abverlangt wird, besteht vor allem darin, dass er die Fuge, die leere Nische zwischen den beiden Bildräumen, so weit wie möglich aufspreizt. Das ist nicht einfach. Alles, was ich meiner Mutter und meiner geheimen Lektüre verdanke, werde ich morgen hierfür aufbieten müssen. Aber der ehrwürdig lange Stock, seine orange gebliebene Spitze und die goldene Glasur der Turmwand sollen mir helfen. Girrgirr kann es Jahr auf Jahr nicht viel anders ergangen sein. Die schneidende Helle seiner Stimme, seine Neigung zu knappen, ohne Senkung des Tons abreißenden Sätzen waren beim Sprung in die Mitte, in die Herzkammer des zweiten Bildes bestimmt kein Nachteil. Besser als in Smosmos weichem Singsang kann ich mir in Girrgirrs kurzatmiger Schrillheit gesagt denken, wie der volle, feste Leib des Mannes vor den Augen des geretteten Kindes vom Lichtwind erfasst wird und sich entformt zu Dampf und Rauch und schwarzem Partikelgestöber.

ACHTE SCHREIBNACHT

- Wie wird auf Mars geheizt & geleuchtet?
- um Ratsmitglied werden zu dürfen, muss man gewisse Anzahl an grauen Haaren aufweisen

Die Schar der neuen Schüler ist so klein. Als sich die Mädchen und Buben kurz scheu im Unterrichtsraum umgesehen hatten, dann aber wild entschlossen an die Hocker stürmten, um sich den Platz zu sichern, der nun für eine lange Weile ihr liebster bleibt, begriff ich, wie arg lückenhaft die beiden Arbeitstische besetzt sein würden. Trotzdem zählte ich meine Erstlinge nicht ab. Ich sah ihnen bloß nacheinander ins Gesicht. Alle erschienen mir wohlgeraten, sogar auf eine verblüffend ähnliche Weise hübsch. Dann bat ich einen Jungen, dem nicht nur die Erwartungslust, sondern auch die Ausdrucksfreude aus den Augen blitzte, mir und den anderen von seinem letzten ungeteilten Mutterkind-Tag zu berichten.

Der Kleine erwies sich als der Sohn einer Feuerwerkerin und erzählte, er sei am gestrigen Nachmittag mit dem Arbeitstrupp seiner Mutter aus den Faltenhügelchen zurückgekommen. Viel Zündpech, tiefschwarz und rein, hätten sie dort entdeckt, die glasigen Fladen mit dem Brecheisen aus dem Boden gehoben und mit dem Hammer in handliche Brocken zerschlagen. Zum ersten Mal sei es mehr gewesen, als ihre Behälter hätten aufnehmen können. Und ihre Karre, zu der sie die vollen Eimer geschleppt hatten, sei auf dem Rückweg so mühselig zu ziehen und zu schieben gewesen wie nie zuvor. Die Hälfte der Ladung mussten sie gleich den Blechschmelzern übergeben, weil deren Vorräte schon seit

Tagen aufgebraucht gewesen waren. Und auch bei den Geschirrbrennern, zu denen seine Mutter gehöre, werde das Gefundene schon bald in den Ofen wandern.

Zündpech ist kostbar. Es spendet weit mehr Hitze als der Klebstein, der mit flacher Flamme auf unseren Alltagsfackeln verbrutzelt, oder das braune Steinschmalz, das in unseren Lämpchen brennt und, mit Bittersalz verknetet, die Dochte unserer Kerzen nährt. Heute, an meinem ersten Unterrichtstag, kam mir zugute, dass die Feuerwerkertrupps häufiger den Beistand der Nothelfer brauchen als alle anderen Arbeitsgruppen. So konnte ich aus einer Fülle von Geschichten schöpfen. Bereits an meinem allerersten Sonnenhaustag bin ich mit Smosmo zu den Blechschmelzern hinübermarschiert, um dort nach einem Verletzten zu fahnden, den wir nicht, wie erwartet, in seiner Kammer auf der Unterebene angetroffen hatten. Ich trug den Topf mit der schwarzen Salbe, die für die Behandlung seiner Wunden vorgesehen war, und Smosmo nutzte den Weg, um mir die großflächigen Verbrennungen auf beiden Oberschenkeln zu beschreiben, die den Gesuchten eigentlich von jeder unnötigen Bewegung abhalten, ihm jedes längere Umherlaufen sogar zu einer rechten Qual machen mussten.

Beide Feuerwerkstätten sind nah, aber nicht zu nahe bei unseren Oberflächengebäuden. Für die Geschirrbrenner wie für die Blechschmelzer wurde eigens eine weite, mannstiefe Grube in den Braunstein gestochen. Diesen Aufwand hat die Kraft des Zündpechs erzwungen. Bis in mein drittes Kugelhausjahr war im Zusammenhang mit der Feuerwerkerei nur vom Klebstein die Rede gewesen, davon, dass er weit im Norden, noch hinter dem Purpurspalt, als heißer Brei aus Bodenritzen tritt und an der Luft zu einer zähen Substanz erkaltet. Ein erfahrener Geschirrbrenner hatte Proben in den Unterricht gebracht. Wir durften alle mit den Fingerspitzen daran tupfen, um die unterschiedlich starke Klebrigkeit kennenzulernen. Einer der dickköpfigen Brüder griff mit der ganzen Hand nach dem größten Stück und quiekte erschrocken, als es ihm nicht gleich gelang, die Finger wieder von der Oberfläche des Brockens zu lösen.

Als Smosmo und ich, der frisch berufene Nothelfer, an der Grube der Blechschmelzer eintrafen, sahen wir zu unserer großen Überraschung, dass offenbar auch alle Geschirrbrenner, fast ein Dutzend Männer und Frauen, anwesend waren. Mit großem, merkwürdig stillem Eifer waren beide Feuerwerkergruppen dabei, letzte Vorbereitungen abzuschließen. Der Versuch, der gleich unternommen werden sollte, zog jede Aufmerksamkeit auf sich, mit einer Gewalt, die selbst das Eintreffen der Barmherzigen Schwester nebensächlich machte. Ich entdeckte den Gesuchten, die Verbände zeichneten sich unter seinen Hosenbeinen ab. Smosmo rief seinen Namen. Aber er drehte nur kurz den Kopf in unsere Richtung, hob den rechten Arm zu einem flüchtigen Gruß und humpelte dann auf die andere Seite des ungetümen Dings, um das sich ausnahmslos alle versammelt hatten und das nichts weiter als ein ungewöhnlich großer, mehr als mannshoher Rotsteinofen der Blechschmelzer zu sein schien.

Zündpech ist nicht leicht zu entflammen. Als dies das erste Mal gelang, kamen zwei Geschirrbrenner zu Tode, und auch ihre überlebenden Kollegen trugen schlimme Verletzungen davon. Sie hatten einige der erstmals in die Siedlung geschafften schwarzen Fladen einfach probeweise zusammen mit der üblichen Menge Klebstein in einen ihrer Öfen geschoben. Der Knall war bis an die Bittersalzgrube zu hören, wo meine Mutter und ich an diesem Nachmittag nach Altmaterial gruben. Der Rat beschloss noch in der folgenden Nacht, dass alle Feuerwerker, die Geschirrbrenner wie die Blechschmelzer, ihre Arbeit einstellen mussten. Ein volles Jahr lang wurden sie ausnahmslos als einfache Allesmacher unter die Erde geschickt. Erst der nächste Rat erlaubte ihre Rückkehr, und als erste Tätigkeit wurde ihnen das Ausschachten der bis heute benutzten Schutzgruben aufgetragen.

Als ich und Smosmo das gemeinsame Treiben der beiden Feuerwerkertrupps aus der Nähe beobachteten, wurde meinem Lehrer schließlich doch noch der gebührende Respekt erwiesen. Der Blechschmelzer, für dessen geplante Versorgung ich den Salbentopf in Händen hielt, kam zu uns und bat Smosmo mit Worten, die der Würde der Barmherzigen Schwester angemessen waren, sich nun wie alle an den Rand der Grube zu begeben. Erst als wir wieder oben standen, bemerkte ich die lange, in den Braunsteingrund geschnittene Rille, die auf den Ofen zulief. Heute, wo das Verfahren verbessert und erprobt ist, lernt jedes Kugelhauskind, womit eine solche Zündrille gefüllt wird: mit Klebsteinbröcklein, braunem Steinschmalz und Bittersalz, alles verknetet zu einer körnigen Paste.

Ausgerechnet unser brandverletzter Blechschmelzer gab das Zeichen. Er pfiff auf zwei Fingern. Alle sahen zu ihm hin, und er hob die Hände über den Kopf. Unten in der Grube stand nur noch ein junger Kerl, eine brennende Klebsteinfackel in der Rechten. Langsam klappte unser Mann einen Finger nach dem anderen in den Handteller und nannte, laut rufend, mit Neun beginnend, die Anzahl der verbleibenden Finger. Als er «Eins» gerufen hatte und der kleine Finger seiner Linken nach innen knickte, entstand ein merkwürdig dringliches Schweigen. Ich fürchtete damals, das Sinken des letzten Fingers ziehe nun gleich mit unwiderstehlicher Gewalt etwas herbei, was schon die ganze Zeit unsichtbar in der Luft gehangen war und sich gleich auf seine besondere Weise, vielleicht in einem gemeinsamen Schrei, Luft machen, ja Erlösung verschaffen müsse. Aber stattdessen beugte sich bloß der Fackelträger gegen das Ende der Rille, entzündete die Mischung, und gelbliche Flämmchen begannen dem ebenmäßig zylinderförmigen, ganz oben spitz zulaufenden Brennofen entgegenzuwandern.

Kurz bevor die gelben Flämmchen das Ende der Zündrille erreichten, stellte ich schnell den Salbentopf zwischen meine Füße und hielt mir die Ohren zu. Smosmo sah mich verwundert an. Wahrscheinlich erstaunte ihn meine Ängstlichkeit. Die Arbeit der Feuerwerker galt zwar noch immer als gefährlich, aber zu einer großen Explosion war es seit dem Unglück am Tag der Zündpechentdeckung nicht mehr gekommen. Inzwischen hatten Geschirrbrenner wie Blechschmelzer in geduldig vorsichtigen Versuchen herausgefunden, in welchem Verhältnis man den schwarzen Stoff mit anderem Gestein mischen und wie man diese Mischung schichten muss, um ein sanftes Entflammen und gleichmäßiges Abbrennen zu gewährleisten.

Wenn es heute noch zu Verletzungen kommt, geschieht dies fast immer bei den Schmelzern. Fast könnte man die Verbrennungen, die sie sich an ihren immer aufs Neue umgebauten Öfen zuziehen, für eine Strafe halten. Denn weiterhin taugt das, was sie aus den kleinteiligen, blechdünnen Fundstücken, die Ihr vielleicht Schrott nennen würdet, herauslösen und in Formen gießen, nicht zu einer weiteren Bearbeitung. Twitwi hat mir einmal in ihrer Werkstatt einen kleinen Barren aus brüchigem, unrein stumpfbraunem Schmelzkupfer gezeigt und ohne Kommentar ein kunstvoll geformtes, wunderbar glattes, gleichmäßig glänzendes Stück aus dem Altmaterialfundus daneben gehalten.

Der Ofen, dessen Ingangsetzung Smosmo und ich mitansehen durften, schien auf gutem Wege. Als die Flämmchen in sein Inneres gewandert waren, puffte ein Wölkchen weißen Qualms aus der Zündöffnung, und schließlich wurde die Luft über dem Loch der Ofenspitze schlierig. Zündpechfeuer spendet ein gleichmäßig starkes, zart rötliches Licht, sein Rauch jedoch ist unsichtbar, reflektiert nicht einmal diese Röte. Auch wenn sie immer noch nach der richtigen Ofenhitze suchen, zumindest was unseren Zugriff auf Helligkeit angeht, ist den Blechschmelzern ein Erfolg gelungen. Beiläufig, auf einem Nebenpfad im Verlauf ihrer Missgeschicke, fanden sie heraus, wie man erweichtes Zündpech mit Mockmockfasern und verschiedenen Steinmehlen vermischen muss, um ein neuartiges Leuchtmittel zu erhalten. Die kostbaren, wunderbar langsam abbrennenden schwarzen Fackeln, die von den Blechschmelzern hergestellt werden, sind den Mockmock-Beobachtern vorbehalten. Wenn sie eine kleine Kaverne erhellen und ihr Rauch sich auf begrenztem Raum verdichtet, kann man einen feinen, seltsam schweißigen Geruch bemerken. Zu unserem bescheidenen Nothelferwissen gehört, dass dieser Schwarzfackelduft nicht allen gleich gut bekommt. Auf irgendeine rätselhafte Weise kann seine Inhalation das Merkvermögen beeinträchtigen. Nicht wenige, die aus guten Gründen zu Mockmock-Beobachtern berufen worden waren, mussten wegen bestürzender Gedächtnislücken, ob sie wollten oder nicht, den Dienst in der Tiefe aufgeben.

Deutlich, gewiss inniger als alle anderen in der Kolonie, habe ich den Tag in Erinnerung, als erstmals Zündpech gefunden wurde. Denn am Morgen dieses Tages half ich meiner Mutter festzustellen, ob sie sich am Nachmittag zu denen gesellen durfte, aus deren Schar das Trommelorakel die neuen Ratsmitglieder bestimmen würde. Sie bezweifelte, dass die Zahl ihrer grauen und weißen Haare hinreichte. Mir war natürlich aufgefallen, wie übervorsichtig sie in letzter Zeit die acht Zacken ihres Rotsteinkamms von der Stirn in den Nacken zog, wie sorgfältig sie die ausgekämmten Haare prüfte. Dennoch war ich, als ich in aller Frühe, noch vor dem Morgengong, im Licht einer eigens hierfür aus dem Gang hereingeholten Fackel die Arbeit aufnahm, nicht sicher, welches Ergebnis sie sich wünschte.

Das Zählen erwies sich als aufwendig. Über Nacht hatte meine Mutter frischen Mockmockgummi in Bittersalzwasser weich werden lassen. Ich formte daraus kleine Kugeln, klebte sie um die Spitzen der fraglichen Haare und senkte die so beschwerten Enden vorsichtig in einen Becher mit Leuchtsand, weil dieser, so er frisch genug ist, feuchten Gummi im Nu hart werden lässt. Ich hatte an der linken Schläfe meiner Mutter begonnen. Sie hielt den Blick fest auf die polierte Glanzsteinscheibe gerichtet, und als ich irgendwann, vom Scheitel kommend, in der Mitte ihres Nackens angelangt war, schüttelte sie ärgerlich den Kopf und forderte mich auf, das Ganze sein zu lassen.

Offenbar hatte sie still mitgezählt, und nun, wo ich am rechten Rand ihrer Stirn neu beginnen wollte, das bisherige Ergebnis für sich verdoppelt. Ich beharrte darauf weiterzumachen. Und zu meiner Überraschung ließ meine Mutter mich gewähren. Sie meinte sogar, sie habe nichts anderes von mir erwartet. Von Anfang an, kaum hatte die damalige Barmherzige Schwester das Klötzchen aus dem Trommelorakel gezogen, habe sie in meinem Namen, in dessen sprödem «Porr», genau dieses zähe Beharren mitschwingen gefühlt. Allerdings werde auch ein inzwischen vollends stur gewordener Porrporr bald einsehen müssen, dass pures Wollen zu wenig Haare nicht in hinreichend viele Haare verwandeln könne. Mir würde gleich, bevor wir ins Ratsgebäude hinübergingen, nichts anderes übrigbleiben, als sämtliche fein säuberlich angeklebte Kügelchen mit dem Glanzsteinmesser abzutrennen.

Als der Morgengong ertönte, zählte ich die Kügelchen und damit die grauen und weißen Haare meiner Mutter bereits zum zweiten Mal, und erneut kam ich zum gleichen Ergebnis. Sie nannte mich zunächst einen Dummkopf, dann einen Schwindler, befahl mir schließlich, die Glanzsteinplatte hinter ihren Kopf zu halten. Vorsichtig holte sie die gummibeschwerten Haare nach vorne auf die Brust und begann, die ersten Wörter mürrisch, ja vorwurfsvoll betonend, mit einer eigenen Zählung. Heute behaupte ich vor mir und vor Euch, dass ihr Wunsch, mich der Nachlässigkeit oder der Täuschung zu überführen, schwächer gewesen ist als ihre Sehnsucht, ich könnte recht haben, so unwahrscheinlich die Endzahl auch war, die ich Klümpchen auf Klümpchen, Haar auf Haar, zweimal bestimmt hatte.

Meine Mutter drehte das letzte, das hundertste Gummikügelchen lange in den Fingerspitzen. Wie ich hatte sie zweimal gezählt, viermal waren wir zum selben, verblüffend runden Ergebnis gekommen. Gleich würden wir ins Haus Für Alle hinübergehen. Einmal im Jahr, immer unmittelbar vor der Ratswahl, treten diejenigen, die sicher sind, erstmals hinreichend weiße oder graue Haare vorweisen zu können, vor die Barmherzige Schwester. Nie habe ich erlebt, dass eine Frau oder ein Mann die vorgeschriebene Zahl, die höchste Zahl, die wir in ein einziges Wort fassen können, nicht erreichte. Aber bis auf den Tag der Zündpechentdeckung war es ebenfalls nie geschehen, dass eine oder einer genau hundert markierte Haare vorweisen konnte. Und auch danach, bis heute, wo ich als unterrichtender Nothelfer vor meinen Erstlingen stand, ist dies kein weiteres Mal mehr vorgekommen.

Smosmos Vorgängerin im Amt riss meiner Mutter das hundertste Haar aus. Dann hielt sie es in alle vier Himmelsrichtungen. Nach Osten, wo die Glasmacher nach unseren zukünftigen Spiegeln graben, nach Westen, wo mit vergleichbarer Geduld unter Leitung des tüchtigen, alten Sursur nach dem raren orangen Warmstein gewühlt wird, nach Norden hin zu den Faltenhügelchen, die den Blaustein bergen, und dann nach Süden, wo der Purpurspalt qualmt. Alle, die ganz vorne standen, hatten gesehen, dass das ausgerissene Haar zugleich das letzte war, an dem ein Gummikügelchen hing, und sogleich wurde dieser mirakulöse Umstand in die hinteren Reihen weitergeflüstert. Die Barmherzige Schwester hielt das Haar meiner Mutter über eine Steinschmalzkerze, und bevor der Mockmockgummi, der es beschwerte, schmelzen konnte, flammte es knisternd auf und verging.

2

ZUM MARS

Mars ain't the kind of place
to raise your kids. In fact it's
cold as hell.
Bernie Taupin: Rocket Man

IM ADVENT: EINS

Alles schien gut gegangen. Dennoch fragte sich Elussa weiterhin, ob der alte Mann insgeheim etwas anderes als Russisch-Stunden von ihr wollte. Blind war er schließlich nicht. Und Elussa wusste, dass sie nicht nur in den beiden Spiegeln ihrer neuen Wohnung, dem schmalen im Flur und dem quadratischen über dem Waschbecken, sondern auch in den Augen der meisten hiesigen Männer noch immer mädchenhaft wirken konnte, obwohl sie sich seit dem letzten Winter regelmäßig, zuletzt heute Morgen, mit zornigem Schwung ein weiteres silbrig graues Ärgernis aus ihrem festen, schwarzen Haar, aus ihrer metallisch glänzenden Tatarenmähne reißen musste.

Ausgerechnet in diesem Punkt gab es eine offenbare, vielleicht sogar beruhigende Ähnlichkeit: Auch Spirthoffer, ihr neuer Sprachschüler, schenkte dem Blick eines Gegenübers keinen sicheren Hinweis auf das Alter seines Körpers. Als er nach oben gestiegen war, um das Unterrichtsgeld zu holen und dann die enge Wendeltreppe wieder ins Erdgeschoss seines Ladens herabgetapst kam, tat er dies wie ein Greis, mit den Schuhspitzen suchend, das spinnwebfein behaarte Haupt, das bunte Käppi auf dem Hinterkopf, nach vorne geneigt, als müsste das Hinschauen der Gewohnheit beistehen. Aber in den beiden Stunden zuvor hatte, sobald sich ihre Blicke kreuzten, ein erstaunlich wirkmächtiges Lächeln die Haut seines Gesichts straff gezogen, und der gesamte mimetische Ausdruck des Alten war, ohne jeden mildernden Übergang, um viele Jahre in seine Daseinsvorzeit zurückgeschnappt.

Auf ihren Aushang am schwarzen Brett der altgläubigen Gemeinde hatte Elussa insgesamt fünf Anrufe erhalten. Die ersten vier waren einschlägig ärgerlich gewesen. Zum Glück streikte der Bildschirm ihres Don-Phons schon eine Weile, und sie musste die unverschämten Kerle nicht sehen. Die Linse ihres Apparats hatte sie sicherheitshalber mit einem Stückchen Papier zugeklebt, um einer einseitigen Übertragung vorzubeugen. Der vierte Anruf hatte die drei vorausgegangenen noch einmal an Dreistigkeit überboten. Und so kam es, dass Elussa Herrn Spirthoffer, der sich kaum eine Minute später als Fünfter und bislang Letzter nach dem offerierten Einzelunterricht erkundigte, unwillkürlich mit der Verdopplung des vorgesehenen Stundenhonorars konfrontierte, noch dazu in einem barsch unhöflichen Ton, als ließen sich hiermit die Zweideutigkeiten, in die seine Vorgänger ohne Umschweif verfallen waren, bereits im Keim ersticken.

Spirthoffer hatte geantwortet, der geforderte Betrag gehe in Ordnung, und auch für den An- und Abweg werde er sie angemessen entschädigen. Sein Deutsch klang merkwürdig körnig, fast mineralisch, als stammte es aus einer Zeit, die in den Körpern, die ihr teilhaftig geworden waren, einen kristallinen, salzartigen Niederschlag zurückgelassen hatte. Genauer vermochte es Elussa, obwohl sie stolz auf ihr translinguales Feingefühl war, nicht zu bestimmen. Sie und ihre Tochter Alide waren erst vor gut einem Jahr aus der chinesischen Provinz Sibirien in die größte Stadt des Freigebiets Germania gekommen, um dort die Wohnung ihres älteren Bruders zu übernehmen. Zu viele Sorgen, zu viel Alltagsmühsal, zu wenig Muße, um den hiesigen Männern, die Elussa, obwohl sie tapfer mit ihren Vorurteilen rang, noch immer nicht recht leiden mochte, mit offenem Sprachsinn und unbefangenem Gemüt zu begegnen.

Ihrem Töchterchen würde der Alte, falls sie ihn irgendwann zu Gesicht bekommen sollte, bestimmt gefallen. Bereits das Schaufenster seines Ladens hatte Alide, ohne dass ihr etwas über dessen Eigentümer verraten worden war, sogleich ins Herz geschlossen. Gestern, am Vortag des ersten Unterrichtstermins, war das Wetter, wie im Dreifaltigkeitsradio prophezeit, umgeschlagen. Als Elussa am späten Nachmittag losging, um Alide aus der Musik- und Tanzgruppe der Gemeinde abzuholen, wehten ihr noch heftige Böen den seit Tagen anhaltenden, eisig kalten Sprühregen ins Gesicht. Aber wie sie dann zusammen zurückmarschierten, in ihrem gemeinsamen mittellangen Mutter-Tochter-Schritt, den sie sich erst in ihrer hiesigen Zeit angewöhnt hatten, Alide tüchtig ausstiefelnd, Elussa gebremst tippelnd, ließ der Wind plötzlich nach, und es trat ein, was die Stadt ein volles Dutzend Jahre entbehrt hatte. Einzelne, schier übernatürlich große Flocken trudelten über die Kante des Schirms, dessen Schutz sie sich teilten. Und ganz langsam, wie von einem kunstsinnigen, also spannungsbewussten Wolkenmelker hinauszögert, nahm ihre Dichte zu.

Anlass genug für einen kleinen Umweg durch das naheliegende Pärkchen, von dessen einst stolzem Baumbestand die Brennholzmacher ausnahmslos nur kolossale Stümpfe übriggelassen hatten. Alide gefiel, wie steil und dicht die Nottriebe die schon weiß bedeckten Schnittflächen umstanden. Sie meinte, jetzt wo es dunkel werde, sähen sie wie riesige Igel aus. Hand in Hand erreichten sie die andere Seite der Grünanlage, und Elussa stellte zufrieden fest, dass ihr Orientierungssinn sie richtig geführt hatte. Da war das Haus, auf das sie nun, noch ohne ihrer Tochter von Spirthoffers Anruf zu erzählen, einen misstrauisch vorsorglichen Blick werfen wollte. Wie von ihrem zukünftigen Schüler am Don-Phon beschrieben, beherbergte das Gebäude im Erdgeschoss einen libanesischen Imbiss und daneben die Ladenwerkstatt des alten Herrn: Das Elektronische Hospital.

Weil das Händchen des Zufalls es wollte, hatte Spirthoffer ausgerechnet an dem Tag, an dessen Ende der wahre Winter gleich einem lang verschollenen Verwandten in die Stadt zurückkehrte, sein Schaufenster vorweihnachtlich dekoriert. Girlanden, in deren dunkelgrünen Plastiknadeln rote Lämpchen blinkten, rahmten, wie einst in der Guten Alten Zeit üblich, das ungeteilte Glas. Elussa mühte sich, in die dunkle Tiefe des Geschäfts zu lugen. Alide aber betrachtete das im hellen Vordergrund Ausgestellte, klatschte entzückt in die Hände und drückte ihr Näschen und die Spitzen ihrer Zöpfe gegen die Scheibe. Denn im Nu hatte die Kleine begriffen, dass die Gesellen, die Spirthoffer da drinnen für Groß und Klein, für jeden an den kommenden Abenden kindlich gestimmten Passanten aufgestellt hatte, gemäß ihrer Art, mit den irgendwann einschlägig gewesenen Sensoren, auf Klopfen und Rufen reagieren mussten.

Zusätzlich zu ihren mütterlichen Pflichten hatte sich Elussa stets Mühe gegeben, ihrer Tochter auch jenen maßvoll strengen und gerechten Vater zu ersetzen, der ihr selbst in ihrer Mädchenzeit vorenthalten worden war. Deshalb, aus festen erzieherischen Prinzipien, hatte das, was nun dort drinnen, fiepsend und flackernd, tutend und leuchtend in Bewegung geriet, nie auch nur den Hauch einer Chance besessen, in ihre Novonovosibirsker Wohnung vorzudringen. Zudem lag das Auf- und Abwogen der fraglichen Spielzeugmode schon weit zurück. Elussa erinnerte sich allerdings noch gut daran, wie diese Kerlchen, vor achteinhalb Jahren, als ihr zierlicher Körper mit Alide, die ein großes Neugeborenes werden sollte, schwanger ging, auf ihrem Siegeszug durch die chinesischen Provinzen und Protektorate auch in Sibirien Einzug gehalten hatten. Monsters of Mars! Einen

Sommer lang war man, wo immer Kinder spielten, vor ihrem Rattern und Schnaufen und ihrem kreischigen «Jawoll, my dear master!» fast wie von etwas Natürlichem, wie von Hundebellen oder Sperlingsgezwitscher, verfolgt worden.

Sogar Elussas damaliger Arbeitgeber, der Leiter des Novo Centre Globo Language, ein in mancherlei Hinsicht alberner Halbkoreaner, hatte sich, kaum dass die Figuren, wie aus dem Nichts, aus irgendwelchen Altbeständen auf den Ramschmärkten der Stadt aufgetaucht waren, eine beachtliche Kollektion des elektronischen Spielkrams zulegt. Auch nachdem die Mode abgeebbt war, verblieben die knapp anderthalb Hand hohen Burschen in den Regalen seines Büros. Dort beantworteten die Marsianer, um deren Energieversorgung ihr Besitzer sich irgendwann zu kümmern aufgehört hatte, dessen schrilles Auflachen mit einem letzten Rucken des Kunststoffpanzers oder einem schwächlichen Lautsprecherknacksen.

Hier jedoch, im Elektronischen Hospital, waren die längst ins Abseits geratenen Veteranen offenbar noch einmal auf Vordermann gebracht worden. Zwar sah man ihren Gliedmaßen und Rümpfen auch im vorweihnachtlich milden Schein des Spirthofferschen Schaufensters durchaus an, dass ihre einstigen Eigentümer recht kindlich rüde mit ihnen umgesprungen waren; aber was machten ein paar Schrammen schon aus, wenn die alte Mobilität und die ursprüngliche Kontaktfreudigkeit wiederhergestellt waren.

«Kommt, Monsterlein! Kommt!», rief die kleine Alide in ihrem wundervoll hellen Deutsch, und nach und nach taten ihr alle Automaten diesen Gefallen. Ein besonders wuchtiger, krabbenartig plumper Marsianer bewegte seinen halbkugelförmigen Rumpf eilends von ganz hinten nach vorne und stieß zuletzt zwei seiner Planetengenossen mit den Greifklauen des vordersten Armpaars beiseite, um sich den Mittelplatz direkt unter den Spitzen von Alides Zöpfen zu sichern. Alide schob die Mütze zurück und legte das Ohr ans kalte Glas, um sein Lautgeben besser zu verstehen. «Er sagt Mama zu mir!», behauptete sie, ohne den Kopf von der Scheibe zu nehmen. «Er will zu uns nach Hause mitkommen und neben mir im Bett schlafen!»

Als Elussa am darauffolgenden Tag, ein wenig zu früh, wie es ihre Art war, vor dem Laden eintraf, kniete dessen Betreiber auf der roten Folie, mit der das Schaufenster ausgelegt war, und hatte just diesen Vielbeiner in Händen. Wenig später lag die Spielfigur auf dem großen Tisch, den der Alte im Zimmer hinter dem Verkaufsraum für die erste Unterrichtseinheit vorbereitet hatte. Sie tranken einen orangeschillernden, fruchtig aromatisierten Tee, und Spirthoffer erzählte ihr, zurückliegende Nacht müsse es ein rechtes Tohuwabohu unter den Monstern gegeben haben. Letzten Endes trage er selbst die Schuld. Die Rechnerleistung der Bürschchen sei einfach zu mickrig, um mit der Reizüberflutung zu Rande zu kommen, die entstehe, sobald ein gutes Dutzend von ihnen auf engem Raum in Fahrt geriete.

Wahrscheinlich habe ein Passant sich einen Spaß daraus gemacht, die Bande mit rhythmischem Klopfen und Rufen so lange zu stimulieren, bis sie, gehorsam antwortend und sich wechselseitig weiter hochschaukelnd, die Grenze ihrer Verarbeitungskapazitäten überschritten. Ihm sei schon eine Idee gekommen, wie sich solchen Tumulten zukünftig vorbeugen lasse. Gleich nach dem Unterricht wolle er diesen besonders eindrucksvollen Gesellen hier – sehe er nicht aus wie eine halbe Kokosnuss! – so aufrüsten, dass er im Notfall das Kommando übernehmen und die anderen im Zaum halten könne. Dies sei technikhistorisch natürlich alles andere als korrekt; ein kundiger Sammler fände einen derartigen Eingriff bestimmt unverzeihlich. Andererseits stimme die Adventszeit manchmal sogar die strengsten Fundamentalisten versöhnlich.

Elussa begriff nicht ganz, was er damit sagen wollte, aber die Redseligkeit des Alten war ihr für den Anfang nur recht. Verstockte Sprachschüler bedeuteten ein hartes Brot. Doch auch einem haltlosen Monologisieren wollte sie vorbeugen. Folglich nahm sie das Heft der Unterhaltung in die Hand, wechselte ins Russische und begann damit, die vorhandenen Kenntnisse und Fähigkeiten auszuloten. Spirthoffer verstand sie problemlos, wenn sie sich zu den Dingen äußerte, die sie vor Augen hatten. In den Regalen, vollgestopft mit mehr oder minder archaischen Apparaten, fand sich hierfür Anlass genug. Bei der Betrachtung eines komisch weit nach hinten ausladenden Fernsehapparats kamen sie sogar ins Scherzen. Spirthoffer nannte ihn auf Deutsch ein Bildröhrengerät und fragte sie nach der russischen Bezeichnung. Elussa glaubte sich zu erinnern, dergleichen Geräte, halb Möbel, halb Maschine, als kleines Mädchen in Filmen gesehen zu haben, hatte aber kein Wort parat. Also wich sie aus und sagte, die deutsche Bezeichnung sei seltsam irreführend, untypisch für diese früher als präzis gerühmte Sprache, denn die Form erinnere überhaupt nicht an eine Röhre, sondern eher an eine ungleichmäßig ausgebeulte Kugel. Beulenfernseher wäre ihres Erachtens ein näherliegender, dem Aussehen angemessener Name gewesen. Spirthoffer meinte, gegen eine solche lustig späte Umbenennung habe er, gerade im Rahmen ihres zukünftigen Unterrichts, nicht das Geringste einzuwenden.

Als sie ihm ein russisches Schulbuch ihrer Tochter vorlegte, las er die einfachen Sätze langsam, aber mit durchweg sinnfälliger Betonung ab. Allerdings weigerte er sich, eine kleine Probe seiner Schreibfähigkeit abzulegen. So weit gehe sein Ehrgeiz nun doch nicht mehr. Lesen und Sprechen seien ihm Herausforderung genug. Also verschaffte sich Elussa nach und nach einen ersten Überblick über den Wortschatz und die syntaktischen Strukturen, die ihrem

Schüler zu Gebote standen. Woher seine Altkenntnisse genau stammten, wollte er ihr nicht verraten. Er blicke so selten wie möglich in den biographischen Schlund zurück. Zum Vergangenen habe er, als weit Jüngere möge sie ihm dies nachsehen, ein gelinde gesagt zwiespältiges Verhältnis. Die Geschichte der Geräte, die er täglich repariere, reiche ihm vollauf, um seinen diesbezüglichen Durst zu stillen. Diese Überlegungen brachte er erneut auf Deutsch vor. Aber grundsätzlich war er damit einverstanden, dass der Unterricht, einschließlich der unumgänglichen grammatischen Erläuterungen, so weit wie möglich auf Russisch vonstattengehen sollte.

Spirthoffer tappte, als ihn seine frisch berufene Lehrerin wieder verlassen hatte, erst einmal an das Medikamentenfach seines Kühlschranks. Wider Erwarten hatte der Cocktail aus drei bewährten Muntermachern nicht lang genug vorgehalten. Gegen Ende der vereinbarten Doppelstunde war es ihm schwergefallen, seine Rolle überzeugend zu spielen. Zudem hatten ihm Gestalt und Ausdruck seiner Besucherin überraschend stark zugesetzt. Wie diese sibirische Westwandererin Deutsch sprach, die unheimliche Innigkeit, mit der sich ihre Sätze rundeten, hätte ihm bereits bei ihrem Telefongespräch eine Warnung sein müssen. Ihr Russisch war zum Glück ein wenig leichter auszuhalten. Dass ihm beides aus einem asiatischen Antlitz entgegenklingen würde, war nicht vorherzusehen gewesen.

Vielleicht sollte er morgen, sobald es nichts mehr abzulesen galt, die Brille stets sofort wieder auf den Tisch legen, um sich in unscharfer Nahschau besser auf das Nötige, auf das für die Zukunft Erforderliche konzentrieren zu können. Auch was die geistige Spritzigkeit anging, würde er sich etwas einfallen lassen müssen. Nun, zur Erholung und Besinnung, wollte er sich eines der Kräuterplätzchen gönnen, die sein libanesischer Nachbar in kleinen Endverbrauchertüten an alle verkaufte, die ihm hierfür erwachsen genug erschienen und dazu den Namen des traditionellen Trockengebäcks halbwegs korrekt über die Theke sprechen konnten. Auf beides, auch auf das bestimmt fast immer unzulänglich artikulierte arabische Wort, legte der Händler, Spirthoffer hatte es beobachtet, offenbar gleich großen Wert.

Bevor das Kraut zu wirken begann, blieb noch genug Zeit, um den Mars-Kerl zu modifizieren. Das Modul, das er brauchte, fand sich wie erhofft in einem Karton mit Militärelektronik-Schrott, den er im Herbst auf dem Markt Für Alles erworben hatte, an einem der vielen Container-Stände, von denen der Raum unter den Stelzen der wegen Einsturzgefahr gesperrten Stadtautobahn fast lückenlos ausgefüllt war. Ursprünglich war das Bauteil für intelligente Streubomben entwickelt worden, und eine genial vereinfachte Variante hatte sich, wenn ihn seine Erinnerung nicht trog, bald darauf in den ersten verlässlich, also kollisionsfrei kooperierenden Bürst- und Saugrobotern der untergegangenen städtischen Straßenreinigung bewährt.

Leider erwies sich das fast streichholzschachtelgroße Klötzchen als zu breit, um es in die Brust des Monsters zu implantieren. Spirthoffer hatte schon den Lötkolben in der Hand, um die gewölbte Plastikschale ein wenig aufzuschmelzen, besann sich dann aber eines Besseren. Gestern Mittag, die Figuren standen gerade eine Stunde im Schaufenster, hatte ihm ein Laufkunde immerhin hundert Eurorubel für just dieses Exemplar geboten. Gewiss war noch mehr für die schöne Figur herauszuholen, falls sie originalgetreu blieb. Also entschied er sich für eine externe Lösung. Mit einem Klacks Dauerplastilin klebte er das Raumkontroll-Modul auf den Rückenpanzer und fädelte je zwei der vier unumgänglichen Drähtchen durch die Ritzen unter dem hintersten Beinpaar. So sah das Kästchen wie ein kleiner

Rucksack aus, und auch die Farben, das militärisch matte Grau und das verblichene Mars-Rot, passten prima zusammen.

Gerade als der aufgerüstete Vielbeiner eine erste Runde über Spirthoffers Arbeitstisch drehte, Tassen und Kanne umkreiste, stets brav an den Tischkanten stoppte und nach kurzem elektronischen Besinnen ruckelig in den Rückwärtsgang fiel, ging die Glocke der Ladentür. Spirthoffer warf einen Blick auf den Überwachungsmonitor und erkannte den Monsterliebhaber von gestern an dessen rotblonden Haaren. Er drückte den Türöffner und spürte aufstehend, wie ihm wohlige Wärme aus dem Bauch in die Oberschenkel strömte. Die Kräuterwirkstoffe waren deutlich früher als sonst in seinem Blut angekommen. Trotz der mentalen Erschöpfung schien der Unterricht seinen Stoffwechsel stimuliert zu haben. Vorne, im Ladenraum, stand der Rotschopf über die Auslage gebeugt, gewiss vermisste er das Objekt seiner Sammlerbegierde, und Spirthoffer entschied sich, ihm vorzuschwindeln, er habe das prächtige Stück einem anderen Interessenten, gegen Hinterlegung von stolzen fünfhundert Eurorubeln Kaution, zur technischen Prüfung nach Hause mitgegeben.

Der kleine Trick klappte nur halb. Zunächst erhöhte der Sammler, sichtlich erschrocken, sein ursprüngliches Angebot auf das Doppelte. Aber als Spirthoffer einwandte, der Marsianer sei in diesem Erhaltungszustand eine echte Rarität, und er wolle deshalb noch weitere Offerten abwarten, stieg dem Kerl das Dunkel des Cholerikers ins sommersprossige Gesicht. Mit beiden Händen griff er in die Auslage, packte zwei der dort reglos verharrenden Figuren und begann mit ihnen herumzufuchteln. Er behauptete, Don Dorokin persönlich zu kennen, und drohte Spirthoffer damit, sich in der Dreifaltigkeitskirche über dessen Geschäftsgebaren zu beschweren.

Dies war nichts weiter als leeres Geschwätz. Spirthoffer stand auf gutem Fuße mit dem Don. Im Frühling hatte Dorokin ihm sogar, nachdem er in einer verzwickten technologischen Angelegenheit mit Rat und Tat zu Diensten gewesen war, die jährliche Dankabgabe auf die niedrigste Stufe herabgesetzt. Er bezahlte nun bloß noch jenes symbolische Anstandsminimum, das selbst die ärmsten Gewerbetreibenden, die hausierenden Invaliden der Dorokinschen Machtergreifung, zu entrichten hatten. Falls der Rotschopf wirklich in der Dreifaltigkeitskirche, wo der Don jeden Dienstagnachmittag für Bittsteller aller Art Hof hielt, vorsprechen sollte, würde er sich jenen Stiefeltritt ins untere Leibesdrittel einhandeln, mit dem man dort dreistes Auftreten umgehend zu quittieren pflegte. Spirthoffer hätte es also bei einem gleichmütigen Abwinken bewenden lassen können. Aber die beiden Figuren, die der Aufgebrachte schwenkte, begannen jämmerlich zu fiepen, und er fürchtete ernstlich um ihre sensiblen Gravitätssensoren, die zentrifugale Beschleunigung nur schlecht vertrugen und von denen er kein einziges Exemplar mehr vorrätig hatte.

Zum Glück ging die Türglocke, und der jüngste, der fünfte Sohn des Libanesen brachte das Mittagessen. Der Knabe erfasste die heikle Schwebe der Situation und fiel lauthals in den von arabischen Einsprengseln verzierten Singsang, mit dem sein Vater und seine älteren Brüder über den Außenlautsprecher des Geschäfts das jeweilige Tagesgericht anpriesen. Der Rotschopf stutzte mit offenem Mund, und Spirthoffer gelang es, ihm die beiden Marsianer aus den Fingern zu ziehen. Er bat den von seinem lautstarken Aufbrausen sichtlich Erschöpften, erst einmal am Kundentischchen in der Ecke Platz zu nehmen. Er dürfe auch gerne von seinem Großen Beirut-Teller, von den kalten wie von den warmen Vorspeisen, kosten. Inzwischen wolle er von hinten frischen Tee holen. Die Leidenschaft eines wahren

Sammlers, dessen ungestümes Begehren, aber noch mehr dessen geduldige Beharrlichkeit, wisse er durchaus zu würdigen. Just hierfür – für den jedem Zeitgenossen geschuldeten Respekt! – sei sein Elektronisches Hospital seit langem bekannt.

Elussa schwor sich, auf der Hut zu sein. Spirthoffer hatte den Unterricht eine Woche im Voraus bezahlt, und so erfreulich ihr dies zunächst erschienen war, es erneuerte, kaum dass sie sich von seinem Laden auf den Weg zur Gemeindeschule gemacht hatte, um dort den Kurs «Amerikanisch für Auswanderer» zu halten, ihren fraulichen Argwohn. Wenn sie ihn tüchtig in die grammatische Zange nahm, würde sich schon zeigen, wie ernst es ihm mit der Auffrischung seiner Russischkenntnisse war. Bevor sie sich verabschiedet hatte, war sie von ihrem Schüler noch gebeten worden, sich zu Hause eine Handvoll Zeitschriften und Broschüren durchzusehen. Der Alte gab vor, Verständnisschwierigkeiten, mit denen er sich beim Studium dieser Druckwerke herumgeschlagen hätte, wären letztlich der Grund gewesen, nach qualifiziertem Beistand Ausschau zu halten. Als sie die Hefte nach dem Abendbrot auf dem Küchentisch ausgebreitet hatte, war Alide, die schon im Schlafanzug steckte, noch einmal auf ihren Schoß geschlüpft. Die Kleine entdeckte ein Titelbild, das ihr gefiel, und gemeinsam begannen sie zu blättern und schließlich laut zu lesen.

Es handelte sich um eine uralte, ehrwürdig vergilbte Kochbroschüre. Wohl ein Jahrhundert musste es her sein, dass sie einem besonderen Schnellkochtopf zusätzlich zu dessen Gebrauchsanleitung beigelegen hatte. Elussa kannte das antike Ungetüm nicht mehr aus eigener Erfahrung, aber der bauchige Deckel und vor allem dessen keck raketenartig aufragendes Ventil kamen ihr dennoch seltsam vertraut vor. Vielleicht hatte sie ein ähnliches Küchenutensil als kleines Mädchen bei ihrer Großmutter oder einer alten Nachbarin noch in Gebrauch gesehen. Das Heft bestand im Wesentlichen aus Rezepten und aus Anweisungen, wie die jeweiligen Zutaten in den verschiedenen Siebeinsätzen rasant schnell und angeblich unter Erhalt aller wertvollen Bestandteile und Aromen gar gedämpft werden könnten. Alide freute sich an der Vielzahl der Nahrungsmittel und ließ sich die deutschen Namen der Korn- und Gemüsearten samt Artikel vorsagen. Elussa vergegenwärtigte sich still die syntaktischen Strukturen und schrieb schließlich, ihre eingenickte Tochter im Arm, eine ganze Seite voll mit unterschiedlich schwierigen Beispielsätzen, an denen sich die Verwendung wichtiger russischer Verben aufzeigen ließ.

Als hätte er etwas von Elussas Unterrichtsvorbereitung geahnt, empfing Spirthoffer sie am nächsten Vormittag mit einem frischen Kuchen. Das Backwerk steckte, noch dampfend vor Hitze, in der unteren Hälfte eines großen, eiförmigen Edelstahlbehälters, und der Alte erklärte ihr, glaubwürdig begeistert, er habe das plumpe Ding tags zuvor beim Aufräumen unter allerlei halb- und vollelektronischem Haushaltskram entdeckt und der Versuchung nicht widerstehen können, es in Betrieb zu nehmen. Sein Nachbar habe ihn mit den nötigen Zutaten versorgt, und von einer der Töchter des Libanesen sei ihm beim Anrühren des Teigs beigestanden worden. Das Gerät habe sich dann, so wie es auf der Innenseite des Deckels Schritt für Schritt abgebildet sei, problemlos in Gang bringen lassen. Hier, auf diesem kleinen, etwas lichtschwachen grünen Display, werde sogar der Stand des Backvorgangs in einem nicht ganz korrekten, aber einst weltweit verständlich gewesenen Amerikanisch mitgeteilt. Es handle sich übrigens um den ersten selbstgefertigten Kuchen seines Lebens. Sehe er nicht prächtig aus!

Der Kuchen schmeckte sogar, allenfalls hatten Spirthoffer und seine Backberaterin eine Spur zu viel Zimt in den Teig gegeben. Aber Elussa, die selbst sehr gut, aber nach inzwischen sieben Jahren mütterlicher Herdfron lange nicht mehr so gern wie früher buk und kochte, wollte nicht kleinlich sein. Der Unterricht nahm einen erfreulichen Verlauf. Der alte Mann wirkte frischer als am Vortag, war mit glänzenden Augen bei der Sache und musste, anders als gestern, selbst in der zweiten Stunde kein einziges Mal mit dem Gähnen kämpfen. Auch Elussa, die nicht gut geschlafen hatte, fühlte sich nach und nach angenehm beschwingt. Sogar der Traum, aus dem sie heute Nacht hochgeschreckt war und der ein langes Grübeln und Herumwälzen nach sich gezogen hatte, kam ihr nun, während Spirthoffer aus der Schnellkochtopf-Broschüre vortrug, gar nicht mehr so schrecklich vor. Lag es am Tee des Alten? Elussa nahm sich ein zweites Stück Kuchen, und ihr Schüler stand auf, um nach dem Petroleum-Öfchen zu sehen. Elussa war das auf kupfernen Dackelfüßchen ruhende, rundum üppig mit orientalischen Messingornamenten verzierte Modell schon gestern aufgefallen. Obwohl der Ofen gerade mal kniehoch war, schien er den ganzen Laden mit Wärme zu erfüllen. Spirthoffer spürte ihren Blick und fragte, wie sie denn das Heizen und Kochen bewerkstellige.

Elussa hatte die kleine Wohnung im Herbst des vorigen Jahres von ihrem älteren Bruder übernommen, dem es gelungen war, einen Platz auf einem Schiff Richtung Nordamerika zu ergattern. Auf welchem Wege er dies genau geschafft hatte, war in seinem letzten Brief nach Novonovosibirsk nur angedeutet worden. Bevor er Richtung Nordsee abreise, sei noch eine Arbeit für Don Dorokin zu erledigen. Wahrscheinlich war er just während der herbstlich kühlen

Morgenstunden, in denen Alide und sie die Stadt Germania erreicht hatten, an Bord gegangen.

Bei ihrem Einzug hatte der Gasdruck im Haus ausgereicht, um auf nervös zuckenden Flämmchen Wasser zum Kochen und Fett zum Brutzeln zu bringen. Aber schon an Heiligabend, nach dem großen Attentat, nach der Explosion, die bis in ihre Straße zu hören gewesen war, roch es nur noch erdig, fast faulig aus den Düsen. Danach musste sie sich mit dem türkischen Petroleum-Öfchen behelfen, das die Küche halbwegs warm hielt und auf dessen kleiner Platte sich zumindest Suppen und Eintöpfe zubereiten ließen. Im Frühjahr hatte der Priester der Gemeinde ihr dann einen alten Handwerker vermittelt, der sich darauf verstand, die Kamine der Altbauten wieder für das Verbrennen von Kohle und Holz gängig zu machen, und Elussa hatte sich während des Sommers auf dem Markt Für Alles einen gusseisernen Allesbrenner besorgt. Die ukrainische Steinkohle, die auf dem Wasserweg in die Stadt kam, war für Elussa unerschwinglich, Altholz jedoch kostete nicht die Welt. Die Jugendlichen der verschiedenen, nach Volksgruppen und Sippen organisierten Banden waren fleißig dabei, die leerstehenden Häuser des Viertels auszuweiden. Nach und nach hatte Elussa den günstig langen Flur rechts und links bis an die Decke mit bereits ofengerecht gespaltenen Scheiten vollgestapelt.

Alide liebte das Holz. Nun, wo es zügig weniger wurde, studierte ihr Töchterchen die Stücke, die zum anstehenden Verfeuern bereits beim Ofen lagen, mit besonderer Neugier, ja Anteilnahme. Stets wollte sie wissen, woher sie wohl stammten. Manchmal ließ sich an Form, Furnier oder Lackierung ablesen, dass ein Treppengeländer, ein Kleiderschrank oder Dielen zu Brennholz verhackstückt worden waren. Wenn die augenfälligen Indizien nicht ausreichten, begannen Mutter und Tochter zu spekulieren und ließen ihrem Vermuten freien Lauf. So waren in den zurückliegenden drei Heizmonaten nicht nur die zerkleinerten Frisierkommoden von Prinzessinnen, sondern auch die Schatztruhen von Piraten und die von großen Krallen zerkratzten Bodenbretter von Löwen- und Tigerkäfigen den Weg in die häuslichen Flammen gegangen.

Auch heute Nacht hatte Elussa vom Feuer geträumt. Allerdings war es, darin hatte eine besondere Unheimlichkeit gelegen, ein unsichtbares Feuer gewesen. «Erdfeuer!», hatte sie sich selbst, schreckhaft erwachend, auf Deutsch murmeln hören, und schon mit dem nächsten Atemzug war die Frage in ihrem Kopf gewesen, ob es dieses Wort, diese seltsame, geologisch anmutende Zusammenbildung im gegenwärtigen Deutschen überhaupt gebe. Auch jetzt hätte sie dies noch gern gewusst. Leider war es aus Rücksicht auf ihre erst halbwegs gefestigte Rolle als Lehrerin nicht möglich, einfach den alten Herrn Spirthoffer danach zu fragen.

Wie tief ihr Erdfeuer in der geträumten Erde verborgen gewesen war, konnte sie, ihren Schüler und dessen Ofen im Blick, also weiterhin nur vermuten. Jener Traumboden, auf dem sie sich in merkwürdigen Schuhen, in absatzlosen, gummiartigen Galoschen der fraglichen Stelle genähert hatte, war roter, sehr fester Sand gewesen, wie sie ihn in ihrem Wachleben, so weit sie sich entsann, nirgendwo gesehen hatte. Dieser Untergrund war heiß, sie spürte die Wärme durch die Sohlen der Schuhe dringen. Der Rauch, der das im roten Grund verborgene Feuer verriet, stieg aus einem breiten Spalt, und seine dichten Schwaden waren so stechend violett, dass das Nebeneinander der beiden starken Farben, deren schiere Unverträglichkeit und die zugleich zwingende Richtigkeit dieser Unvereinbarkeit zu einem einzigen Grauen zusammenklangen. Elussa wollte in die rauchende Öffnung hinabsehen, ihr Mut schien ihr träumend gerade hierzu noch groß genug. Aber dann musste sie, traumscharf in sich hineinfühlend, begreifen, dass ihre Kraft bloß für einen einzigen weiteren, zu kurzen Schritt ausreichte und darüber hinaus dazu, sich erwachend an die Farbenpracht des fremden Orts, an sein Rot wie an sein purpurnes Violett zu erinnern.

Wenn Don Dorokin rief, hieß es sich sputen. Spirthoffer hatte sich eben auf sein Kanapee gelegt, um dem Unterricht und dem ausklingenden biochemischen Aufruhr ein Mittagsnickerchen folgen zu lassen, als sein Don-Phon tutete. Er hatte es so programmiert, dass er die wenigen wichtigen Anrufer an der Tonfolge erkannte. Der Don war selbst im Bild. Er trug sein fliederfarbenes Fallschirmjäger-Barett und sprach Spirthoffer, der eine mittlere, also angemessen höfliche Distanz zur Videolinse wählte, auf Russisch an, was bedeutete, dass die Angelegenheit dringend war. Das Bild hinkte dem Ton eine gute halbe Sekunde hinterher, dazu knackte und knisterte es erbärmlich. Aber Spirthoffer verstand, dass man ihn sogleich in der Kirche erwarte, er solle sein Werkzeug mitbringen. Ehe er mit dem gebotenen «Jawohl, Sir!» antworten konnte, erstarrte das Porträt des Don zu einem bläulich verfärbten Standbild, und die Audioübertragung erlosch in einem komischen Zischen. Er versuchte zurückzurufen, aber es kam keine Verbindung mehr zustande.

Als er vor den Laden trat, wartete schon einer der verbeulten Geländewagen mit dunkelgrün getönten Scheiben, die der Volksmund Don-Car nannte, am gegenüberliegenden Gehsteig. Einer von Dorokins Männern eilte ihm über die Straße entgegen, um ihm die schweren Taschen mit dem Fernmeldekram abzunehmen. Vor dem imposanten, im Holz- und Kohlesmog der letzten Jahrzehnte fast schwarz gewordenen Klotz der Dreifaltigkeitskirche waren die Sicherheitsmaßnahmen verstärkt worden. Vorbei an Bittstellern, denen

Juri = bester Techniker des Don Dorokin
-> muss mit Spirthoffer herausfinden,
warum sonst so gutes Netz plötzlich Schlechter

Metalldetektoren unter die Achseln und zwischen die gespreizten Beine geführt wurden, rollte der Wagen durch einen neuen, fast hundert Meter nach vorne verlegten Kontrollpunkt, dann durch die vormalige erste Schleuse, deren Fahrzeugdurchleuchtungsanlage erst unlängst mit Spirthoffers Hilfe repariert worden war. Vor den Stufen, die zum Hauptportal des dunklen Gotteshauses führten, wartete bereits Juri, der Cheftechniker des Don. Spirthoffer folgte ihm zum Eingang des Glockenturms, auf dem die Sende- und Empfangsanlagen angebracht waren.

Wie immer, wenn die Umstände ihn zwangen, mit Spirthoffer zu kooperieren, gab sich Juri wortkarg, ja unhöflich mürrisch. Zügig stapfte er die Wendeltreppe hinauf, und Spirthoffer versuchte gar nicht erst, mit dem kaum halb so alten Mann Schritt zu halten. Endlich oben angekommen, stützte er die Unterarme auf die steinerne Balustrade, fühlte, ja glaubte sogar hören zu müssen, mit welch panischem Ingrimm sein Herz gegen die Wandung seiner Brust klöppelte, aber dann genoss er die Aussicht über das Viertel, freute sich an den weißbetuchten Dächern und an den feinen Grau- und Gelbtönen des Qualms, den die Kamine zu den Schneewolken hinaufsandten.

Juri beschrieb ihm die Störung, deren Phänomene sich merkwürdigerweise nicht nur auf den Don-Mobil-Empfang, sondern auch auf einen Teil des Don-Phon-Drahtnetzes erstreckten, und zählte auf, was er und seine Leute unternommen hatten, um die Ursache ausfindig zu machen. Spirthoffer nickte, gab sich Mühe, die eine oder andere vergrübelte Grimasse zu schneiden, und lobte die Stringenz des bisherigen Vorgehens. Und als ihm Juri, von der erfolgreich vorgetäuschten Ratlosigkeit freundlicher gestimmt, eine seiner chinesischen Zigaretten anbot, nahm Spirthoffer sie, lehnte sich erneut an die Brüstung und stellte, das garstige Kraut mehr paffend denn wirklich rauchend, noch einige weitere Fragen, denen Juri ihre Überflüssigkeit hoffentlich nicht anmerken würde.

Juri war ein guter Mann. Er hatte in der Armee eine solide Rundumausbildung in sämtlichen einst gebräuchlichen Fernmeldetechniken erhalten und war auch danach als freibeuternder Elektroniker nicht lernfaul gewesen. Der Don war von einem kasachischen Kaufmann, einem kleinen König des Batterie-Fernhandels, auf Juri aufmerksam gemacht worden und hatte ihn in feste Anstellung genommen. Das Mobilfunknetz des Don, eindeutig das stabilste der Stadt, war Juris Werk. Wenn nicht gerade ein Sendemast von einem Zwei-Mann-Kommando der Kleinköpfe gesprengt worden war, reichte die Feldstärke weit in die Territorien des Alten Ogo und des Weißen Khan, bei günstigem Wetter sogar mehrere Kilometer tief ins südliche Umland. Auch das Dreifaltigkeitsradio, das man über das Stromnetz in mehr als drei Dutzend Straßen eine volle Stunde am Tag empfangen konnte, hatten Juri und sein kleines Team zum Laufen gebracht. Nun kam es darauf an, ihn nicht durch eine allzu flotte Problemlösung zu kränken. Spirthoffer beschloss, den manchmal ein wenig phantasiearmen Praktiker selbst auf die Ursache der Störung kommen zu lassen, und schlug vor, sich bei einem heißen Tee in der Kellerkantine der Kirche zusammenzusetzen. Bis jetzt habe er nicht die geringste Idee, wo der Fehler liege, am besten, man spreche das Ganze mit Muße und warmen Füßen noch einmal logisch, also Schritt für Schritt, durch.

Nachdem sie dann zum zweiten Mal oben bei den Antennen gewesen waren und der vereiste Verstärker der Einfachheit halber komplett ersetzt und das Gehäuse des Austauschteils penibel gegen Feuchtigkeit isoliert worden war, brauchten sie und die beiden Techniker im Rechnerraum keine Stunde, bis Ton und Bild wieder synchron durch die Leitungen und den Äther strömten. Danach wurde Spirthoffer wider Erwarten nicht mehr zu Dorokin hineingerufen. Wahrscheinlich musste eine Menge Liegengebliebenes erledigt, eine Vielzahl ins Stocken geratener Geschäfte erneut in Gang gebracht werden. Einer von Juris Leuten rannte dem Don-Car, das Spirthoffer heimbringen sollte, noch an die Sperre nach und reichte ein Kuvert durch das Fenster. Dorokin war nie kleinlich gewesen, und Spirthoffer kam, während sein Daumen die Oberkanten der Geldscheine fächerartig auseinanderschob, eine Idee. Er bat den Fahrer, ihn bei «Wasser & Warm!», bei Christopher Chang, dem verlässlichsten Brennstoff- und Reinwasserhändler des Viertels abzusetzen.

Spirthoffer schätzte Changs Geschäft, allein schon weil nur dort das auch anderswo erhältliche Premium Petro stets absolut geruchsneutral war. Chang hasste Panscherei, auch sein Reinwasser war über jeden Verdacht erhaben. Ab zwanzig Liter lieferte er das Petroleum zudem frei Haus. Der schwere Rolladen vor dem Schaufenster war heruntergelassen, vermutlich aus Gründen der Wärmedämmung. Auch wenn der Schneefall ein wenig nachgelassen hatte, der Frost hielt an, und die Viertelchinesen der dritten Generation waren noch sparsamer als ihre Eltern und Großeltern. Über der Tür blinkte die orange Leuchtschrift «Wasser & Warm!», die Spirthoffer vor Jahren, als der Laden von Chang übernommen worden war und die Stromversorgung völlig darniederlag, eigenhändig an eine LKW-Batterie angeschlossen hatte. Das Drahtnetz, das sie vor Stein- oder vor den nun möglichen Schneeballwürfen schützte, war allerdings neu. Spirthoffer klingelte, die Gegensprechanlage knackste. Er nannte seinen Namen und wurde eingelassen.

Chang war noch mit einem anderen Kunden beschäftigt. Er half dem Mann, einem krummrückigen Alttürken, ein Bündel Briketts auf eine zweiräderige Zugkarre zu binden, und hielt ihm die Tür auf. Erst als er Spirthoffer die

Rechte zum Handschlag entgegenstreckte, bemerkte der das dunkel verfärbte, von den fein gekräuselten blonden Löckchen nur teilweise verdeckte Pflaster auf der Stirn seines Petroleumhändlers.

«Der Schnee macht die Kinder verrückt!», kam Chang seiner Frage zuvor. Heute Nacht, er habe seit dem Wintereinbruch rund um die Uhr geöffnet, sei er von vier Halbwüchsigen überfallen worden. Er hätte den Bürschchen die acht Kanister Premium, mit denen sie schließlich verschwunden seien, gerne widerstandslos ausgehändigt, aber von einem der Idioten sei ihm gleich nach dem Eintreten des Quartetts etwas Hartes, vermutlich ein Stück Eisenrohr, gegen den Kopf geschlagen worden. Seine Frau habe ihn in einer Blutlache gefunden. Da, vor der Kasse, könne sich Spirthoffer ansehen, wie der Fleck die erst letzten Sommer frisch abgeschliffenen und geölten Dielen verunziere.

Als Spirthoffer «Wasser & Warm!» verließ, hatte er nur die üblichen zwei Zehnliterkanister Petroleum bestellt. Chang hatte sich nicht über sein leibhaftiges Erscheinen gewundert, auch bei ihm war der Don-Phon-Anschluss fast den ganzen Tag gestört gewesen. Den ursprünglichen Grund seines Kommens, den eigentlich geplanten Lieferauftrag, hatte Spirthoffer dann doch für sich behalten. Changs vietnamesische Frau hatte ihn gerade noch rechtzeitig vor einem törichten Fehler bewahrt. Sie war in den Verkaufsraum gekommen, um ihrem Mann mitzuteilen, einer ihrer Cousins habe die Räuber ausfindig gemacht. Die Kerle versuchten gerade, den gestohlenen Brennstoff auf dem Markt unter der Stadtautobahn zu verhökern. Sie habe schon in der Dreifaltigkeitskirche angerufen. Der Sicherheitsdienst des Don kümmere sich um die Sache. Auch wenn die Patrouille die Beute bestimmt als Bearbeitungsleistung einbehalten werde, den Dieben werde vor Ort die übliche Lektion erteilt, und auch ihren Familien bleibe, sobald man deren Adressen aus den Bürschchen herausgeprügelt habe, ein denkwürdiger Besuch nicht erspart.

Spirthoffer war neben der wunderschönen, antik mechanischen Kasse Changs gestanden und hatte sich still über den haarsträubenden Fehler gewundert, der ihm da beinahe unterlaufen wäre. Der Unterricht und die Mittelchen, die er sich gönnte, um ihn erfolgreich zu bewältigen, hatten ihn fahrlässig werden lassen. Womöglich hatten auch der Wegfall des gewohnten Mittagsnickerchens und der zweimalige Aufstieg auf den Kirchturm ihren Anteil an der gedanklichen Fehlleistung, die beinahe fatale Handlungswirklichkeit geworden wäre. Elussa musste davon ausgehen, dass er bis jetzt nur ihre Don-Phon-Nummer kannte. Chang aber hätte ihr die ukrainischen Eierkohlen in hübschen, staubdichten Hanfsäckchen vor die Wohnungstür geliefert. Vermutlich hätte sich die Empfängerin einen herzlich langen Augenblick über die großzügige Aufmerksamkeit ihres alten Sprachschülers gefreut. Wie töricht von ihm, sich an der Vorstellung ihres durch die Überraschung gewiss noch ein Quäntchen schöneren Gesichts zu weiden! Noch bevor die ersten Kohlen auf die Holzglut gekullert wären, hätte seine kluge Lehrerin darüber nachzusinnen begonnen, wie und warum er wohl ihre Adresse eruiert habe und welche über Russisch und Deutsch, über Kohlen und Ofen, über Feuerschein und Wärme hinausgehenden Absichten er womöglich hege.

IM ADVENT: DREI

Als Umann zugetragen wurde, dass der Don nach ihm suchen ließ, stopfte er seine Siebensachen in den Rucksack und wechselte das Quartier. Mit Sachverstand und Geduld, mit einem Stück Kupferdraht und einem gut geladenen Taschenlampen-Akku knackte er das elektronische Sicherheitsschloss einer Wohnung, deren heile Fenster ihm vor kurzem vom gegenüberliegenden Trottoir aus aufgefallen waren. Die brandversehrten unteren Stockwerke des Gebäudes waren irgendwann von Brennstoff- und Metallsammlern ausgeweidet worden, aber vor den nicht nur wunderschön marmorierten, sondern auch ultraharten Semperlaminat-Türen des ausgebauten Dachgeschosses hatten die Plünderer kapitulieren müssen.

Sein neues Domizil lag so nah an der Dreifaltigkeitskirche, dass deren Glockendröhnen die Scheiben zum Schwingen brachte. Die Gewissheit, nun in kurzen Abständen derart eindringlich an die Existenz von Don Dorokin erinnert zu werden, hatte Umann umgehend beruhigt. Der Schlag der Stunden schien ihm Muße zu schenken. Umann, den seine Teamleute einst, in der Guten Alten Zeit, untereinander nicht «den Chef», sondern in zutraulichem Respekt nur «unseren Langen» genannt hatten, wollte ein schönes Weilchen in diesem Versteck ausharren. Zwei oder gar drei Wochen waren mit dem Säckchen Hasel-Walnuss-Mischung und den beiden großen Kanistern Reinwasser, die er nach oben geschleppt hatte, problemlos auszuhalten. Und wie ließ sich besser in aller Ruhe über das unvermutete Interesse an seiner Person nachdenken als in einem ans Fenster gerückten Stuhl, den Blick gerichtet auf die frisch schneebemützten Antennenschalen rund um das Kreuz auf der Kuppel der Kirche?

Die Dachwohnung war großzügig geschnitten, möbliert in einem Stil, der Mode gewesen war, bevor es mit Moden und Stilen überhaupt ein Ende genommen hatte, und sie enthielt den gesamten einstigen Lebenskram eines Geschlechtsgenossen. Auf das Alter, das dieser erreicht hatte, ließ sich aus der Vielfalt der elektronischen Apparate schließen. Gleich vier Datenträgergenerationen und die dazugehörigen, stets hochwertigen Abspielgeräte waren versammelt. Sein Vorwohner musste zuletzt ein Mann von gut fünfzig Jahren gewesen sein. Natürlich war keine Stromquelle verfügbar, um zu prüfen, welche der hübschen Maschinchen sich noch in Betrieb nehmen ließen. Aber es gab auch bedrucktes Papier in Hülle und Fülle, einige hundert Bücher, vor allem historische Romane und populärwissenschaftliche Werke. Auf dem großen Glastisch der Sitzgruppe fand sich zudem ein ganzer Stapel des esoterischen Schunds, der in der ersten Phase der Seuche hohe Auflagen erklommen hatte: Kräuter-, Heilstein- und Wunderwasser-Ratgeber, dazu diverse Körper-Seele-Ertüchtigungstraktate, all das, was dereinst Schutz vor dem Großen Zappeln versprochen hatte und Umann nun ermöglichte, die Datierung zu präzisieren: Die Räume mussten bereits im sogenannten Zappelsommer, als die Stadt von der anschwellenden Wucht der ersten Erkrankungswelle bis ins Mark ihres Metropolendünkels erschüttert worden war, in den Zustand heiler Ungenutztheit eingetreten sein, der nun ihn, den Eindringling, so angenehm und hilfreich umfing.

Allein vom Staub fühlte sich Umann doch gestört. Obwohl alle Fenster geschlossen waren, hatte sich eine erstaunlich dicke Schicht silbrig grauen Pulvers niedergeschlagen, wahrscheinlich Aschepartikel aus den unteren Geschossen, die der Luftzug durch den Schacht der Klimaanlage hereingetragen hatte. Beim Putzzeug unter der Spüle fanden sich ein Handfeger und eine Kehrschaufel, aber der feine Schmutz wirbelte selbst bei sachtem Zusammenschieben ärgerlich auf. Also beschloss Umann, obschon ihm sein Sauberkeitsfimmel in der Wirrnis der letzten Jahrzehnte oft genug lächerlich obsolet vorgekommen war, noch vor der ersten Nachtruhe gründlich feucht zu wischen.

Da das Reinwasser für eine derartige Aktion zu kostbar war, stieg er noch einmal in die unteren Stockwerke hinab. Bereits einen Treppenabsatz tiefer entdeckte er eine mit einer Plane sorgfältig abgedeckte, noch halbhoch gefüllte Badewanne, auch zwei Eimer ließen sich nach geduldiger Suche finden, und als er sein Putzwasser nach oben schleppte, fiel ihm zum ersten Mal der mannslange Plastiksack auf. Vielleicht hatte er ihn bisher im Eck hinter dem Eingang zur zweiten Dachgeschoßwohnung übersehen, weil ihn ein allerletzter Rest jener Scheu vorbeischauen gemacht hatte, die man früher, zumindest in den ersten Monaten der Seuche, als eine sofortige Abholung noch die Regel war, vor diesen luftdichten und wasserfesten Transportbehältern empfunden hatte. Am Ende des Reißverschlusses hing das obligatorische Namenskärtchen. Vor- und Nachname stimmten mit dem Schild neben der Türklingel seines Unterschlupfs überein.

Das Große Zappeln verdankte seinen albernen, aber für alle Zurückblickenden einzig gültigen Namen den ersten vier Wochen der Seuche, jenem närrischen April, als fast jeder, der mit einem Infizierten zu tun bekam, von dessen Gebaren belustigt war. Die Erkrankten der Anfangsphase waren ausschließlich Männer um die Dreißig. Aufgekratztes Geschäftigsein und ehrgeizige Ungeduld gehörten bei den meisten so selbstverständlich zum alltäglichen Benehmen, dass die Steigerung der einschlägigen Eigentümlichkeiten zwar bemerkt, aber zunächst nicht als bedenklich empfunden wurde. In Umanns kleinem Team arbeiteten zudem, wie es ihr Tun zwangsläufig mit sich brachte, nahezu ausschließlich schräge Vögel, und ein jeder war die Schrullen des anderen gewohnt.

Ihr Spezialist für Urdu und Farsi, ein nervöser Jüngling pakistanischer Herkunft, dessen senkrecht hochgegelter Schopf ihm, dem hochgewachsenen, selbst noch blutjungen Chef, gerade bis unters Kinn reichte, neigte schon immer dazu, während ihrer Besprechungen aufzuspringen und im Raum auf und ab zu laufen. Winzige Sprünge, irgendwann auch bizarre Hopser, die dieses Hin und Her takteten, waren die ersten Besonderheiten, die Umann als Steigerung seiner chronischen Hypermotorik ins Auge stachen. Dann begann das bislang ausgesprochen höflich gewesene Kerlchen damit, seine Kollegen, selbst ihn, den Teamleiter, mit verblüffender Penetranz mitten im Satz zu unterbrechen. Dazu wurde bald offenbar, dass er nicht mehr im Sitzen zu arbeiten vermochte. Mit weit gespreizten, sichtlich bebenden Beinen stand er vor seinem Doppelmonitor, und die Heftigkeit, mit der er in kurzen Abständen die Stirn gegen dessen Leuchtflächen stieß, ging eigentlich schon über das hinaus, was ein Vorgesetzter als den lässlichen Tick eines hochbegabten Spezialisten tolerieren konnte.

Allerdings blieb der Kleine das leistungsgierige Arbeitstier, das er in den vorausgegangenen beiden Jahren gewesen war. Wie bisher hörte er die aufgezeichneten Gespräche, die ihnen von den Amis, von den Russen und zunehmend auch von den lange recht knausrig gewesenen Chinesen zur Auswertung überlassen wurden, mit vierfacher Geschwindigkeit ab. Seine Findungsrate in diesem Gezwitscher war unverändert hoch, seine Beurteilung der wesentlichen Stellen überzeugte weiterhin, ja schien sogar noch an Einfühlungskraft und logischer Stringenz gewonnen zu haben.

Sie arbeiteten unmäßig viel. Das globale Raunen des Dialogischen Terrorismus hatte damals, im Jahr vor dem Ewigen Winter, einen neuen Grad der Verdichtung erreicht, und plötzlich nahm auch die Zahl der Attentate wieder zu. Der Pakistani war stets der Erste und der Letzte an den Rechnern, und eines Abends, als zu später Stunde nur noch sie beide übrig waren und Umann sich über die Schulter des Kleinen beugte, um sich anzusehen, wie der, zappelnd und zitternd, die Quintessenz eines schier endlosen Dialogs, eine über den halben Globus hinweg zustande gekommene Verabredung zu Zerstörung und Totschlag, in wenige bündige Sätze fasste, begriff Umann an dem Geruch, der dem Hemdkragen seines Mitarbeiters entströmte, dass dieser wohl schon einige Tage nicht mehr zum Duschen und Umkleiden gekommen war.

Rückblickend rührte Umann die Zähigkeit des Erkrankten. Als sich die letalen Zusammenbrüche häuften, als eine vorsorglich geheim gehaltene Statistik der städtischen Gesundheitsbehörde bereits mehr als zwei Dutzend Tote pro Tag führte, war sein Spezialist, vermutlich einer der Erstinfizierten, noch tüchtig bei der Sache. Da der Kleine allein wohnte, brachte ihn einer aus dem Team abends nach Hause, schließlich sogar ins Bett. Morgens holte man ihn ab, prüfte, ob er geduscht und gefrühstückt hatte, und untertags ging man zweimal mit ihm in den Hof hinunter, wo er, verblüffend lange Abhörpassagen auswendig memorierend, im Kreis herumhopste. Bis zuletzt blieben seine Arbeitsergebnisse untadelig. Und als er dann in einem unbeobachteten Moment hingeschlagen war, als er sich mit den inzwischen auch in den allgemein zugänglichen Medien in ratloser Ausführlichkeit kommentierten, verrückt komischen Zuckungen auf dem Boden vor dem Kaffeeautomaten gewälzt und nach einem allerletzten langen Beben, einem fast maschinenartig steten Vibrieren und Nicken, für immer stillgehalten hatte, betteten ihn die Männer des Notdienstes, die der Volksmund bereits «die Zappel-Ambulanz» getauft hatte, in einen jener billigen gelben Säcke, deren Verwendung die steigende Frequenz der Abholungen unumgänglich gemacht hatte.

Den leergeräumten Glastisch wischend, spürte Umann die Versuchung, vor die Tür zu gehen und den Sack draußen im Eck so weit vom Staub der Jahre zu befreien, dass das Gelb der Seuchen-Ära noch einmal aufleuchten durfte. Ihre Dienststelle war auch nach dem dritten Todesfall im Team nicht geschlossen worden. Aber als er sich nach einem der rar gewordenen freien Sonntage zum Wochenbeginn in aller Herrgottsfrühe einen ersten Überblick über den Datenfluss der zurückliegenden Stunden verschaffte, dämmerte ihm aus dem eigentlich ultraleisen, aber plötzlich wie das Flügelrauschen winziger Motten doch hörbar gewordenen Kühlgeräuschen ihrer Rechner die Einsicht, dass es mit seiner kleinen, feinen Spezialtruppe aus und vorbei war. Heute würden alle ohne Entschuldigung fernbleiben, weil einem jeden die kurze Auszeit, die sich ihr junger Chef gegönnt hatte, als die rechte Gelegenheit erschienen war, sich auf eigene Faust aus dieser Stadt, aus dem neben Moskau, London, Paris und Tel Aviv fünften Zentrum der Pandemie, davonzumachen.

Umann stellte sich ein exquisit schönes Trinkglas, ein Einzelstück aus den Küchenhängeschränken seines Vorwohners, auf den Couchtisch, dessen Platte er mit einem Geschirrtuch nicht bloß trocken gerieben, sondern schlierenlos blank gewienert hatte. Dazu holte er sich einen Likör, von dem sich gleich drei Flaschen in der Hausbar befanden: Danziger Goldwasser! Irgendwann vor ein paar hundert Jahren musste ein verrückter Apotheker es für gesund befunden haben, schlichten Kornschnaps nicht nur mit Kräuterextrakten, sondern auch noch mit hauchdünnen Goldplättchen anzureichern, und in aberwitziger Kontinuität war dergleichen bis in die Abendröte der Guten Alten Zeit hinein hergestellt worden.

Der Gesamtinhalt der Hausbar war wohl über fünftausend Eurorubel wert. Wie viele der Kopfarbeiter, die von der Seuche verschont, aber zu Erwerbslosen gemacht worden waren, hatte sich Umann in den Folgejahren mit allerlei Kleinhandel durchgeschlagen. Eine Zeitlang hatte er selbst ein sorgsam verborgenes Lager Alt-Alkoholika unterhalten. Aber eines Abends war es von der Bande, die den einschlägigen Markt seines Viertels dominierte, ausgehoben worden, und nach einem idiotisch riskanten Feuergefecht hatte er froh sein müssen, seine Haut, die Klamotten, die er trug, die leergeschossene Pistole und die auf den Bauch geschnallte Geldtasche in die anbrechende Nacht hinausgerettet zu haben.

Das Destillat schmeckte hervorragend. Den Aromastoffen schien die Zeit nur gutgetan zu haben. Selbst das Gold glaubte Umann als einen Nebengeschmack, als eine eigentümlich metallische Süße auf Zunge und Gaumen wahrzunehmen. Er kaute ein paar Nüsse, um nicht allzu schnell vollends betrunken zu werden. Er war sich sicher: Keines der mickrigen Geschäftchen, mit denen er sich nach dem Ewigen Winter mehr schlecht als recht über Wasser gehalten hatte, konnte Don Dorokin als erwähnenswert zu Ohren gekommen sein. Nur etwas, das aus dem Rumoren der Guten Alten Zeit herübertönte, taugte dazu, ihn für den allseits Gefürchteten, den allerseits Hochverehrten interessant zu machen. Der Don musste von seiner einstigen Dienststelle erfahren haben.

Während es dunkelte, stand er noch lange am Fenster und sah die großen Funken entzündeten Rußes gleich winterlichen Glühwürmchen aus den Kaminen in die abendliche Finsternis fliegen. Auf dem Dach vis-à-vis kletterte mit steifen, übervorsichtig langsamen Bewegungen ein alter Mann herum und versuchte hartnäckig, aber vergeblich, die Blechabdeckung eines Schornsteins zu entfernen. Jetzt hockte er, vielleicht um Kräfte für den anstehenden Abstieg zu sammeln, rauchend im Windschatten einer großen grauen Antennenschüssel und schaute in seine Richtung herüber.

Umann zündete eine Kerze an und zog die Vorhänge zu. Ein besonderer Vorzug seiner aufgegebenen Wohnung war gewesen, dass das Haus zu einem Straßenzug gehörte, der das Lichtgeschenk des Don erhalten hatte: volle 180 Minuten Strom, zwei durchgehende Stunden nach Einbruch der Dunkelheit und eine weitere im Morgengrauen. Die Wiederaufnahme der Versorgung mit Elektrizität war nur eine der segensreichen Errungenschaften, die man der gut zehnjährigen Herrschaft Don Dorokins verdankte. Das Lichtgeschenk wurde grundsätzlich nur an Straßen verliehen, die eine stabile Selbstverwaltung vorweisen konnten. Der jeweilige Friedensrichter musste in der Dreifaltigkeitskirche vorsprechen und den erreichten Grad an Ordnung und Schlichtungsvermögen während einer gründlichen Befragung glaubhaft machen.

Die pauschale Lichtabgabe wurde dann halbjährlich für alle angeschlossenen Häuser entrichtet, und der Friedensrichter sorgte mit den Sippenältesten und Bandenhäuptlingen dafür, dass niemand auf die Irrsinnsidee kam, einen Warmwasserboiler oder eine Waschmaschine aus der Guten Alten Zeit mit dem fragilen Energiefluss zu verdrahten. Die Kinder nannten das, was jeden Abend bis zu ihrem Einschlafen und dann wieder frühmorgens in den vergilbten Steckdosen bereitstand, nur «das Licht», und auch bei denen, die sich noch an den einstigen Stromüberfluss erinnern konnten, begann sich dieser Name allmählich gegen die frühere Bezeichnung durchzusetzen.

Umann hatte sogar damit begonnen, Eurorubel für die Anschaffung eines eigenen Lichtradios beiseitezulegen. In der letzten der beiden abendlichen Stromstunden wurde über die Leitungen auch ein Radioprogramm übertragen. Beim feierlichen Abschluss der Versorgungsvereinbarung erhielt der jeweilige Friedensrichter ein Gratis-Empfangsgerät und verpflichtete sich im Gegenzug, einen allgemein zugänglichen Lichtradio-Saal einzurichten. In Umanns Straße war ein ehemaliger Supermarkt mit Stühlen, Sesseln und alten Sofas bestückt worden. Abend für Abend war dieser Radiosaal bis in den letzten Winkel voll. Die ersten Takte jedes einzelnen Musikstücks gingen in Beifall unter, in einem rhythmischen Klatschen, das der Applaus am Ende der Nummer dann noch an Stärke und Länge übertraf. Und die Stimme des Don, der alle Titel ansagte und meist auch den Interpreten zu nennen wusste, ließ nach dem Verklingen der Lieder eine kluge kleine Pause, um diesen Ausbrüchen der Freude gebührend Raum zu schaffen.

Wie den meisten Älteren stießen Umann, lachend und klatschend, irgendwann unweigerlich die Tränen in die Augen, bei irgendeinem türkischen Schlager, einer indischen Filmmelodie oder einer ukrainischen Volksweise, also meist während eines Musikstücks, mit dem er nicht den Schimmer einer Erinnerung verband. Für den Rest sorgten die Weltnachrichten, die der Don stets ganz zuletzt, unmittelbar vor dem flackernden Verlöschen der Saalleuchtröhren einsprach. Nicht wenige, die der Guten Alten Zeit, verantwortlich handelnd, ihren Lauf scheinbar gestaltend, teilhaftig gewesen waren, begannen dann zu schluchzen, und die wieder reichlich vorhandenen kleinen Kinder, die deutlich geringere Schar der Halbwüchsigen und die wenigen Frauen und Männer, die während des Ewigen Winters gezeugt worden waren, staunten mit offenem Mund über beides: über die feierlich beschworene Existenz der beiden Amerika, der japanischen Inseln, des afrikanischen, des noch märchenhafteren australischen Kontinents und über die hemmungslosen Klagelaute ihrer sonst eher zu Verschlossenheit neigenden alten Nachbarn.

Die Glocken schlugen Mitternacht, und der Don fasste den Entschluss, sich nicht weiter zu ärgern. An Schlaf war allerdings, wie so oft, nicht zu denken. Also rief er noch einmal Juri herein, dankte ihm für die gute Arbeit, trank sogar ein Gläschen Alt-Wodka mit ihm und schickte ihn für den Rest der Nacht ins Bett. Juri hatte sich heute erneut mehr als nur Lob verdient, und der Don erwog, ob nicht endlich die Zeit für die Einführung einer festen Auszeichnung, für einen Dreifaltigkeitsstern oder ein Dreifaltigkeitskreuz, gestuft in Eisen, Silber und Gold, gekommen sei. Noch vor einem Jahr wäre eine Funkkonferenz mit den beiden anderen Machthabern der Stadt, mit den zwei anderen Gnädigen Brüdern, wie sie sich seit dem letzten Friedensschluss nannten, unvorstellbar gewesen. Neunzig Minuten lang hatten Ton und Bild nahezu keine Störung aufgewiesen. Wahrscheinlich wäre das Verbindungsdreieck, das ihrem Bruderbund erstmals einen gemeinsamen medialen Raum eröffnete, sogar zwei volle Stunden lang stabil geblieben.

Das Gespräch war außerordentlich gelassen, fast beschaulich vonstattengegangen. Aber der Don hatte bald einsehen müssen, dass es zurzeit nicht möglich war, ein Einvernehmen über die gleichzeitige Wiederaufnahme der Versorgung mit Gas zu erzielen. Dabei waren seine Leute technisch so weit. Die Schäden an der Anlage im alten Flusshafen hatte man vollständig behoben, die verbesserten Schlamm- und Fäkalienaufbereitungskessel lieferten zudem ein deutlich energieträchtigeres Faulgas als zuvor. Achtzig Prozent Methan! Außerdem hatten alle drei Parteien das gaslose Jahr dazu genutzt, Lecks in den zuletzt betriebenen Leitungsabschnitten zu schließen. Eine satte Stunde akzeptablen Gasdrucks um die Mittagszeit oder am Abend ließ sich garantieren. Kochgas für mehr als dreißig Straßen der alten Stadtmitte, deren Territorium sie sich, zumindest in den letzten beiden Jahren, annähernd brüderlich geteilt hatten.

Der Don hatte offeriert, zunächst die Hälfte, binnen Jahresfrist sogar zwei Drittel seiner Produktion in die Rohre der beiden anderen Paten fließen zu lassen. Aber über Art und Umfang der Gegengabe ließ sich momentan keine Einigung erzielen. Der Eurorubel leistete gute Dienste im städtischen Güterverkehr. Die einstmals in der längst Legende gewordenen Schweiz gedruckten Scheine waren unverwüstlich und galten weiterhin als fälschungssicher. Auch auf den Wasserwegen Richtung Ostsee und im Fernstraßenhandel bis an die Wolga, also bis an die chinesische Grenze, wurde das Papiergeld in allen Freigebieten und Protektoraten für kleinere Transaktionen bereitwillig akzeptiert. Aber seit der verheerenden Anschlagserie an den Weihnachtstagen des zurückliegenden Jahres erlosch das Vertrauen in dieses letzte Zahlungsmittel der Guten Alten Zeit bereits ab einer mittleren Geschäftsgröße wie eine ausgepustete Kerze.

Gegen dergleichen Unvernunft, gegen die leidige Mixtur aus Furcht, Misstrauen und Dummheit, war vorerst kein Kraut gewachsen. Gas im Austausch für Petroleum und Kohle, Gas gegen hochreinen Mikroschrott, gegen Bruchkupfer, Gold- oder Platinkrümel, monatlich verrechnet, hatte daher der Vorschlag des Don gelautet. Aber der Weiße Khan und der Alte Ogo waren, Bruderbund hin, Bruderbund her, nicht bereit gewesen, einem festen Tauschverhältnis zuzustimmen. Die Kleinköpfe, von denen die Biogasanlage außer Betrieb gesetzt worden war, hatte ihr einzig bekanntes Ziel, die Zerstörung jedes größeren Kontrollzusammenhangs, zumindest in diesem Fall bis auf Weiteres erreicht.

Für heute, für den bereits winterlich finster angebrochenen neuen Tag, hieß es das Gute, das die Gemeinschaft Fördernde, im Kleinen suchen. Also ließ er sich den Tamilen, der sie auf Umanns Spur gebracht hatte, noch einmal aus dem Keller nach oben bringen. Dem Kerl ging es inzwischen schon sichtlich besser. Nachdem er endlich in der erwünschten Ausführlichkeit das Lied der Guten Alten Zeit gesungen hatte, waren seine Platzwunden von der alten Hu ärztlich versorgt worden. Und die neue Zelle, in die er zur Belohnung und Erholung verbracht worden war, verfügte über Pritsche, Wolldecke, Eimer und sogar über einen Schalter zum An- und Ausknipsen des Lichts. Der Don war sich ziemlich sicher, dass der Gefangene nichts mehr mit Absicht verschwieg. Aber leider war er dereinst nur kurz in Umanns Team gewesen, gerade mal ein halbes Jahr.

Den angebotenen Schnaps stürzte der Hereingeführte gehorsam über die dick geschwollene Unterlippe, und der Aufforderung des Don, noch einmal frisch von der Leber über die fraglichen sechs Monate zu berichten, kam er ebenso brav nach. Der junge Umann schien ein guter Chef gewesen zu sein. Ähnlich wie es auch der Don, was sein Wirken anging, für angemessen hielt, hatte Umann seine Untergebenen nicht mit Launen oder anderen Ausbrüchen seiner Innenwelt belästigt. Just diese einstige Dezenz war womöglich der Grund dafür, dass der Tamile keine brauchbare Beschreibung von Umanns Gesicht liefern konnte. Dabei hatte er seinen einstigen Teamleiter erst vor einer Woche auf der Pritsche eines vorbeirollenden LKWs sitzen sehen, hatte ihn trotz seiner grau gewordenen, im Nacken zu einem Pferdeschwanz zusammengebundenen Haare wiedererkannt und dann bei den Händlern in der Nachbarschaft nach ihm gefragt. Aber anstatt einen hilfreichen Hinweis auf den Aufenthaltsort seines früheren Chefs zu bekommen, hatte er nur einen Spitzel, eine besonders aufmerksame und verlässliche Informantin, hellhörig gemacht, auf deren Liste Umanns Name seit kurzem stand.

Der Don schenkte nach. Vielleicht spülte die Trunkenheit nach oben, was Angst und Schmerz nicht ins Licht des Erinnerns gehoben hatten. Der Tamile erzählte noch einmal, wie die Stadt seiner Jünglingsjahre durch schieren Zahlenzauber, allein durch die offizielle Bekanntgabe der von den Behörden allzu lange unterdrückten Anzahl der Seuchentoten, binnen eines Wochenendes in ein Tollhaus verwandelt worden war. Sein Auto war während der nächtlichen Ausschreitungen in Brand gesteckt worden, und so hatte er früh am Morgen versucht, mit einem überfüllten Zug Richtung Süden zu entkommen. Aber schon auf den ersten Kilometern in freier Landschaft rammte dessen Triebkopf einen als Barrikade auf die Schienen gestellten landwirtschaftlichen Anhänger. Mit Knüppeln bewaffnete junge Männer stürmten die Waggons, kletterten über die am Boden kauernden Flüchtlinge und ihr herabgeschleudertes Gepäck und suchten nach denen, die sie, als wäre eine Parole ausgegeben worden, brüllend und um sich schlagend, nur «die Zappelneger» nannten.

Der Tamile hatte erst am Abend zuvor aus dem Fernsehen erfahren, dass das Gerücht Oberhand gewann, die Seuche sei auf dem Luftweg aus Afrika eingeschleppt worden, und Schwarzhäutige seien die ursprünglichen Träger des Erregers. Beides hatte der Senator für Familie und Gesundheit auf derselben Pressekonferenz, auf der auch die Todesrate erstmals öffentlich gemacht worden war, mit schweißnass glitzerndem Gesicht als absolut haltlosen Unfug zurückgewiesen. Die Krankheit beschränke sich bislang auf Europa, nirgendwo sonst auf dem Globus sei ein weiterer Seuchenherd bekannt. Ursprung wie Ursache harrten noch einer wissenschaftlichen Klärung.

Ihm sei damals, quer über ein frühsommerliches Feld

durch kniehohen Weizen flüchtend, den entgleisten Zug und das Schreien der Verletzten und Geprügelten hinter sich, keuchend und stolpernd, zumindest zweierlei so klar wie der herrliche Vormittagshimmel gewesen: Die Dunkelheit seines Gesichts, auch das Aschgrau der Todesangst, würde unter den gegebenen Umständen genügen, ihn zu einem der erlösend verhassten Zappelneger zu machen. Und dazu habe er begriffen: Falls es die Chance eines rettenden Untertauchens gab, dann nicht auf dem sogenannten freien Land, sondern dort hinten in der eben erst verlassenen Stadt, in der er sich von klein auf heimisch hatte fühlen dürfen.

Der Don ermunterte den Verstummten mit einer Handbewegung zum Weitererzählen und überlegte, ob er selbst jemals einen leibhaftigen Schwarzen, einen Neger mit Haut und Haar, gesehen hatte. Er war sich nicht sicher. Vermutlich hatte ihm bloß der eine oder andere Film, den er als Bübchen mit seinen Brüdern auf einem von letztem Netzstrom genährten Bildschirm bestaunt hatte, ein Bild dieser ausnahmslos Verschwundenen vermittelt. Die Behauptung, Afrikaner hätten die Seuche in die Hauptstädte Europas gebracht, hielt sich bis auf den heutigen Tag, war wohl inzwischen zu einer Art Wahrheit geworden. Zumindest hatten sich die gebildeten Älteren, die es wie der Don und seine Ärztin besser wussten, längst angewöhnt, diesem eingefleischten Stück Volksglauben nicht mehr zu widersprechen.

Dem Tamilen, den der Wodka zunehmend schwerzüngig machte, kam es allerdings noch einmal auf die andere, für ihn weiterhin einzig gültige Erklärung der Seuche an. Ihr Team sei es nämlich gewesen, das auf deren wirkliche Ursache gestoßen sei. Der Hinweis habe sich in dem Inferno aus Botschaften gefunden, mit dem die Vorläufer der heutigen Kleinköpfe damals ihn und seine Kollegen, ihre hochgerüsteten Verfolger, zu beschäftigen wussten. Umann, dem im Zweifelsfall, im kalten Abwägen von konkurrierenden Gründen, vielleicht bis heute keiner das Wasser reichen könne, habe den Finger auf den virulenten Fleck gelegt. Keiner von ihnen wäre damals auf die Idee gekommen, dass ausgerechnet das strikte Verbot, frisches Brot zu essen, die allerneueste der zahlreichen diätetischen Forderungen der Terroristen, etwas Besonderes zu bedeuten haben könnte. «Unser Langer hat das dritte Auge für so was!», lallte der Tamile, pochte sich hierzu nachdrücklich auf die frisch verpflasterte Stirn und hielt dem, dessen Männer ihm erst vor wenigen Stunden wahrlich übel mitgespielt hatten, mit der alle Vorsicht, alle schlechten Erfahrungen überspringenden Zutraulichkeit des gegenwartsseligen Betrunkenen das leere Glas zum Nachfüllen hin.

Während er noch einmal großzügig eingoss, nahm der Don mit der Linken den Zettel, den der Hauptmann der Nachtwache hereingebracht hatte. Ein Blick genügte. Wie schön, wie selbsttätig sich die Dinge manchmal fügten, wenn man nur an die Zukunft glaubte und ihr durch beharrliches Fortarbeiten die allerdings unumgänglich nötige Reverenz erwies. Da kam ihm nun, noch in derselben Nacht, in der er am Gas gescheitert war, dessen Schwester, die Kohle, zu Hilfe. Hatten die Schornsteinfeger in der Guten Alten Zeit nicht, zumindest hierzulande, als Glücksbringer gegolten? Die wenigen, die sich noch umfassend fachmännisch auf dieses Handwerk verstanden, waren längst zu heiß begehrten Spezialisten geworden.

Die gute Nachricht, dieser Wink im rechten Augenblick, verlangte nach einer Gegengabe. Wer einen fetten Brocken Schicksalsgunst in den Schoß geworfen bekam, war umgehend zu wohltätigem Handeln verpflichtet, daran glaubte der Don seit langem. Also fasste er den Entschluss, möglichst bald, vielleicht schon in der Woche nach Weihnachten, aber spätestens Ende Januar alle, die in seinem Herrschaftsgebiet auf den Dächern tätig waren, zusammenrufen zu lassen. Er wollte sich um den Fortbestand dieser ehrwürdigen Handwerkskunst, um die Weitergabe der Kenntnisse an Jüngere kümmern. Schlimm genug, dass die Veteranen, alte Männer, von der Vielzahl der Aufträge überlastet, noch bei Einbruch der Nacht allein auf vereisten Ziegeln um schneegekrönte Kamine krochen und sich dabei, wie am zurückliegenden Abend geschehen, vom Auftauchen einer auffällig hochgewachsenen Gestalt im Fenster einer bislang leer gewesenen Dachwohnung gefährlich ablenken lassen mussten.

IM ADVENT: VIER – Spirthoffer wurde mal verdächtigt, Anschlag zu planen → hat es nicht

– Umann wird aufgespürt → trotz Albtraumvorstellungen sehr nett von Don empfangen
– Umann soll jmd aufspüren → Umann?

Elussa hatte sich ihren mechanischen Wecker gestellt, um das morgendliche Lichtgeschenk des Don und die stille Stunde vor dem gemeinsamen Frühstück zur Unterrichtsvorbereitung zu nutzen. Aufgeschlagen bedeckten die drei großformatigen Bände des technischen Wörterbuchs fast den gesamten Küchentisch. Sie hatte die schwarzen Wälzer bei Spirthoffer entdeckt, in dessen Ladenregalen sich allerlei Fachliteratur zwischen die mehr oder minder reparaturbedürftigen Geräte zwängte. Auch Enzyklopädisches stand da in Reih und Glied, als wäre Spirthoffers Werkstatt seine letzte Heimstatt, als hätten einstige Generalstäbler bei ihrem Fußvolk, bei ihren invaliden oder noch rüstigen alten Infanteristen, Unterschlupf gesucht und gefunden.

Ihren Schüler zu fragen, ob er ihr die Bücher leihen würde, war ihr gestern nicht leichtgefallen. Sie genierte sich für die Blöße, die sie sich als Lehrerin mit dieser Bitte zweifellos gab. Aber es half nichts, ihr technologischer Wortschatz reichte einfach nicht hin, um Spirthoffers Konversations- und Lektürewünschen gerecht zu werden. Wahrscheinlich hatte er ihre Verlegenheit gespürt, vielleicht sogar bemerkt, dass ihr das Blut ins Gesicht stieg, bevor sie sich schnell wieder ganz zum Regal hindrehte. Zumindest schlug er einen launig-lustigen Ton an und begann nach einer holprigen Überleitung damit, eine Geschichte aus der Anfangszeit seines Elektronischen Hospitals zu erzählen.

Wer sein Herz den in Mitleidenschaft gezogenen Maschinen schenke, bekomme unweigerlich näher, ja nahezu intim mit den Menschen zu tun, die sich ihrerseits, mehr oder minder innig, mit den fraglichen Geräten eingelassen hätten. Gleich in den ersten Geschäftstagen seien zwei hübsche junge Frauen mit einem raren Relikt, einem großen Modell-Helikopter, bei ihm erschienen. Fast armlang seien dessen Rotorblätter gewesen. Vermutlich ein Einzelstück, das Werk eines begabten Tüftlers, der irgendwann in der Guten Alten Zeit einige hundert, womöglich über tausend Bastelstunden darauf verwendet hatte, ein Artefakt der nun untergegangenen amerikanischen Kultur, einen einst legendären Kampfhubschrauber detailgetreu und maßstabsgerecht nachzubilden. Das Fluggerät schien rundum intakt, und sein Einzylinder-Motörchen sprang, nachdem er den Tank mit Alkohol befüllt hatte, ohne Verzug an. Selbst auf niedrigster Drehzahl war der Luftdruck des Rotors so stark, dass es seinen Kundinnen die langen Haare von den Schultern wehte. Die beiden erklärten ihm, sie wollten das auf dem Markt Für Alles entdeckte Spielzeug einem technikbegeisterten Buben, ihrem Neffen, zum zehnten Geburtstag schenken. Leider sei die Fernsteuerung verlorengegangen. Ob er dergleichen beschaffen oder bauen könne?

Dass die Frauen, ohne zu verhandeln, die verlangten fünfzig Eurorubel Anzahlung auf die Ladentheke blätterten und eine Flasche hochwertigen Alt-Whiskey als zusätzliche Ermunterung daneben stellten, sei ihm damals in Anbetracht des voraussichtlichen Zeitaufwands durchaus angemessen erschienen. Außerdem neigten alte Knaben wie er gegenüber jungen Vertreterinnen des anderen Geschlechts zu leichtsinniger Gutgläubigkeit. Noch am gleichen Tag habe er sich an die Arbeit gemacht, und von der Freude, die ihm die gar nicht so anspruchslose Aufgabe bereitete, wurde vollends verhindert, dass er sich Gedanken über seine Kundinnen und über mögliche Hintergründe ihres Auftrags machte.

Spirthoffer war mit dem ersten Satz seiner Erzählung ins Deutsche gefallen, und, einen Band des technischen Wörterbuchs gegen die Brust gedrückt, wurde Elussa schnell klar, dass sie bereits die bis jetzt nur oberflächliche Beschreibung des Hubschraubers aus dem Stegreif nicht lückenlos ins Russische hätte übertragen können. Zum Glück verzichtete ihr Schüler darauf, zu schildern, wie er im Weiteren an seinem Werktisch verfahren war, und steuerte stattdessen entschieden auf den Wendepunkt seiner Geschichte zu. Durch just dieses Spielzeug habe er den Don persönlich kennenlernen dürfen. Denn anstelle der beiden angeblichen Tanten, die einen ebenso zweifelhaften Neffen beschenken wollten, sei schon zwei Tage später in der ersten Morgendämmerung ein Kommando von Don Dorokins Männern in seine Ladenwohnung eingedrungen. Schußsichere Westen und Helme mit Visieren hätten die ausgesucht hochgewachsenen Kerle getragen, und allein schon daran, wie er von ihren Knien auf den Dielen dieses Raumes fixiert worden sei, habe unmissverständlich gezeigt, dass man ihn, ungeachtet seines Alters, für einen eminent gefährlichen Burschen hielt.

«Und dann?», hatte Elussa auf Russisch gefragt. Und ebenfalls in ihre Unterrichtssprache wechselnd, erzählte Spirthoffer langsam, aber verblüffend flüssig und nahezu fehlerfrei, wie er in der Dreifaltigkeitskirche von Don Dorokin höchstpersönlich vernommen worden war. Auf Deutsch, Russisch und Amerikanisch hätten ihm der Don und dessen rechte Hand in Sachen Elektronik, ein außerordentlich tüchtiger Ukrainer, zugesetzt. Und schließlich habe ihn auch noch die alte chinesische Ärztin des Don, von der er bereits vor dem Verhör gründlich medizinisch untersucht worden war, mit Fragen in ihrer Muttersprache, die er nur leidlich verstehe, und dazu mit jähen Kniffen in den Nacken und einem außerordentlich unangenehmen Verdrehen der Ohrmuscheln traktiert.

Rückblickend könne er dem Don die rüde Einvernahme allerdings nicht übelnehmen. Schließlich sei er damals begründet in Verdacht geraten. Ob Elussa wisse, wie die Kleinköpfe bald darauf die Gasanlage am Flusshafen, eines der rühmenswerten gemeinnützigen Projekte des Don, in die Luft gejagt hatten? Von einem ferngesteuerten Mini-Helikopter, vielleicht baugleich mit dem, den er, nichts Schlimmes ahnend, in seiner Werkstatt beherbergt hatte, sei der Sprengstoff an die Faulgaskessel getragen worden. Die Wachmannschaft hatte vergeblich auf das in hohem Bogen heranknatternde Spielzeug gefeuert. Noch heute schöbe er gerne seinerseits fünfzig Eurorubel und eine Flasche Altalkohol über jeden denkbaren Tisch, um zu erfahren, von wem damals, an seiner Stelle, die für das Attentat unumgänglich nötige Fernsteuerung zusammengelötet worden war.

Als der Morgen in Elussas Küche graute, als die Leuchtbirne über dem Tisch mit einem zirpenden, täuschend grillenhaften Geräusch erloschen war und Alide ihre in Reinwasser aufgekochte, mit Zimt und Rübensirup abgeschmeckte Hafergrütze kaute, studierte Elussa noch einmal die Vokabeln, die sie sich für den heutigen Unterricht herausgeschrieben hatte. Ihr Töchterchen schielte aufs Blatt, und im Nu kreiste das morgendliche Gespräch um das, was von den Menschen je hinauf ins Reich der Vögel, in das Blau über den Wolken und schließlich sogar in die Schwärze des Weltraums geschickt worden war.

Alide hatte ein einziges Mal, sie erinnerte sich nun mit rührend ausführlichen Worten, zwei sibirischen Buben beim Drachensteigen zugesehen. Elussa war nicht dabei gewesen, aber sogleich sah auch sie mühelos vor dem inneren Auge, was ihr Töchterchen damals, in jenem goldenen Herbst, für den ihre alten Heimat berühmt war, beobachtet hatte: Der rote Fleck zuckte und ruckte so märchenhaft hoch am Himmel, dass die seltsam bauchig durchhängende Schnur, die ihn mit der Faust des Jungen verband, auf dem letzten Stück hinauf zum erdgewandten Eck des Drachen auch mit innigstem Hingucken nicht mehr als Strich erkannt werden konnte.

Gar völlig unsichtbar war derjenige Flugkörper gewesen, den Alide als nächstes Exempel heraufbeschwor. Sein Anflug hatte Mutter und Tochter im nächtlichen Zug, während der letzten der fünf Fahrtnächte, kurz vor ihrer Ankunft in der Stadt, aus dem Schlaf gerissen. Wenn ihnen, kaum waren sie hochgeschreckt, ein freundlicher alter Mitreisender nicht sogleich erklärt hätte, wovon nicht bloß ihr Waggon, sondern gewiss der ganze Zug mit jäh anschwellendem Dröhnen durchgerüttelt worden war, hätte Elussa womöglich geglaubt, mit diesem gewaltigen Vibrieren breche ein Erdbeben los, um auch dem Freigebiet Germania und damit dem Herzen Alteuropas dasjenige anzutun, was dereinst den Hochmut der Amerikaner gebrochen und dem Rest der Welt den berühmten Ewigen Winter beschert hatte.

Schneeweiß vor Angst war das Gesicht Alides damals im flackernden Licht des Abteils gewesen, nun aber beklagte sie sich lauthals darüber, dass sie das bislang einzige Flugzeug ihres Lebens zwar gehört und auch heftig gefühlt, aber kein bisschen gesehen habe. Sie fragte ihre Mutter nach dessen Gestalt, und Elussa musste beschämt begreifen, dass es ihr schwer fiel, sich einen jener Kampfjets, von denen gewiss auch in der Nähe der Stadt noch einige in verkommenen Hangars auf platt gewordenen Reifen standen, so deutlich vorzustellen, wie es eine gute Beschreibung verlangt hätte. Ja, sie war sich nicht einmal sicher, ob sie je einem leibhaftigen Düsenjäger auf seinem Weg durch die Wolken nachgeguckt hatte oder ob das vage bleibende Bild nur den

Erzählungen älterer Verwandter entsprang. Und nach einigen ungeschickten Sätzen, in denen sie sich in den Gestaltvergleich mit Libellen, Wespen und Stubenfliegen geflüchtet hatte, versprach sie ihrer Tochter, Spirthoffer zu fragen, ob er ein Buch habe, in dem jene Flugzeugvielfalt, die in seinen jüngeren Jahren den Himmel bevölkert hatte, zumindest eine Auswahl der einstigen Artenfülle, abgebildet war.

Die Explosion hatte Umann aus einem honiggelben, fast goldfarben warmen Traum, aus einem ins allerschönste Licht der Guten Alten Zeit getauchten Geschehen gerissen. Und obwohl er von den Nachwirkungen des Kräuterschnapses schlimm benommen war, hatte sein aufflackerndes Bewusstsein den merkwürdig dumpfen Knall sofort richtig gedeutet: Die Tür aus Semperlaminat war aufgesprengt worden, fachmännisch, mit einer auf dem Schloss platzierten, nicht allzu starken, eben hierfür ausreichenden Haftladung. Und während er, ins Finstere gaffend, das Wort «fachmännisch» dachte, verstand sein brummender Schädel, dass es nun absolut unfachmännisch, womöglich sogar todbringend dilettantisch wäre, nach der Lederjacke zu tasten, in deren Innentasche seine Pistole steckte. Stattdessen riss er beide Arme empor, begann, heißen Staub inhalierend, übertrieben laut und möglichst elend zu husten, und wurde fast im selben Moment von einem starken Punktstrahler erfasst.

Draußen war es dann schon ein wenig hell gewesen. Und durch die getönte Scheibe des Don-Cars konnte er, an Händen und Füßen gefesselt, noch beobachten, wie die Männer des Kommandos aus dem Haus trugen, was sie für mitnehmenswert erachteten: seine Siebensachen, sogar die beiden Kanister Reinwasser, die Bücher und die Broschüren, die auf dem Tisch gelegen hatten, und, wie nicht anders zu erwarten, sämtliche Flaschen der Hausbar. Erst als der Dieselmotor ansprang, der löchrige Auspuff bollerte und das

Gebläse warme Luft ins Fahrzeuginnere wogen ließ, zog ihm einer seiner Bewacher eine dicht gewebte Wollmütze über Augen, Nase und Mund.

Den großen Don hatte Umann in den Jahren von dessen Herrschaft, in der Dorokin-Zeit, wie man längst ganz selbstverständlich zu sagen pflegte, nie vor Augen bekommen. Aber die alte Frau, die von seinen Nachbarn die Brotfrau genannt wurde, weil sie zweimal die Woche von Tür zu Tür ging, um selbstgebackenes, wunderbar haltbares Schwarzbrot zu verkaufen, hatte ihm im Sommer, als sie über Mehl und Hefe, Gott und die Welt ins Gespräch gekommen waren, von ihrer persönlichen Begegnung mit Don Dorokin berichtet. Drei üble Brüder aus dem Nachbarhaus, die beiden jüngsten noch halbe Kinder, hatten ihr letzten Winter, nachdem sie ihnen die Zahlung einer Summe, die sie frech Schutzgeld nannten, verweigert hatte, nicht nur den vollen Korb, mit dem sie eben zu ihren Kunden aufbrechen wollte, sondern, um sie vollends einzuschüchtern, auch die neuen Winterstiefel abgenommen. In ihren alten löchrigen Schuhen, die zum Glück noch nicht im Ofen gelandet waren, hatte sie daraufhin den ganzen Tag in der Warteschlange der Bittsteller vor der Dreifaltigkeitskirche gestanden und war als eine der Letzten in den verdunkelten Audienzsaal vorgelassen worden.

Dort befinde sich ein Hocker, sehr niedrig, aber durch ein strammes Kissen gut gepolstert. Und kaum dass ein Wachmann sie auf dieses gedrückt hatte, war auch schon ein Bild aufgeflammt – breiter als eine quergestellte Tür! – in einer Farbpracht und Schärfe, wie sie allenfalls die schönsten Erinnerungen an die Fernsehstunden der Guten Alten Zeit erreichten. In diesem leuchtenden Rechteck saß ihr der Don leibhaftig gegenüber. Und inzwischen habe ihr eine andere Frau erzählt, dass er auch bei ihrem Vorstelligwerden so dagesessen sei, dass er also wahrscheinlich stets genau so, mitten im Bild sitzend, die Rat- und Hilfesuchenden seines Reichs empfange.

Don Dorokin nehme die linke Hälfte eines kleinen Sofas ein, dessen Bezug große Sonnenblumenblüten zeige, er trage, die Beine lässig übereinander geschlagen, eine schlichte erdbraune Uniform und jenes schmucke Barett, mit dem sein Kopf auch auf den Anschlägen abgebildet sei. Den jeweiligen Bittsteller begrüße er nicht mit Worten, gebe bloß mit einer Handbewegung zu verstehen, dass man sein Anliegen vorbringen solle. Während man spreche, knapp und klar, weil man sich alles wohlweislich vorher zurechtgelegt hat, gewinne Dorokins Bild, wie es dereinst in Filmen bewerkstelligt worden sei, zügig an Größe, bis sein Gesicht die ganze Höhe des Leuchtschirms einnehme. Der Don sei ein gut aussehender Mann! Ein wenig älter zwar, als sie ihn sich vorgestellt hatte, aber dafür stehe ihm das schmale Bärtchen zwischen Unterlippe und Kinn in der bewegten Wirklichkeit noch besser als im gedruckten Bild. Und wenn er dann spreche, begreife man, begreife zumindest jede Frau, wie vorteilhaft diese minimale Gesichtsbehaarung zwischen den fast weiblich üppigen Lippen und dem markanten Kinn vermittle.

Der Don gab ihr zur Antwort, wer einem Mütterchen das Brot, welches dieses im häuslichen Ofen backe, aus den Händen reiße, habe jeden Anspruch auf Gnade verwirkt. Und gleich mit dem nächsten Satz wurde sie gefragt, ob es in ihrem Sinne sei, wenn die Daumen der Hände, mit denen die drei schändlichen Brüder – noch dazu vor dem Weihnachtsfest! – nach ihrem Korb gegrapscht hätten, mit einem Hammer Bekanntschaft machen würden. Diese Strafe war ihr dann doch übertrieben streng, auch unadventlich roh erschienen. Und so habe sie gefragt, ob stattdessen eine unmissverständliche Ermahnung, zusammen mit einer mittelprächtigen Tracht Prügel, sowie die sofortige Rückerstattung ihrer Winterstiefel, geputzt und frisch eingefettet, in Frage kämen. Sehr milde, aber auch mit einem erkennbaren Anflug von Bedauern habe das Don-Gesicht gelächelt, zugleich kaum merklich genickt, und schon sei ihr von hinten unter die Achsel gegriffen worden, und man habe sie weg von dem ruckartig verlöschenden Bild, durch eine andere Tür als die, durch die sie hereingeführt worden war, hinausgeschoben.

Auf jenen Leuchtschirm, breiter als ein quergestelltes Türblatt, sowie auf die Drohung, dass eines seiner Glieder einen Hammer zu spüren bekommen könnte, war Umann gefasst gewesen. Aber stattdessen streckte ihm ein morgendlich gut gelaunter Don die Rechte zum Handschlag entgegen, drückte männlich fest zu und lud ihn ein, mit ihm zu frühstücken. Ein großer ovaler Tisch war hübsch gedeckt. Der Duft von warmem Brot stieß Umann in die Nase, und als ihm auf einen Wink Dorokins einer von dessen Männern unglaublicherweise Kaffee, wunderbarerweise echten Kaffee, wie er ihn seit Jahren weder gesehen noch gerochen, geschweige denn getrunken hatte, in eine große sonnenblumengelbe Tasse goss, war Umann von der hellen Wucht des Augenblicks so überwältigt, dass er die Antwort auf die Frage, ob er Milch und Zucker nehme, erst unhöflich spät über die Lippen brachte.

Don Dorokin trank den Kaffee wie Umann schwarz, ließ allerdings gleich vier gehäufte Löffelchen Zucker in den dunklen Kreis rieseln, rührte sehr lange um und wartete mit dem ersten Schluck, bis sein Gegenüber die Tasse an die Lippen gesetzt, andächtig geschlürft und die Köstlichkeit des Trunks zunächst mit einem herausgestammelten Eigenschaftswort, dann nach einem zweiten und dritten Kosten mit angemessen vollständigen Sätzen gepriesen hatte. Auch er selbst, erzählte der Don, sei erst seit kurzem wieder in der glücklichen Lage, diesem Genuss zu frönen. Als ihm Anfang

Herbst von einem befreundeten Fernhändler ein Säckchen grüner Kaffeebohnen als Mitbringsel überreicht worden war, habe er, ehrlich gesagt, an der Echtheit der afrikanischen Früchte gezweifelt. Volle acht Wochen habe es dann noch gedauert, bis seine Leute einen kaffeekundigen Mann, einen steinalten Italiener, aufgetrieben hatten, der sich zutraute, die von einem silbrigen Häutchen umhüllten Bohnen zu prüfen. Und dieser glücklich Gefundene verstehe sich sogar darauf, die rohen Bohnen in einer Pfanne fachgerecht zu rösten. Wie Umann denn als junger Mann, in häuslichem und beruflichem Zusammenhang, den Kaffee zubereitet und genossen habe?

Umann begriff, dass es nun angeraten war, ausführlich von früher zu erzählen, und weil er nicht wusste, was es zu verbergen oder in den Vordergrund zu stellen galt, tat er dies so, wie ihm das Vergangene in den Sinn strömte. Alt-Kaffee war noch eine lange Weile vergleichbar kostbar gewesen wie Alt-Alkoholika oder Zigaretten aus der Produktion vor dem Ewigen Winter. Aber ähnlich wie die Tabakwaren aus den Beständen der Guten Alten Zeit hatte das im wilden Handel erhältliche Genussmittel von Jahr zu Jahr an Qualität verloren, und irgendwann ließ sich aus den Bohnen wie aus dem vakuumverpackten Mehl nur noch eine fade, muffig riechende Brühe kochen. An die Vielfalt von Geräten, die dereinst zur Zubereitung von Kaffee im Handel gewesen waren, konnte er sich, das ungewohnte Koffein stimulierte sein Gedächtnis, plötzlich ungemein gut erinnern, und er scheute sich nicht, seine technologische Rückschau mit der Methode seiner Großmutter zu beginnen, die noch Kaffee in trichterförmige Papiertüten gefüllt hatte, um sie von einem primitiven, aber lustigerweise «Vollautomat» genannten Wassererhitzer aufbrühen zu lassen.

Der Don bat Umann, beim Erzählen das Essen nicht zu vergessen. Er selbst sehe schon in aller Herrgottsfrühe die in der Nacht eingegangenen Nachrichten durch und neige dazu, bei dieser Lektüre und wegen der nicht selten sofort nötigen Antworten jene vernünftige, also besinnliche erste Mahlzeit zu versäumen, von der Kopf und Körper im Idealfall den ganzen Arbeitstag lang zehren könnten. So plauderten sie über mehr oder minder mechanische Kaffeemaschinen und in Vergessenheit geratene Zigarettenmarken, über Getreideschnäpse und Kräuterliköre, die, falls sie hochprozentig genug waren, auch nach Jahrzehnten noch genießbar aus staubigen Flaschen flossen. Selbst das Bier, das seit kurzem im Territorium des Weißen Khan in beachtlicher Qualität gebraut wurde, aber leider auch gekühlt nur wenige Wochen schmackhaft blieb, wurde mit den Gerstensäften der Guten Alten Zeit verglichen. Umann bemerkte, wie ihm Brot und Wurst, Butter und Marmelade immer besser zu munden begannen. Es war, als zöge sich die Angst allmählich von seiner Zunge und aus seiner Nase zurück. Sein Tastsinn allerdings, er fühlte die Eiseskälte seiner Fingerspitzen, schien der Freundlichkeit seines Gastgebers weiterhin in eigener Konsequenz zu misstrauen.

Sobald man gute Leute zur Mitarbeit gewonnen habe, lasse sich mancherlei auf einen zukunftsträchtigen Weg bringen, meinte der Don, und im Lauf der letzten Jahre habe er zudem begriffen, wie hochdringlich es geworden sei, die letzten menschlichen Ressourcen der Guten Alten Zeit bis in den letzten Greis hinein zu erschließen. Erst zurückliegende Nacht sei ihm dies an einem schlichten praktischen Beispiel, an der Kaminkehrerkunst, überdeutlich vor Augen geführt worden. Aber hierzu ein andermal! Der Don schnipste mit den Fingern und bekam eine schwarze Mappe gereicht. Umann griff in einem nervösen Reflex nach seiner Tasse, etwas in ihm befürchtete, dass die letzte Gelegenheit gekommen war, sich den vorzüglichen Kaffee, der an diesem Frühstückstisch gereicht wurde, zu Gemüte zu führen.

Ja, sie müssten nun leider Gottes umgehend zur Sache kommen. Die Pflichten des Tages drängten und würden wohl keinen weiteren Aufschub verzeihen. Vermutlich sei ihm der fragliche alte Herr kein Unbekannter. Umann nahm die aufgeklappte Mappe aus den Händen seines Gastgebers, und im selben Augenblick fiel ihm seine Lesebrille ein, die er am Abend des Vortags, schnell betrunken werdend, noch ein Weilchen benutzt hatte, um im Kerzenschein die eine oder andere Broschüre aus der Zeit des Großen Zappelns zu studieren. Aber bevor er sein Handicap entschuldigend vorbringen konnte, wurde ihm das schmale, abgewetzte Etui schon über die rechte Schulter gereicht. Das Foto, das die Unterlagen, offenbar eine Art Dossier, eröffnete, war ein gestochen scharfes Porträt. Umann erkannte die fragliche Person nicht. Aber er las den Namen und begriff, da er gelegentlich von der Werkstatt des Alten hatte reden hören, um wen es sich handeln musste.

Die Angelegenheit sei heikel und anspruchsvoll, fuhr der Don nach einem geduldigen Päuschen fort. Seine Leute hätten lange nach einem Experten wie Umann, nach einem Fachmann der alten Art gesucht. Schlussendlich habe es jenes besondere Glück gebraucht, das der rußigen Kleidung der Schornsteinfeger anhafte, um ihn ausfindig zu machen. Man werde ihn nun in ein Gästezimmer bringen, damit er das Material ungestört einer ersten Durchsicht unterziehen könne.

Umann stand auf und spürte, kaum dass er die Knie gestreckt hatte, die Hände von Don Dorokins Leibwächtern an seinen Ellenbogen. Just so, behutsam, aber entschieden, hatte man im Inneren der Dreifaltigkeitskirche, zu deren Portal er noch arg derb hinaufgestoßen worden war, Tuchfühlung zu ihm gehalten. Dass der Innendienst eigenen Verhaltensregeln gehorchte, hatte er bereits vor seiner Begegnung mit Dorokin erfahren dürfen. Denn zunächst war er zu einer alten chinesischen Ärztin gebracht worden. Dort hatte man ihm die Fesseln abgenommen, damit er sich vor ihr, die sich als Frau Doktor Hu vorstellte, splitternackt ausziehen konnte. Und während der folgenden Untersuchung tupften die Fingerspitzen der Wachleute nur noch gelegentlich leicht an seine Hüfte oder Schulter, um ihn diskret an ihre Anwesenheit zu erinnern. Nie war sein Körper in der Guten Alten Zeit vergleichbar gründlich examiniert worden. Die Chinesin entnahm Blut aus der Armbeuge, verlangte ihm Speichel und Urin ab, befragte ihn nach überstandenen Krankheiten und Verletzungen, und nicht bloß in seine Ohren, seine Nasenlöcher und in seinen weit aufgesperrten Mund – eine kühle Edelstahlklemme blockierte die Kiefer – war ein langer, fachfraulich prüfender Blick geworfen worden.

IM ADVENT: FÜNF

Ganz vorn im Mund, dort wo ihre Zunge die matschige Hafergrütze von innen gegen die Zähne drückte, hatte Alide es schon beim Frühstücken gespürt: Der alte Mann, dessen kaputt gegangenes Russisch von Elussa repariert werden musste, würde in seinem Laden ein Flugzeugbuch für sie finden! Und dieser Gewissheit war, während sie sich dann im vormittäglichen Gemeindeunterricht langweilte und zu träumen anfing, ein Plan entsprungen. Sobald sie das Buch, geliehen oder geschenkt, in Händen hielt, würde sie ihre Mutter davon überzeugen, dass sie sich dafür selber bei ihm, bei ihrem lieben Opa Spirthoffer, bedanken müsse.

Umso mehr erschrak Alide, als sie auf dem nachmittäglichen Heimweg von Elussa erfuhr, Herr Spirthoffer habe sich zwar sofort und ganz deutlich an einen besonders schönen Band voll mit Bildern von Flugzeugen erinnert, aber wo sich dieses Buch im Durcheinander seines Ladens befinde, sei ihm, auch nachdem er laut auf Russisch darüber nachgedacht und ebenso laut auf Deutsch mit seinem Gedächtnis geschimpft hatte, einfach nicht mehr eingefallen. Ihre Mutter behauptete, dergleichen sei bei derart uralten Menschen nicht weiter verwunderlich, und vielleicht komme Herr Spirthoffer doch noch irgendwann darauf, wo das Gesuchte stecke – eventuell schon morgen oder in den nächsten Tagen oder womöglich an Weihnachten, weil dann den Menschen bekanntlich alles Mögliche und Unmögliche wieder wie aus dem Nichts in den Sinn gerate.

Als das Wort Weihnachten fiel, schöpfte Alide, der vor Wut und Enttäuschung schon die Tränen in die Augen geschossen waren, neue Hoffnung. Also spülte sie nach dem Abendessen unaufgefordert das Geschirr ab und übte freiwillig so lange auf der Blockflöte, bis ihr die Lippen wehtaten. Und wirklich, während sie in ihren Schlafanzug schlüpfte und dabei, weil ihre Mutter dies liebte, heftig gähnend behauptet hatte, sie wolle nur noch ins Bett und werde bestimmt gleich einschlafen, bestätigte sich ihr Verdacht.

Ach, fast hätte sie es vergessen, schwindelte Elussa, wie es wohl nur Müttern zu schwindeln erlaubt ist, Herr Spirthoffer habe ihr etwas mitgegeben. Als er, über einen großen Koffer gebeugt, mit beiden Händen in alten Zeitungen und Magazinen gegraben habe, sei ihm schließlich doch noch etwas für Alide in die Finger geraten. Zwar kein Flugzeugbuch, aber etwas in gewisser Weise Ähnliches, etwas Verwandtes. Ob Alide eigentlich wisse, dass jene Amerikaner, zu denen ihr Onkel mit dem Schiff gefahren sei, vor vielen Jahren über den blauen Himmel hinaus, senkrecht in den noch höheren schwarzen Himmel hinein und dann in weitem Bogen bis zum Mond geflogen seien.

«Mit einem Flugzeug?»

«Nein, mit einer Rakete.»

«Mit einer Rakete!», echote Alide, und obwohl sie das dreisilbige Wort zum ersten Mal hörte, glaubte sie dessen Bedeutung beim Aussprechen deutlich am Gaumen zu spüren. Und deshalb rannte sie, ohne eine weitere Frage zu stellen, in die Schlafkammer hinüber, weil sie wusste, dass Elussa ihr sogleich mit diesem Raketenbuch, mit dem Mondbuch von Opa Spirthoffer folgen würde.

Am nächsten Morgen wachte Alide, was ihr nur sehr selten widerfuhr, vor ihrer Mutter auf. Es war völlig finster, die

Vorhänge, die sie im Herbst gemeinsam aus einem dicken hellbraunen Wollstoff genäht hatten, schienen noch ein klein wenig dunkler als die Wände, und an der Art, wie der Atem neben ihr über das zweite Kopfkissen strich, erkannte sie, wie tief ihre Mutter noch schlief. Das Geschenk von Opa Spirthoffer hatte sich nicht als Buch mit harten Deckeln, sondern als ein großes Heft mit weichem, glänzigen Einband erwiesen. Innen reihte sich Bild an Bild, das Mondbuch war so voll damit, dass nur wenig Platz für Geschriebenes blieb. Wenn ein buntes Bild die ganze Seite füllte, klebte meist bloß eine einzige Zeile darunter. Wo zwei, drei oder gar vier verschieden große Rechtecke die zur Verfügung stehende Fläche teilten, waren kleine Kästchen randvoll mit Wörtern dazwischen gezwängt.

Noch bevor ihre Mutter etwas sagen konnte, gleich nach dem Aufblättern, war Alide mit einem Blick klar gewesen, dass das Aufgeschriebene weder Russisch noch Deutsch sein konnte. «Lies mir das Amerikanische amerikanisch vor!», platzte es aus ihr heraus, weil sie befürchtete, ihre Mutter würde, um es ihr leicht zu machen, sogleich mit Übersetzen beginnen. Und dann hatte sie nach Elussas linker Hand gegriffen, deren Fingerspitzen auf die erste Unterzeile gedrückt und sie gebeten, immer genau auf das Wort zu zeigen, das sie jeweils aussprach.

Alide war stolz darauf, dass ihre Mutter in der Gemeindeschule nicht nur den Kindern, sondern sogar einer Klasse Erwachsener, die wie ihr Onkel übers Meer fahren wollten, Amerikanisch beibrachte. Wenn der Winter und dann der Frühling vorbei wären, würde, irgendwann im nächsten Sommer, auch ihre Altersgruppe mit einer dritten Sprache, mit dem Chinesischen oder dem Amerikanischen, beginnen dürfen. Elussa wollte sie in den Chinesischunterricht schicken, und Alide hatte ihr vorsichtshalber nicht widersprochen, aber insgeheim war sie entschlossen, sobald es endlich wieder warm war, mit nackten Knien, in Söckchen und Sandalen, im Amerikanischunterricht ihrer Mutter zu sitzen. Opa Spirthoffer würde ihr dabei helfen müssen. Opa Spirthoffer wollte bestimmt auch, dass sie Amerikanisch lernte, denn wenn er Chinesisch für die gebotene neue Sprache hielte, hätte er ihr bestimmt ein chinesisches Raketenheft geschenkt.

Das schönste Bild hatte die Mitte des Buchs eingenommen, und deshalb waren dort auch die beiden silbernen Klammern, die alle Blätter zusammenhielten, zu sehen gewesen. Als erstes und einziges ging dieses Mondbild über beide Seiten. Oben klappte die eine Klammer ihre silbernen Ärmlein in einen riesig breiten schwarzen Himmel, und unten tat die andere das Gleiche auf dem glitzrig hellen, fast schneeweißen Sand des Mondes. Gestern Abend, geschmiegt an Elussas Schulter, hatte Alide zu ihrem Erstaunen erfahren, wie groß der Mond war: so groß, dass man viele Häuser, wahrscheinlich sogar eine ganze Stadt wie Germania auf ihm bauen könnte, wenn man dies nur wollte. Hatte sie zuvor wenigstens gewusst, dass der Mond eine Kugel war, eine Kugel aus Stein, um die man, falls man eine Rakete hatte, im Kreis herumfliegen konnte?

Sie war sich nicht sicher. In der Schule hatten sie es gewiss nicht durchgenommen, daran würde sie sich erinnern. Immerhin hatte ihre Sing- und Blockflötenlehrerin mit ihnen ein deutsches Lied eingeübt, in dessen erster Zeile der Mond auf besondere Weise genannt wurde, nämlich so, dass man beim Singen merkte, wie schön er war, weil er irgendetwas Besonderes mit den Sternlein, die um ihn herumstanden, zu tun hatte. Aber was nur? Hatte der Mond die Sterne in seinem Kugelbauch gemacht? War er ihre Mutter? Nein, im Religionsunterricht hatten sie gelernt, dass nicht nur die Erde, die Blumen, die Tiere, die Chinesen und die Amerikaner, sondern dazu der ganze Himmel vom lieben

Gott allein, ohne dass ihm einer dabei hätte helfen müssen und ohne dass er hierzu Werkzeug gebraucht hätte, zusammengebastelt worden waren.

Ihre Mondhäuschen allerdings hatten die Amerikaner selbst in den weißen Sand gestellt. Auf dem großen Mittelbild des Raketenheftes konnte man sehen, wie viele es waren, und dass sie ganz anders aussahen als die Gebäude in Sibirien oder im Freigebiet Germania. Jetzt erst, wo sie sich im dunklen Schlafzimmer möglichst genau an alle Bilder zu erinnern versuchte, fiel Alide ein, wo ihr schon einmal etwas Ähnliches wie die Mondhäuser aufgefallen war: im Schaufenster von Opa Spirthoffer! Das Monsterlein, das zu ihr an die Scheibe gekrabbelt war, musste etwas damit zu tun haben, denn sein buckeliger Körper hatte ungefähr so ausgesehen.

Alide schloss noch einmal die Lider, um sich das Kerlchen, das so gern mit ihr, mit hierher ins warme Bett gekommen wäre, ganz genau vorstellen zu können. Ja, die Fenster, aus denen die amerikanischen Raketenmänner in Opa Spirthoffers Heft auf den Mond hinausguckten, waren genauso Kreis an Kreis gereiht wie die Glubschaugen – Waren es nicht sechs gewesen? –, mit deren Blick sich das arme, liebe Monsterlein zu ihr und zu Elussa hinausgesehnt hatte.

Das Schaufenster war eine Augenweide. Umann hörte sich anerkennend brummen, und sogleich reagierten die Figuren mit einem schwachen Rucken ihrer Rümpfe. Irgendwo war also ein Mikrophon verborgen, vermutlich um dergleichen Äußerungen einzufangen und nach innen zu übertragen. Der Alte musste ein Herz für Kinder haben, anders war nicht zu erklären, warum er sich solche Mühe mit der Auslage gegeben hatte. Der Boden war mit einer roten Folie ausgelegt, ihre Rillen erinnerten an das Wellenmuster, das der Wind Wüstensand aufzwingt, und der breite Karton, der eine Art Hintergrundkulisse bildete, war mit Bildern einer monumentalen Gebirgslandschaft beklebt, aus deren höchsten Gipfeln Vulkanrauch stieg.

«Sammeln Sie auch?»

Der Mann, der neben ihn getreten war, presste beide Fäuste ans Glas und schnaubte heftig in seinen dichten rotblonden Schnurbart.

«Ich fasse es nicht: Er hat Mordock modifiziert! Sehen Sie das graue Kästchen? Wenn Sie sammeln würden, gäbe Ihnen eine solche Gestaltverhunzung einen Stich. Einen Stich mitten ins Herz!»

Bevor Umann die Figur ausfindig gemacht hatte, um die es diesem angeblichen Sammler ging, war der schon an die Ladentür getreten und presste den Daumen auf den roten Knopf, mit dem sich Einlass verlangen ließ.

«Wie Sie wollen, Herr Spirthoffer! Dann eben nicht. Aber ich komme wieder. So leicht werden Sie mich nicht los!», rief er hinauf zu der kleinen Kamera, die über der Tür angebracht war, und stapfte ohne ein weiteres Wort davon durch den Schnee, der in der zurückliegenden Nacht und im Laufe des Tages erneut überreichlich gefallen war.

Juri hatte Umann erläutert, welche Klienten das Elektronische Hospital anzulocken pflegte. Im Dossier des Don fand sich zudem eine Liste von namentlich identifizierten Besuchern mit ihren jeweiligen Anliegen. Deren Spektrum war erstaunlich breit. Anscheinend gab es fast kein Gerät, dessen Reparatur oder dessen Nachbau sich der Alte nicht zutraute. Und seine Lagerräume, zu denen Schuppen in zwei Hinterhöfen und ein hoher, einstmals bestimmt denkmalgeschützter Wasserturm gehörten, enthielten offenbar eine solche Fülle von Ersatzteilen oder ausschlachtbaren Altapparaten, dass Spirthoffer sich nur selten auf den Weg machen musste, um auf dem Markt unter der Stadtautobahn nach einem fehlenden Stück zu fahnden.

«Spirthoffer ist ein Genie. Ein verfluchtes, tattriges Genie, das ist er!», hatte Juri geknurrt und sich dabei mit den Knöcheln der rechten Faust gegen die Schläfe gepocht, so heftig, dass Umann eine Ahnung davon aufging, wie sich in diesem Schädel fachliche Bewunderung und fachmännischer Neid die Waage halten mussten. Gemeinsam hatten sie überlegt, mit welchem Ansinnen Umann im Elektronischen Hospital erscheinen könnte. Glaubwürdig und schwierig sollte die Sache sein. Etwas, das mehr als einen Besuch erforderlich machen und den neuen Kunden und seinen Dienstleister ins Gespräch bringen sollte.

Juri war sogleich allerlei eingefallen, und seinen Vorschlägen fehlte es nicht an der nötigen technologischen Verzwicktheit. Vom Aufwand, den elektronische Arbeiten verlangten, hatte er präzise Vorstellungen, und unübersehbar stachelte es seinen Ehrgeiz an, etwas zu finden, über dem auch Spirthoffer ein Weilchen zu tüfteln haben würde. Dennoch hatte es eine große Kanne des kostbaren Kaffees gebraucht, bis ihnen eine Lösung aufgegangen war, die auch Umanns Ansprüche erfüllte. Und eventuell war Juri im gemeinsamen Erwägen und Verwerfen sogar gedämmert, warum der Don nach Umann hatte forschen lassen und inwiefern auch dieser als eine Art Spezialist gelten durfte.

Als Umann unter die Kamera trat und auf den Einlassknopf drückte, geschah nichts. Er legte das Ohr an die Tür, aber er konnte kein Klingeln und Summen aus dem Inneren des Ladens heraustönen hören. Spirthoffer verfügte laut Dossier über einen verlässlichen Don-Phon-Anschluss, aber bei einem Anruf hätte ihn der Alte womöglich gefragt, von wem er die Nummer habe. Also entschied sich Umann, nichts zu übereilen und nach Einbruch der Dunkelheit noch einmal vorbeizuschauen. Zunächst galt es, in seine alte Behausung zurückzukehren, als wäre nichts weiter gewesen.

Umann hatte Juri klargemacht, warum dies für ein unverfängliches Vorgehen nötig war. So sehr er die Gastfreundschaft des Don zu schätzen wisse, er habe die letzten Jahre stets wenig mehr als eine Viertelstunde Fußweg vom Elektronischen Hospital entfernt gelebt. Von denen, die ihn kannten, müsse, so wie die Verhältnisse nun einmal seien, unweigerlich auch der eine oder die andere mit Spirthoffer zu tun gehabt haben. Nur wenn er in seine Wohnung heimkehren dürfe, also wie gewohnt lokalisierbar bleibe, könne aus diesem Netzwerk des Kennens und Gekanntwerdens kein Risiko erwachsen.

Darauf hatte Juri das sogenannte Gästezimmer, dessen eiserne Tür nur von außen zu öffnen war, verlassen, um beim Don nachzufragen, und schon wenig später hatten sie gemeinsam die Fußgänger-Kontrollschleuse der Dreifaltigkeitskirche passiert. Dort übergab ihm Juri den Rucksack mit seinen Sachen, versicherte ihm, dass selbstverständlich nichts abhanden gekommen sei, und als Umann dem Technikchef des Don die Rechte zum Abschied entgegenstreckte, war ihm von diesem als kleine Überraschung und als Beweis männlichen Vertrauens sogar noch das Magazin seiner Pistole in den Handteller gedrückt worden.

Umann warf einen letzten Blick in das Schaufenster; mittlerweile hatte sich dessen Beleuchtung eingeschaltet. In den Girlanden aus Plastiknadeln, die der Scheibe einen weihnachtlichen Rahmen gaben, blinkten rote Birnchen, und auch an den Spielfiguren war eine Vielzahl von bunten Lämplein zum Leben erwacht. Zudem waren die vielbeinigen Monster auseinandergerückt, ja sie schienen sich exakt so über den roten Grund verteilt zu haben, dass nun ein jeder den gleichen Abstand zu den ihm nächsten Gesellen einhielt. Derjenige, den der erboste Sammler Mordock genannt hatte, ein vielbeiniger halbkugelförmiger Kerl, stand genau in der Mitte, und Umann hatte das Gefühl, dass ihn just das beanstandete graue Kästchen auf seinem Rücken zu dieser zentralen Stellung berechtigte.

Auf dem Weg zur nächsten Seitenstraße kamen ihm eine zierliche Frau und ein Mädchen entgegen. Umann wich in den hohen Schnee aus, damit die beiden, Hand in Hand, auf dem schmalen festgetretenen Mittelstreifen bleiben konnten. Die Frau war hübsch, ja asiatisch schön, aber als sich Umann nach einem Dutzend Schritten umwandte, um den beiden nachzusehen, geschah dies vor allem des Schaufensters wegen. Er wollte wissen, ob dessen Landschaft sie zu einem Stehenbleiben verlocken würde. Zu seiner Überraschung standen die zwei jedoch bereits hinter dem hellen Fleck, den das Fensterlicht auf den dämmrig grau werdenden Schnee warf. Und weil sie dort, vor der Ladentür, die Köpfe nicht in den Nacken gelegt hielten, ihre Gesichter also nicht Richtung Kamera gedreht hatten, schloss Umann, dass sie sich sicher waren, eingelassen zu werden.

Er hielt inne. Er spürte, etwas in ihm wünschte, dass diese beiden, gleich dem Schnauzbart und ihm, nun vergeblich darauf hoffen sollten, ins Elekronische Hospital zu gelangen. Aber da verschwand der linke Arm der Frau in der Türhöhlung, offenbar drückte sie die entriegelte Tür nach innen, und schon folgte ihr das Mädchen in die Tiefe des Ladens. Ein heftig antipathisches Empfinden, eine Mischung aus Ärger und Missgunst, stieß Umann in den Hals, er schluckte und spuckte unwillkürlich aus, als könnte er sich damit seines Verdrusses entledigen. Sofort war ihm peinlich, wie theatralisch dieser Unmutsreflex war. Offenbar hing sein Aufbrausen damit zusammen, dass er nach so vielen Jahren einsamer Freibeuterei ohne jede Vorahnung oder Vorwarnung wieder in ein festes Dienstverhältnis und damit unweigerlich in ein noch dunkles Gespinst aus Pflichten, Konkurrenzen und Widersprüchen geraten war.

IM ADVENT: SECHS

Kein Wunder, dass er schwach geworden war. Das kleine Mädchen hatte sich gestern Abend geschickt darauf verstanden, ihm zu gefallen. Und dass er nun, im allerersten Morgendämmer, nach dem nächtlichen Tun im Turm und dem wie immer zu knapp bemessenen Schlaf, nicht parat hatte, wie das Töchterchen seiner Russischlehrerin hieß, machte die Erinnerung an sie kein bisschen weniger erfreulich. Mit beiden Augen hatte ihm die Kleine zugezwinkert, als sie sich mit artigen Worten für die Mondbroschüre bedankt hatte, wohl wissend, ihre Mutter würde dies, hinter ihr stehend, nicht mitbekommen. Und dann hatte sie ihren deutschen Worten noch ein extra für ihn auswendig gelerntes «Thank you very much, Mister Spirthoffer!» folgen lassen. Kein Wunder also, dass er den beiden, die vor Einbruch der Dunkelheit zu Hause sein wollten, jenen zunächst noch wohlweislich zurückgehaltenen «großen Kalender der Luft- und Weltraumfahrt» an die Ladentür nachgetragen hatte.

Eine gute Stunde später war dann der hochgewachsene, graumähnige Kerl, den er bei seinem ersten Erscheinen für einen weiteren Monster-Sammler gehalten hatte, erneut unter der Türkamera gestanden. Und sein Anläuten wäre zum zweiten Mal erfolglos geblieben, wenn die Freude über den Liebreiz von Elussas Tochter, über ihr Werben um seine Gunst nicht in seinem Gemüt nachgeschwungen hätte. In einem Anflug fragwürdiger Generosität, letztlich aus einer Dankbarkeit, die wie ein parasitäres Insekt einfach auf das nächste Wirtstier übersprang, hatte Spirthoffer ihn schließlich eingelassen und wäre sogar bereit gewesen, ein abendliches Viertelstündchen über die Monsters of Mars und deren bautechnische Eigenheiten zu fachsimpeln. Aber statt Sammelwut und Sammlerwissen hatte dieser Umann dann etwas anderes, ein Maschinchen höherer Potenz, zur Sprache gebracht.

Gleich nachdem der neue Kunde sich wieder verabschiedet hatte, war Spirthoffer in das Geschäft seines Nachbarn hinübergegangen. Denn aus Umanns Jackentasche hatte er eine der dünnen gelben Papierservietten ragen sehen, in die der Libanese das für den sofortigen Verzehr Bestimmte einzuschlagen pflegte. Der Araber versicherte, dass ihm der Lange zum ersten Mal vor Augen gekommen sei, rief aber, weil ihm die Dringlichkeit von Spirthoffers Erkundigen nicht entging, zwei seiner Söhne nach vorne, um auch sie zu fragen. Der Ältere hatte Umann erkannt und rückte damit heraus, er wisse auch die Straße, in der dieser schon länger wohne.

Als sein Vater in strengem Ton alles zu hören verlangte, erzählte er, dass die Spitzel der Dreifaltigkeitskirche schon eine Weile nach einem ungewöhnlich hochgewachsenen, grauhaarigen Kerl namens Umann geforscht hätten. Erst heute Nachmittag habe ihm die alte schwatzhafte Brothändlerin, die ihr Mehl bei ihnen kaufe, eine bekannte Zuträgerin des Dorokinschen Sicherheitsdienstes, erzählt, dass die Sache als erledigt gelten könne, da der Gesuchte aus freien Stücken in der Kirche erschienen sei und das mit ihm verbundene Problem aus der Welt geschafft habe.

Endlich wurde es draußen hell. Bis Umann bringen würde, wovon er gestern so verheißungsvoll gesprochen hatte, blieb noch ein wenig Zeit. Spirthoffer ging ans Regal, um sich den ersten Ordner an den Tisch zu holen. Er hatte alle Anschläge, in denen der Wille Dorokins bislang kundgetan worden war, säuberlich gelocht und abgeheftet. Gut möglich, dass es keinen zweiten gab, der über eine vergleichbare Sammlung dieser Verlautbarungen verfügte. Das älteste Blatt stammte aus einer schlimmen Zeit. Als die Kämpfe um die Vorherrschaft in den südöstlichen Vierteln kein Ende nehmen wollten, als sogar der vorsichtige Alte Ogo seinen letzten flugfähigen russischen Helikopter geschickt hatte, um die Hauptquartiere der ineinander verbissenen Kombattanten mit kostbaren Raketen zu beschießen, war die erste Bekanntmachung des Don auf Haustüren und auf die Scheiben verödeter Schaufenster geklebt worden.

Spirthoffer studierte das vergilbte Papier, und so unvermittelt, als wäre seitdem kein Tag vergangen, erquickte es ihn noch einmal, wie stilsicher der Don bereits damals, kurz nachdem seine erdbraun gekleideten Kampfgruppen aus dem Irgendwo des Umlands in den hiesigen Straßen erschienen waren, jenen väterlichen Tonfall angeschlagen hatte, der auch heute noch durch jede seiner Verordnungen schwang. Er, Vladimir Dorokin, habe seine Männer darauf verpflichtet, die unschuldige Zivilbevölkerung zu schonen, und als Don Dorokin werde er, sobald der Sieg errungen sei, ohne Verzug jene Fürsorge walten lassen, für die seine Herrschaft dann in alle Zukunft bekannt sein solle. Reinwasser, Brot, Holz und Kohle stünden bald wieder in hinreichender Menge und zu erschwinglichen Preisen zur Verfügung. Allen Bewaffneten, die sich auf diese Bekanntmachung hin den Dorokinschen Verbänden anschlössen, würden die bisherigen Irrtümer und Fehlhandlungen großmütig verziehen. Nicht die vergangenen Gewalttaten, sondern allein der anstehende Beitrag zum baldigen Frieden zähle.

Der Erlass, den Spirthoffer nachlesen wollte, fand sich entgegen seinem Vermuten erst im zweiten Ordner, und da die Flugschriften von ihrem herrschaftlichen Herausgeber zwar konsequent durchnummeriert, aber nie mit einem Datum versehen wurden und auch Spirthoffer dies versäumt hatte, konnte er nur vermuten, dass die fragliche Verordnung irgendwann gegen Ende des zweiten Dorokinschen Herrschaftsjahrs ergangen war. Der Don hatte damals angekündigt, die Reparaturarbeiten am durch Edelmetallräuber beschädigten Telefonnetz seien so weit gediehen, dass zwischen den im Folgenden aufgelisteten öffentlichen Stellen wieder in Ton und Bild verkehrt werden könne. Sogar eine Verbindung in die Funktelefonnetze des Weißen Khan und des Alten Ogo sei möglich. Diese Ferngespräche, bei denen vorerst leider nur das Wort übertragen werden könne, würden per Hand in der Dreifaltigkeitskirche vermittelt. Die Wiederinbetriebnahme weiterer Anschlüsse stehe unmittelbar bevor, einschlägige Anträge könnten gegen die Leistung einer geringfügigen Vorauszahlung in der technischen Leitstelle der Kirche gestellt werden.

Spirthoffer erinnerte sich an die Schlange, die sich damals schon am Vormittag vor dem Laden des Libanesen gebildet hatte, weil dort, in einer Nische des Verkaufsraums, eine der ersten für jedermann zugänglichen Fernsprechstellen eröffnet worden war. Vor allem die Möglichkeit, nun endlich wieder mit Verwandten in den beiden angrenzenden Herrschaftsgebieten telefonieren zu können, war von der Bevölkerung begeistert angenommen worden. Der Ausdruck Don-Phon musste später unter den dankbaren Nutzern entstanden sein, auf dem Flugblatt wurde er jedenfalls noch nicht verwendet. Spirthoffer glaubte sich zu erinnern, dass die Geräte des schon im folgenden Jahr in Betrieb genommenen Funktelefonverbunds dagegen von Anbeginn an, also auch offiziell, als Don-Mobil bezeichnet worden waren.

Das Verbot, das er nachlesen wollte, befand sich ganz am Ende des Blattes, es folgte als eine etwas kleiner gedruckte

Fußnote auf die Schlussformel des Don, in der dieser damals wie heute gelobte, bis zu seinem Hinscheiden dem Wohl all jener Mütter, Kinder und Alten zu dienen, die das Schicksal unter seinen Schutz befohlen habe. Ab sofort sei aus Gründen der allgemeinen Fernmeldesicherheit die Verwendung älterer Funkapparate untersagt, unabhängig von deren Bauart und Übertragungsfrequenz. Auch Mobiltelefone, die direkt auf die Funknetze des Alten Ogo und des Weißen Khan zugriffen, dürften nicht mehr benutzt werden. Alle einschlägigen Geräte seien bis zum Ende des Jahres in die Dreifaltigkeitskirche zu bringen. Die Abgeber würden eine kleine Entschädigung in Eurorubel erhalten.

Umann war pünktlich auf die Minute und überraschte ihn mit einem unerwarteten Mitbringsel: Danziger Goldwasser! Spirthoffer trug die kantige Flasche, die ihm sein neuer Klient nicht ohne Stolz in die Hände gedrückt hatte, ans Schaufenster und ließ die Goldplättchen durch das Kräuterelixier wirbeln. Wie schön das Ungeordnete doch bisweilen erscheinen konnte. Wie das Chaos entzückte, wenn es ein gläsernes Gehäuse, wenn es eine feste, aber transparente Form umfing. Dann kam der Apparat, von dem Umann tags zuvor so vielversprechend erzählt hatte, auf den Tisch. Umann hatte ihn in einer der großen Nylontaschen, in der die Kleinhändler jeden Morgen ihre Waren auf den Markt schafften, hereingeschleppt, das kostbare Gerät war für den Transport ins Elektronische Hospital rundum sorgfältig mit zusammengeknäultem Papier umpolstert.

«Ich glaube, es stammt aus einem großen Militärflugzeug. Eurasische Produktion? Aber vielleicht hat es auch in einem Airport-Tower gestanden. Sie sehen das wahrscheinlich auf den ersten Blick, Herr Spirthoffer. Leider habe ich mich früher, so sicher wie die Dinge damals geregelt schienen, gar nicht um ihre technischen Grundlagen gekümmert.»

Spirthoffer nickte nur und bat Umann, das Gerät zu

kippen, damit er auch die Gehäuseunterseite auf Schäden, vor allem auf Wasserspuren untersuchen konnte. Mehr noch als mechanische Gewalt, mehr noch als der tückische Staub habe das Eindringen von Flüssigkeiten, vor allem von ganz banalem Regenwasser, viel von dem, was in sein Elektronisches Hospital getragen werde, erheblich in Mitleidenschaft gezogen, recht oft sogar irreparabel ruiniert.

«Sie meinen, das Wasser ist unser ärgster Feind?» Umann lachte, als wäre ihm mit dieser Frage ein Scherz gelungen. Und während Spirthoffer, ohne darauf zu antworten, gleich damit begann, die Rückwand des Apparats abzuschrauben, erzählte er, um kein peinliches Schweigen entstehen zu lassen, wo er das Stück gefunden habe und was er sich, vielleicht sei es nur eine nostalgische Marotte, eine recht kindische Sehnsucht, von dessen Wiederinbetriebnahme erhoffe.

Als Elussa zum Unterricht erschien, fiel ihr schon an der Tür auf, dass Spirthoffer in besonderer Stimmung war. Seine Wangen waren gerötet, die feinen Äderchen, die sie durchzogen, bildeten scharf gezeichnete, scheinbar symmetrische Labyrinthe, und während er ihr die Hand gab, fingerte die Linke über sein Käppi, als wollte er dessen Sitz prüfen und gegebenenfalls korrigieren. Mitten auf dem Tisch, der sonst stets ordentlich für die Unterrichtsunterlagen freigeräumt gewesen war, stand ein großes graues Gerät. Und anstelle der Teekanne und der beiden hübschen, dünnwandigen Tassen, aus denen sie während der Sprachstunden den Tee des Alten tranken, entdeckte sie eine kantige Flasche und ein halbvolles Glas, in dem ein goldfarbener Bodensatz schimmerte.

Spirthoffer bemerkte ihre Verlegenheit und entschuldigte sich dafür, dass er ausgerechnet heute, wo es so heftig schneie wie noch nie in diesen bemerkenswerten Adventstagen, keinen heißen Trunk bereitstehen habe. Er wolle sich sogleich darum kümmern, er habe über einer interessanten Arbeit, die ihm heute in aller dämmrigen Frühe in die Werkstatt gebracht worden sei, die Zeit vergessen. Wie denn ihrem Töchterchen der Kalender gefallen habe? Alide sei übrigens ein ebenso ungewöhnlicher wie der Eigenart der Kleinen angemessener Name. Aus welcher Sprache er denn stamme? Ihm hätten die drei Silben, so wie sie gestern von Elussa ausgesprochen worden seien, anrührend deutsch, ja märchenhaft altdeutsch im Ohr geklungen.

Zurückliegenden Abend war Elussa nicht entgangen, wie erwartungsfroh ihre Kleine unter die Bettdecke geschlüpft war. Offensichtlich unterschätzte Alide ihre mütterliche Wachsamkeit. Koketterie war Elussa bereits bei erwachsenen Geschlechtsgenossinnen ein Gräuel. Wie absichtsvoll ihre Tochter dem alten Spirthoffer die Niedlichkeit ihres Mädchenseins präsentiert hatte, war ihr nicht entgangen, und sie hatte sich darüber bis ins Mark geärgert. Zur Strafe, aber auch weil sie den Aufschub von Genuss für eine den Charakter stärkende Erfahrung hielt, hatte sie Alide erklärt, mit dem Kalender, der ihnen von Herrn Spirthoffer geschenkt worden war, habe es noch Zeit. Im neuen Jahr würden sie einen Nagel für ihn in die Wand schlagen und dann seine Blätter Monat für Monat umwenden, um das jeweils aufgedeckte Bild gemeinsam zu studieren.

Während Elussa ihr schmollendes Töchterchen alleine in den Schlaf finden ließ, war der Kalender unberührt auf dem Küchentisch gelegen. Aber als sie dann, nach einem letzten Lauschen am Spalt, die Kammertür geschlossen hatte, zog es sie mit einer Neugier, für deren Heftigkeit sie sich ein wenig schämte, auf einen Küchenstuhl und über das Spirthoffersche Geschenk. Dessen Deckblatt schien auf den ersten Blick nahezu geometrisch abstrakt. Erst im deutenden Betrachten offenbarte sich ein bräunlich unscharfer

Horizont und ein blassgrau reiner, wolkenloser Himmel, über dessen ganze Breite sich, von links nach rechts abfallend, eine weiße Spur zog. Deren Bahn war an ihrem oberen Ende noch dicht, riss dann auf, fiel in große Stücke auseinander und zerwölkte schließlich zu kleinen, ins Blau verwischenden Fleckchen.

Elussa dachte an einen Absturz und daran, dass ihre Tochter sie bestimmt, wäre es zu einem gemeinsamen Anschauen gekommen, gefragt hätte, was oder wer da als weißer Streifen und dann bloß noch in weißen Fetzen zur Erde fiel, als sei es oder er mit Gewalt aus einer noch größeren als der abgebildeten Höhe hinabgestoßen worden. Und während Elussa für sich allein nach einer Erklärung suchte, nachdem sie Meteoriten oder Kometen verworfen und ihr aus dem letzten Unterrichtsgespräch mit Spirthoffer die einstige Existenz von Wetterballonen und Fernsehsatelliten in den Sinn gekommen war, begriff sie plötzlich ihren Irrtum. Ob Alide die gleiche Fehlschau unterlaufen wäre? Natürlich war es genau andersherum: Da flog etwas hinauf. Was sie für die Spur eines katastrophalen Sinkens, ja in altgläubiger Zuspitzung für einen Engelssturz gehalten hatte, war im Gegenteil der Rückstoß, der energetische Schweif eines gelungenen Aufstiegs. Hierfür hatte es früher einen Namen gegeben, der entsprechend der Häufigkeit dieser Himmelserscheinung allgemein geläufig gewesen war. Aber der eigens für diesen dampfartigen Rauch geprägte Ausdruck wollte ihr nun in keiner ihrer Sprachen einfallen. Sie holte sich Spirthoffers technische Wörterbücher an den Tisch. Die abendliche Müdigkeit war verflogen, sie stellte noch einmal frisches Teewasser auf den Allesbrenner. Ihr Ehrgeiz als Lehrerin hatte die Augen aufgeschlagen.

Nun staunte Spirthoffer mit offenem Mund, als sie ihn, bevor er selbst etwas hierzu hatte sagen können, beim Auspacken ihrer Unterrichtsunterlagen fragte, ob es sich bei dem grauen Kasten auf dem Tisch um ein Flugfunkgerät handle. Er hatte inzwischen die Schnapsflasche verschwinden lassen und per Don-Phon Gebäck beim Libanesen bestellt, und während sie die noch ofenwarmen Plätzchen in den orangen Tee tunkten, erläuterte er ihr bereitwillig, was ihm da von einem neuen Kunden in den Laden getragen worden war. Elussa beschränkte sich nicht aufs Zuhören, sondern verstand es, die Früchte ihres nächtlichen Studiums in die eine oder andere Zwischenfrage zu verpacken, was dem Reden des Alten zusätzlichen Auftrieb gab. Ja, er lobte sie sogar, nannte sie gönnerhaft ein kluges Mädchen, und so deutlich wie nie zuvor hatte Elussa den Eindruck, dass ihr vormittägliches Lernen auf eine Weise wechselseitig vonstattenging, die sie nur begrenzt durchschaute. Vielleicht hatte Spirthoffer einst selbst gelehrt, an einer technischen Ausbildungsstätte, und nun kehrte das frühere Erklären-Wollen, ja Erklären-Müssen wie ein Wandelstern nach jahrzehntelanger Absenz in das Planetensystem seines Dahinlebens, seines greisenhaften Immer-Weiter-Werkelns, zurück.

Der fragliche Kunde, verriet ihr Spirthoffer, verstehe nicht viel von dem, was er da zur Wiederinbetriebnahme ins Elektronische Hospital geschleppt hatte. Schon bei weit einfacheren Apparaten merke man schnell, ein schlichtes Plaudern genüge, inwieweit die Benutzer Ahnung von deren Innenleben, vom verborgenen Eigensinn der jeweiligen Geräte hätten. Dies sei übrigens auch in seinen jungen Jahren nicht besser gewesen. Im Gegenteil: In der Guten Alten Zeit habe es zuletzt nicht nur an tiefergehenden technischen Kenntnissen, sondern vor allem auch an Respekt vor der hohen Leistungsfähigkeit und der erzbraven Zuverlässigkeit der damaligen Maschinen gefehlt. Zumindest darin habe sich einiges zum Guten hin verändert. Wenn er heute den schlichten, mattgrauen Blechwürfel eines Lichtradios auf die Verkaufstheke stelle, sei es nicht bloß der hohe Preis, jene tausend Eurorubel, die er leider wegen der Rarheit einiger Bauteile verlangen müsse, der die potenziellen Käufer in Scheu, ja Ehrfurcht erstarren lasse. Und komme es schließlich zum Erwerb, sei es ihm eine Selbstverständlichkeit, dem frischgebackenen Besitzer auch eine kleine, der jeweiligen Auffassungsgabe angemessene Einführung in die Funktionsweise des Radios und in die Besonderheit des Übertragungswegs zu geben. Ob sie und Alide denn bereits ein solches Empfangsgerät besäßen? Zufällig habe er gestern von einem lang schon säumigen Ratenzahler einen tadellosen Gebrauchtapparat zurückerhalten.

Elussa dachte daran, wie froh sie bei ihrer Ankunft in der Stadt darüber gewesen war, dass sie in der Wohnung ihres Bruders einen Don-Phon-Anschluss vorgefunden hatte. Allerdings war ihr auch bald klar geworden, wie stark die halbjährliche Phon-Dankabgabe ihr kleines Budget belastete. Selbst wenn ihr der alte Spirthoffer als Schüler treu bleiben sollte, die Anschaffung eines Lichtradios kam vorerst nicht Betracht, so gut sie sich Alides Freude an den dann möglichen gemeinsamen Radio-Abenden vorstellen konnte und so verblüffend günstig das Angebot auch war, das ihr Spirthoffer, bevor er wieder auf das Flugfunkgerät zu sprechen kam, beiläufig noch machte.

IM ADVENT: SIEBEN

Juri besah sich in aller Ruhe das Ausmaß des Schadens. Dann verließ er den von der Explosionshitze schneefrei geleckten Fleck, marschierte über die knackenden Kunststoff- und Metallsplitter zurück an das Don-Car, das erst im zurückliegenden Sommer weiß lackiert und zum ersten und bislang einzigen Dorokinschen Krankenwagen umfunktioniert worden war. Er wollte noch einmal mit den verletzten Wachleuten reden, denen inzwischen von der alten Hu etwas gegen die Schmerzen gespritzt worden war. Alle drei hatten Wunden an den Beinen, an Rücken und Hinterkopf davongetragen und nicht wenig Blut verloren, aber keiner hatte ein Glied, nicht einmal einen Finger, geschweige denn ein Auge eingebüßt. Die beiden Jüngeren standen noch immer unter Schock, aber der ältere Wachmann erstattete vernünftig Bericht und konnte sogar eine ungefähre Beschreibung der beiden Kleinköpfe geben, die den Mobilfunkmast im allerersten Morgengrauen attackiert hatten.

Die Methode war neu. Die beiden Angreifer hatten sich mit Gleitschirmen vom Dach eines Hauses gestürzt und waren auf den Platz hinaus geschwebt. So hatten sie den Stacheldrahtring und die Absperrgitter überflogen und auf halbem Weg, nahe am Mast, ihre Sprengladungen abgeworfen, die dann verzögert, wahrscheinlich per Funk, gezündet worden waren. Die Wachmänner hatten die nach ihrer Landung zu Fuß Fliehenden noch unter Beschuss genommen, bevor die Druckwelle der Explosion sie zu Boden warf. Die Don-Mobil-Sendeanlage war nahezu unversehrt. Die schräg gegeneinander versetzten Kunststoffpaneele, die im Frühling vor das untere Drittel aller Masten montiert worden waren, hatten sich erneut als hervorragender Druckableiter und verlässlicher Splitterschutz erwiesen.

Die genial simple Konstruktion stammte von Nickmüller, einem ehemaligen Ingenieur, der von einem Personenfahnder des Don im Territorium des Weißen Khan ausfindig gemacht worden war. Dort hatte sich der alte Knabe, den ein vernutztes Hüftgelenk schlimm quälte, mit der Reparatur von Rolläden und Garagentoren mehr schlecht als recht über Wasser gehalten. Inzwischen war er vor allem damit beschäftigt, die Sicherheitsanlagen rund um die Dreifaltigkeitskirche gegen alle nur denkbaren Angriffe zu wappnen. Juri, der ihn mit seinem Team unterstützte, staunte seitdem immer wieder darüber, wie viele tückische Attacken dem Hinkebein in den Sinn kamen und mit welch ebenbürtiger Raffinesse er die imaginierten Gefahren abzuwehren suchte.

Nickmüllers Übellaunigkeit war berüchtigt. Aber Juri gedachte sich mit ihm zu arrangieren, solange der griesgrämige Kerl von Nutzen war. Letztlich war auch Spirthoffer ein vergleichbarer Fall: ein Übriggebliebener, dessen Wissen und Können es zu nutzen galt, solange noch Licht hinter den Runzeln seiner Stirn brannte. Was den Betreiber des Elektronischen Hospitals anging, war diese Zeit begrenzt. Frau Doktor Hu hatte den Greis damals, als man ihn wegen der Hubschraubersache festgenommen hatte, auf ihre penetrant gründliche Art untersucht und den Don darauf hingewiesen, dass Spirthoffers Herz bedenklich schwach war. Seitdem galt der Befehl, den kostbaren Alten kein zweites Mal hart anzupacken. «Nur noch die Samthandschuhe, Juri», hatte der Don ihn unter vier Augen ermahnt und ihm dazu anschaulich behutsam die Schulter getätschelt. «Damit er uns nicht verlässt, bevor wir ihm vollends auf die Schliche gekommen sind.»

Juri wusste sehr wohl, inwieweit er selbst für die Tiefe des Misstrauens verantwortlich war, das der Don gegen Spirthoffer hegte. Juris Diensteifer hatte den Greis erneut ins Zwielicht des Verdachts gerückt. Nachdem im Frühling das Gerücht aufgekommen war, die Kleinköpfe hätten Funkgeräte in Betrieb, mit denen sie ihre Aktionen nicht nur in den Territorien der Drei Gnädigen Brüder, sondern bis in die städtischen Randbezirke und ins Umland hinaus koordinieren könnten, hatte Juri nach jenen Messwagen suchen lassen, mit denen einst, in der Guten Alten Zeit, elektromagnetische Felder geortet worden waren. Sie waren kurz davor gewesen, die Nachforschungen ergebnislos abzubrechen, als einem seiner Leute aus einem zerfledderten Stadtplan der Eintrag «Museum für Fernmeldetechnik» ins Auge stach.

Der fragliche Gebäudekomplex befand sich im Gebiet des Weißen Khan und war schwer brandbeschädigt. Doch bereits im Innenhof des Museums wurden sie fündig. Auf platten Reifen standen dort gleich zwei der gesuchten Wagen, beide mit staubblinden Scheiben, einer bis auf die letzte Kupferwicklung ausgeweidet, der zweite jedoch nicht einmal aufgebrochen. Nur eine gut geladene Batterie, fünf Liter chinesisches Motoröl, vier Ersatzreifen auf passenden Felgen sowie ein bisschen Geduld mit dem Anlasser hatte es gebraucht, um die alte Fahrbereitschaft wiederherzustellen.

In einer stürmischen Neumondnacht war es so weit. Regen prasselte gegen die Windschutzscheibe, aber am Nachmittag war es ihnen sogar noch gelungen, ein Paar fast neuwertiger Wischerblätter aufzutreiben. Juri hatte es sich nicht nehmen lassen, selbst hinter dem Lenkrad des ehrwürdigen

Gefährts Platz zu nehmen. Erst kurz vor dem Kontrollpunkt fädelte er den Messwagen in den Windschatten eines aus dem Fuhrpark des größten Fernhändlers entwendeten Sattelschleppers. Während der entscheidenden Beschleunigung spie das röhrende Ungetüm rabenschwarzen Dieselqualm und orange Funkengarben auf die nasse Fahrbahn, dann knickte es die Aluminiumschlagbäume des Grenzübergangs beiseite, als wären sie aus Pappmaché.

Drei Monate Arbeit hatte es ihn und seinen besten Antennen-Mann danach noch gekostet, bis das Fahrzeug seine Jungfernrunde durch das Dorokinsche Territorium drehte, bis seine empfänglichen Fühler endlich durch die Sphäre der elektromagnetischen Schwingungen glitten. Gewiss gab es weit und breit niemanden mehr, der den Messwagen noch als solchen erkennen konnte, aber dafür schienen die Kinder zu spüren, dass es mit dem betulichen Mäandern des grauen Kastens und dem Kreisen der mattsilbernen Stummel auf seinem Dach eine besondere Bewandtnis hatte, denn sie liefen, unschuldig johlend und rhythmisch klatschend, dem Fahrzeug oft mehrere Straßen lang hinterher.

Der Ertrag ihrer Suche war bescheiden. Tschetschenische Amphetamin-Händler, die sich in törichtem Stammestrotz weiterhin weigerten, die Don-Dankabgabe zu entrichten, hatten ein Dutzend Walkie-Talkies, wahre Saurier der fernmündlichen Verständigung, in Betrieb. Und der Generator eines betagten Schiffsdiesels, der in einer Manufaktur am Kanal zur Stromgewinnung diente, erzeugte ein verblüffend starkes Feld, mit dem sich nun endlich eine bislang rätselhafte lokale Störung des Don-Mobilfunks erklären ließ.

Das einzig vielversprechende Messergebnis hatte dann schon das Ende ihrer Suchfahrten bedeutet. Juri war nicht dabei gewesen und ärgerte sich bis heute darüber, dass ausgerechnet sein unerfahrenster Mann, ein nur in die gröbsten

Anfänge eingeweihter Bengel, im fensterlosen Heck des Wagens gesessen hatte, als die Zeigerchen der Skalen in den roten Bereich schnellten, als es hinter den Verkleidungen der Apparate in schneller Folge knallte und zischte, bis nach einem letzten Knattern nur noch der beißende Geruch verschmorten Kunststoffs aus den Kühlritzen drang. Der Schaden war so umfassend, dass sich nicht einmal mehr rekonstruieren ließ, in welchem Gerät die Überspannung zuerst aufgetreten war. Ihr Messwagen war Schrott und stand, da auch die Elektronik des Motors das Zeitliche gesegnet hatte, manövrierunfähig am Straßenrand, vis-à-vis von einem alten Wasserturm, auf den zwei ehemalige Gewerbehöfe folgten, hinter denen sich wiederum die Rückseite des Hauses anschloss, in dem der Laden des alten Spirthoffer, in dem das Elektronische Hospital untergebracht war.

Bis jetzt konnte sich Juri nicht befriedigend erklären, warum Don Dorokin damals auf eine sofortige Durchsuchung des ganzen Karrees verzichtet hatte. Vielleicht war es aus Rücksicht auf die dort hausende libanesische Sippe geschehen, die in der endlich wieder steten, aber weiterhin fragilen Lebensmittelversorgung, im Kartoffel-, Rüben- und Getreidehandel, eine Schlüsselrolle spielte. Eventuell sorgte sich der Don auch um Spirthoffers Gesundheit, befürchtete eine Herzattacke des hochnützlichen alten Bastlers, falls man dessen Lagerräume gründlich auf den Kopf stellen und deren greisenhaft umständliche Ordnung durcheinanderbringen würde.

Immerhin war ihnen bald, noch während der anhaltend starken Regenfälle des Frühjahrs, eine Verstopfung der Kanalisation zu Hilfe gekommen. Die Straße vor Spirthoffers Ladenwerkstatt stand knöcheltief unter Wasser, die Don-Phon-Anschlüsse fielen aus, und so konnte Juri arrangieren, dass sich einige sorgfältig instruierte Männer beim Auspumpen der Keller und bei der Trockenlegung der Leitungen in den Häusern und Höfen umsahen.

Schließlich hatte er noch ein Problem mit der Lichtradio-Übertragung eingefädelt, so verzwickt und hartnäckig, dass sein Auftauchen und Mittun unverdächtig erscheinen konnte. Als er im Haus eintraf, war Spirthoffer mit zwei libanesischen Buben beim Umräumen seiner Bestände. Die Keller waren schon wieder wasserfrei, würden aber noch lange feucht bleiben. Das eilends Hochgeschleppte musste grob sortiert und provisorisch verstaut werden. Juri macht aus seiner Neugier keinen Hehl, und Spirthoffer führte ihn bereitwillig herum, zeigte ihm einige besonders seltene Altgeräte, kostbare oder bloß noch kuriose Bauteile und freute sich an den fachmännischen Fragen des Besuchers.

Als sie auf den zweiten Hinterhof hinausgetreten waren, wies Juri auf die Tür des imposanten Wasserturms und meinte, dort würde bestimmt etwas besonders Wertvolles aufbewahrt. Zweifellos etwas Großes. Eine Mittelstreckenrakete vielleicht? Spirthoffer war auf den Scherz eingegangen und hatte ihn schmunzelnd aufgefordert, die Höhe des Backsteinbaus in Metern zu schätzen. Die letzten beiden Stufen der einst zuverlässigsten Satellitentransportrakete, der chinesischen Legende «Bruder der Stratosphäre», könnten eben noch hineinpassen. Habe ihre ruhmreich treibstoffsparende Endversion nicht «Schwesterchen der Stratosphäre» geheißen? Und dann hatte er Juri eingeladen, einen Blick ins Innere des Turms zu werfen.

Der Wagen mit den verletzten Wachmännern fuhr ab, und Juri ging zu Nickmüller hinüber, der inzwischen eingetroffen war, um die Eigenart des Attentats und das Ausmaß der Schäden zu begutachten. Als sie zusammen vor den zurückgelassenen Gleitschirmen standen, haderte Nickmüller, wie nicht anders zu erwarten, heftig damit, dass er diese doch absolut naheliegende Form des Angriffs nicht vorhergesehen habe. Gemeinsam gingen sie zu dem Haus, von dessen Dach die beiden Kleinköpfe abgesprungen waren. Eine Frau hatte die beiden, als wären zwei Engel vom vorweihnachtlichen Winterhimmel gefallen, an ihrem Küchenfenster vorbeischweben sehen. Natürlich wollte Nickmüller die Ausstiegsstelle untersuchen und mühte sich stöhnend das Treppenhaus hinauf.

Die Attentäter hatten die Ziegel, die sie aus der Dachschräge genommen hatten, in säuberlichen Reihen aufgestapelt, als wäre es ihnen als ein Gebot der Höflichkeit erschienen, den Hausbewohnern, die sie wieder einsetzen mussten, möglichst wenig Arbeit zu hinterlassen. Nickmüller humpelte an die breite Öffnung, gemeinsam schauten sie auf den Platz hinunter und dann in die diesige Weite des Dorokinschen Herrschaftsgebiets. Links erhob sich der Glockenturm der Dreifaltigkeitskirche, rechts war vor den wuchtigen Speichergebäuden des alten Flusshafens Spirthoffers Wasserturm das mit Abstand höchste Gebäude.

«Luftraumüberwachung!», knurrte Nickmüller und rieb sich die schmerzende Hüfte. «Wir müssen uns etwas zur Luftraumüberwachung einfallen lassen.»

Juri nickte brav und überlegte still, in welcher Höhe dieser Raum beginnen könnte und wie weit nach oben ihn der kontrollwütige Schwarzseher wohl beobachtet haben wollte.

«Von den Dachrinnen bis zu den Wolken!», bellte Nickmüller, als hätte er die unausgesprochene Frage erraten. Juri dachte an die Maschinengewehrstellung, die der Don auf dem Dach der instandgesetzten Faulgasanlage hatte einrichten lassen, und an die leichten Boden-Luft-Raketen, die sich die Posten auf dem Glockenturm der Kirche über die Schulter würden legen müssen, falls es je gelten sollte, feindliche Flugkörper abzuwehren.

«Dieser Turm dahinten! Was ist das? Ein alter Wasserturm? Egal! Vier Mann rund um die Uhr auf alle vergleichbar hohen Gebäude!» Juri nickte. Er verspürte keine Neigung, Nickmüller vorzurechnen, wie viele Leute für eine solche Überwachungsaktion von anderen dringlichen Tätigkeiten abkommandiert werden müssten, und noch weniger Lust, ihm darzulegen, wie schwierig es für Don Dorokin bereits war, seine gegenwärtige Mannschaft in Lohn und Brot zu halten.

«Vielleicht geht es auch mit Kameras! Früher hat man doch die halbe – ach was! – die ganze Stadt mit Video überwacht. Ihr seid die Elektroniker. Lasst euch gefälligst etwas einfallen, bevor diese Idioten das nächste Mal aus heiterem Himmel angreifen!»

Damals hatte ihn Spirthoffer schlicht übertölpelt. Die Einladung, ihm den Turm zu zeigen, die gut gelaunte Bereitwilligkeit, die der Greis an den Tag legte, hatte Juris Misstrauen außer Gefecht gesetzt. Sie überquerten den Hinterhof. Spirthoffer ließ ihm den Vortritt. Kurz war Juris Blick auf die ungewöhnlich hohe, eiserne Schwelle gefallen, im Nu jedoch hatte Spirthoffer die Tür hinter ihnen zugezogen, gewiss um ihn, den Eingelassenen, mit der Absolutheit der Dunkelheit zu verblüffen. Instinktiv wandte sich Juri noch einmal um, konnte aber bloß noch nach dem Türblatt tasten, dessen Kanten sich so perfekt in den Rahmen fügten, dass kein Quäntchen Licht mehr hereindrang. Die erste sekundenknapp gewesene Gelegenheit, das Turminnere zu erfassen, war verpasst.

«Abwarten!», flüsterte Spirthoffer. «Es dauert ein bisschen. Es hat irgendetwas mit Kunst zu tun. Zumindest ist es von einem Künstler so umgebaut und eingerichtet worden, ganz zuletzt noch in der Guten Alten Zeit. Das haben wir noch herausbekommen können.»

Andächtig hielten sie still. Juri lauschte nach dem Schnaufen des Alten, die Feuchtigkeit der Luft schien Spirthoffers Bronchien gut zu tun, denn das Rasseln des Luftholens wurde allmählich leiser. Juri hörte die eigenen, etwas schnelleren Atemzüge, schließlich glaubte er gar seinen Herzschlag als ein dumpfes Pochen hinter den Rippen wahrzunehmen. Und irgendwann mitten hinein in ihr merkwürdig feierliches Schweigen und in die Reinheit der Finsternis kroch ihm die Einsicht, dass er schon ein ganzes Weilchen Angst hatte. Er fürchtete sich, er fürchtete sich bis in die Knochen. Etwas in ihm hielt für möglich, ja für wahrscheinlich, für höchstwahrscheinlich, dass Spirthoffer ihn längst durchschaut hatte, dass ihn der hinterhältige Greis in Bälde jählings attackieren würde, aus einem zwingenden, keinen weiteren Aufschub duldenden Grund, der irgendwo hier, in der perfekten Lichtlosigkeit dieser angeblichen Kunsteinrichtung verborgen lag.

«Es geschieht selbsttätig, Juri. Irgendeine Automatik springt an. Aber da ist kein Schalter in den Angeln oder im Schloss, nirgends eine Photozelle und auch kein Druckmelder im Estrich. Ich bin noch nicht dahinter gekommen, wie dieser verflixte Kunstkerl es damals eingerichtet hat. Weil wir zu zweit sind, kommt es schneller in Gang. Noch ein bisschen Geduld, mein Lieber!»

Er und seine Furcht glaubten dem Alten kein Wort. Also machte Juri einen weiten, lautlos gleitenden Schritt zur Seite, so wie er es vor vielen Jahren als blutjunger Rekrut in der Nacht- und Nahkampfausbildung gelernt hatte. Dann sank er tief in die Hocke, um einen Angriff auf seinen Kopf oder seine Brust ins Leere laufen zu lassen, und schwenkte die Rechte mit der Pistole in die Richtung, aus der das erstaunlich sacht, fast geschmeidig gewordene Schnaufen des Alten kam. Sein Herz hämmerte hinab in den zwischen dem enggeschnallten Gürtel und dem Brustkorb gestauchten Magen, und er befürchtete, dass Spirthoffer dieses rasende Wummern mit irgendeinem Organ, mit einer hochsensiblen Geschwulst, wie sie erst in den Körpern greiser Männer heranwuchs, wahrnehmen könnte. Längst war ihm speiübel, aber erst jetzt bemerkte Juri, dass der Brechreiz, dass überhaupt die ganze Bedrohung eine Farbe angenommen hatte: Alles war orange getönt. Mit der freien Linken fuhr er sich über die Augen, als könnte er so den monochromen Schleier beiseiteschieben. Aber dies bewirkte das Gegenteil. Die zuvor gleichmäßig eingefärbte Finsternis begann sich rundum mit pulsierenden grellorangen Panikpünktchen anzureichern.

Und obschon er sich wirklich elend fühlte, so hundserbärmlich elend wie auf dem Höhepunkt des Großen Winters, als es zwei Monate nicht mehr richtig hell geworden war und seine damalige Einheit gegen die zahllosen, von Woche zu Woche immer besser bewaffneten Plünderer auf verlorenem Posten gestanden hatte, wurde ihm nun zügig warm auf dem Gesicht und auf den Händen, wohlig strahlungswarm wie in der unmittelbaren Nähe eines Holz- oder Kohleofens, so wunderbar angenehm warm, als hätte hier drinnen, in Spirthoffers Wasserturm, ein okkultes Sönnlein zu scheinen begonnen.

Spirthoffer hatte die Künste nie geliebt. Und von Jahrzehnt zu Jahrzehnt war aus seinem zunächst nur ignoranten Banausentum allmählich mürrische Geringschätzung und schließlich sogar reizbare Abneigung geworden. Aber zum Glück zwang ihn nichts und niemand dazu, das Bild, die kunterbunte Zeichnung, die ihm Alide da als Geschenk mitgebracht und sichtlich erwartungsvoll überreicht hatte, als Kunstbemühung zu verstehen. Die Kleine wollte gewiss keine Künstlerin sein, sie hatte sich einfach tüchtig Mühe gegeben, einem einstigen Weltding, das sie nur vom Hörensagen, wahrscheinlich bloß aus der vagen Beschreibung ihrer Mutter kannte, eine von Linien klar umrissene Gestalt zu geben. Also lobte er, was sie für ihn mit ihren Stiften auf ein großes Blatt gebracht hatte. Ja, er behauptete, falls er auf seine alten Tage noch eine Rakete bauen sollte, würde sie genau so aussehen: schlank und hoch wie ein Turm! Die Gestalten im Inneren des Weltraumfahrzeugs, die beiden Figürchen auf diesem sehr bequem aussehenden orangen Sofa ganz oben in der Spitze, das seien doch bestimmt Alide selbst und ihre Mutter. Wohin die Reise denn gehen solle. Zum Mond? Oder gar noch weiter? Ob sie zufällig wisse, welcher Planet für Kosmonauten, für ein mutiges Raketenmädchen wie sie und für ihre wackere Raketenmutter, als nächstgelegenes Ziel in Frage komme?

Nicht ohne Stolz beobachtete Elussa, wie unbefangen und gewandt sich ihre Tochter mit dem Alten unterhielt. Als Spirthoffer ihr gestern mitgeteilt hatte, dass er die kommenden Vormittage mit dem leidigen Flugfunkgerät beschäftigt sein werde, weil ihm der anspruchsvolle Apparat seine beste Konzentration, also die gedankliche Frische der Morgenstunden abverlange, hatte sie befürchtet, er suche nach einem Vorwand, den Unterricht zu unterbrechen und womöglich ganz auslaufen zu lassen. Aber dann hatte er vorgeschlagen, die tägliche Doppelstunde bis Weihnachten auf den späten Nachmittag zu verlegen. Es mache ihm gar nichts aus, wenn sie ihr Töchterchen mitbringe. Im Gegenteil: ein Kind, das mit blanken Augen über seinen Hausaufgaben sitze, emsig in sein Schulheft kritzle, sei genau der richtige Ansporn für einen hartköpfig gewordenen Schüler wie ihn. Und auch für einen behüteten Heimweg durch die Dunkelheit wolle er sorgen. Sein Nachbar, der Libanese, habe eine Handvoll ausnahmslos anständiger Söhne gezeugt und verfüge zudem über einen uralten, aber einigermaßen verlässlichen Lieferwagen. Zumindest für dessen Elektronik und Elektrik, zuletzt habe er Heizung und Gebläse von den Toten auferstehen lassen, lege er jederzeit seine Hand ins Feuer.

So kam es, dass sie zu dritt an Spirthoffers langem Arbeitstisch saßen. Alide rechnete und bewegte dazu lautlos die Lippen. Mathematik war nicht ihre Stärke, und zu Hause hätte sie versucht, Elussa zum Mittun zu überlisten. Vor Spirthoffer wollte sie sich aber offensichtlich keine Blöße geben, und Elussa sah, wie sie die Hände unter den Tisch schob, wenn sie, was ihr eigentlich streng verboten war, bei schwierigen Aufgaben die Finger zu Hilfe nahm.

Spirthoffer hatte sie gebeten, die Grammatikübungen, die sie vorbereitet hatte, auf das nächste Mal zu verschieben. Er habe heute Morgen, auf der Suche nach einem funktechnischen Handbuch, eine echte Kuriosität entdeckt: Etwas Spiritistisches! Ob sie zufällig wisse, dass bedeutende Gelehrte lange die Ansicht vertreten hatten, der Weltraum sei nicht leer, sondern von einer geheimnisvollen Substanz, dem sogenannten Äther erfüllt. In esoterischen Kreisen habe sich dieser prächtige Irrtum bis weit ins vorige Jahrhundert, bis in die sowjetische Ära hinein gehalten und erstaunliche Denkblüten getrieben. Wenn ihn ein erstes Hineinlesen nicht trüge, verstehe sich der Verfasser dieses russischen Traktats darauf, nicht nur äußerst scharfsinnig zu argumentieren, sondern nahezu poetisch, tief beseelt, ja ekstatisch von diesem kosmischen Fluidum zu schwärmen.

Natürlich hatte seine schöne Lehrerin sogleich angebissen. Und als er sie dann noch gebeten hatte, ihm den ersten Abschnitt, in dem, soweit er dies beurteilen könne, alle syntaktischen Register gezogen würden, ganz langsam vorzulesen, damit er den Stil erst einmal rhythmisch genießen könne, hatte sie ihm den Gefallen mehr als nur bereitwillig getan. Wie leicht sich Frauen doch von derartigem Wortgeklingel beeindrucken ließen. Und wenn dann auch noch ein exquisites Bild, eine szenische Schwindelei, aus dem Klang erstand, war es im Nu um ihre kostbarsten Tugenden, um ihr bodenständiges Beobachtungsvermögen, ihr kerngesundes Urteil in Fragen von Maß und Verhältnis und nicht zuletzt um ihren pragmatischen Zugriff auf alles naheliegend Zukünftige, geschehen.

Aber ließ sich über die meisten Männer Besseres sagen? Auch ihre geschlechtlichen Talente erlagen der Kunst. Sogar der solide Juri wäre ihm damals im Turm, ästhetisch berauscht, um ein Haar aus dem Ruder jeder männlichen Logik gelaufen. Als das orange Licht stark genug war, sah Spirthoffer ihn tief geduckt auf dem Betonboden hocken, die hoch erhobene Pistole in beiden Händen. Don Dorokins Chefelektroniker bebte am ganzen Leib. Beschreiben, Erzählen, vielleicht sogar schnödes Erklären tat not. Also begann er in beruhigend beiläufigem Ton dasjenige in Sätze zu fassen, was für sie beide in ähnlich banaler Weise zu spüren und zu sehen war und dennoch, da es einem von ihnen zum ersten Mal wiederfuhr, entlastender Worte bedurfte.

Juri müsse wissen, dass er sich durchaus schon um Aufklärung dieser Phänomene bemüht habe. So sei der Turm von einem jugendlichen Helfer rundum, an bestimmt drei Dutzend Stellen, angebohrt worden. Die orangen Steine waren mit einem dünn aufgetragenen, transparent aushärtenden Mörtel direkt auf die Ziegel geklebt, eine verborgene Verkabelung oder eine metallische Zwischenschicht habe er nirgends, auch nicht mit einschlägigen Messgeräten, ausfindig machen können. Bis jetzt schrecke er, aus Respekt vor der Kunst, noch davor zurück, die wunderschön polierten und perfekt aneinander gefügten Platten mit Hammer und Meißel oder mit einem Brecheisen zu traktieren.

Gleich, wenn die maximale Helligkeit erreicht sei, könne Juri begutachten, wie lückenlos das Turminnere ausgekleidet sei. Von außen lasse sich übrigens noch gut erkennen, welche Fenster der Künstler einst zugemauert habe. Dass hier drinnen die Zwischendecken und alle einstigen Einbauten bis an die tragende Rundmauer entfernt worden seien, könne er ja bereits erspähen. Die Wärmewirkung bleibe wie das orange Licht konstant, solange sich eine Person auf dem Turmgrund aufhalte, sie schwinde aber im menschenleeren Raum sehr schnell erneut gegen null. Binnen einer halben Stunde sei es so kalt und finster wie zuvor, als saugte der allein gelassene Stein seine Gaben in sich zurück. Eine vergleichbare energetische Aktivierung ergebe sich übrigens auch, allerdings deutlich schwächer, durch die Anwesenheit eines mittelgroßen Stallkaninchens. Zumindest für dieses einfache biotechnische Experiment habe er schon Zeit gefunden.

Was könne er Juri noch erzählen? Durch eine Lupe betrachtet, gäben die Platten eine feine, unregelmäßige Körnung und eine fast gewebeartige Maserung zu erkennen. Als Laie gehe er deshalb von einer natürlichen Herkunft aus. Aber solange sich kein erfahrener Mineraloge mit dem Material beschäftigt habe, wolle er auch eine künstliche Herstellung der Platten nicht ausschließen. Falls dem Don, bei seiner lobenswert unermüdlichen Suche nach Fachleuten aus der Guten Alten Zeit, ein Gesteinkundiger in die Hände fallen sollte, möge man doch so freundlich sein, im Elektronischen Hospital Bescheid zu geben. Erst diese schlichte Bitte brach den Bann der Angst. Juri stand auf, hüstelte heiser, steckte, sichtlich verlegen, die Waffe weg, hob den Blick in die Kuppel und wagte schließlich sogar ein paar steife Schritte Richtung Turmmitte.

Ach ja, der Tisch. Tisch, Stuhl und Buch! Juri würde es ihm vielleicht nicht glauben wollen, aber hierzu habe die Gicht den Anstoß gegeben. Schon bei seinem ersten längeren Aufenthalt im Turm sei ihm aufgefallen, dass dessen Strahlung günstig auf seine chronisch entzündeten Gelenke einwirke. Und weil ihn zudem eine schlimme Altersschlaflosigkeit plage, könne er inzwischen nur noch selten der Versuchung widerstehen, nach Ladenschluss und Abendbrot noch ein überlanges Stündchen hier im Wasserturm zu sitzen. Unter der merkwürdig spitz zulaufenden Kuppel sei das Licht am stärksten. Dort reiche die Helligkeit gerade aus, um seine im Lauf der Jahrzehnte arg winzig gewordene Handschrift zumindest für ihn selbst entzifferbar zu machen.

Wohlig erwärmt und orange beschienen, sei ihm nämlich bald die Idee gekommen, hier im Turm nicht nur etwas für seine Knochen, sondern zugleich etwas gegen die Altherrenlaunen seines Gedächtnisses zu tun. Übung, Juri wisse bestimmt, was er damit meine, habe noch keinem geschadet. Und bekanntlich trügen gerade primitive, aber dem jeweiligen Charakter ungewohnte Exerzitien mit der Zeit überraschende Früchte. Hier an diesem Tisch übe er so brav wie ein Klosterschüler. Juri müsste schmunzeln, wenn er ihn emsig, ja besessen krakeln sähe! Und laut lachen, wenn er das Aufgeschriebene läse. Auf den Seiten dieser ungewöhnlich großformatigen Kladde – wer wisse noch, für welche Art Buchhaltung sie ursprünglich gedacht gewesen sei? – pflege er, Nacht für Nacht, in selbst auferlegter Pflicht, das eine oder andere aus der Guten Alten Zeit und aus den neuen, eigentlich gar nicht so miserablen Weltverhältnissen in kurze, hoffentlich allgemein verständliche Sätze und Absätze zu gießen.

IM ADVENT: ACHT

Die Feiertage standen vor der Tür, Spirthoffer hatte ihm schnelle Arbeit versprochen, und Umann überlegte, was sich als eine kleine weihnachtliche Aufmerksamkeit neben den vereinbarten Packen Eurorubel auf den Arbeitstisch des alten Bastlers legen ließe. Dem Dossier des Don war zu entnehmen gewesen, dass Spirthoffer einen hochprozentigen Tropfen zu schätzen wusste, und wirklich hatte sich bei seinem letzten Besuch das Danziger Goldwasser als ideales Mitbringsel erwiesen. Eine zweite Flasche hätte nun allerdings nicht bloß eine plumpe Wiederholung bedeutet, sie wäre dem Greis in Anbetracht des Marktpreises für vergleichbare Alt-Alkoholika vermutlich zudem als unangenehm prahlerische, vielleicht sogar verdächtig absichtsschwangere Investition in seine Geneigtheit erschienen.

Da kam ihm, gerade als er aufbrechen wollte, der Zufall zu Hilfe: Aus dem Korb der Brotfrau, die ihre morgendliche Runde durch die Nachbarschaft in seinem Haus begann, roch es so köstlich wie nie zuvor, und obwohl sich der Zusammenhang mit Tannenbaum, Adventskranz und Kerzenlicht wie von selbst entfaltete und er sogleich eine unverwechselbar klebrige Süße auf der Zunge zu schmecken und gummiartige Bröcklein zwischen den Zähnen zu spüren vermeinte, wollte sich der verschollene Name und damit das beruhigende, gute alte Wissen nicht einstellen. Also war ihm nichts anderes übriggeblieben, als zu fragen, was denn da in Gestalt mehrerer zierlicher Barren, von dünnem braunen Papier umhüllt, bei den Brotlaiben liege und derart verheißungsvoll dufte.

Zu Umanns Überraschung schob ihm Spirthoffer, kaum hatte er an dessen blank geräumtem Arbeitstisch Platz genommen, ein vergilbtes Stück Papier, einen uralten Don-Erlass, unter die Nase, bat ihn mit ernster Miene, dessen kleingedruckten Zusatz zu lesen, und bedauerte dann mit wieder freundlich lächelndem Gesicht, dass es bloß schwarzen Tee zum mitgebrachten Christstollen geben würde. Die Aussicht, in diesem Leben noch einmal Kaffee zu trinken, sei längst gnädig hinter dem Horizont der für ihn vorstellbaren Zukunft versunken gewesen. Nun aber, wo dieses mindestens genauso lang entbehrte Gebäck vor ihm stehe, flamme das erloschene Begehren wieder am Himmel der Möglichkeiten auf. Er wolle den Tee so stark machen, dass immerhin dessen Schwärze an Kaffee erinnern würde, und mit einem kleinen Schuss Milch wäre die Illusion zumindest optisch nahezu perfekt.

Das wunderbar süße, allenfalls noch ein bisschen zu weiche Backwerk kauten und speichelten sie in fast andächtiger Stille. Und nachdem er sich noch ein zweites Stückchen gegönnt hatte, nahm Spirthoffer den Don-Erlass wieder vom Tisch und trug ihn ins hintere Zimmer. Umann hörte das unverwechselbare Quarren, mit dem sich die Mechanik eines jener Aktenordner öffnete, die trotz der dereinst schier paradiesisch gewordenen Kapazitäten der Datenspeicherung auch in seiner Behörde bis zuletzt unverzichtbar geblieben waren. Spirthoffers Gedanken mussten, während er die Flugschrift abheftete, auf das gleiche Feld geraten sein. Denn als er an den Tisch zurückkam, fragte er ihn, womit er denn früher, als es noch eine Berufstätigkeit in altem Sinne gegeben habe, seinen Lebensunterhalt verdient habe, und ob sein Wunsch, mit dem Flugfunkgerät in den Äther zu lauschen, in Zusammenhang damit stehe.

Umann schöpfte neue Hoffnung. Vielleicht ließ sich über eine Missachtung des Don-Erlasses reden, wenn es ihm gelang, den Alten mit der einen oder anderen Reminiszenz an die Gute Alte Zeit zu rühren. Also bekannte er ohne Zögern, dass er als Leiter einer kleinen hochspezialisierten Behörde in die globale Bekämpfung des Dialogischen Terrorismus eingebunden gewesen sei. Genau genommen hätten sie fast ausschließlich Kommunikationsanalyse betrieben, allerdings in mehr als drei Dutzend Sprachen. Und da die Vorläufer der heutigen Kleinköpfe dazu übergangen waren, ihre medialen Diskurse stets in einem raffiniert kleinteiligen Gemisch aus zwei weit auseinanderliegenden Sprachen abzuwickeln, habe er ein Team führen dürfen, dessen linguistische Potenz beachtlich gewesen sei. Finnisch, bis in die Silbenstruktur verquickt mit Farsi, sei ihnen zuletzt noch untergekommen und nach tüchtigem Kopfzerbrechen nicht unverstanden geblieben. Selbst heute, wo es seine Leute längst in alle Winde zerstreut habe, empfinde er unweigerlich einen süß-schmerzlichen Stolz auf ihr kollektives Können, sobald ihn bei einem Gläschen Alt-Alkohol die Erinnerungen übermannten.

«Hatten Sie Erfolg?»

Umann nahm einen großen Schluck des starken, inzwischen fast bitter gewordenen Schwarztees und nickte. Obwohl ihnen die Amerikaner und die Russen, schließlich auch die Chinesen und zuallerletzt die Inder meist nur das schwierigste, von den eigenen Diensten bereits als unverwertbar eingestufte Material überlassen hätten, seien ihnen einige nennenswerte Entschlüsselungen gelungen. So habe die Öffentlichkeit zum Beispiel nie erfahren, dass aus seiner gerade mal zwei Dutzend Mann starken Truppe der entscheidende Anstoß zur erfolgreichen Bekämpfung des Großen Zappelns gekommen war. Mit einem selbst entwickelten sprachstatistischen Programm und mit jenem Riecher, den jeder versierte Nussknacker zusätzlich zur besten Software brauche, hätten sie im scheinbar wirren, sich ständig wandelnden Wust der Ess- und Trinkanweisungen ihrer Gegner ein wahres, also für die Eingeweihten unumgängliches Gebot entdeckt. «Esst keine mit industrieller Hefe hergestellten Backwaren!» Durch eine derart simple diätetische Abstinenz hatten sich ausgerechnet diese Wirrköpfe mehr als ein Jahr lang als Einzige gegen die Infektion, die furchtbar unter der männlichen, dann rätselhaft verzögert auch unter der weiblichen Intelligenz des alten Europa am Wüten war, zu schützen gewusst.

«Heißt das, die Terroristen haben den Erreger damals in Umlauf gebracht?»

Nein, diese naheliegende Unterstellung müsse er entschieden zurückweisen, schließlich bleibe man im Rückblick sogar dem einstigen Feind zu einer gewissen, quasi sportlichen Fairness verpflichtet. Der primitive Pilz habe fast ein Jahrhundert in seinem modernen Biotop, in den Vorrats- und Fertigungsbereichen großer Lebensmittelfabriken, vor sich hinvegetiert, um jählings jenen Veränderungshüpfer zu vollziehen, der seine Sporen den Backvorgang überstehen und für das überreizte Nervensystem der Spezialisten gefährlich werden ließ. Den damaligen Terroristen könne man allenfalls vorwerfen, dass sie ihre Kenntnisse nicht publik gemacht, sondern in esoterischer Zirkulation belassen hätten.

Spirthoffer schien die Geschichte zu gefallen, denn er holte die nur noch halb volle Flasche Danziger Goldwasser an den Tisch, füllte seine leere Tasse, goss, ohne zu fragen, auch Umann Schnaps in den Tee und meinte dann mit einem verschmitzten Lächeln, das Flugfunkgerät sei, auch er wolle nun der Wahrheit Gerechtigkeit widerfahren lassen, ein Prachtstück. Es stamme nicht, wie sie zunächst vermutet hätten, aus einem militärischen Großraumflugzeug, sondern sei einst als freie Handelsware jedem entsprechend zahlungskräftigen Funkamateur zugänglich gewesen. Er habe das Modell in einem einschlägigen Katalog entdeckt: detailscharf abfotografiert, erläutert und mit einem Endhandelspreis versehen. Was den Don und die Erlasse seiner Frühzeit angehe, könnte man sich in gegenseitigem Vertrauen darauf einigen, keine schlafenden Hunde zu wecken. Bloß der Empfang. Täusche er sich, wenn er vermute, dass sich Umann noch keine Gedanken über die nötige Antenne gemacht habe?

Umann beschränkte sich auf ein Nicken. Und dann ließ er, erleichtert und mit wachem Blick Interesse heuchelnd, Spirthoffers arg weit ausholende Ausführungen zur Verstärkung, zur Codierung, zur Verbreitung, zum Empfang und zur akustisch-analogen Wiedergabe elektromagnetischer Signale über sich ergehen, nahm widerspruchslos eine weitere Tasse Goldwasser zu sich und fühlte sich nicht unangenehm beschwipst, als ihn der Alte schlussendlich aufforderte, gemeinsam in seinen Turm – es handle sich um einen ehemaligen Wasserturm! – hinüberzugehen. Dort habe er alles für eine kleine Probevorführung Nötige vorbereitet.

Zum Glück wusste Umann von Juri, welch beunruhigende Finsternis, welch verstörend feuchtschwüles Dämmern einen Ahnungslosen an diesem Ort erwarten konnte. Er nahm sich vor, eine angemessene Verblüffung, gegebenenfalls sogar Furcht vorzutäuschen. Aber als er, während der Alte ihm die Tür aufhielt, den Fuß über die ungewöhnlich hohe eiserne Schwelle hob, empfing ihn nicht die erwartete Dunkelheit, sondern bereits das fragliche, merkwürdig dichte, fast sämige Orange. Er atmete die dampfige Sättigung der Luft und spürte auf Gesicht und Händen jene Strahlungswärme, die Juri, wenn er sich recht erinnerte, nicht ohne eine zwiespältige Grimasse zu ziehen, als «überaus gemütlich» bezeichnet hatte.

In der Mitte des kreisrunden Raums stand auf einem Tisch das Funkgerät, davor ein simpler Küchenstuhl. Spirthoffer bat ihn, Platz zu nehmen, und legte dann einen signalrot lackierten Kippschalter um. Der Apparat sei hiermit betriebsbereit. Der Turm, genauer gesagt dessen Innenverkleidung, garantiere einen erstaunlichen Empfang. Selbstverständlich verfüge das Gerät über einen automatischen Suchlauf, einen überaus feinfühligen Scanner. Aber weit schöner sei es doch, die erhofften Signale, das verheißungsvolle Knacken und Knistern und schließlich das ersehnte sphärische Hin und Her märchenhaft abgemagerter menschlicher Stimmen hier, an diesem großen geriffelten Knopf, selbst zu erkurbeln. Nur zu! Keine laienhafte Scheu! Den Kopfhörer über die Ohren! Umann werde überrascht sein, was selbst heute noch auf den einst abertausendfach bewisperten Pfaden erwogen, besprochen und über die Köpfe der ahnungslosen Zeitgenossen hinweg ausgeheckt werde.

«Wie alt bist du, Opa Spirthoffer?», fragte Alide, den Mund voller Christstollen, holte sich, ohne zu fragen, das allerletzte Stück auf den Teller und schob, als habe sie den tadelnden Blick ihrer Mutter nicht bemerkt, ein noch keckeres «Du bist bestimmt schon hundert Jahre alt!» hinterher.

«Kannst du überhaupt schon bis hundert rechnen?», entgegnete Spirthoffer, bevor Elussa eingreifen konnte, und weil Alide nickte, machte er die Probe aufs Exempel, vorsichtshalber mit der einfachsten Addition, die ihm hierzu einfiel, um das bescheidene mathematische Vermögen der Kleinen bloß nicht zu überfordern.

Es war ihr vorletzter Unterricht vor Weihnachten, und er hatte Elussa gebeten, es noch einmal bei schlichter Konversation bewenden zu lassen. Jenes verflixte Funkgerät habe ihn erneut fast die ganze Nacht gekostet, von der Behebung allerletzter Probleme, von der aufwendigen Ausmerzung hartnäckiger Interferenzen brumme ihm noch immer der Schädel. Heute Vormittag habe der Besitzer das Gerät abgeholt. Er sei heilfroh, das Ding vor den Feiertagen wieder losgeworden zu sein. Der Christstollen stamme übrigens vom Eigentümer des Apparats, er hoffe, dass der gute Mann nun restlos glücklich, quasi weihnachtsfroh mit dem betriebsbereiten Kasten werde.

Elussa fragte ihn, was sich denn eigentlich damit empfangen lasse, und Spirthoffer meinte abwinkend, bloß das, was auch die Antennen auf der Dreifaltigkeitskirche aus dem Äther saugten: den Funkverkehr, den die LKW-Konvois auf dem Weg an die Grenze der Asiatischen Union mit den Schutz- und Tankstationen der jeweiligen Machthaber in den Protektoraten unterhielten, die beiden evangelikalen Radiostationen, die vermutlich von Schiffen in der Ostsee sendeten, dazu bei günstiger Wetterlage das Zwitschern der chinesischen Militärkommunikation an der Wolga, und natürlich das nervöse Knattern des Don-Mobilfunks, überlagert von den frequenznahen Netzen des Alten Ogo und des Weißen Khan.

«Und Amerika? Kann man auch die Amerikaner hören, Opa Spirthoffer?» Den Schopf wieder über ihre Hausaufgaben gebeugt, eifrig mit dem Bleistift schabend und noch eifriger mit dem Radiergummi rubbelnd, hatte Alide zugehört, und Spirthoffer sah an Elussas Gesicht, wie überrascht sie war, dass die Kleine ihr mit just dieser Frage zuvorkam.

Er wusste, die beiden hatten die Wohnung von Elussas Bruder übernommen und hofften inständig, dieser sei heil nach Nordamerika gelangt. Eine Nachricht, die alle diesbezüglichen Sorgen aus der Welt geschafft hätte, hatte Elussa allerdings bislang nicht erhalten. Der Postverkehr über den Atlantik war äußerst unzuverlässig. Er wurde von den Eignern der Schiffe, die in der Regel auch deren Kapitäne waren und von der Beförderung der Auswanderer lebten, als kleiner, vielleicht sogar lästiger Nebenerwerb betrieben. Ein Brief, der nicht im Hafen gegen Gebühr ausgelöst wurde, besaß wohl keine Chance, seinen Adressaten in den Binnenterritorien zu erreichen. Die wundersamen amerikanischen Neuigkeiten, die der Don ab und zu im Lichtradio zum Besten gab, kamen in der Regel nicht von den europäischen Küsten, sondern aus dem Osten. Und niemand in der Stadt konnte wissen, ob sich Gehalt und Gestalt dieser Botschaften während der Pazifiküberquerung und auf den Etappen des anschließenden Landwegs nicht in etwas weitgehend oder vollends Märchenhaftes verwandelt hatten.

Spirthoffer war geneigt, den Wirklichkeitswert der allerneuesten, besonders anrührenden Meldung als nicht sehr hoch einzustufen. Mit hellem Tremolo, fast singend, hatte Dorokins Radiostimme kundgetan, die legendäre Freiheitsstatue sei von enthusiastischen Immigranten und von einheimischen Überlebenden des Ewigen Winters mit einem mächtigen Holzgerüst umgeben worden. Riesige Nadelbaumstämme seien hierzu aus den von der heißen Asche erstickten, durch die erkaltete, fruchtbare Asche neu aufsprießenden Wäldern den Hudson hinabgeflößt worden. Die von den Schwefeldünsten des Ausbruchs verätzte Bronze des Monuments habe man einträchtig, in mühseliger Geduldsarbeit nicht nur vollständig gereinigt, sondern sogar mit einem goldenen Anstrich versehen. Und nun begrüße die Fackelträgerin die Schiffe, die über den östlichen Horizont gekrochen kämen, in neuartigem Glanz und mit mehr als nur wiedererstandener Würde.

«Mein Onkel schreibt uns, sobald Mama und ich auch nach Amerika kommen sollen! Wir fahren dann mit dem Schiff oder mit dem Flugzeug oder mit einer Rakete! Kannst du uns eine Rakete bauen, Opa Spirthoffer?»

Elussa ermahnte ihr Töchterchen, sich wieder auf seine Rechenaufgaben zu konzentrieren, aber dann konnte sie selbst nicht umhin, zu fragen, ob es eine Möglichkeit gebe, per Funk Kontakt mit der amerikanischen Ostküste aufzunehmen. Gewiss habe inzwischen auch in New York, in Boston oder Baltimore ein Elektronisches Hospital eröffnet, in das die entsprechenden Geräte aus der Guten Alten Zeit zur Reparatur gebracht werden könnten.

Spirthoffer verspürte den Wunsch, dieser klugen und schönen Frau eine kleine Freude zu machen, und so erwiderte er, in der Tat gebe es Anlass zu Hoffnung. Zurückliegende Nacht habe er das instandgesetzte Flugfunkgerät an eine improvisierte Antenne angeschlossen, und heute Vormittag sei ihm und dessen Besitzer gelungen, Fragmente in englischer Sprache zu empfangen, zwar von wüsten Störungen, von einem wahren Inferno elektromagnetischen Unsinns überlagert, aber deutlich genug, um herauszuhören, dass es sich um amerikanisches Englisch handelte. Seit Menschengedenken habe Nordamerika als der Kontinent der Stürme gegolten. Und die Katastrophe, in deren Folge hierzulande der Ewige Winter ausgebrochen war, hatte die Wildheit der dortigen Troposphäre ins aberwitzig Chaotische gesteigert. Vielleicht zeichne sich nun eine erste bleibende Beruhigung, eine Rückkehr zu einem dem Funkverkehr zuträglicheren Wetter ab.

Das war nicht ganz gelogen. Immerhin hatte ihn auch Umann kurioserweise zuletzt noch, als er schon die Kopfhörer in Händen hielt, nach möglichen Funksignalen aus Amerika gefragt. Allerdings war dies wohl eher scherzhaft gemeint gewesen, denn Umann wartete keine Antwort ab, sondern stülpte sich die großen Halbschalen über die Ohren und rückte sie so zurecht, dass kein Außengeräusch mehr zu ihm vordringen konnte. Spirthoffer sah, wie er an den Suchlauf griff, den großen Knopf, wie erwartet, im Uhrzeigersinn drehte und im Nu empfing, was er empfangen sollte.

Umanns Rücken krümmte sich. Er schien sogleich ganz Ohr. Am Verlauf der weißen Linie auf dem grünen Leuchtschirm des Oszillographen, an der Höhe und Gedrängtheit der Zacken, las Spirthoffer ab, dass gerade ein Dialog durch den Äther ging, und er war sich ziemlich sicher, dass die tiefere, sichtbar dominante Stimme Dorokin gehörte. Schade, dass er nicht mithören konnte. Zumindest der neugierige Umann durfte nun belauschen, wie sich der Don und seine Leibärztin besprachen. Mit etwas Glück ging es sogar um den hingebungsvoll Horchenden selbst, um Umanns gesundheitliche Verfassung, um seinen hübsch geschickten Vorstoß ins Elektronische Hospital, vielleicht schon um allererste Ergebnisse seiner dortigen Nachforschungen.

Ob Umann die alte Chinesin wohl ebenfalls leiden mochte? Spirthoffer fühlte sich Frau Doktor Hu zu Dankbarkeit verpflichtet. Ihr barsches «Kein Schweinefleisch mehr! Und Schluss mit dem Alkohol! Sonst sitzen Sie demnächst im Rollstuhl» war dereinst, während er, frisch zwangsuntersucht, seinen gichtig geschwollenen linken Knöchel übervorsichtig in die lange Unterhose gefädelt hatte, als eine unerwartete, fast mütterlich fürsorgliche Freundlichkeit über ihn gekommen. Wie ein verwahrlostes Kind, dem solch eindeutige Ermahnungen allzu lange vorenthalten worden waren, hatte er sich in folgenden Wochen streng an Hus Anweisungen gehalten. Und weil sich sein Verhältnis zur Dreifaltigkeitskirche im selben Zeitraum sehr günstig entwickelte, konnte er Juri schließlich sogar bitten, ihm eine zweite Untersuchung durch die Leibärztin des Don zu vermitteln.

Frau Doktor Hu zeigte sich mit dem Rückgang der Entzündung in seinem Fußgelenk zufrieden, auch eine sichtbare Gewichtsabnahme wurde als erfreuliche Nebenwirkung von Diät und Abstinenz begrüßt. Wie angenehm es war, von einer strengen Ärztin glaubwürdig gelobt zu werden. Und während sich Hu abwandte, um ein dunkelbraunes Glas aus dem Regal zu nehmen und getrocknete Blüten in ein Tütchen zu schütteln, während der Wachmann, der ihn hereingeführt hatte, gelangweilt auf den Parkplatz der Kirche hinuntersah, ergab sich, wie erhofft, die Gelegenheit, den inzwischen unangenehm drückenden Sender aus seinem leiblichen Versteck zu ziehen und das Magnetplättchen der Wanze an ein Stahlbein des Hockers zu heften.

Seitdem hatte Spirthoffer das eine oder andere Nützliche, oft auch bloß Kuriose erfahren, unter anderem, dass der Don an Schlaflosigkeit litt und Juris chronische Rückenschmerzen mit Schröpfköpfen behandelt wurden. Nicht alles, was vor dem Schreibtisch der Ärztin zur Sprache kam, war auf Anhieb leicht zu verstehen. Zwei- oder dreimal hatte er Frau Doktor Hu gegenüber dem Don äußern hören, für eine von ihr untersuchte Person könne sie leider nichts mehr tun, diese würde früher oder später nach Amerika gehen. Aber erst als der Don diese Formulierung selbst gebrauchte, erklärte sich, welchen Übergang, welch besondere Passage diese Redewendung in der Dreifaltigkeitskirche bezeichnete. Über einen rumänischen Handfeuerwaffenhändler hörte er Dorokin sagen, an diesem notorischen Übeltäter sei jedes gute Wort verloren, und das Gleiche gelte für seine beiden Cousins. Er habe da gerade einen tüchtigen Burschen aus Sibirien an der Hand, der bereit sei, gegen bescheidenes Entgelt auch grobe Arbeit zu verrichten, weil er für ein Schiffsticket spare. Der solle dafür sorgen, dass das rumänische Trio nach Amerika gehe. Und wenn dies zufriedenstellend erledigt sei, biete sich an, den Sibiriaken – denn Strafe müsse nun einmal sein! – sobald er, um seine Belohnung abzuholen, in die Kirche komme, umgehend auf die gleiche Reise zu schicken.

Beide Hände auf den Kopfhörern, hörte Umann nicht, dass die Tür des Empfangs- und Sendeturms erneut aufgezogen wurde. Und auch die energetische Intensivierung, die spektrale Erweiterung des Orange und die Verstärkung der Infrarotstrahlung, die sich aus der Anwesenheit eines dritten Leibes ergaben, entging seinen Sinnen. Er lauschte, dies war ihm wohl von seiner einstigen Berufstätigkeit geblieben, einfach zu gerne fremden Gesprächen. Erst wie beide, Spirthoffer und Spirthoffer, rechts und links neben ihn traten, spürte er doch noch etwas. Er drehte den Kopf, sein Blick pendelte hin und her. Umann staunte über die verblüffende Ähnlichkeit und konnte nicht umhin zu bemerken, dass der freundlich und zugleich ernst lächelnde Betreiber des Elektronischen Hospitals sein Käppi abgenommen hatte, um wie sein Begleiter barhäuptig unter der orange schimmernden Kuppel zu stehen.

Was nun, von schütterem, feinen Haar umkränzt, bloßlag, sah für Umann auf eine denkbar zwiespältige Weise ebenso natürlich wie unnatürlich aus. Und beinahe hätte er noch vergleichend wahrgenommen, dass auch der zweite Spirthoffer durch dasjenige verunstaltet wurde, was der erste Spirthoffer wohlweislich stets unter einem hübsch bestickten Mützchen verborgen hielt. Aber da war schon etwas aufblitzend Helles gegen seinen eigenen Schädel geflogen. Und jener Umann, den seine Untergebenen einst in der Guten Alten Zeit nicht Chef, sondern respektvoll zutraulich «unseren Langen» genannt hatten, war von den Spitzen seiner grauen Mähne bis hinab in die akkurat rechteckig beschnittenen Nägel seiner Zehen ganz und gar mit Wichtigerem beschäftigt. So gut er es vermochte, so gut oder schlecht, wie es Unzählige vor ihm in mehr oder minder redlichem Bemühen zustande gebracht hatten, war Umann damit beschäftigt, nach Amerika zu gehen.

IM ADVENT: NEUN

Frau Doktor Hu rieb sich das Knie und sah zu dem Hocker hinüber, gegen den sie, obwohl er an der gewohnten Stelle gestanden hatte, so heftig gestoßen war, dass er nun, beiseitegepoltert, die stählernen Beinchen nach oben streckte. Sie war auf dem Rückweg vom Fenster an ihren Schreibtisch gewesen. Gründliches Lüften tat not. Dem Don gelang es wie keinem Zweiten, den Sauerstoff im Raum zu verbrauchen. Wenn er redend in Fahrt kam, schien das Zimmer zuletzt so vom Verbrennungsrückstand seines unbedingten Zukunftswillens erfüllt, dass ihre Lungen und ihr Kopf nach Frische und Kühle verlangten.

Sie erinnerte sich, weiter an diesen Umann gedacht zu haben, als ihr das kuriose Ungeschick widerfahren war. Schon in der Tür stehend, hatte Dorokin noch einmal begeistert wiederholt, wie froh er sei, endlich den Richtigen gefunden zu haben, um Spirthoffer gründlich auf den Zahn zu fühlen. Auch wenn der Greis wider Erwarten doch nicht mit dem Weißen Khan oder dem Alten Ogo konspirieren sollte, irgendein Geheimnis, vielleicht bloß eine lausige kleine Heimlichtuerei sei mit seinem Elektronischen Hospital verbunden. Dieser Umann habe ein Ohr für alles, was sich in scheinbar harmlosem oder wirrem Gerede verberge. Inbrünstiges Hinlauschen mit stocknüchternem Heraushören zu verschränken sei einst sein tägliches Geschäft gewesen, dergleichen verlerne man nicht. Er rechne schon bald mit ersten Ergebnissen.

Hu war es nicht leicht gefallen, ein Lächeln zu unterdrücken. Dorokins Vertrauen in die Fachleute der Guten Alten Zeit hatte etwas Rührendes. Gleich für die erste Woche im neuen Jahr war eine Zusammenkunft aller bis dahin eruierbaren Schornsteinfeger geplant. Und irgendwann im Sommer sollte es dann auch zu dem kommen, was der Don bereits ein Weile mit unerbittlicher Begeisterung seinen ersten medizinischen Kongress nannte. Hu lag die Liste der bis jetzt ausfindig gemachten Ärzte vor, es waren nicht einmal zwei Dutzend. Aber wie es ein Spotteufelchen der Zeitläufte wollte, war auch ein Name darunter, der ihr für den Rest ihrer Tage unvergesslich bleiben würde: jener Chirurg, mit dem sie als junge Frau gleich nach ihrer Ankunft in der Stadt ein Weilchen liiert gewesen war. Geschickt, fast bubenhaft frech hatte er ihr, der falschen Krankenschwester, einst dabei geholfen, die ersten Klinikwochen zu überstehen, hatte ihre blanke Unkenntnis gedeckt, bis sie sich auf der Station, bei ihren mehr oder minder echten Kolleginnen, genügend abgeguckt hatte, um allein über die Runden zu kommen.

Frau Doktor Hu zog die Schublade ihres Schreibtischs auf und holte ihr Schminkzeug heraus. Im Vergrößerungsspiegel betrachtete sie das Muttermal zwischen Nasenflügel und linkem Mundwinkel. Zwei, vielleicht sogar drei Jahrzehnte lang hatte der dunkle Fleck ihrer ein wenig schmal geratenen Oberlippe durch seine perfekte Tropfenform in den Augen der hiesigen Männer einen Anflug exotischer Sinnlichkeit verliehen. Das mokkafarbene Fehlgewebe hatte seit jenen fernen Krankenhaustagen zwar nicht an flächiger Ausdehnung, aber doch deutlich an Höhe gewonnen. Wenn der alte Knabe inzwischen nicht dreiviertelblind war, würde er sie wohl, sobald er ihr aus kurzer Distanz ins Gesicht sah, an diesem die Jahre überbrückenden Zeichen wiedererkennen.

Über den blanken Rand des Spiegels, über die freie Platte ihres Schreibtischs fiel ihr Blick erneut auf den Hocker. Sie hatte versäumt, ihn wieder aufzustellen. Da war, ganz oben, unmittelbar unter der Sitzfläche, etwas an die Innenseite eines Stahlbeins geheftet. Obwohl sie dergleichen nie zuvor gesehen hatte, begriff sie sofort, worum es sich handeln musste. Sie staunte über die angstvolle Heftigkeit ihrer Überraschung, verstand jedoch im selben Moment, dass dieses Erschrecken so gut wie nichts mit dem Umstand zu tun hatte, dass ihr Untersuchen und Behandeln, ihr Befragen und Anordnen belauscht worden war. Selbst wenn man ihre einsamen Selbstgespräche, leis gemurmelte, rhythmisch wiederholte obszöne Flüche, kompiliert aus den drei europäischen und den beiden asiatischen Sprachen, die sie beherrschte, mitgehört, aufgezeichnet und recht scharfsinnig analysiert haben sollte, wäre dies kein Grund zur Sorge.

Sie stand auf, um sich die Wanze aus der Nähe anzusehen. Als sie das Zylinderchen abzog, spürte sie den Widerstand des Magneten, der stark genug gewesen war, sich auch dann noch am Hocker festzuhalten, als dieser über den Fußboden polterte. Sie respektierte diese Kraft. Und derselbe Respekt, fast eine Art Ehrfurcht hatte gleich im allerersten Moment des Erkennens auch der Trennschärfe des winzigen Mikrofons und der Übertragungsleistung des Senders gegolten. Achtung und Erschrecken gehörten zusammen. Frau Doktor Hu lachte, fluchte, so laut sie konnte, in ihrer Muttersprache und dachte daran, dass nun irgendjemand genau dieses Fluchen und Lachen hören konnte. Wie schön, wie schaurig schön, dass es, weiterhin oder erneut, Kerle gab, die dergleichen Schabernack nicht nur planten, sondern auch in Werk und Tat umzusetzen vermochten.

Selbstverständlich hatte ihr erster unwillkürlicher Verdacht Juri und dem Don gegolten. Aber die Vorstellung, dass der wackere Techniker seinem Chef von irgendeiner Speichermaschine vorspielte, wie er sich, sechs gläserne Schröpfköpfe auf den verkrampften Schultern, über just dessen anspruchsvolle Erwartungen beschwerte, war schlichtweg albern. Und Dorokin, der große Stücke auf Juri hielt, hatte sich heute erst bei ihr beklagt, dass der allzu empfindlich reagiere, wenn es galt, die Kenntnisse anderer Spezialisten im Feld seiner Tätigkeit zu berücksichtigen. Beide, Juri wie der Don, schütteten gern das Herz bei ihr aus. Weder dem einen noch dem anderen konnte daran gelegen sein, das im flüchtigen Moment so wohltuend entlastende Bekenntnis technisch reproduzierbar zu machen. Diese Wanze war von außen eingeschleust worden.

Umann hatte die Klasse, dergleichen zu riskieren. Aber als man ihn gefesselt zu ihr hereingeführt hatte, war ihm die Überraschung über seine Festnahme noch ins kalkweiße Gesicht geschrieben gestanden, und im Verlauf der medizinischen Untersuchung blieb dann, wie sie es sich zur lieben Gewohnheit gemacht hatte, kein mechanisch zugänglicher Winkel seines Körpers unerforscht. Hu überlegte, wer in den letzten Wochen und Monaten auf diesem Hocker Platz genommen hatte, ohne dass er zuvor splitternackt, mit erhobenen Händen und gespreizten Beinen vor ihr gestanden hatte. Ein Wachmann, der sich die Hand an einer rostigen Kofferraumklappe aufgerissen hatte, fiel ihr ein. Aber der tumbe Kerl kam wohl ebenso wenig in Frage wie die junge Frau, die in der Warteschlange der Bittsteller zusammengesackt war, um kaum ein Viertelstündchen später auf der Lederliege am Fenster ein plärrendes Bübchen in die Welt und in Dorokins Reich zu entlassen.

Vielleicht konnte Juri messen, wie erschöpft die Batterie des Lauschgeräts schon war, und daraus auf die Dauer seines Hierseins schließen. Sie drehte die Wanze prüfend in den Fingern. Das silbrig beschichtete Gehäuse zeigte fast die gleichen braunroten Rostpünktchen wie die verchromten Beine ihres Untersuchungshockers. Hu dachte an die Fähigkeit bestimmter Parasiten, sich der Oberfläche ihres Wirts in Farbe und Muster anzupassen. Überhaupt wirkte die fleckige Beschichtung, je länger sie ihr wirres Muster betrachtete, immer mehr wie Haut, wie Hautgewebe, das im Verkehr mit der Zeit Glätte und Gleichförmigkeit wegtauschte, bis fehlerhaft reproduzierte Zellen die Oberhand gewannen und eine Topographie neuartiger Qualität entstand. Das Hässliche, sogar das Garstig-Hässliche besaß, so es nur hartnäckig fortlebte, eigenen Zauber.

Aber sie wollte nun keine Zeit mehr mit romantischem Sinnieren vergeuden, sondern sogleich zu Dorokin hinübergehen. Der Don war ein Machthaber von Format. Das zeigte sich nicht zuletzt daran, dass er ein Gespür dafür hatte, wo man den Dingen ihren Lauf und den Menschen ihre kleinen kindischen Freiheiten lassen musste. Jetzt jedoch würde sie ihren Dienstherrn vor der Findigkeit eines alten Knaben warnen müssen, der sich eindeutig eine närrische Freiheit zu viel herausgenommen hatte. Hu war sich sicher, Dorokin würde, von ihr in Kenntnis gesetzt, nicht zögern, diesem frechen Greis, diesem tollkühnen Bastler, Herzschwäche hin, Herzschwäche her, das Mützchen vom neunmalschlauen Schädel zu schlagen.

Nickmüller war Angst gewohnt. Nicht zum ersten Mal rechnete er damit, als Betrüger entlarvt zu werden. Aber zu welch geheimer Extragröße seine diesbezüglichen Befürchtungen in den letzten Tagen angewachsen waren, verriet ihm nun der Umstand, dass ihm sein kaputtes Hüftgelenk, während er die Treppe in den Werkstattkeller der Dreifaltigkeitskirche hinunterstieg, kein bisschen wehtat. Er ließ das Geländer los, belastete das linke Bein, wie er es lange nicht gewagt hatte, und fühlte bloß ein gespenstisch vages Schlackern, ein mechanisches Spiel dort, wo in den letzten Jahren unweigerlich ein elektrisch greller Schmerz aufgeflammt war, sobald ihn leidige Verhältnisse gezwungen hatten, zügig zu hinken oder sich Stufen hinauf- oder hinabzuquälen.

Er hörte das Quarren des Lastenaufzugs. Juri und er hatten den uralten Lift wieder in Gang gebracht, aber sie waren sich einig, dass man ihn nicht zur Personenbeförderung benutzen durfte. Auch für den Transport von Gegenständen galt ein Sicherheitshöchstgewicht, denn der rettungslos verrosteten Führung der Stahlseile war nicht zu trauen. Die Wachleute im Hof, von denen die Gleitschirme vorhin auf seine Anweisung in den Aufzug gelegt worden waren, hatten gewiss keinen Gedanken an die Schwere der einzelnen Stangen verschwendet. Juri hingegen machte Nickmüller weiterhin Sorgen.

Als sie beim Mobilfunkmast vor den zurückgelassenen Fluggeräten gestanden waren, hatte Juri nach einer der dünnen Fiberglas-Gerten gegriffen und ihre Biegsamkeit geprüft. Dann stocherte er noch ein beunruhigend langes Weilchen mit der Schuhspitze in den Teilen, hebelte dabei auch einen der dickeren, einen der auffällig gewichtigen Stäbe in die Höhe, balancierte ihn auf der Schnürung seines Militärstiefels und fragte dann, warum die Fliehenden sich wohl noch die Zeit genommen hatten, die Schirme nicht nur übereinander zu werfen, sondern sogar noch darauf herumzutrampeln. Zum Glück war Juri nicht auf die Idee gekommen, eines der Gestelle an Ort und Stelle wieder zusammenzusetzen. Obwohl er kein Mechaniker war, hätte sein technisch geschultes Auge schnell bemerkt, dass ausgerechnet die beiden Stangenstücke mit dem größten Durchmesser unverwendbar gewesen wären.

Erst als Nickmüller das Zeug aus der Aufzugkabine gezerrt hatte und an einem Werkstattisch die grauen Perlen des Plastiksprengstoffs aus der ersten Fiberglasröhre rieseln ließ, meldete sich sein Hüftgelenk zurück. So gnadenlos hell und heftig, dass er die Arbeit unterbrechen musste und japsend auf einen Hocker sank. Er machte die Atemübungen, die ihm die Leibärztin des Don beigebracht hatte, und kämpfte die Versuchung nieder, sich eine der Kräuterzigaretten anzustecken, von denen er sich jede Woche sieben Stück abholen durfte und die ihm nicht nur ein schmerzloses Einschlafen, sondern zudem erstaunliche Träume bescherten. Seit er das Kraut von Frau Doktor Hu rauchte, spielten die nächtlichen Geschichten an Orten, die er im Wachleben nie gesehen hatte. Und schöner noch als diese Erfahrungsferne war die Ichlosigkeit der Nachtgespinste. Er selbst kam in ihnen überhaupt nicht vor, weder als alter Kerl noch als junger Mann. Ja, nicht einmal der ängstlich einsame Knabe, in dessen blasser Haut er allzu lange gesteckt hatte, musste darin als handelnde Figur auftreten und irgendetwas bewerkstelligen oder erleiden.

Nickmüller versuchte sich an den letzten Traum zu erinnern. Ein grauer Kasten aus schorfig oxidiertem Aluminium, etwas größer als ein Schuhkarton, war darin vorgekommen. Eine junge Frau hatte eine Kurbel an der Seite des Kästchens, dann dessen Deckel abmontiert und dabei ihr Tun erläutert, als würde, während sie sprach, ein Lehrfilm aufgenommen, der späteren Zuschauern die Bauart des Apparats erklären sollte. Im Traum hatte es auch zwei Zuhörer oder Schüler gegeben, zwei ungewöhnlich hässliche, dickköpfige Burschen, deren Fingerspitzen immer wieder tollpatschig in das geöffnete Gerät hineinstupsten, als wollten sie leibhaftig spüren, welches Teil wie stark von Strom durchflossen wurde. Er selbst war bloß als ein körperloses Hinschauen dabei gewesen. Aber er erinnerte sich deutlich, wie wohlig sich dieser Blick erwärmt hatte, während er die Batterie des Kastens, einen orangen, steinähnlichen Klotz, neugierig näher zoomend, in Augenschein nahm.

Plötzlich begriff Nickmüller, wovor er sich am meisten fürchtete. Es war gar nicht die Enttarnung durch einen misstrauisch gewordenen Juri und deren gewiss brachiale Folgen. Er hatte unmäßige Angst, weil er die anstehende Sprengung nun in schlimmer Vereinzelung allein verantworten musste. Vorhin, an der Fahrzeugschleuse, hatte sein Dialogischer Bruder durch die getönte Scheibe eines langsam rollenden Don-Cars mit unbewegter, mit anrührend beherrschter Miene zu ihm herübergeschaut. Ein kleiner Konvoi, gleich fünf vollbesetzte Fahrzeuge, rückte aus. Nicht nur Juri, sondern auch Frau Doktor Hu und dann sogar den Don höchstpersönlich hatte er in einem der Wagen ausmachen können. Offenbar brach man zu einem außerordentlich wichtigen Einsatz auf. Irgendetwas Dringliches, an dem die besten Kräfte der Dreifaltigkeitskirche mitwirken mussten, war kurzfristig anberaumt worden und hatte seinen Bruder, als einfachen Hilfstechniker in Juris Team, so jäh überrascht, dass sich keine Gelegenheit mehr ergab, ihn davon zu unterrichten. Aber zumindest hatte er den Moment des Vorüberfahrens genutzt. Beide Hände hielt sich sein Dialogischer Bruder kurz unter das Kinn: Daumen, Daumenmulde und Zeigefinger jeweils zu einem halben Kreis gekrümmt. Den Daumenfingernagel der Linken so auf die Zeigefingerspitze der Rechten gelegt, dass sich ein schlangenförmiges Zeichen ergab, eine Acht, der zwei Halbbögen fehlten, oder der Buchstabe S.

S wie Sprengung hatte das selbstverständlich geheißen. Nickmüller stand auf, um die Bauteile des Zünders zusammenzuholen. Sie lagen verteilt auf den Tischen seiner Arbeitsräume, offen zwischen Werkzeugen und Geräten, bei anderem Elektrokram, der ihnen in Bauweise und Funktion glich. Es war leicht gewesen, sie in die Kirche zu bringen. Das Hereinschaffen des Sprengstoffs hingegen hatte Erfindungsreichtum und Geduld verlangt. Die Fahrzeugdurchleuchtungsanlage lieferte, seit sich der alte Spirthoffer um ihre Einstellung gekümmert hatte, unheimlich scharfe Bilder. Und die beiden Hunde, struppige, kurzbeinige Promenadenmischungen, die der Weiße Khan dem Don zum zehnjährigen Jubiläum seiner Regentschaft geschenkt hatte, waren vortrefflich abgerichtet. Zweimal, einmal im blutigen Bauch eines frisch geschlachteten Puters und bald darauf in einem Sack voll duftender Kräuter für Frau Doktor Hus Hausapotheke, hatten ihre Nasen die kostbaren grauen Kügelchen aufgespürt. Zum Glück waren in beiden Fällen funktionsfähige Zünder beigegeben gewesen und hatten das Ganze wie eine autarke Bombe aussehen lassen.

Die Tüte mit dem Sprengstoff in der einen, den zusammengesetzten Zünder in der anderen Hand, humpelte Nickmüller zum Aufzug und blockierte die Tür, damit die Kabine nicht nach oben gerufen werden konnte. Die naheliegende Idee, den Sprengsatz im Boden des Lifts zu verbergen und ihn so ein Stockwerk höher, an seinen Bestimmungsort auffahren zu lassen, war ihm seltsam spät gekommen. Oben, im Schalt- und Rechenzentrum der Kirche, war die Aufzugtür aus Sicherheitsgründen dauerhaft verriegelt, aber die Druckwelle würde sie wie ein Stück Pappkarton hinwegpusten. Die beiden Techniker gingen nacheinander zum Essen in die Kantine hinunter. Sie arbeiteten schon seit Jahren zusammen, waren Freunde geworden, und es widersprach dem ersten Prinzip der Dialogischen Brüderlichkeit, ein derart natürlich gewordenes Paar durch gewaltsamen Tod zu zerreißen. Also würde Nickmüller den vor den Bildschirmen Verbliebenen an den hinteren Eingang locken, der maximal weit vom Aufzug entfernt war. Und erst wenn er ihn dazu gebracht hatte, ums Eck und einige Schritte auf den Flur hinaus zu treten, wollte er das Granulat per Funk zünden.

Nickmüller rutschte, an die Kante der Aufzugtür gelehnt, so langsam, wie er es zustande brachte, nach unten, bis er auf dem Boden saß. Seine Hüfte antwortete ihm mit nie dagewesener Deutlichkeit: Ihm war, als drehte sich ein vernutzter Porzellanmörser höhnisch knirschend in einem zerschrammten Schüsselchen. Er legte sich auf die Seite, wälzte sich vorsichtig auf den Bauch, und es gelang ihm, die Bodenplatte aufzuhebeln und den restlichen Sprengstoff einzufüllen. Aber seine Hände zitterten zu stark, um den Zünder anzuschließen, und dann erstarrte sein linker Oberschenkel in einem bösen Krampf.

Also setzte er sich stöhnend wieder auf und zog das Etui mit Hus Kräuterzigaretten heraus. Immerhin war heute Weihnachten, und draußen dunkelte es bestimmt schon. Er wollte sich ein wenig früher als sonst, zur Feier des Heiligen Abends, ein paar schmerzlindernde Züge gönnen. Und wirklich, bereits die erste Inhalation entspannte das blockierte Bein. Tränen schossen ihm in die Augen, kullerten bis auf die Oberlippe. Auch dies tat gut. Er nahm noch einen zweiten Zug, hustete, gähnte und bemerkte erschrocken, wie schläfrig er wurde. Er robbte weiter in den Lift hinein. Die Hüfte hielt still. Er musste die Montage jetzt zu Ende bringen. Der Zünder klickte in die Aussparung, die Drähtchen schlüpften willig unter die Schnappklemmen. Ein letzter prüfender Blick aus allernächster Nähe: Er sah den Schemen seiner Nase, schielte auf die Zigarette, die ihm vom Mund hing, er sah ihre graue Spitze, bemerkte, wie es zwischen Papier und Asche aufglühte, sobald er keuchend Luft über die Lippen sog, und dann beobachtete Nickmüller noch mit jäh gesteigerter Schärfe, wie das krumme Rüsselchen mit reichlich Glut abbrach und dem Zünder, einem seiner blanken, goldfarbenen Kontakte entgegenstürzte.

Oh! War das nicht gefährlich? Aber im Nu, ganz ohne mechanisch ruckeligen Übergang, ohne einen weiteren angstschweren Gedanken und jeder technischen Sorge enthoben, schwebte Nickmüllers Wahrnehmung mitten in einem jener wunderbaren Traumgebilde, in denen er ganz Blick und Ohr sein durfte: Er sah, wie sein Dialogischer Bruder aus dem Don-Car sprang. Hinter einem anderen Bewaffneten pirschte er über knirschenden Schnee eine Hausmauer entlang und duckte sich unter das Schaufenster eines Ladens. Die große Scheibe umrahmte eine weihnachtliche Dekoration: rote Lämpchen, die in seltsam konvulsivischen Rhythmen, schnell und rätselhaft ungleichzeitig, aus einer grünen Girlande blinkten und blinkten und blinkten.

MOCKMOCK

3

Das Leben ist kein Argument;
unter den Bedingungen des Lebens
könnte der Irrtum sein.
Friedrich Nietzsche: Die fröhliche Wissenschaft

EINMALEINS

Die fremde, kühle Luft schmeckt süß. Aber die süße, fremde Luft tut auch ein bisschen weh. Also versucht Alide ganz sacht, nicht mehr über die Lippen, sondern bloß noch durch die Nasenlöcher in die Tiefe ihres Körpers hineinzuschnaufen. Es hilft sofort. Das Zwicken in der Brust lässt nach. Alide weiß wohl, dass alle Menschen, die guten genauso wie die bösen, da drinnen, rechts und links, je eine Lunge zum Atmen haben. Auch bei den Tieren finden sich, so hat es ihre Klasse im Unterricht gelernt, rundum auf der ganzen Welt zwei solche Pumpsäcke im Leib. Das Bäuchlein ihres Zwergkaninchens, des einzigen Tiers, das sie bisher besitzen durfte, hob und senkte, senkte und hob sich bis ganz zuletzt, bis es mit einem letzten Zittern aufhörte, die Zimmerluft in sich hineinzusaugen, und schon im nächsten Moment, wie kurz zuvor das Meerschweinchen ihrer besten Freundin in Novonovosibirsk, am Schnupfen gestorben war.

Hier ist es gut. Hier ist es besser, als es vorhin war, denn die neue, kühle Luft hält wach. Nachdem Elussa in der Ofenhitze von Opa Spirthoffers Laden die flatternden Lider zugefallen waren und ihr Kopf nach einem komisch wackeligen Hochrucken und einem seltsam japsigen Gähnen ganz langsam auf den Tisch gesunken war, legte Alide ihren Bleistift auf das Rechenheft, guckte zu Opa Spirthoffer hinüber und sah ihn aufstehen. Die Zahlen der allerletzten, der einzigen noch ungelösten Aufgabe wollten nicht aus ihrem Kopf, und, gegen ihren Willen weiter damit vorwärts rechnend, beobachtete Alide, wie Opa Spirthoffer um den langen, um den durch ihre mühselige Rechnerei besonders lang gewordenen Tisch zu ihnen beiden herüberschlurfte. Er guckte dabei nach unten und bewegte die Lippen, vielleicht musste er seinen Füßen jeden einzelnen ihrer Schritte ausdrücklich befehlen.

Schließlich hatten die über hundert Jahre alten Zehen und Fersen den ganzen Weg auf ihre Seite des Tischs gehorsam hinter sich gebracht. Schon zog er ihre arme, fest schlafende Mutter vom Stuhl herunter. Und während er sie dann, langsam rückwärts tapsend, zur hinteren Tür hinüberzerrte, musste er, wahrscheinlich weil er sich an seinem Keuchen verschluckt hatte, innehalten und heftig husten. Wie garstig heiser dies zu ihr herüberklang. Wie klein Elussa war, seit sie in seinen Armen hing. Obwohl Alide es lieber nicht verstanden hätte, musste sie einsehen, dass aus dem lieben Opa Spirthoffer ein böser Opa Spirthoffer geworden war. Fast hätte sie deswegen schlimm Angst bekommen, aber zum Glück war sie unentwegt weiter am Rechnen, sie rechnete und rechnete, rechnete in einem fort und hörte sich selbst mit einem besonderen Ohr, das irgendwo mitten in ihrem Kopf sein musste, bei diesem doofen, aber zugleich Mut machenden Immer-Weiter-Rechnen zu.

Jetzt, hier in der frischen, fremden Luft, spürt Alide noch einmal genau, wie riesengroß ihr Respekt vor den neuen Rechnungen gewesen ist. Bereits am Vormittag, in der Gemeindeschule, waren diese Aufgaben, obwohl die Lehrerin geduldig geholfen hatte, allen, sogar der kleinen Chang, sehr schwierig vorgekommen. Und da die Wärme von Opa Spirthoffers Laden sie müder und müder machte, musste Alide, während sie mit den Zahlen kämpfte und sie langsam, als würden diese allmählich selber müde, in den Griff bekam, immer wieder gähnen, gähnen und schließlich kichern dazu. Denn ihre Mutter war irgendwann von ihrem Mund-Aufreißen angesteckt worden und bekam die Hand gar nicht mehr von den Lippen. So witzig war das, wie sie beide um die Wette nach Luft schnappten, dass sogar Opa Spirthoffer, der bloß noch ein kleines Weilchen liebe Opa Spirthoffer, lachen musste und meinte, er habe heute Nachmittag aber zwei schläfrige Mädchen zu Besuch. Sie sollten unbedingt noch mehr von seinem orangen Tee trinken, denn der könne sogar Tote wieder wach und munter machen. Genau das hatte der in diesem Moment vielleicht schon nicht mehr liebe Opa Spirthoffer zuletzt noch über den Riesentisch hinweg gesagt.

Hier ist es besser. Die neue süße Luft tut gut. Und wenn Alide aufpasst, den Mund weiter schön zulässt und durch die Nase nicht zu tief, nicht bis in den Bauch hinunterschnauft, schmerzt das Atmen fast überhaupt nicht mehr. Nur oben im Hals, hinter der Zungenwurzel, brennt es weiterhin ein bisschen. Alide schluckt. Die Spucke kühlt ihr die Kehle, und sie beschließt, mit dem Aufmachen der Augen und allem Weiteren, besonders mit dem, wozu man Arme und Beine, Hände und Füße braucht, besser noch zu warten. Sie will brav stillhalten, bis auch die liebe neue Luft, so wie die alte Luft im Freigebiet Germania und die davor, die in Sibirien, es hinkriegt, unfühlbar in ihre Lungen hinein- und ebenso unfühlbar wieder herauszuströmen.

Nicht nur an die verflixten Zahlen, an das Gähnen und an das gemeinsame Lachen mit dem noch eine winzige Weile nett gewesenen Opa Spirthoffer, sondern auch an die spätere Wut kann sich Alide jetzt genau erinnern. Ihren frisch angespitzten Bleistift in der Faust, wollte sie aufspringen, ihrer Mutter helfen, indem sie den bösen Opa Spirthoffer damit stach, irgendwohin piekste, wo es allen Menschen, den guten wie den schlimmen, richtig wehtut. Aber dann guckten ihre Augen auf ihre Hand, und die hatte den schönen, langen, noch fast neuen Stift leider fallen lassen. Da lag er schräg über der letzten, der besonders schwierigen Aufgabe und war, weil ihr Heft inzwischen dick wie ein Buch und weicher als ein Kuchenteig geworden war, bis an seine schwarze Spitze in das Netz aus Linien gesunken.

Jetzt will Alide mit zusammengepressten Lidern und Lippen einfach noch ein bisschen liegen, nicht weiter an Opa Spirthoffer, ans Rechenheft und an den Bleistift denken, sondern stattdessen lieber horchen, was hier, in der neuen Luft, ganz nahe bei ihr, rechts und links von ihrem Kopf und über ihren Kopf hinweg, geflüstert wird. Ob es wohl Amerikanisch ist? Wenn ja, dann ist das Amerikanische eine leichte Sprache, viel leichter als das Deutsche. Denn obwohl sie noch keine einzige Stunde Unterricht darin gehabt hat, versteht Alide nahezu alle Wörter, es sind nämlich beinahe dieselben wie im Russischen. Wenn die beiden, die da dicht neben ihr miteinander reden, bloß ein wenig deutlicher sprechen würden. Sie krächzen und schmatzen. Ganz ähnlich hatten die Stimmen der Monsterlein durch das Glas von Opa Spirthoffers Schaufenster herausgeklungen.

Ob diese Schmatz-Amerikaner wohl Kaugummis im Mund haben? Ja, bestimmt haben sich die beiden zu viel Kaugummi in den Mund gestopft, weil die besondere Luft sie ebenfalls in ihre Hälse zwickt und das Lutschen, Kauen und Schlucken dagegen hilft. Alide weiß von ihrer Mutter, dass die Amerikaner den Kaugummi erfunden haben. Früher, als sie noch nicht einmal in Elussas Bauch, sondern noch beim lieben Gott im Himmel war, konnten die Kinder überall auf der ganzen Welt solche Kaugummis kaufen. Fünf oder zehn Kaugummis für einen oder vielleicht auch nur für einen halben Eurorubel, also für ein einziges braunes Fünfzig-Europekenstück! Wenn Alide beim Essen mit vollem Mund spricht, dann sagt Elussa manchmal zu ihr: «Ich verstehe kein Wort, nimm bitte den Kaugummi aus dem Mund!» Das findet ihre Mutter immer aufs Neue lustig, und Alide tut stets brav so, als ob auch sie es komisch fände, aber insgeheim ärgert sie sich jedes Mal über den blöden Scherz, weil sie in ihrem ganzen Leben noch nie auf einem dieser besonderen Gummis herumkauen durfte und nicht einmal weiß, wie ein solcher überhaupt aussieht, geschweige denn, wie er schmecken könnte.

Die Kaugummi-Amerikaner reden über Alides Füße. Der eine hat gerade gesagt, dass sie ganz weiße Füße hat, der andere meinte daraufhin, ihre Füße würden aussehen wie ein Stein, dessen Namen Alide zum ersten Mal gehört und gleich wieder vergessen hat. Jetzt überlegen die beiden, wer welchen bekommt: Wer den rechten und wer den linken Fuß kriegen soll! Dann hört sie den einen wie den anderen Amerikaner bloß noch leise schnaufen. Anscheinend sind sie schon zu ihren Füßen hinunter und sich dort einig geworden. Gut, dass sie nichts davon spüren kann.

Der böse Opa Spirthoffer hatte nicht bloß der armen Elussa, sondern bald auch Alide seine riesig gewordenen Hände von hinten unter die Achseln geschoben. Schon strich ihr sein Pusten übers Ohr, Alide roch seinen Atem und wurde mit einem Ruck vom Stuhl gehoben. Aber dann rief Opa Spirthoffer sich selber von der Tür her zu: «Lass die Kleine! Hilf mir erst mal die Mutter rüberschaffen!» Und sogleich gehorchte Opa Spirthoffer sich selbst, ließ sie wieder los, und ihr Kopf plumpste mit der Schläfe auf das Rechenheft, so heftig, dass es dumpf und hohl in ihr Gucken, Horchen und Denken donnerte. Obwohl sie sofort geahnt hat, welch dicke Beule sie davon kriegen würde, war Alide auch froh über dieses Hinknallen, denn nun hörte endlich das Rechnen auf, das, nutzlos geworden, weiter hinter ihrer Stirn herumgerattert war.

Plötzlich, als wären diese von irgendwo zurückgekommen, nimmt Alide ihre Füße wahr. Die Amerikaner drücken ganz fest auf die Fersen und ziehen an den Zehen herum. Vielleicht machen die beiden das Gleiche, was Elussa abends auf dem Küchenstuhl, bevor sie in die Hauspantoffeln schlüpft, immer durch die dicke Wollstrumpfhose hindurch mit ihren erwachsenen, aber hübsch klein gebliebenen Füßen anstellt. Nacheinander nimmt ihre Mutter beide in die Hände und beklagt sich rechts wie links darüber, dass ihre neuen Stiefel so schrecklich hart sind. Ganz oft – bestimmt schon hundert Mal! – ist Alide von Elussa gefragt worden, ob sie ihr erklären könne, warum man hier im Freigebiet Germania, auf dem Markt Für Alles, so unbequeme Schuhe verkaufe. Zu Hause in Sibirien hätten ihr die Fußsohlen auch in nagelneuen Schuhen kein bisschen wehgetan.

Alides Füße sind eiszapfenkalt. Wie kalt sie von den Knöcheln bis in die Zehenspitzen schon die ganze Zeit gewesen sein müssen, ist erst jetzt zu merken, wo sie gedrückt, geknetet und gerieben werden. Zum Glück haben die beiden Kaugummikauer glühend heiße Hände. Über Alides Fersen fließt diese Wärme, die amerikanische Hitze, ganz langsam hinauf in ihre Waden. Alide ist richtig froh, dass über ihren Knöcheln noch der ganze Rest ihrer Beine kommt. Und unterhalb ihrer Brust, in der vorhin die neue Luft gezwickt hat, muss auch noch ihr Bauch sein.

Erneut schluckt Alide so viel Spucke, wie sie im Mund zusammensaugen kann, sie spürt die Krümmung, über die der Speichel in das Röhrchen fließt, das sie hierfür wie alle Menschen und Kaninchen in ihrem Hals hat, aber ob die Spucke bis in Magen hinabgelangt, kann sie, obwohl sie ganz fest hindenkt, nicht erfühlen. Und gerade als sie beschließt, nun doch die Augen, vielleicht erst einmal ein Auge aufzuklappen, um damit in die neue Luft hinauszublitzeln, als sie einfach nachgucken will, ob ihr Bauch und ihre Knie noch da sind, wird ihr plötzlich wieder so schummrig wie am

Tisch von Opa Spirthoffer, und hinwegdösend denkt Alide, dass sie, ob sie mag oder nicht, gleich wieder eingeschlafen sein wird, so wie in der nach Premium Petro und altem Papier duftenden Werkstattluft über ihrem Rechenheft, so wie zuvor schon ihre Mutter, obwohl die doch mit Opa Spirthoffer – der böse, böse Opa Spirthoffer! – ein letztes Mal vor Weihnachten zwei Stunden lang Russisch lernen wollte.

Spispi sieht schwarz. Anders als Brüderchen Hoho ist Spispi sicher, dass dieses kleine Mädchen, schon bevor der Tag anbricht, leblos wie ein Brocken Graustein vor ihnen auf dem Krafttisch der Werkstatt liegen wird. Von den nassgeschwitzten Zöpfen, von der Beule an ihrer Stirn bis zu den splittersteinweißen Füßchen wird sie dann so kalt sein, als hätte sie die ganze Nacht, die ganze lange Nacht der Mondgleiche, nicht hier auf dem Warmsteinmosaik des Tisches, sondern in einem Loch voll Eisquellwasser zugebracht. Da hilft kein Füße-Rubbeln, und auch der heiße Heilbrei, den Porrporr jetzt endlich in einem großen Topf aus dem Sonnenhaus herüberbringt, kann dieser wundersüßen Kleinen wohl nicht mehr helfen.

Zu viert werden sie ihr beim Sterben zusehen müssen, und das ist immerhin ein bisschen besser als zu zweit. Wieder sind Twitwi und Porrporr nicht mitgegangen, als die Frauen und Männer ins Ratsgebäude strömten, weil die Monde am aufgeklarten Himmel gemeinsame Sache machten. Jeder für sich allein in seinem Kopf gefangen, behalten die kluge Twitwi wie der heimlichtuerische Porrporr für sich, warum sie auch diese Nacht nicht mit den anderen Großgewordenen verbringen. Brüderchen Hoho denkt sich zurecht, Porrporr habe als diensttuender Nothelfer im Sonnenhaus ausharren müssen, falls eines der Kinder, die noch nicht mittun dürfen, oder einer der Alten, die nicht mehr mittun können, einen Unfall erleidet. Auf dem Altar des Sonnenhauses dösend, habe er dann mitbekommen, wie der Notrufempfänger außer Rand und Band geriet. Brüderchen Hoho glaubt außerdem, Twitwi habe ihrerseits erneut auf den Besuch der Höhle verzichtet, weil sie sich um sie beide, ihre Gehilfen, sorge und sie nicht eine ganze Nacht alleine lassen wolle. Beidem stimmte Spispi nun gerne zu, aber da er der Ältere ist, muss er dagegendenken und im Auge behalten, dass es fast immer, also vielleicht auch jetzt, eine hässlichere und damit eine bessere Erklärung gibt als die, mit der sich Hohos gutmütiges Wohlmeinen begnügt.

Als Porrporr unerwartet ins Klebsteinfackellicht der Werkstatt gestolpert kam, schnellte Twitwi so abrupt herum, dass ihre Mockmock-Galoschen quietschten. Bestimmt hatte sie sich ertappt gefühlt. Ihnen beiden hingegen fiel sofort das Stöckchen auf, das Porrporr in der Hand hielt. Wie seine Spitze glänzte! Noch nie hatten Hoho und er ein derart leuchtendes Blau gesehen. Brüderchen Hoho dachte gleich mit dem ersten Hinschauen, das Stäbchen sei ein besonderes Nothelferwerkzeug zum Anrühren einer sehr selten gebrauchten, vielleicht sogar aus irgendeinem Sonnenhausgrund geheim gehaltenen Salbe. Spispi spürte, wie allzu harmlos dies gemutmaßt war, vermochte aber nichts dagegen aufzubieten, obwohl es bestimmt einen Gedanken gab, der dem unheimlichen Blau der fein gespaltenen Stöckchenspitze angemessen war. Jetzt, wo er sich an Porrporrs Hereinplatzen erinnert, fühlt er sich einem guten, einem selber glänzenden Einfall nahe, aber inzwischen hat Porrporr das rätselhafte Ding längst unter seinem Kittel verschwinden lassen.

Ein Glück, dass keiner, dass nicht einmal Twitwi je wissen wird, wie innig, wie beständig, wie treu und brüderlich Hoho und er einander widersprechen. Manchmal, wenn es beim Basteln und Bauen besonders schön ist, wenn es zwischen ihren Köpfen hoch hergeht, wenn Hoho und er vor lauter Lust, im Überschwang der inneren Gegenrede, laut werden und spuckesprühend durcheinander brabbeln, liest ihnen Twitwi, bezaubernd hellsichtig, das eine oder andere, was sie sich jeweils in stockenden Anläufen zu sagen mühen, im Voraus von den Lippen ab. Aber ganz hinten in ihre brüderlichen Schädel, unter ihre Mama-Mützchen und damit in den besten Bruderzwist, guckt oder horcht selbst die neunmalkluge Twitwi nicht hinein.

Hoho fragt sich, und damit ihn, bereits zum zweiten Mal, ob sie das Mädchen, falls es bald nicht mehr schnaufen sollte, wenigstens behalten dürfen. Und ohne Spispis Antwort abzuwarten, überlegt Brüderchen Hoho schon, wo sie die Kleine, sobald ihre Lider und ihre Zehen nicht mehr zucken, verstecken könnten. Er meint, am versiegten Eisquell, in der längst trockenen, aber noch immer besonders kalten Höhle sei der schönste Platz. Dort unten könnten sie dem Mädchen und seinen weißen Füßchen eine Kiste aus nach und nach beiseitegeschafften Aluminiumstücken zusammenschrauben. Und oben in deren Deckel, denkt Hoho, solle dann unbedingt ein Fensterchen aus dem allerneuesten, dem fast farblosen und blasenfreien Glas hinein, damit das süße Kind zumindest hinausschauen kann, wenn sie beide gerade nicht bei ihm sind, um durch die Scheibe zu ihm hineinzusprechen.

Leider muss Spispi ihm nun sagen, warum das alles nicht klappen kann. Twitwi und Porrporr werden es verbieten. Sobald das Mädchen zu atmen aufgehört hat, werden die beiden ihnen nicht einmal erlauben, die Farbe seiner Augen herauszukriegen. Porrporr und Twitwi können nicht wissen, dass er und Hoho schon einmal, mit ihren damals noch ganz weichen Daumen, die Lider in einem endgültig stillstehenden Gesicht nach oben geschoben haben, um sich Augäpfel, die nie mehr rucken würden, ganz gründlich anzuschauen. Schlafend hatten Spispi und Hoho damals nicht gemerkt, wie ihre Mutter, zwischen ihnen liegend, irgendwann in der Nacht das Atmen aufgegeben hatte. Als draußen auf dem Gang der Morgengong ertönte, schoben sie wie immer die Köpfe auf ihren Bauch, um die Mutter noch ein kleines Weilchen am Aufsetzen zu hindern. Aber dann war das Streicheln, das Haare-Raufen, das Betasten und Liebkosen ihrer Schädelbeulen ausgeblieben.

In ihrem gemeinsamen Erinnern steht schon im nächsten bildlichen Moment Smosmo dicht über das mütterliche Gesicht gebeugt und drückt auf beide Lider. Aber so schön, so gleichmäßig, wie ihrer Mutter das Augäpfelverbergen in ihrem letzten Schlummer selbst gelungen war, konnte es Smosmo nicht wieder hinbekommen. Unter dem linken Lid blieb, obwohl Smosmo ganz lange drei Fingerspitzen darauf presste, ein feiner, glasig glitzernder Spalt. Smosmo wusste damals sehr wohl Bescheid. An irgendetwas hatte er erraten, dass ihre kleinen Hände die Augen der Mutter ein letztes Mal geöffnet hatten. Von da an spürten Hoho und Spispi an jedem Morgen, schon während Smosmo die Kinder, die zu seiner Begrüßung aufgestanden waren, der Reihe nach fest anschaute, dass er ihr gemeinsames Geheimnis nicht vergessen hatte und nie vergessen würde.

Nun, wo der blaue Brei langsam erkaltet, nimmt seine Farbe merklich an Leuchtkraft zu. Twitwi und Porrporr haben das kleine Mädchen rundum eingestrichen, weder die Achselhöhlen noch die Ellenbogenbeugen wurden vergessen, und in der kleine Kuhle des Bauchnabels wirft die schmierige Pampe ein allerletztes Bläschen. Spispi erschrickt, als Hoho vorschlägt, dass sie das kleine Mädchen, natürlich ohne es Porrporr und Twitwi zu verraten, nun, weil die Farbe es befehle, Blaublau nennen sollten. Wie jeder weiß Hoho doch, dass nur dem Trommelorakel zusteht, einen Namen für einen Menschen auszugeben. Und keiner weiß, nicht einmal Twitwi, die schon viel von dem herausbekommen hat, was in den Dingen verborgen ist, ob überhaupt ein Steinchen mit der Silbe «blau» in der Orakeltrommel kreist. Gerade will er Hoho davor warnen, den Namen, so schön er auch sein mag, laut herauszuplappern. Da ist es schon passiert. Hoho haucht heiser: «Blaublau!», sofort hebt Twitwi ihre breiverschmierten Hände, vielleicht will sie ihm eine ihrer blitzfixen Ohrfeigen verpassen oder ihn grob an der Schulter rütteln, wie sie es regelmäßig macht, wenn sie mit Spispis und Hohos Arbeit unzufrieden ist oder wenn sie beide beim Bauen und Basteln zu viel schwatzen.

«Blaublau!», flutscht es erneut über Hohos Lippen. Spispi hat gleich befürchtet, dass es noch einmal geschehen wird. Aber es ließ sich nicht verhindern. Wenn er zumindest jetzt den Mund hält! Spispi nimmt seine ganze Kopfkraft zusammen, aber sein Denken kriegt Hohos Wollen einfach nicht zu fassen. Es juckt ihn, während er es versucht, so schlimm unter dem Käppchen, als würde er mit Nadeln aus Splitterstein gepiekst. Er weiß, dass Hoho jetzt das Gleiche spürt, aber obwohl ihn sein Beulchen mit heftigem Gestichel quält, muss Brüderchen Hoho den Namen ein drittes Mal in die Werkstattstille krächzen.

Da knallt es. Porrporr hat den Breitopf fallen lassen. Zum Glück besteht er rundum aus Altstahl, und der kostbare Brei ist restlos herausgekratzt. Jetzt liegt der Topf unter dem Krafttisch, und wenn er sich bei seinem Aufprall eine Delle geschlagen hat, müssen sie diese herausklopfen, so gut sie es mit ihrem Werkzeug hinbekommen, bevor Porrporr das wertvolle Stück ins Sonnenhaus zurückbringt. Aber jetzt mag sich keiner bücken und nach dem Topf schauen. Oh, es gibt Besseres zu sehen!

Spispi muss schlucken. Der Mund ist ihm vor lauter Staunen zu lang aufgestanden. Er spürt, Brüderchen Hoho schluckt fast im gleichen Augenblick. Das Jucken unter ihren Käppchen ist so stark wie nie. Bevor der Topf aufschlug, aber nachdem Hoho den frech erfundenen Namen zum dritten Mal hinausgestammelt hatte, in dieser winzig stummen Hinguckklücke, hat das kleine Mädchen ein Lid nach oben klappen lassen. Und jetzt zwinkert sie Spispi und Hoho, und dann, die blau umfangene Pupille wandert in den äußeren Winkel, auch Porrporr und Twitwi mit ihrem linken Auge zu.

ZWEIMALZWEI

Das Tor ist ganz fest zu. Der Bleiber muss hinnehmen, dass sich die schmalen Flügel keinen Fingerbreit aus ihrem eisernen Rahmen bewegen lassen. Als sich die beiden stärksten Steinbrecher zum letzten Mal dagegenwarfen, geschah erneut fast nichts. Die Platten, aus denen die Türflügel einst von den Ahnen gefertigt worden waren, verformten sich nur in ihrer Mitte zu flachen Mulden. Der Bleiber zweifelt, obwohl die Nacht ihren Tribut gefordert hat, nicht an der Kraft der Kerle. Die Wucht war offensichtlich groß. Aber das bleiche, im Licht der Zündpechfackeln rötlich schimmernde Altmaterial sprang, sobald sich die nackten Schultern von ihm lösten, mit einem garstig hellen Quaken, die stille Heiligkeit des Orts verhöhnend, in seine plane Form zurück.

Wie mit einem gemeinsamen Nerv spüren alle Gefangenen, dass oben bald Tag sein muss. Die Fackeln sind weit hinabgebrannt. Nur noch der Bleiber und die anderen Ratsmitglieder stehen am rätselhaft verschlossenen Ausgang. Alle anderen haben nach und nach Abstand genommen, sie lehnen, hockend oder sitzend, an den Wänden, pressen die Stirn gegen die bloßen Knie. Nicht wenige haben sich inzwischen in die dunklen Seitengelasse weggestohlen, wo die nach rotem Steinsalz duftenden Matten nun zu einsam wort- und reglosem Liegen taugen müssen.

Der Bleiber sagt sich erneut, dass dergleichen noch nie

geschehen sein kann. Das Große Palaver kennt kein solches, auch kein ähnliches Unglück. Aus keinem Wissen kann er, der Ratsvorsitzende, erschließen, was nun zu tun wäre. Demnach wächst seine Schuld mit jedem Atemzug. Aufrecht an der blockierten Tür der Höhle zu verharren, ist alles, was ihm noch geboten scheint. Also strafft er den fröstelnden Rücken, verschränkt die Arme, spürt an den Handgelenken peinvoll deutlich die gekräuselte Behaarung seiner Brust und erschrickt darüber, wie heftig er sich wünscht, die Zündpechfackeln würden verlöschen, die Wassersteinhöhle sänke in völlige Dunkelheit. Finster wie in den tiefsten Stollen, wie im Urgrund der Mockmock-Keimung soll es bleiben, bis dieser Traum, in den sie allesamt geraten sind, wieder in ein vereinzeltes Erwachen mündet, weil auf den Fluren der Morgengong ertönt und diese Nacht wie jede andere Doppelmondnacht, die ihr vorausging, ins Vergessen-Dürfen stürzt.

Da kommt ihm Smosmo in den Sinn. Der Bleiber schämt sich sogleich dafür, denn es gehört sich nicht, an eine andere als die amtierende Barmherzige Schwester zu denken. Aber der Schrecken des Gefangenseins hat das Bild wie von selbst hervorgetrieben. Er spürt, dass er sich jenen Smosmo herbeisehnt, den er vor Jahren, während seiner ersten Ratszeit, auf besondere Weise kennenlernen durfte. In jene Amtsperiode waren Smosmos Anträge gefallen. Unerhörte drei Mal machte er damals vom Recht der Barmherzigen Schwester Gebrauch, Veränderungen vorzuschlagen. Zweimal wurden seine Eingaben nach qualvoll stockenden, wahrlich zermürbenden Aussprachen einstimmig zurückgewiesen. Nur Smosmos dritter Vorstoß war erfolgreich, vielleicht weil er den Rat mit den beiden ersten Attacken gründlich verstört hatte. Auch ihm, dem damals unerfahrensten Ratsmitglied, dem erst seit einem Jahr hinreichend Ergrauten, erschien die Einrichtung eines Arbeitstrupps für unsichtbare Kräfte unter Leitung der blutjungen Twitwi nicht ganz so abwegig und unschicklich wie die beiden Ansinnen, die diesem Vorschlag vorausgegangen waren.

Um Twitwis Talente vor dem Rat ins rechte Licht zu rücken, hatte Smosmo eigens eine Vorführung arrangiert. Der Ziehstein war zuvor kaum mehr als ein Gerücht gewesen, eine Mär, die vermutlich bei den Mockmock-Beobachtern der untersten Ebenen, den Urgrund-Beobachtern, ihren Anfang genommen hatte. Nun stellte sich heraus, dass Twitwis Mutter von einer dort in der Tiefe Tätigen einen Ziehsteinbrocken als Geschenk erhalten hatte. Die fragliche Urgrund-Beobachterin entstamme – der Umstand wurde von Smosmo schamlos als Erklärung der Gabe angeführt – derselben Frau wie Twitwis Mutter. Diese habe den Stein dann an ihre halbwüchsige Tochter weitergereicht. Und von Smosmo in den Versammlungsraum gebracht, zeigte Twitwi den Ratsmitgliedern ohne jede Scheu, was sich damit anstellen ließ.

Der Bleiber senkt den Blick. Die Barmherzige Schwester ist zu ihnen an das Tor gekommen. Ihre Beleibtheit, für die es unter den gegenwärtigen Umständen noch weniger als sonst ein angemessenes Wort gibt, macht ihm den Atem stocken. Sie betastet die Tür, schmiegt ihren massigen Körper nacheinander an beide Flügel, beschnüffelt, auf die Zehenspitzen geschnellt und dann ganz langsam in die Hocke sinkend, die Rille, zu der die Türteile zusammenlaufen, greift sich schließlich in das hochgesteckte Haar, zieht den Splittersteindorn heraus, der es zusammenhält, und beginnt damit, seine Spitze in die Fuge zu zwängen.

Seine Ratskollegen sind, kaum dass der Barmherzigen Schwester das offene Haar über den fleischigen Rücken fiel, mit einem ganz leisen, aber doch unüberhörbaren Murren einige Schritte zurückgewichen. Den Laut, den sie wie mit einer Kehle ausgestoßen haben, hat der Bleiber sogleich wiedererkennen müssen. Das gleiche Unmutsgeräusch, halb

Knurren, halb Seufzen, erklang einst auch in der Ratssitzung, als Smosmo den ersten seiner Neuerungsvorschläge vorgebracht hatte. Smosmo bat zu erwägen, wie es sich bewerkstelligen ließe, ihre gemeinsame Zahl, die Gesamtzahl aller Männer, Frauen und Kinder, zu ermitteln. Selbst jetzt noch macht den Bleiber die Kühnheit dieses Vorstoßes schaudern. Smosmo ließ sich damals nicht vom Widerwillen des Rats beirren. Sein zweiter Antrag, ohne Verzögerung in Worte gefasst, überbot den ersten noch an unschicklichem Wagemut. Auch die Zahl der in jedem Jahr geborenen Kinder solle ab sofort festgestellt und mit der Anzahl derer verglichen werden, die im selben Jahr den Weg in den Purpurspalt genommen hätten.

Jetzt, wo sich die Erinnerung mit schmerzhafter Deutlichkeit aufdrängt, scheint dem Bleiber plötzlich klar, dass Smosmo damals gar nicht auf ihre Zustimmung hoffte. Mit der eigentümlichen Schlauheit, die jeder Barmherzigen Schwester durch die Ausübung ihres Amtes zuwächst, spekulierte er auf die zerrüttende Kraft seiner ersten beiden Vorschläge. Und wirklich, als er mit Twitwi erschien, um seinen dritten Neuerungsantrag anschaulich zu machen, war der Rat so geschwächt, dass die beiden, dass Smosmo und Twitwi ihr Spiel fast ohne Gegenwehr bis an das gewiss genauso geplante Ende treiben konnten.

Smosmo hatte damals verschiedene Stücke Stahl, Kupfer, Aluminium, Gummi und noch seltenere Materialien aus der Altgutkammer entliehen. Was Twitwi und ihr Stein daran vermochten, war bestürzend. Während sich am Ende der Vorführung, als dessen wohlüberlegter Höhepunkt, ein großer Krümel besten Warmsteins wie von selbst unaufhörlich im Kreis um den Ziehstein drehte und sein bräunlich mattes Orange auf dieser Umlaufbahn ganz allmählich, aber unübersehbar deutlich in leuchtendes Rot-Orange umschlug, wäre es höchste Zeit für jenen wortlos gellenden Schrei gewesen, mit dem eine Ratssitzung unterbrochen werden darf und nach dessen Erklingen die Fortsetzung der Beratung eine volle Woche vertagt werden muss. Aber das Große Palaver besagt, dass allein Frauen diesen Warnruf ausstoßen dürfen, vermutlich weil allein weibliche Stimmen die hierfür nötige Höhe und schmerzliche Schrillheit erreichen. Und da der Rat in jenem Jahr, was außerordentlich selten vorkommt, nur aus Männern bestand, blieben das Kreisen und das Leuchten des Warmsteinbröckchens unbeschrien.

Nun, da die ungehörigen Gedanken durch seinen Kopf gehen, wie sie nur wollen, erinnert sich der Bleiber daran, dass es auch einmal einen Rat gab, dem ausnahmslos Frauen angehörten. Er war noch ein kleiner Junge gewesen, aber gerade im rechten Alter, um hell über das Empfinden der Erwachsenen nachsinnen zu können. Seine Mutter war mit ungewohnt mürrischem Gesicht von der fraglichen Zeremonie nach Hause gekommen. Das Klötzchen, dessen Kreis und dessen Punkt ihren schönen Namen bedeuteten, hatte sie wütend in die Waschschüssel geworfen. Und dann hatte sie mehr zu sich selbst als zu ihm gesagt, zum ersten Mal ärgere sie sich bei jedem einzelnen ihrer restlos grau gewordenen Haare darüber, der heiligen Handlung beigewohnt zu haben. Denn der frisch bestimmten Runde fehle, was einer Ratsversammlung niemals fehlen dürfe, wenn diese sich mit Fug und Recht Panik-Rat nennen wolle. Der Junge, der zukünftige Mann, der er gewesen war, hatte bei diesen Worten plötzlich große Angst verspürt, eine Angst, die dann noch den ganzen Tag anhielt, und genau wie damals neben der Waschschüssel seiner Mutter drohen ihm nun, hier an der verschlossenen Tür, er kämpft mit der ganzen Kraft seines Amtes dagegen an, die Tränen in die Augen zu schießen.

Twitwi spürt bis in die blau verschmierten Fingerspitzen: Porrporr weiß mehr, als er bislang verraten will. Seit sie ihn kennt, seit ihren gemeinsamen Stunden im Kugelhaus, ist er ein Heimlichdenker. Und Twitwi vermutet nicht ohne Grund, dass er es inzwischen nicht mehr beim Grübeln belässt, sondern in den wenigen Jahren seiner Nothelferzeit auf die eine oder andere Weise auch zum Heimlichtuer geworden ist. Jetzt schaut er sich recht heuchlerisch, als gäbe es nichts Wichtigeres zu tun, zusammen mit Spispi und Hoho die Füße des kleinen Mädchens an, wundert sich über die Weichheit der Sohlen und schabt mit dem seltsamen Stöckchen, das er auch in der Hand hielt, als er aus dem Sonnenhaus herübergestürmt kam, unter dem linken dicken Zeh der Kleinen, vielleicht weil er sie kitzelnd dazu bringen will, noch einmal eines ihrer Augen aufzureißen.

Bald wird der Morgen dämmern. Bis dahin müssen Porrporr und sie entschieden haben, ob sie dem Rat Meldung erstatten wollen. Spispi und Hoho werden ihr gehorchen, wenn sie ihnen sagt, dass das Mädchen erst einmal hier in der Werkstatt verborgen werden soll. Aber von Porrporr kann Twitwi, obwohl sie manches über ihn weiß, nicht einmal sagen, ob er ein großer oder nur ein kleiner Feigling ist. Mutige Männer, da ist sich Twitwi ziemlich sicher, gibt es wahrscheinlich nur auf der Erde. Die Siedler müssen Mut besessen haben, aber das Große Palaver verrät nicht, wie viele Männer und wie viele Frauen unter den Ankömmlingen waren. Gut möglich, dass die Mutterkugel dereinst nur Frauen hierher geschickt hat. Vielleicht wussten die ersten Siedlerinnen einen Weg, die Geburt von Jungen zunächst zu verhindern? Und erst nach ein paar Jahren, als diese Pionierinnen das Schwerste überstanden hatten, kamen, wie es auch inzwischen von selbst geschieht, nicht nur Mädchen, sondern auch kleine Buben aus ihren Leibern.

Nicht zum ersten Mal ärgert sich Twitwi zum Fäusteballen darüber, wie wenig sie vom Tun und Lassen der Vorfahren weiß. Smosmo war im Besitz weiterer Kenntnisse, daran besteht kein Zweifel. Heimlich hatte er ihr im letzten Unterrichtsjahr den Ziehstein geschenkt und ihr befohlen, sie solle ausprobieren, wie er auf Eisen und andere Stoffe wirke. Bei den drei heiligen Namen der Sonne musste sie ihm geloben, keinem etwas davon zu sagen. Und als er wenig später zur Barmherzigen Schwester bestimmt worden war, nahm er sie erneut beiseite, verlangte ihr dieses Versprechen noch einmal mit der ganzen Kraft des neuen Amtes ab, um ihr schon im nächsten Moment, während seine Augen ängstlich in ihre Winkel zuckten, ein Stück Warmstein zuzustecken, besten orangen Warmstein, wie sie ihn zuvor im Sonnenhaus in Gestalt der Altarplatte zwar schon sehen, aber nie hatte berühren dürfen. Vorerst bleibt Smosmo für Twitwi, obwohl sie ihm unvergleichlich viel zu verdanken hat, der größte Feigling, der ihr je begegnet ist, einfach weil so viel Wissen in seinem Kopf verborgen geblieben ist. Aber womöglich gelingt es Porrporr bis zum Morgengrauen, ihren gemeinsamen Lehrer an furchtsamer Verschwiegenheit zu übertreffen.

Als erbärmlich ängstliche Burschen erweisen sich, obwohl sie zurzeit besonderes Ansehen genießen, auch die Glasmacher, sobald sie ernstlich auf die Probe gestellt werden. Am gestrigen Nachmittag waren ihre verschwitzten Abgesandten vor der Werkstatt eingetroffen. Twitwi musste Spispi und Hoho nach drinnen schicken, denn ihre Gehilfen waren außer Rand und Band geraten, als die beiden völlig erschöpften Männer stammelnd kundtaten, was sie da, ohne sich eine einzige Pause zu gönnen, in die Siedlung gekarrt hatten. Der Notfernmelder hat ein beachtliches Gewicht, immerhin enthält er einen schönen Brocken orangen Warmstein und drei große Spulen Kupferdraht. Die schwere Kiste aus verleimten Mockmockschalen, in der die Glasmacher den Signalgeber verstaut hatten, war vermutlich für den

Transport von Findlingsscheiben gefertigt worden. Und wie die beiden den Kistendeckel hoben, sah Twitwi, dass man die breiten Spalte zwischen dem Gehäuse des Geräts und der Innenwandung des Kastens vor dem Abtransport des Ganzen rundum mit feinem Grausand aufgefüllt hatte.

In der Stunde ihrer Mittagspause waren die ruhenden, die dösenden Glasmacher vom Brummen des Apparats aufgeschreckt worden. Sie wussten, dass im Sonnenhaus ein Signal erklingen würde, wenn sie die Kurbel an der Seite des Kastens, wie Twitwi es ihnen vorgemacht hatte, gleichmäßig schnell in die durch einen eingekratzten Pfeil gebotene Richtung drehten. Erst unlängst hatten sie genau dies bei einem Unfall zum ersten Mal getan, und wirklich waren verblüffend schnell zwei Nothelfer erschienen, um dem Verletzten beizustehen. Darauf, dass der Kasten selbst ein Geräusch von sich geben könnte, waren sie allerdings nicht vorbereitet gewesen.

Am Türspalt lauschend, hörten auch Hoho und Spispi, wie die Glasmacher draußen vom an- und abschwellenden, vom lange nicht enden wollenden Brummen des Signalgebers erzählten. Und als sich die beiden Männer dann noch mühten, mit Worten und Gesten anschaulich zu machen, wie der Kasten, bedrohlich rüttelnd, auf dem Boden ihrer Wohnkaverne herumgehüpft sei und sich seine Kurbel, ohne ihr Zutun, schnarrend in die verkehrte Richtung gedreht habe, musste Twitwi kurz hinter die Tür der Werkstatt treten, um das Gebrabbel und Gejuchze ihrer Gehilfen mit zwei kräftigen Ohrfeigen zu beenden.

Kaum waren die Glasmacher abgezogen, entschied Twitwi, zum Standort des zweiten Notfernmelders aufzubrechen. Sie wollte alleine dorthin, aber Spispi und Hoho waren nicht davon abzubringen, sie zu begleiten. Und während des Marschs durch die Abenddämmerung bewiesen die beiden Dickschädel eine Zähigkeit, die Twitwi ihren dünnen Beinen und den Lungen in ihren schmächtigen Brustkörben nicht zugetraut hätte. Auf dem letzten Stück, das sie bereits im Schein der Mondgleiche bewältigen mussten, waren es sogar ihre Gehilfen, die voranstapften und sie ermunterten, das Tempo noch einmal zu steigern. Und schon wenig später sollte es sich als hilfreich erweisen, dass die beiden nicht in der Werkstatt geblieben waren.

Das Abbaufeld für orangen Warmstein ist schon bedenklich lange unergiebig. Die gerade mal fingerlangen Splitter, die weiterhin aus dem Grausand gesiebt werden, haben zudem fast keine Kraft. Twitwi weiß darüber genau Bescheid. Denn Smosmo hatte zuletzt noch, kurz bevor er in die Faltenhügelchen verschwand, beim Rat erwirkt, dass die gesamte Ausbeute der Fundstätte bis auf Weiteres der Werkstatt für unsichtbare Kräfte übergeben werden sollte. Dreimal hat der Panik-Rat in den letzten Jahren die Zahl der Schürfenden verkleinert. Inzwischen stehen dem alten Sursur, der lange ein erfolgreicher Warmsteinfinder gewesen ist, bloß noch zwei Helfer zur Seite. Bis heute versteht sich Sursur als Einziger darauf, die richtigen Schlüsse aus der Dichte und der schwankenden Feuchtigkeit des Grausands zu ziehen. Die zahllosen knie-, schulter- oder gar mannstiefen Gräben, von denen das Schürfgebiet durchzogen ist, sind auf seine Anweisung und unter seiner Aufsicht entstanden. Noch immer gibt allein Sursur an, wo noch tiefer geschaufelt, wo die trockene Kruste der obersten Schicht erstmals mit der Spitzhacke aufgerissen werden soll. Und nur Sursur entscheidet, wann eine der mühsam in die Tiefe getriebenen Furchen dem Wind überlassen wird, der sie von neuem mit Staub und Sand füllt.

Als sie gestern, im Zwielicht der dunstig umschleierten Monde, die Bodenwelle erreicht hatten, von der sie auf Sursurs Reich hinunterschauen konnten, begriff Twitwi den schwarzen Wirrwarr der Gräben plötzlich als ein zusammenhängendes Muster, und auf eine zwingende, ja wohltuende Weise ging diese Anschauung mit der Erschöpfung zusammen, die sie im selben Moment aus den müdgelaufenen Beinen aufsteigen spürte. Spispi und Hoho jedoch, denen die Fundstätte des orangen Warmsteins zum ersten Mal vor Augen lag, begannen herumzuhopsen, als hätten sie den Weg, wie man es den kleinen Kindern gestattet, auf der Ladefläche einer Zugkarre zurückgelegt und müssten nun einer zurückgestauten Bewegungslust gehorchen.

Twitwi verstand nur Bruchstücke von dem, was ihr die Brüder da im Schein der Mondgleiche zuriefen, aber die Aufregung der beiden war ohne Zweifel eine freudige, und schon stolperten sie Hand in Hand den flachen Abhang hinunter. Sie rannten schnurstracks zwischen die Furchen und dann in einen tiefen Graben hinein, so zielstrebig und trittsicher, dass einem, der sie nicht als Twitwis Gehilfen erkannt hätte, unweigerlich der Gedanke gekommen wäre, diese Bürschchen schwängen trotz ihrer Schmächtigkeit unter Sursurs Aufsicht die Hacke und fänden sich folglich im Dunkeln genauso gut zurecht wie bei Tage.

Nun, fast eine ganze lange Nacht später, sieht Twitwi, wie Porrporr mit den Fingerspitzen die Kraft des Werkstatttisches prüft, und seine Miene verrät ihr, dass er mit der Wärme der Mosaikplatte unzufrieden ist. Porrporrs Hand kann vergleichen. Als Nothelfer hat er oft genug auf dem Altar des Sonnenhauses geruht. Wahrscheinlich genügt schon eine einzige derartige Wache, um ein inneres Maß für die Wirkung orangen Warmsteins zu setzen. Twitwi verdrießt es seit langem, wie wenig sie mit den Gerätschaften ihrer Werkstatt messen kann. Wenn sie, stets dicht gefolgt vom misstrauischen Altmaterialwart, so langsam wie möglich an den Regalen des Altgutlagers entlanggeht, hat sie gerade die schönsten, die rundum rätselhaften Stücke der Sammlung in Verdacht, einst der genauen Bestimmung, dem getreuen

Abzählen von Kraft-, Wärme- oder gar Lichthäppchen gedient zu haben.

Den alten Sursur nie hierauf angesprochen zu haben, bedeutet ein schwerwiegendes Versäumnis. Jetzt ist es womöglich zu spät. Gestern, im Doppelmondlicht der angebrochenen Nacht, war Twitwi ihren Gehilfen, so schnell sie ihre müden Beine trugen, in die Tiefe des Grabens gefolgt. Etwas in ihr spürte, dass sie ganz nahe an der augenblicklichen Schürfstelle sein mussten. Rennend zwischen Wänden, die ihr im Nu über den Kopf gewachsen waren, fiel ihr noch auf, wie garstig bedrohlich der Boden unter ihren Sohlen knackte, aber da hatte sie Spispi und Hoho und das seltsam lichte Ende des Grabens schon erreicht.

Gern würde sie nun Porrporr, wenn sie ihm und seinem männlichen Mut nur trauen könnte, schildern, was sie und ihre Gehilfen dort sahen. Sursurs Männer hatten gewiss Tage damit zugebracht, dieses riesige Loch in den festen Boden zu schachten. Die Platte im Grund der Grube schien genau quadratisch zu sein. Die Ecken dieses Quadrats hatten den über zwei Mann langen Durchmesser des Grabungsrunds erzwungen. Wie dick die freigelegte Warmsteinplatte war, ließ sich nicht sagen. Zwei Handbreit tief war ihr Rand freigeschaufelt, aber ihre untere Kante hatten Hacke und Schaufel noch nicht erreichen können.

Gleich ihren in stumme Anschauung versunkenen Gehilfen sah Twitwi, was da mitten auf dem orangen Rechteck lag, und obwohl sie die Zusammenhänge nicht begriff, sondern nur ein heftiges Zusammenklingen von Ahnungen, einen Sinngong, in ihren Ohren dröhnen hörte, war ihr zumindest eines klar gewesen: Nicht einmal bester oranger Warmstein konnte in der Kälte der allmählich vollends aufklarenden Doppelmondnacht verhindern, dass sich dieses kleine nackte Mädchen, so es nicht schon gestorben war, den Tod durch Auskühlung holte.

DREIMALDREI

Den Blick im Himmel, wo sich die Monde nacheinander durch eine Wolkenschliere schieben, versteht Sursur, dass Twitwi und ihre Gehilfen ihn erst einmal liegen lassen mussten. Es ging nicht anders. Die leichte Zugkarre, die genügt, um Wasser und Nahrung an die Grabungsstelle zu schaffen, ist für einen zweiten Körper nicht breit genug. Immerhin haben ihn die drei, obwohl Eile geboten war, aus den Trümmern der Grabungshütte hierher auf die Platte, auf den Fund seines Lebens, getragen und in die noch warme Mulde gebettet. Sogar die große Plane, das Dach der zerstörten Hütte, haben sie aufgerollt herübergeschleppt und ihn damit zugedeckt. Damit ist sein Körper auch gegen Auskühlung von oben geschützt. Twitwi flößte ihm so viel Wasser ein, wie er zu schlucken vermochte, und legte einen halb vollen Trinksack und ein Häufchen Mockmock-Kekse neben ihn. Sursur weiß, so gilt es den Rest der Nacht zu überstehen. Irgendwann am Vormittag, spätestens in der Mittagsstunde werden die Nothelfer eintreffen, um seine Wunden mit den richtigen Salben zu versorgen.

Trotz seiner Schwäche glaubt Sursur nicht, dass er viel Blut verloren hat. Nachdem er zu sich gekommen und, blind vom aufgewirbelten Grausand, auf allen vieren unter der Plane der eingestürzten Hütte hervorgekrochen war, tasteten seine Hände panisch gründlich über Kopf, Rumpf und Glieder. Die Stirn und das rechte Knie fühlten sich feucht an. Aber kein Knochen schien gebrochen. Erst wie der rechte Oberschenkel jäh, wie mit einem inneren Aufschrei, zu schmerzen begann, bemerkte er, dass er bis auf ein leises Pfeifen nichts hörte. Das, wovon er während seiner Mittagsruhe überrascht, wovon ihre leichte Behausung zum Einsturz gebracht worden war, hatte ihn mit Taubheit geschlagen.

Als er zum zweiten Mal zu sich kam und dicht über sich Twitwis Gesicht erkannte, war das Pfeifen in seinem Kopf erloschen, aber Twitwis hübscher Mund bewegte sich im Licht der Monde, ohne dass ihn ein Wort erreichte, als täuschte sie wie zum Scherz das Sprechen bloß mit den Lippen vor. Allein was sich Twitwis Gehilfen, neben seinem Kopf kniend, zu sagen hatten, drang als ein an- und abschwellendes Knistern über seine Ohren oder auf irgendeinem anderen Wege in seinen Schädel und tat auch unverstanden gut.

Sursur dankt der Sonne, dass ihn der Himmelsschlag allein getroffen hat. Seine beiden Helfer, fleißige und geschickte Kerle, waren zum Glück, wie es sich für junges Blut gehört, am späten Vormittag Richtung Siedlung aufgebrochen. Als die Nachricht von der bevorstehenden Mondgleiche zu ihnen hinausgelangt war, fragte er sich ernstlich, ob die Burschen es über sich bringen würden, die Grabungsstelle zu verlassen. Zu wild hatte sich ihr Eifer in den letzten Tagen gebärdet. Noch vor ihrem Abmarsch waren sie, ohne dass er ihnen dies befohlen hatte, fegend, wischend, schließlich sogar pustend, auf der Oberfläche ihres einzigartigen Fundes herumgekrochen. Offenbar wollten sie das orange Quadrat von jedem Sandkrümelchen befreien, bevor sie die Platte für eine lange Nacht in Sursurs Obhut zurücklassen mussten, in der Obhut eines Mannes, den die Mondgleiche nichts mehr anging.

Das letzte Gewölk hat sich verzogen. Der Nachthimmel, an dem er, zu schwach, um sich auf die Seite zu wälzen, nicht vorbeisehen kann, ist wie von einem mächtigen Atem klar geblasen. Sursur kann sich an keine vergleichbar reine Mondgleiche erinnern. Gleich den wenigen anderen Alten weiß er, wie stark sich das Wetter in seiner Lebenszeit geändert hat. Aber es ist unschicklich, darüber zu sprechen oder gar jenen wüst bewegten Firmamenten hinterherzugrübeln, die noch die Betagten seiner Kindheit gesehen haben wollen und die seine Mutter einmal, dem Hörensagen folgend, «Wasser, die am Himmel wogen» nannte. Das Große Palaver schweigt sich über diese vergangenen Himmelsbilder aus und beschränkt sich sogar bei der schrecklichen Kälte, unter der die Siedler einst litten, auf die Nennung ihres nackten Namens. Er selbst hat erst als erwachsener Mann von Smosmo erfahren, die Luft sei früher derart unverträglich gewesen, dass die Ahnen stets helfende Apparate brauchten, wenn sie sich im Freien aufhalten wollten. Smosmo gab dies, dem Gebot des Seligen Tausches gehorchend, preis, als Sursur ihm, der damals noch gewöhnlicher Nothelfer war, vorgeführt hatte, was ein Brocken besten orangen Warmsteins und ein Stück Ziehstein sogleich miteinander anstellen, wenn man sie nur nahe genug zusammenbringt.

Sursur fühlt, wie wohltuend es ist, an Smosmo zu denken. Also schließt er die Augen und versucht sich den jungen Nothelfer und dann auch noch die Barmherzige Schwester, in die dieser sich verwandeln durfte, vorzustellen. Beides gelingt ihm sogleich in großer Deutlichkeit, und dass sich dabei die Gesichter von Twitwis Gehilfen, deren beulige Schädel vor wenigen Stunden über ihm pendelten, immer wieder dazwischen schieben, erweist sich nicht als störend, im Gegenteil, die frische Erinnerung an die hässlichen Kerle scheint das Heraufbeschwören von Smosmos längst entschwundenen Zügen zu befördern. Einen lächelnden, dann sogar heftig, schließlich hemmungslos lachenden alten Smosmo sieht er vor sich, obwohl das Sonnenhausamt ein derartiges Gebaren ausschließt und der vorsichtige Smosmo gewiss nie gegen dieses Gebot verstoßen hat.

Nun gelingt es ihm doch, seinen Rumpf auf die Seite zu wälzen. Das rechte Knie tut weh, als er es über das linke schieben muss, aber das schreckt ihn nicht, in gewisser Weise ermutigt ihn der Schmerz, es nach einem kräftigen Luftholen mit einem Aufrichten zu versuchen. Und weil er dabei die Augen schließt, sieht er Smosmo überdeutlich die Zähne blecken, hört ihn sogar beifällig grunzen. Sursurs Oberkörper schwankt, er muss sich mit beiden Händen nach hinten abstützen, dennoch ist es ein großartiges Sitzen. Mehr als nur Wärme scheint ihm in die Fingerspitzen und in die Handballen zu strömen.

Erst acht Tage ist es her, dass ihn seine Männer, stammelnd vor Aufregung, an beiden Armen in den Gang zogen, dessen Endstück sie auf seine Anweisung hin noch einmal ein paar Spatenstiche vertieft hatten. Gewiss dachten sie, die Finger in die Ärmel seines Kittels gekrallt, er habe die Lage des Entdeckten längst geahnt, und die quälend gedehnte Zeit ergebnislosen Wühlens sei ihnen von ihm, dem einzig wahren Finder orangen Warmsteins, als Prüfung ihrer Beharrlichkeit auferlegt worden.

Sursur schämt sich jetzt, wie geschickt er damals, mit der ganzen Schläue des Alten, die eigene Überraschung verborgen hat. Gar nichts hatte er vorhergesehen. Im Gegenteil, just als ihm die beiden entgegengestürmt kamen, war er auf dem Weg zu ihnen gewesen, um sie an eine andere Stelle zu schicken. Eine weitere Vertiefung des Grabens war ihm plötzlich doch zu gefährlich erschienen. Erneut war der Boden in eine jener Röhren hinabgebrochen, von denen sie im Lauf des letzten Jahres mehr als drei Dutzend freigelegt hatten. Zum Glück maßen diese Hohlräume, die von den Mockmock-Beobachtern Gaskamine genannt werden, allesamt nur einen knappen Fuß im Durchmesser. Aber ein jähes Einbrechen konnte durchaus einen verstauchten oder gebrochenen Knöchel zur Folge haben. Den letzten derart Verletzten hatte ihm der Rat nicht mehr zurückgeschickt, sondern ihn nach seiner Genesung, ohne dass eine Erklärung nötig gewesen wäre, den schon eine Weile ungemein erfolgreichen Glasmachern zugeteilt.

Sursur reißt die Augen auf und blickt genau in die Mündung des fraglichen Grabens, dorthin, wo seine Männer auf die Kante der Warmsteinplatte stießen, in deren Mitte er sitzt. Smosmos lachendes Gesicht ist verblasst, aber noch schwingt eine heftige Dankbarkeit in Sursur nach. Ohne die Erinnerung an Smosmo läge er gewiss weiterhin kraftlos auf dem Rücken. Nun kann er sogar mit dem Gedanken spielen, die Nothelfer, die zu seiner Versorgung eintreffen werden, aufrecht stehend zu empfangen. Wie schön wäre es, dem Gebot des Seligen Tausches nachgeben zu können und Smosmo die Platte zu zeigen, gerade jetzt, wo der Grausand im selten klaren Licht der Monde einen nie zuvor gesehenen Grünschimmer angenommen hat und dieses erstaunlich glänzende Grün den allerschönsten Kontrast zum nächtlich dunklen Orange des Warmsteins bildet.

Sursur beschließt, dem Aufeinandertreffen der Farben entgegenzukriechen. Er kommt voran. Gestützt auf die Ellenbogen, das rechte Bein schonend, geht es sogar schneller, als er zu hoffen gewagt hat. Schon hat er die Kante der Platte erreicht, greift über ihren Rand und hält erschrocken inne. Denn die Fingerspitzen seiner Rechten verraten ihm, dass nicht allein das Mondlicht dieses wunderbar stimmige Grün verursacht. Ganz offenbar hat sich der Grausand, als seine Hütte zerbarst, in eine neue Substanz verwandelt. Die Glasmacher werden mit offenen Mündern staunen, wenn sie eine dieser dünnen grünen Scherben in Händen halten. Sursur entscheidet sich aufzustehen. Der Graben ist so eng, dass er sich mit den Händen gegen die Wände stemmen kann. Er schafft es. Als er sich schwankend vollends aufrichtet, kommt das Pfeifen noch einmal, heftig anschwellend, in seinen Kopf zurück, aber dann vergeht es, und stattdessen hört er die Scherben des grünen Glases unter den Sohlen seiner Mockmock-Galoschen, unter dem Druck seines Gewichts zu noch kleineren Scherben zerknacken.

Smosmo, aber auch Twitwi und ihren Gehilfen sei Dank. Was immer der Himmelsschlag und das Auftauchen des bewusstlosen Kindes auch bedeuten mögen, für ihn scheint das Schlimmste nun durchlitten. Sein Blick geht über den Boden des Grabens. Die Verglasung reicht weit in ihn hinein. Es sieht aus, als wäre eine Flüssigkeit über die Kante der Platte geströmt. Sogar der letzte Gaskamin, den seine Gehilfen mit der Spitzhacke freigelegt hatten, ist noch grün umrandet. Beim Weitergehen wird er sorgsam darauf achten müssen, nicht mit dem Fuß in die Öffnung zu geraten.

Seine Beine, auch das lädierte linke, gehorchen ihm. Zwei schiebende Schrittchen, denen ein bereits recht sicheres Ausschreiten folgt, schon ist die gefährliche Stelle erreicht, schon hat er die rechte Kuppe seines Schuhs in die Nähe des Lochs gebracht. Er spürt den Luftstrom, der aus der Erde aufsteigt. Erfahrene Mockmock-Beobachter können erschnüffeln, welche Gesteinsaromen dieser Hauch, den sie Kaminwind nennen, enthält, und folgern daraus, durch welche Schichten die jeweilige Röhre nach unten führt. In den Faltenhügelchen, bei den Blausteinvorkommen, soll es Öffnungen geben, denen allerbeste, völlig reine, die Lungen köstlich sättigende, den Geist beschwingende Urgrundluft entweicht. Das Mondlicht reicht mehr als einen Armlang in das Loch zu seinen Füßen. Wie bei den anderen Kaminen, auf die sie bislang gestoßen sind, ist die Öffnung oben kaum größer als ein Gesicht, aber bereits wenige Handbreit tiefer beginnen viele der Röhren sich trichterförmig zu erweitern.

Sursur spürt, dass ihm erneut schwindlig wird. Er sollte den Blick besser wieder heben. Aber die Sorge um sein Gleichgewicht, um den gerade erst errungenen Stand, ist nicht so stark wie die Neugier, die seinen Blick in das Schlotloch zieht. Dort drinnen ist etwas. Nahe der Kante klebt ein kugeliges Gebilde. Es kann sich nur um Mockmock handeln. Nie hat Sursur gehört, dass Mockmock derart weit aufgestiegen ist. Und nichts wird aufmerksamer beobachtet als der unendlich träge Fortschritt der Mockmock-Wanderung.

Der Schwindel nimmt zu. Er muss begreifen, dass es ein Fehler war, sich so zeitig wieder aufzurichten. Smosmo ist schuld. Smosmos hemmungsloses Lachen hat ihn übermütig werden lassen. Brav sitzend, besser noch demütig liegend, hätte er das Eintreffen der Nothelfer erwarten sollen. In seinem Schädel hat es erneut heftig zu pfeifen begonnen. Wenn er jetzt nach vorne stürzte, auf die Knie und dann auf seine Brust, käme er womöglich über der Kaminöffnung zu liegen. Dann würde sein Körper verdunkeln, was er jetzt überdeutlich, das Doppelmondlicht duldet keinen Zweifel, erkennen kann: Freund Mockmock bewegt sich.

Mit einem gewagt weiten Schritt, mit zwei tippelnden Folgeschrittchen schafft er es, zumindest diesen Anblick hinter sich zu lassen. Er schwankt, er würde, wenn er schon fallen muss, nun lieber nach vorne kippen. Aber dies zu entscheiden, liegt nicht mehr in seiner Macht. Freund Mockmock! Laut, laut und heiser hört sich Sursur diesen Ehrennamen in sein Schädelpfeifen wie in einen Sturm hinein aussprechen. Freund Mockmock rührt sich! Freund Mockmock kommt, er gleitet, da hinter seinem Rücken, so wie es noch keiner sehen durfte oder sehen musste, dem Rand des Schlotlochs, der Kante ihrer Oberwelt entgegen.

Toctoc weiß, wo es ihn hinzieht. Vorhin, als er die unbenutzte Zündpechfackel auf dem Höhlenboden liegen sah, sprang die Absicht nach vorn in seinen Kopf, so klar, als hätte sie, geduldig verborgen hinter der anderen, der alles überzwingenden nächtlichen Neigung, schon immer, bereits in den früheren Doppelmondnächten, auf eine Gelegenheit gewartet. Nun hält seine Faust zum ersten Mal einen dieser kostbaren Brennstäbe gepackt. Das schwarze Ding ist, obwohl nur wenig länger als eine schlichte Klebsteinfackel, verblüffend schwer. Erst wenn er sie angezündet hat, weil er ihr starkes Licht braucht, um nach ganz hinten, ins stets dunkel Gebliebene vorzudringen, wird sie zwangsläufig langsam leichter werden.

Ausgerechnet Porrporr, der nie in der Wassersteinhöhle gewesen ist, der auch dieses Mal fehlt, hat ihm den Schein einer solchen Fackel vor Jahr und Tag recht anschaulich geschildert. Von Porrporr wurde ihm erzählt, dass eine Zündpechfackel nicht flackernd brennt, sondern dass ihre Spitze stechend hellrot glimmt. «Glimmen» war Toctoc nie vorher zu Ohren gekommen. Damals glaubte er, Porrporr habe das Wort bei den Mockmock-Beobachtern aufgeschnappt, zu denen er und Mirmir hinabgeschickt worden waren, um einen Kranken hochzuschaffen. In den folgenden Dienstjahren war es dann regelmäßig vorgekommen, dass Porrporr Ausdrücke benutzte, die Toctoc nie zuvor vernommen hatte. Und irgendwann war ihm gedämmert, dass sein Freund hierin Smosmo ähnelte, der ebenfalls, wenn auch nicht ganz so häufig, Wörter gebrauchte, die es sonst aus keinem anderen Mund zu hören gab.

Seit seiner ersten Mondgleiche weiß Toctoc, dass jede Höhlenzusammenkunft so lange währt, wie zwei Zündpechfackeln brennen. Wenn alle Erwachsenen nach dem Untergang der heiligen Sonne ins Ratsgebäude geströmt sind, wenn alle ihre Schuhe, so wie es jedes Kind lernt, die Spitze des linken im Schlüpfloch des rechten, zu den anderen an die Wand gestellt haben und die Kleider, ordentlich gefaltet, darüber liegen, wenn die Menge, noch im trüben Licht der Steinschmalzlämpchen, ungeduldig mit den nackten Füßen scharrt, wenn die Männer schließlich hochtönend summen, wenn die Frauen ein wenig später tiefkehlig zu brummen begonnen haben, erscheint der Bleiber. Im Ehrengewand, die erste schwarze, noch kalte Fackel in der Faust, eilt er durch die Gasse, die ihre Leiber für ihn bilden, auf den Höhleneingang zu. Dort wirft er unverzüglich das schwere Kleid ab, um doppelmondgleich mit allen anderen zu werden. Erst dann entriegelt er die Tür. Er zieht ihre Flügel ganz nach außen, nimmt die Fackel wieder auf, bestreicht ihre Spitze mit Steinschmalz und entzündet sie vorsichtig an einer der Lampen. Sobald er auch die ersten beiden Zündpechfackeln im Inneren der Höhle zum Aufleuchten gebracht hat, wenn endlich Licht in deren Hauptgang fällt, verstummen die Wartenden und tapsen, scheu und begierig, in eine Tiefe, die, Fackel auf Fackel, errötet.

Hiervon weiß Porrporr nichts. Mit Verlegenheit erfüllt Toctoc, während er mit schneller werdenden Schritten in die Tiefe der Höhle vordringt, die Ahnungslosigkeit seines vielwissenden Kollegen. Scham erfasst ihn, weil sich sogleich in wilder Bildlichkeit vor sein inneres Auge drängen will, welch vielfältiges Tun sich Porrporrs Kenntnis entzieht. Die Heftigkeit der Empfindung macht seinen rechten Arm, der die kalte Fackel hält, zittern. Und während seine bloßen Sohlen weiterschleichen, verwandelt sich die Scham, Schritt auf Schritt, in jene zäh klebrige Schuld, die nur, so lehrt es das Große Palaver, durch einen gelingenden Seligen Tausch aufgelöst werden kann. Auch deshalb will er nun schnell dort sein, wo es ihn hinzieht. Kein anderer als Porrporr, der erneut oben bei den Kindern und Alten weilt, kann sie, die Eingeschlossenen, aus der bald in Finsternis fallenden Höhle befreien. Porrporr wird kommen und die Tür von außen sprengen. Und wenn Toctoc dann gleich den anderen gerettet worden ist, will er Porrporr mit dem, was es gleich herauszufinden gilt, eine angemessene Gegenfreude machen.

Denn Freund Porrporr ist neugierig, gewiss nicht weniger neugierig als die kleine Twitwi, deren spitzes Näschen nach unsichtbaren Kräften schnuppert. Aber anders als Twitwi, die ein Ratsbeschluss an die Spitze eines Neubastlertrupps gestellt hat, muss Porrporr sein Wissenwollen vor jedem anderen verborgen halten. Obschon er vorsichtig ist, hat die Barmherzige Schwester ein misstrauisches Auge auf ihn geworfen. Nachdem er mit Porrporr draußen bei den Glasmachern gewesen war, mussten sie beide getrennt Bericht erstatten, und Toctoc merkte sehr wohl, dass sich die scheinbar zufällige Folge ihrer Fragen wie eine Schlinge um Porrporr, um Porrporrs Verhalten an der Fundstelle legte. Auch die Barmherzige Schwester gehört zu denen, die ungebührlich viel in Erfahrung bringen wollen. Womöglich hat er sich inzwischen selber mit Neugier angesteckt, und nun ist diese verspätet ausgebrochen, so wie der harte Staubhusten und das eitrige Augenfieber oft ganz langsam von einem daran Leidenden auf einen Gesunden hinüberkriechen und ihn verzögert gleichfalls erkranken lassen.

Toctoc bleibt stehen, nimmt die Fackel in die linke Hand, weil ihm der rechte Arm unter ihrem Gewicht erlahmt. Er horcht zurück. Noch ist es still. Aber irgendwann, spätestens wenn dort hinten am Eingang die Stummel der Zündpechfackeln verglimmen, wird Lärm losbrechen. Wahrscheinlich wird man die Namen derjenigen rufen, die draußen sind. Aber dieses Geschrei muss, so laut es auch anschwellen mag, ohne Antwort bleiben, denn es kann dauern, bis sich einer der Obengebliebenen hinunter an die Tür der Höhle wagt. Den Kindern ist verboten, über die Schwelle des Ratsgebäudes zu treten. Und den wenigen Alten wird das einstige, das wohlweislich losgelassene Wissen nur sehr langsam und angstzäh in die Gedanken zurückströmen. Allein auf Porrporr lässt sich hoffen. Nur Porrporrs geheime Neugier kann ihn und die anderen Eingeschlossenen vor dem Verdursten retten. Denn obwohl die Höhle, weil es das Große Palaver so will, das Wort Wasser in ihrem Namen führt, ist in keinem ihrer Gelasse ein Tropfen aufleckbarer Feuchtigkeit zu finden.

Das letzte Paar brennender Fackeln ist erreicht. Toctoc erkennt die Stelle wieder. Der Gang verengt sich. Die seltsamen Zapfen, die im vorderen Bereich der Höhle nur in weiten Abständen aus Decke und Boden ragen, nehmen an Zahl und an Länge zu. Just so weit, genau bis hierher war er in seiner ersten Doppelmondnacht vorgedrungen. Und plötzlich ist er sich sicher: Alle gelangen, wenn sie zum ersten Mal hier unten sind, bis an diese Stelle, bis an die Scheingrenze des Höhlenlichts. Toctoc hebt die Zündpechfackel und drückt ihre kalte Spitze gegen den glimmenden Stummel zu seiner Linken. Wenn es Neugier ist, die jeden in seiner ersten Mondgleiche hierher führt, was macht die Anfänger dann umkehren? Mit lautem Brutzeln, mit einem jähen Aufleuchten, fast mit einem roten Blitz, fängt seine Fackel Feuer. Er hält sie tief, um beim Weitergehen nicht über eines der spitzen Bodengewächse zu stolpern.

Es kann nicht mehr weit sein. Der Ort, den er gleich erreichen wird und von dem er Porrporr, ihrem zukünftigen Retter, erzählen will, ist stets nah bei dem gewesen, was in den vorderen Kammern und Nischen der Wassersteinhöhle geschah. Fast kommt es ihm nun so vor, als diente das Zueinanderschlüpfen der Körper insgeheim dazu, nicht weiter, nicht bis in diesen letzten Winkel vorzudringen. Er bemerkt, wie zögerlich sein Schritt geworden ist. Der Eingang der allerletzten Kammer, an den das rötliche Licht jetzt rührt, unterscheidet sich, rund und niedrig, kaum von den

Durchgängen in die vorderen Gelasse. Allerdings zwingt ihn eine Reihe sehr spitzer Deckenzapfen, den Rücken zu krümmen, sich in den Raum, der zweifellos der letzte Ausläufer der Höhle ist, hineinzuducken. Er weiß, dort drinnen wird der Boden nicht von den dicken, nach Steinsalz duftenden Mockmockfaser-Matten bedeckt sein, die in den vorderen Kammern ausnahmslos jeden Eingetretenen dazu verführen, auf die Knie zu sinken.

Drinnen hebt er die Fackel. Ihr Schein reicht aus, um den letzten Raum der Wassersteinhöhle, obwohl er recht groß ist, hinreichend zu erhellen: die schlanken, erstaunlich regelmäßigen Kegel, von denen die Decke lückenlos bedeckt ist, den glatten, fast zapfenfreien Boden und das, was in Reih und Glied auf ihm liegt. Obwohl Toctoc die Aufgereihten nie zuvor gesehen hat, weiß er, es wäre ein Frevel, nun abzuzählen, wie viele hier beieinander ruhen. Das Salz, das als feiner Staub den Boden bedeckt und in allerfeinsten Partikeln die Luft sättigt, hat der Zeit dabei geholfen, Fleisch und Haut zu einer dünnen, spröden Schicht zu schrumpfen, die an vielen Stellen unter der eigenen Spannung zu langen, schön gewellten Spalten aufgerissen ist. Alle derart Gedörrten und Geschrumpften, auch die in der dritten, der hintersten Reihe, die gewiss die Ältesten sind, sehen so würdig aus, wie es ihnen durch ihre Herkunft zukommt. Jedem ist das Kostbarste, was die hiesige Natur hervorgebracht hat, geopfert, als Willkommens- und Abschiedsgeschenk beigegeben worden. Zwischen den noch immer emporgewölbten untersten Rippenbögen und den flachen Beckenknochen ruht ausnahmslos ein prächtiger, mehr als kopfgroßer und wunderschön zur Kugel zurechtgehauener Warmsteinbrocken.

Toctoc erschrickt ein bisschen, weil er nun eine Hand auf seine nackte Schulter sinken spürt. Aber schon während er den Kopf zur Seite wendet, versteht er, dass da niemand ist, dass er sich bloß vollends an sein erstes Mal erinnert. Es waren wohltuend warme Finger, die er schon in der kurzen Spanne, bevor seine Augen ihre schmalen Nägel aus allernächster Nähe sahen, an der besonderen Entschiedenheit des Zugreifens als eine Frauenhand erkannte. Befangen im Entsinnen, wendet er sich um. Die Hand der Frau löst sich von seiner Schulter und greift in seine Ellenbogenbeuge. Schon zieht sie ihn mit sich zurück. Und mitgezogen, den Blick auf ihrem nackten Rücken, versteht er, ein Dutzend Doppelmondnächte nachdem er ihr gefolgt ist, dass es Porrporrs Mutter war, die ihn, den Neuling, damals daran gehindert hat, sich von seiner Neugier vollends hineinreißen zu lassen – dort hinein, hinein zu diesen gründlich getrockneten Abgesandten der Erde, von deren Daliegen er, Toctoc, dem Sohn seiner ersten Beiliegerin, dem Seligen Tausch gemäß, schon bald erzählen will.

VIERMALVIER

In aller Schreckensfinsternis, es ist ein Buch. Zumindest dies begreift Elussa jetzt, und es bedeutet großes Glück, fast eine Art von Rettung, dass es sich um ein Riesenbuch mit bretharten Deckeln handelt. Obschon ihr dieses Buch an Brust und Oberschenkel rührt, obwohl Elussa es umschlingt und an sich presst, erreicht sie, über seinen Rücken fingernd, weder die Schnittkanten seiner Blätter noch den Buckel seines Rückens. Allein in ihren Ellenbogenbeugen fühlt sie, wie dick es ist. Sie zieht die Knie nach oben, um seine untere Kante noch deutlicher zu spüren. Das hilft. Schon in der letzten Spanne der Guten Alten Zeit muss solch ein Wälzer altertümlich rar gewesen sein. Elussa sagt sich, dass sie auf diesem Buch liegt oder das Buch auf ihr. Sie kann sich weder für das eine noch für das andere entscheiden, weil etwas mit dem Gewicht nicht stimmt. Das ungetüme Ding müsste recht schwer sein, doch es lastet nicht auf ihr, und auch ihr Körper wird nur durch die Kraft ihrer Arme, nicht durch die Schwere ihres Rumpfs gegen das Buch gedrückt.

Elussa versteht, dass sie nicht sagen kann, wo oben und wo unten ist. Sie fühlt sich, als wäre sie in die lichtlose Tiefe eines Sees gesunken, hätte die Lungen bis auf den letzten Winkel leergepustet, um nun, weit unter jeder Strömung, schwebend und sich kaum merklich drehend, zu verharren. So hat sie es als Mädchen in Sibirien gemacht und es mit geschlossenen Augen, die Arme ausgestreckt wie Flügel, lange, für die Wahrnehmung der Freundinnen, die ängstlich ihr Auftauchen ersehnten, schier endlos ausgehalten.

Falls sie jetzt rundum Flüssigkeit umgibt, dann ist es eine, die sich atmen lässt. Elussa erschrickt, weil ihr Versuch, ihr Ein- und Ausschnaufen zu finden, in eine nie zuvor empfundene innere Hohlheit führt. Da ist nur Innendunkel, in dessen Wandung gelbe Pünktchen flimmern, als seien tausend Stecknadeln, deren Köpfe leuchten, in schwarzen Samt gepresst. Das also ist der finstere Stoff, mit dem ihr Brustkorb, ohne dass sie es bisher wusste, schon immer ausgekleidet ist. Sie lässt das Dorthin-Spüren lieber wieder sein, sagt sich stattdessen noch einmal: Es ist ein großes Buch. Was für ein Glück, dass da ein derartiger Riesenschmöker mit einem starren Einband ist, an den sich ihre Arme klammern dürfen.

Es riecht. Sie hat es schon die ganze Zeit gerochen. Und es beruhigt sie, zu erkennen, wonach das Buch riecht. Gleich mit dem ersten Aufziehen der Ladentür stach Elussa in die Nase, wie stark und eigen dieser Duft ist. Die herben, fast bitteren Aromen drangen über Nase und Mund in den Rachenraum, ja bis in den Hals hinunter, während ihr Spirthoffer die langen Finger zum allerersten Handschlag entgegenstreckte und seinen hageren Rumpf, begleitet von einem greisenhaften Ächzen, nach vorne knickte. Und jetzt behauptet ihr Erinnern in trügerischer Deutlichkeit, bereits am Tag zuvor, als seine Stimme, sehr höflich und doch zwingend, aus dem Hörer ihres Don-Phons tönte, hätte es plötzlich in ihrer Küche heftig nach einer ihr bislang unbekannten Gewürzmischung gerochen. Eigentlich verabscheut es Elussa, wenn Männer aus Mund oder Kehle riechen. Alides blauäugiger Vater hätte nie Gelegenheit bekommen, ein Töchterchen zu zeugen, wäre sein Atem nicht zu jeder Stunde des Tages, der Nacht und selbst noch im grauen Morgendämmer unheimlich rein, fast aseptisch leer gewesen.

Während des ersten Unterrichts hatte Elussa dann für sich entschieden, dass Spirthoffers Altmännerschnaufen einfach bloß wie sein Laden rieche. Die ölige Abluft seines Ofens ging mit dem Harzgeruch der rohen Holzregale, den Ausdünstungen der alten Apparate und dem Mief von feucht gewordenen Broschüren eben zur besonderen Atmosphäre des Elektronischen Hospitals zusammen, und in Spirthoffers Lungengrund hatte sich schlicht ein Konzentrat hiervon gesammelt. Mit dieser Erklärung war sogleich Erleichterung verbunden. Die alten Männer riechen nach Moos und Salz, so sagt man in Sibirien. Die ganze Adventszeit lang hat sich Elussa, fromm selbstbetrügerisch, in Sicherheit gewiegt.

Womöglich ist Weihnachten bereits vorbei. Das Riesenbuch vor ihrer Brust fühlt sich so an. Gemeinsam scheinen sie beide schon jenseits des Heiligen Abends angekommen, als hätten sie diesen, in rasend stillem Schweben, wie eine bloße Lichtmarkierung, wie eine Boje auf schwarzem Wasser, passiert und hinter sich gelassen. Aber falls Weihnachten vorüber ist, müsste sie sich als Mutter doch an Alides Freude erinnern, an ihre Überraschungsjuchzer und an all das, was ihr Töchterchen, das unerwartet großartige Geschenk in Händen, ganz wie es ihre Art ist, glücklich und dankbar herausgeplappert hat. Spirthoffer, der liebe Opa Spirthoffer, so war sein Name von Alide keck erweitert worden, hatte Elussa am Vorabend des letzten Unterrichts deswegen angerufen. Es habe geklappt: Einer der Söhne seines Nachbarn, ein helles Köpfchen und eine prima Spürnase dazu, habe das Gesuchte, wie erhofft, drüben, im Territorium des Alten Ogo, ausfindig gemacht. Dort gebe es den einzigen, den letzten oder, besser gesagt, den erneut ersten fachkundigen Brillen- und Linsenhändler der dreigeteilten Stadt. Gegen fünf Säckchen der Blütenmischung, deren Aufguss ihm, ihr und ihrem Töchterchen gleichermaßen schmecke, habe der Optiker das rare Einzelstück seines Sortiments herausgerückt. Schon gestern Abend sei das Weihnachtsgeschenk für Alide, verborgen in einer Karre Zuckerrüben, durch die Grenzkontrollen beider Machthaber geschmuggelt worden.

Frisch poliert liege es vor ihm auf dem Tisch. Schade, dass der Bildschirm ihres Don-Phons defekt sei. Sie solle es demnächst in den Unterricht mitbringen. Ja, er habe das fragliche Instrument bereits geprüft. Es sei in bester Ordnung. Der Bescherung stehe nichts mehr im Wege. Alide werde entzückt sein. Er wolle bis morgen noch eine kleine Anleitung verfassen. In seinem besten Deutsch. Und zwar handschriftlich. Er habe sich klammheimlich, ihr und ihrem blinden Telefon könne er dies, errötend wie ein Knabe, eingestehen, dazu durchgerungen, das Schreiben mit der Hand, das er im Unterricht so schnöd verweigert hatte, nach jahre-, ja jahrzehntelanger Abstinenz erneut zu üben. Und wirklich: jeden Abend, jede Nacht sei sein Gekrakel ein Quäntchen lesbarer geworden. Inzwischen hätten fast alle Buchstaben die alte Spannkraft, ihre spitze Höhe oder dralle Rundlichkeit zurückgewonnen. Und für Alidchen wolle er sich heute Nacht sogar um das bemühen, was in seiner Kindheit Schönschrift hieß.

Im letzten Unterricht vor Weihnachten war ihr der Blütensud ein bisschen röter als sonst erschienen, zudem schmeckte er süßer. Alide hatte so laut am Tassenrand geschlürft, dass Elussa sie ermahnte, doch zu warten, bis der Tee nicht mehr so heiß sei. Spirthoffer bat sie, nicht allzu streng zu sein. Er freue sich, dass es der Kleinen heute besonders munde. Es handle sich um eine Verfeinerung der bisherigen Mischung, von der sein Nachbar behaupte, sie würde den Geist von Jung und Alt noch nachhaltiger beleben.

Längst sei der Tee über die Grenzen des Dorokinschen Reichs hinaus berühmt. Die Fahrer der LKW-Konvois, zumindest die vernünftigen, füllten den Aufguss in ihre Thermoskannen, um nicht auf jene fragwürdigen Pillen zurückgreifen zu müssen, die als Muntermacher hier in der Stadt und an jedem Haltepunkt bis hin zur chinesischen Grenze feilgeboten würden.

Wie gut, wie wortgenau Elussa sich, das Riesenbuch vor Brust und Bauch, an alles erinnern kann, was Spirthoffer im Unterricht über die Lippen kam. Als flöge sie, den Wälzer umarmend, mühelos in jeden beliebigen Moment der gemeinsam verbrachten Stunden. Gleich bei ihrem ersten Besuch im Elektronischen Hospital hatte Spirthoffer gefragt, ob sie es als ungehörig empfände, wenn er sie im Weiteren «Elussa» nennen würde. Jene respektvolle Distanz, auf die sie als seine Lehrerin Anspruch erheben könne, werde sich ganz von selbst einstellen, allein schon durch seine drollige Altersungeschicklichkeit und durch die Unmenge strenger Geduld, die er ihr abverlangen müsse.

Sie ist ihm auf den Leim gegangen. Hat sie zumindest das gelernt? Elussa befürchtet, dass sie im Großen und Ganzen eine miserable Schülerin gewesen ist, obwohl Spirthoffer alle Register des Unterrichtens, auch die sorgsam verborgenen, gezogen hat. Vielleicht war sie genau wie er zu hartköpfig zum wahren Lernen. Ihr und sein Schädel weigerten sich schlicht, das allzu lang dämmrig halbbekannt Gewesene als etwas Neues zu genießen. Das hieße, Spirthoffers mit Bedacht gestreute Wissenskörner wären fast ausnahmslos auf unfruchtbaren Grund gefallen. Und schlimmer noch: Unter der Wurzel jedes einzelnen grauen Haares, das sie sich inzwischen aus der trügerischen Fülle ihrer schwarzen Mähne rupfen muss, wölbt sich als ein Bläschen, wie ein bös-blöde aufgequollenes Nichts, eine frische Lücke hinein ins einstmals gut Gewusste.

Längst wird sie von Alide, seit deren Klasse mit Sach- und Menschenkunde angefangen hat, mit einschlägigen Fragen in Verlegenheit gebracht: Wo sei die Leber? Rechts oder links vom Nabel? Vermutlich hätte Elussa das in Sibirien noch sagen können. Alide ließ nicht locker: Ob diese linke oder rechte Leber denken könne wie der Kopf? Und außerdem und übrigens: Was mache der Motor im Bauch eines Don-Cars mit jenem Diesel, das man auf dem Markt Für Alles in Blechkanistern kaufen kann? Warum heißt dieses Öl denn Diesel? Und dann der Mond! Das wolle sie jetzt sicher wissen: Wie sei das mit dem Mond gewesen? Wer sei wann zu ihm hinaufgeflogen? Wann die Chinesen? Die Amerikaner wirklich vor oder doch nach den Russen? Und bräuchten die Mondraketen, wenn sie eines Tages wieder flögen, für die Motoren in ihren langen weißen Bäuchen das braungoldene Diesel oder das bläulich schillernde und lecker duftende Benzin?

In einer der Broschüren, die Spirthoffer Elussa zuletzt noch, verlogen langsam, vorgelesen hatte, wurde behauptet, die Amerikaner seien gar nicht an jenem Tag in jenem Jahr als Erste auf dem Mond herumgestapft, und folglich sei das fragliche Datum zu Unrecht denkwürdig geworden. Elussa hatte nicht einmal gewusst, wie hochbedeutsam dieses Fußfassen auf jungfräulichem Grund einst in einer Guten Alten Zeit gewesen war. Während ihr Schüler genüsslich, fast boshaft eine abweichende Wahrheit vortrug, begriff sie zumindest eines: Spirthoffers Bücher waren sich nicht einig. In seinem ersten Geschenk, in der wunderbar bilderreichen Mondbroschüre, hatten Alide und sie das rot-blau-weiße Banner als unbestritten triumphierendes Zeichen exakt datierter Ankunft im Mondwind flattern sehen. Gerade dieses Foto hatten sich ihr Töchterchen und sie besonders lang und innig angeguckt. Alide hatte auf die Fahne getippt, ihr Muster bewundert und sich vorgenommen, die

Sternchen und die Streifen am nächsten Abend getreulich abzuzeichnen. Sie hat, so wie es ihre Kleinmädchenart ist, Wort gehalten. Neben das Foto ihres Onkels hat sie das Buntstiftbild der Fahne an den Küchenschrank gehängt. Heißt sie nicht Sternenwimpel? Elussa ist sich fast sicher: So oder so ähnlich hat das Banner der Amerikaner, als es ihren mächtigen Staat noch gab, geheißen.

Im Unterricht las Spirthoffer, den Zeigefingernagel unter den Zeilen, ihr und Alide vor, die fragliche Kapsel sei zwar um den Mond gekreist, aber die drei wackeren amerikanischen Astronauten hätten sich bei der Abkopplung des Landungsfahrzeugs fatal vertan. Mit Müh und Not sei es den beiden bereits umgestiegenen Männern gelungen, sich in das Muttergehäuse zurückzuretten. Die Fähre sei dann, unbemannt und ungesteuert, hinabgetrudelt und in irgendeinem Mondkrater zerschellt. Allein die Russen hätten damals, im vorigen Jahrhundert, etwas hiervon mitbekommen. Genug, um das schlimme Missgeschick mit säuberlich gemessenen Daten nachweisen zu können. Den Amis sei in Wahrheit erst der nächste Landungsversuch geglückt.

Der damalige Präsident der Vereinigten Staaten konnte jedoch mit der Ernte des Erfolgs nicht bis zum folgenden Mondflug warten. Also habe man sich hinter dem Rücken der ahnungslosen Restwelt mit den sowjetischen Weltraumkonkurrenten abgesprochen. Spirthoffer lachte und schüttelte den Kopf, als würde ihn das Abgelesene wie etwas, dessen Kuriosität nach langer Zeit erneut zutage tritt, verwundern und zugleich amüsieren. Das peinliche Versagen der amerikanischen Monderoberer sei dereinst einfach mit einem anderen, noch größeren, mit einem wahrhaft schmerzensreichen Himmelsgeheimnis der Gegenseite abgeglichen worden. Aber davon ein andermal.

Und das Geschenk? Ihre gemeinsame Weihnachtsüberraschung für Alide? Elussa presst sich, so fest sie kann, gegen das gute große Buch, es soll ihr weiter beim Erinnern helfen. Ihr Töchterchen hatte von dem vielen Tee, den es so gierig zum Rechnen schlürfte, als könnte er seinen Verstand in die bedrohlich neue Welt der wirklich großen Zahlen hinüberschwemmen, bald aufs Klo gemusst. Spirthoffer ging mit auf den Gang hinaus und zeigte ihr die Tür. Kaum dass er wieder bei Elussa war, wies er verschwörerisch auf eine große schwarze Tüte, die unter einem Stuhl im Eck stand. Dann beugte er sich atemnah zu seiner Lehrerin, zu seiner Schülerin hinunter und flüsterte, er habe das fragliche Objekt in eine alte Zeitung eingerollt und außerdem mit neuem Unterrichtsmaterial verdeckt. Ganz unten in der Tüte befinde sich noch ein großer Bogen Geschenkpapier. Er hoffe, das Muster werde ihr und Alide gefallen: Ein gleichmäßig dunkler, aber nicht schwarzer, sondern tiefblau getönter Nachthimmel voll mit Kometen. Nein, keine Sterne, weder Sonnen noch deren halbseitig beschienene Planeten. Kometen, diese ungebundenen Einzelgänger mit dem goldenen Schweif. Allein Kometen könnten jede beliebige Nacht jedweden Jahres in eine Ankunftsnacht verzaubern. Man müsse an den Himmel glauben. Spirthoffer sagte dies auf Deutsch und dann erneut in seinem bestem Russisch. Schon ging die Spülung, und Alide kam zurückgestürmt, als hätte sie beim Pinkeln Angst bekommen, etwas Wichtiges zu verpassen.

Kometen also. Elussa kann sich nicht sagen, ob ihre Finger je nach dem Geschenkpapier gegriffen haben, aber sie malt sich den Himmel und dessen verheißungsvolle Brut mit aller Geisteskraft so gläubig aus, bis das nächtliche Blau samt seinen ungezählten goldenen Wandelsternen als Einband rund um das Buch vor ihrer Brust geschlagen ist. Und wieder schnappt das Bild von selbst nach innen: Auch jene inwendige Hohlheit besitzt jetzt eine dunkelblaue Wandung, auch dort fliegen Kometen neben, über- und unterhalb von ihresgleichen, von anderen Geschöpfen mit gezackten Schwänzen.

So schön dies aussieht, im Nu schafft es auch Grund zur Sorge. Denn plötzlich ist sie sicher: Das in Spirthoffers Tüte verborgene Geschenkpapier, den großen, zwei- oder dreimal umgeknickten Bogen hat sie – die haltlos schwebende Elussa schwört der gläubig schwebenden Elussa Stein und Bein – gewiss nicht mehr mit diesen ihren Händen um das von Spirthoffer herbeigeschaffte Instrument geschlagen. Es ist nicht auf den häuslichen Küchentisch gelangt. Weihnachten ist vorbei. Weihnachten ist vorbeigeflogen. Und dies bedeutet, dass ihrer armen Alide, ohne eigene Schuld, auch die Gelegenheit entging, zu einer kühnen und frohen Himmelsguckerin zu werden.

Sie hört sein Schnaufen vollends nahe kommen. Der Bleiber hat also den ihm verbliebenen Mut zusammengerafft und rückt ihr auf den bloßen Leib, um nachzuschauen, wie weit sie mit ihrem Kratzen und Bohren gekommen ist. Schon lugt er über ihre Schulter. Obwohl die Stummel der Zündpechfackeln bis in die Trichter der Halterungen hinabgebrannt sind, wird der Bleiber nun erkennen können, dass sie fast kleinfingertief in die Rille, zu der die Türflügel sich fügen, hineingelangt ist. Der Dorn, der immer nur ihr Haar zusammenhielt, so wie sie es im Sonnenhaus für schicklich erachtete, hat sich als spitz und hart genug erwiesen. Der ehrwürdige Kunststoff der Tür löst sich in Krümeln. Wenn ihr Werkzeug nicht bricht, wird es gelingen, ein Guckloch, ein Rufloch hinüber in die rettende Außenwelt zu schaben.

Sie beide sind die Letzten an der Tür. Die anderen Ratsmitglieder haben sie im Stich gelassen und sich wie alle in die Kammern davongeschlichen. Wie gut, dass sie nicht mager ist. Die Wassersteinhöhle offenbart sich nun, wo die gemeinsame Hitzigkeit verflogen ist, als zehrend kühl. Sobald es vollends dunkel sein wird, weil auch die letzte Fackel boshaft zischelnd erloschen ist, werden sich alle, auf eine hilflos neue Weise nackt geworden, zu Grüppchen sammeln und die fröstelnden Körper auf den Matten aneinanderdrängen. Hier an der Tür wird es dann unweigerlich am kältesten geworden sein. Der Bleiber, hager wie fast alle, wird dies nicht lang ertragen können und schließlich zu den Übrigen ins Finstere tapsen. Aber das macht nichts. Was sie ihrer heimlichen Kost verdankt, wonach nie einer sie zu fragen wagte, obwohl es alle wachsen sahen, wird sie weiter vor dem Bibbern und Verzagen der anderen Eingeschlossenen schützen.

Dumm ist der Bleiber nicht, so viel weiß sie seit langem. Smosmo hatte ihr zuletzt noch geraten, ein Augenmerk auf ihn zu haben. Womöglich sei mit dem früh ergrauten Kerl eines Tages etwas anzufangen. Wer ständig derart erschrocken aus den Augen gucke, habe ein Gespür für das, was im Kommen ist. Und wenn das dumpf Gefühlte helle Wirklichkeit errungen habe, sei auf einen immer schon furchtsam Gewesenen eher Verlass als auf die vielen, die sich von ihrem Tun sorglos durch die Tage treiben ließen. Überhaupt falle dieses Ratsmitglied aus dem Rahmen der letzten Jahre. Ob Mirmir, dies bleibe aber in den Mauern des Sonnenhauses, nicht auch schon aufgefallen sei, dass das Trommelorakel zunehmend eine Schwäche für die Behäbigen, für die ein wenig Trägen und Einfältigen offenbare.

Ist Smosmo kühn und vorsichtig zugleich gewesen? Bis ganz zuletzt hatte er Mirmir zu Achtsamkeit und Umsicht angehalten. Die Dummheit habe schlechte Augen, aber gute Ohren, zum Glück meist nicht für die Bedeutung, aber doch für den Tonfall jedes Satzes, der die Grenzen ihres Begreifens überschreite. Smosmo hatte sie frühzeitig und gründlich vorbereitet, und dabei viel von dem aufs Spiel gesetzt, was ihn besonders machte. Allerdings hat er der jungen Nothelferin, die sie gewesen ist, verheimlicht, dass sie nicht die Einzige war, um deren Zukunft er sich kümmerte.

Jetzt, wo sie schabt und kratzt, hilft es ihr und ihrer allmählich schmerzenden rechten Hand, dass es da draußen noch einen weiteren ehemaligen Zögling Smosmos gibt. Nachdem ihm an seinem Denken und Fühlen unverkennbare Anzeichen der Schändlichen Unlust aufgefallen waren, befahl Smosmo ihr, Blausteinbrei anzurühren und ihm beim Anlegen des ersten Wickels zu helfen. Als er den weiten Kittel über den Kopf zog, erstaunte sie die Rundung seines Bäuchleins. Auch an den Hüften offenbarten sich Wülste, wie sie sie niemals zuvor an einem Körper gesehen hatte. Sie spürte unvermittelt heftigen Hunger, schämte sich dafür und war erleichtert, als die bleichen, weichen Wölbungen unter den Bahnen des Wickels verschwunden waren.

Smosmo wies sie an, zwei Rucksäcke für einen Marsch zur Blausteingrube in den Faltenhügelchen zu packen. Ganz frischer, feuchter Blaustein habe sich stets als der wirksamste erwiesen. Ihre Sonnenhausreserve sei, da sich die Schändliche Unlust ungewöhnlich lang verborgen gehalten habe, doch arg ausgetrocknet. Wie üblich brachen sie schon im Dunkeln auf. Und als sie das erste Mal rasteten, bemerkte Mirmir, dass die Mockmock-Kekse fehlten. Smosmo musste sie hinter ihrem Rücken wieder herausgenommen haben. Stattdessen hatte er einen Topf mit weißem Steinschmalz in ihren Rucksäcken verstaut. Aber nicht einmal die bescheidene Menge pures Steinschmalz, die ein Magen problemlos verträgt, wurde ihr auf dem Hinweg zugestanden. Ausgehungert und erschöpft erreichten sie am Abend des zweiten Tages die damalige Grabungsstätte. Im letzten Licht wechselte Mirmir Smosmos Wickel, trug erstmals frisch herausgekratzten, wunderbar klebrigen Blaustein auf und konnte nicht umhin zu sehen, wie erschreckend Smosmos Bauch in der kurzen Zeit ihres Unterwegsseins erschlafft war.

Porrporr weiß hiervon nichts. Als sie damals, mehr als drei Dutzend Tage später, alleine aus den Faltenhügelchen zurückkam und in nachgetragenem Gehorsam, genau mit den Worten, die Smosmo ihr vorgesprochen hatte, im Sonnenhaus Bericht erstattete, spürte Mirmir das Forschen von Porrporrs Blick aus dem ungläubigen Glotzen der anderen heraus und fürchtete sich vor den Fragen, die ihm, dem Heimlichdenker, nun in den Sinn und womöglich auch über die Lippen kommen könnten. Aber er schwieg. Und schon am nächsten Tag fiel, so wie Smosmo an der Blausteingrube prophezeit hatte, das Los auf sie. Aus dem Amt der Barmherzigen Schwester strömte ihr sogleich eine neuartige Sicherheit zu. Und insgeheim, noch nicht sicht-, aber bereits spürbar, war bereits etwas anderes gewachsen: ihre Leibesfülle und damit ihr Polster gegen alle kommenden Anwürfe ihrer Welt.

Porrporr ist irgendwo da draußen, doch wie viel Hoffnung darf sie in ihn setzen? Obwohl sie, spätestens seit ihrer Entdeckung, mehr über ihn weiß als jeder andere, mehr noch als sein Freund Toctoc, kennt sie ihn doch nicht gut genug. Als magere Mirmir, als leichtgewichtige Nothelferin, hatte sie dereinst, in ihrer ersten Doppelmondnacht, gierig vom Schopf bis in die Zehenspitzen, die ganze erste Zündpechfackel lang nach ihm, nach seinen bloßen Schultern und seiner nackten Brust, gesucht und seinen Namen zuletzt noch in den tiefsten Ausläufer der Höhle, dorthin, wo die Zapfen nicht nur von der Decke, sondern auch aus dem Boden wachsen, hineingerufen. Erst als die zweiten Fackeln, im zitternden Wendemoment der großen Zusammenkunft an den glimmenden Stümpfen der ersten entzündet wurden, hatte sie sich eingestanden, dass Porrporr, der

Heimlichdenker und Heimlichtuer, auch im Unterlassen und Vermeiden seinen eigenen Pfad ging und oben bei den Kindern und den Alten geblieben war.

Der Bleiber bittet sie innezuhalten. Ihr Schaben höre sich auf einmal anders an. Sie zieht den Dorn aus dem Loch und sieht, dass er recht hat. Die Spitze ihres Werkzeugs ist auf einen neuen Widerstand gestoßen. Das hier ist nicht mehr der spröde Kunststoff, sondern etwas Weicheres, Zäh-Ledriges, das nachgibt, ohne sich wegkratzen zu lassen. Das Licht ist zu schwach, um die Farbe des Freigelegten sicher zu bestimmen, aber was der Tür von außen aufsitzt, scheint dunkler als das Material, aus dem die Ahnen die Türflügel gefertigt haben. Sie wird die Öffnung erweitern müssen, um mehr davon zu sehen. Sie sagt dem Bleiber, was sie denkt, und er bietet an, sie abzulösen. Weil ihr inzwischen Arm und Schulter wehtun, reicht sie ihm den Splittersteindorn, ermahnt ihn allerdings, das kostbare Werkzeug ja nicht durch ungeduldiges Hebeln zu zerbrechen. Dann tritt sie zwei Schritt zurück, damit er sich nicht beobachtet fühlen muss, hebt die Arme, versucht den verspannten Rücken zu lockern, und hört nun, wo sie nicht mehr selber kratzt, erstmals das helle, leise Pling, mit dem jeder heraushüpfende Krümel des Altmaterials auf dem Höhlenboden landet.

Seit Porrporrs letzter Nachtwache weiß sie, dass sie nicht die Einzige ist, die in den Heiligen Büchern lesen kann. Hätte sie ihn bei deren Studium ertappt, den Zeigefinger auf der Zeile und die Lippen bewegt vom Flüstern, wäre die Überraschung wahrlich schon groß genug gewesen. Stattdessen ist sie, als zöge die anstehende Einsicht ein einsames Erschrecken vor, auf einen seiner Einträge, auf die erste seiner Fortschreibungen gestoßen. Im Überschwang des Anfangs hatte er sein Werkzeug offenbar mit zu viel Druck auf die Rückseite des vorletzten Blatts gesetzt, die Spitze des

Geräts war so tief in dessen Fasern eingedrungen, dass ein klein wenig der Flüssigkeit, mit der er schreibt, auf das blanke untere Drittel der Gegenseite suppte und dort als dunkelblaues Pünktchen auf ihr Auge lauern konnte.

Der Bleiber wendet sich um, tritt dicht an sie heran, dichter, als er es bisher wagte. Sie spürt die Haare seiner Brust an ihrem Busen. Er haucht so leise, als wäre auf die andere Seite der Tür ein lauschendes Ohr gepresst, ob sie ihm sagen könne, was sie da gemeinsam freigekratzt hätten. Sie nimmt ihm den Dorn aus der Hand, schiebt ihn beiseite und macht sich wieder selbst an die Arbeit. Viel könnte sie dem guten Mann erzählen. Das Wasser liefe ihm im Mund zusammen, wenn sie ihm verriete, wie satt sich die amtierende Barmherzige Schwester an jedem einzelnen Tag ihrer Amtszeit gegessen hat. Der Speichel würde ihm aus den Winkeln des vor Schreck weit aufgerissenen Mundes tropfen, wenn er mit einem zweiten Erkenntnisschlag erfahren müsste, dass Porrporr und sie in den Heiligen Büchern zu lesen vermögen, dass Porrporr gar mit einem Utensil auf deren freien Seiten schreibt.

Ihr eigenes Staunen war so groß gewesen, dass es ein Weilchen dauerte, bis sie dem Sinn von Porrporrs Sätzen folgen konnte. Womöglich tippelte ihr Verstehen auch deshalb hilflos auf der Stelle, weil Porrporrs Schrift ihrem panischen Lesen und Wiederlesen kaum Widerstand entgegensetzte. Schließlich gab sie das Verstehen-Wollen mitten im Satz auf. Mit zitternden Fingern schlug sie das vorletzte Blatt des Buches hin und her. Aber es blieb dabei: Porrporrs Buchstaben, ihr Auf-und-Ab und ihr Sich-Runden glichen den Schriftzeichen des unbekannten irdischen Schreibers nicht völlig, aber doch so verwirrend weit, wie sich die Maserungen zweier Mockmock-Kugeln ähneln.

FÜNFMALFÜNF

Bestimmt hat ihre Mutter an allem Schuld. Alide glaubt, dass Elussa etwas Schlimm-Falsches herausgerutscht ist, verbotene Worte, die den lieben Opa Spirthoffer ruckzuck in einen bösen Opa Spirthoffer verwandelt haben. Während sie hinten auf dem Klo des Ladens am Pinkeln war, weil sie zu viel vom dieses Mal besonders leckeren Tee getrunken hatte, muss es geschehen sein. Elussa, die an der Gemeindeschule weder den Mädchen noch den Buben die kleinste ungezogene Bemerkung durchgehen lässt, ausgerechnet ihre strenge Mutter hat den guten Opa Spirthoffer beleidigt. Es kann sich nur um etwas Ausnahmsfreches, es kann sich nur um eine Todsünde gehandelt haben.

Dass es Todsünden gibt, war Alide in der großen Pause vor dem Rechenunterricht zu Ohren gekommen, als sie und ihre Freundinnen im Schulhof Himmel und Hölle spielten. Mit einem Stöckchen hatte die kleine Chang das große Kreuz in den festgetrampelten Schnee gekratzt. Sämtliche Kästchen hatte sie auf Anhieb schnurgerade und gleich groß hinbekommen. Und der Abschluss, die wirklich schwierige, weit ausladende Himmelsbeule, sah nun, in schmutziges Weiß gekerbt, zum ersten Mal wirklich paradiesisch rund aus. Offenbar waren die wackeligen Kreidelinien auf dem nackten Asphalt des zurückliegenden Sommers, in dem das Hüpfspiel unter den Mädchen aufgekommen war, nur die notdürftige Vorzeichnung für dieses Bild im Schnee gewesen.

Mit einem tollen Satz sprang die Zeichnerin dann wenig später als Erste über das letzte, über das Höllenkästchen in den Halbkreis, aber die Drehung in der Luft gelang nicht ganz, der Absatz ihres linken Stiefels blieb auf der Rille stehen, die den Himmel in seine Hälften teilt. «Sünde!», riefen die anderen Mädchen im Chor, denn alle waren heilfroh, dass ihrer Klassenkameradin endlich ein Fehler unterlaufen war. Verdrossen stapfte die kleine Chang zur Seite. Alide, die an der Reihe war, zielte, aber bevor sie ihren Wurfstein ins anstehende Quadrat fliegen lassen konnte, fragte ihre Vorgängerin auf einmal, ob eine von ihnen wisse, was Todsünden seien. Und da sie, wie erwartet, nur verdutzte Mienen als Antwort bekam, konnte sie es sogleich erklären: Bei einer Todsünde handle es sich um eine Sünde, so schlimm, dass einer, der sie begangen habe, keine Gelegenheit zur Entschuldigung beim lieben Gott bekomme, sondern sogleich von den Teufeln an den Haaren gepackt und in die Hölle hinabgezogen werde.

Nun ärgert sich Alide, dass sie auf dem Schulhof nicht genauer nachgefragt hat, sondern einfach losgehüpft ist. Vielleicht hätte die kleine Chang auch sagen können, warum die Tochter einer solchen Sünderin einfach in die Hölle mitgenommen wird. Die Neunmalkluge, die nicht nur in Religion, sondern in allen Fächern dauernd den Finger Richtung Decke streckt, hätte vielleicht sogar gewusst, wie diese Todsündenteufel aussehen, ob sie runde Käppchen auf den Köpfen tragen und ob diese Mützlein dazu dienen, dass man ihre knubbeligen Teufelshörnchen nicht sehen kann. Gut möglich, dass sich die beiden, die weiter unermüdlich ihre Füße kneten, schämen, weil ihre Hörner noch so winzig sind. Bestimmt sind es ganz junge Teufel, ungefähr hundert Jahre alt, während die zwei anderen, die den Mützchenteufeln Befehle geben, schon viel länger hier unten, in der Hölle, wohnen.

Vorhin, als sich ihr eines Auge gucken traute, hat Alide erkennen können, dass der Teufel mit der Frauenstimme wie eine ganz normale Menschenfrau aussieht und ungefähr so groß wie ihre Mutter ist. Jetzt sagt die Teufelin, draußen würde es hell, und dann noch, sie müssten sich nun entscheiden, weil die Kleine weiterhin gefährlich kühl sei. Beinahe wäre Alide laut damit herausgeplatzt, dass ihr mindestens genauso kalt ist. Seit sie nicht bloß die Füße und die Waden, sondern auch ihren ganzen Rest, sogar die Kringelmulde ihres Nabels, wieder spüren kann, ist sie richtig am Schlottern. Es friert sie genauso fürchterlich wie damals, als sie und ihre Mutter bei strömendem Regen in Germania angekommen waren und den ganzen langen Zickzackweg, vom Bahnhof durch die fremden Straßen bis zur Wohnung, die die Wohnung ihres Onkels gewesen war, zu Fuß hinter sich bringen mussten. Elussa zerrte sie hinter sich her, weiter und weiter, obwohl Alide überhaupt keine Kraft mehr in den Beinen hatte und ihr Rucksack mittlerweile mindestens doppelt so viel wog, wie er in Sibirien gewogen hatte. Später erzählte ihr Elussa, sie sei im Laufen eingeschlafen und, träumend und blindlings weiterstolpernd, habe sie sich flüsternd mit ihrem verstorbenen Kaninchen darüber unterhalten, wie es diesem im Kaninchenhimmel und ihr selber im herbstlichen Germania gefalle.

Alide versteht nicht, warum es hier, in der Hölle für todsündige Mütter, so schrecklich kalt ist. Sie ist sich sicher, irgendwann gehört zu haben, die Teufel würden unentwegt Holz und Kohle in die Mäuler eiserner Höllenöfen schleudern, und alle Sünder litten in der Hitze schrecklich Durst, bekämen aber zur Strafe für ihre schlimmen Taten keinen Tropfen Wasser oder Tee, um den Brand in ihrem Hals zu löschen. Sie hat vor lauter Kälte Durst. Haben die Teufel das jetzt gehört? Zumindest hat die Teufelin gesagt, sie wollten es noch einmal mit warmer Milch versuchen. Man klappert hinter ihrem Kopf herum, und dann hört sie es plätschern. Das muss die Milch sein. Im Nu ist eine Hand unter Alides Kopf, etwas drückt gegen ihre Unterlippe, sie riecht die Teufelsmilch, und schon sind ihre Zunge, ihr Gaumen und ihr Hals gierig dabei zu trinken, obwohl sie Milch eigentlich überhaupt nicht ausstehen kann. Es schluckt und trinkt in einem fort, selbst wenn Alide wollte, könnte sie nichts dagegen machen.

Die Teufel freuen sich. Alide hört die beiden Unterteufel juchzen und kieksen. Die Oberteufelin befiehlt ihnen so barsch, wie auch Elussa sein kann, nicht herumzualbern, sondern sich stattdessen wieder um Alides Füße zu kümmern. Schon sind sie brav am Drücken und am Kneten. Das fühlt sich nun, nachdem die Höllenmilch überall hingeströmt ist, noch schöner, noch wohliger als vorhin an. Alide versucht sich darauf zu besinnen, wie die Höllenmilch geschmeckt hat. Aber statt süß oder bitter, salzig oder sauer, fällt ihr immer nur die Farbe ein, als hätte die Milch, die ihre Augen nicht gesehen haben, ganz weiß, so weiß wie Schnee, so weiß wie Mehl, so weiß wie die Farbe Weiß geschmeckt.

Erst neulich hat ihre Klasse in Sach- und Menschenkunde gelernt, dass alle Tiere, die ihren Kindern ihre eigene Milch zu trinken geben, Säugetiere heißen. Prompt schnellte der Zeigefinger der kleinen Chang in die Höhe, und die blöde Wichtigtuerin erzählte, wie viel leckere Milch tagtäglich aus den beiden Ziegen ihrer Tante, die im Territorium des Alten Ogo wohnt, herausgemolken würde: Zwei große Eimer voll! Das war bestimmt gelogen. Vielleicht hatte sie sich sogar die Ziegen ausgedacht, um mit der vielen erfundenen Milch prahlen zu können.

Hier, in der Hölle, könnte es allerdings, eher als Kühe,

solche Ziegen geben. Alide stellt sich blitzschnell vor, dass sie gestrickte Mützchen zwischen den Hörnern tragen, um ja nicht an die dicken, zottig behaarten Euter dieser Höllenziegen denken zu müssen. Gerade als sie froh ist, dies geschafft zu haben, wird sie von einem anderen Bild hereingelegt: Schon sitzt sie, wie jeden Freitag, mit Elussa in der Badewanne. Das Wasser, für das sie eine Menge des schönen, teuren Holzes in den Badeofen geschoben haben, ist ihr anfangs wie immer ein bisschen zu heiß, aber noch während sie denkt, dass sie wieder aufstehen muss, hat sie sich schon daran gewöhnt und findet es vom Hals bis an die Zehenspitzen wunderbar weich und warm. Dann jedoch wird die Haut des Seifenwassers, die Schicht aus trübem, feinporigem Schaum, dünner und dünner, und deshalb kann Alide gar nicht anders, als den Busen ihrer Mutter anzugucken, aus dessen dunklen Spitzen sie als Baby Menschenmilch getrunken haben soll. Ein Glück, dass ihre Lippen und ihre Zunge sich zumindest daran – auch jetzt, hier in der Hölle – kein bisschen erinnern können.

Der Oberteufel meint, dass sie, die er das kleine Mädchen nennt, vielleicht noch immer Durst hat. Gerade habe er sie nämlich in den Mundwinkel lecken sehen. Das stimmt. Alide hat gespürt, wie ihre Zungenspitze zwischen die trockenen Lippen glitt. Und weil sie langsam immer besser fühlt, hört und versteht, hat sie dieses Mal auch behalten können, wie die Höllenmilch hier bei den Teufeln heißt. Wie dumm von ihr zu glauben, dass die Teufel Ziegen oder Kühe in der Hölle halten würden. Und auch das Allerscheußlichste – jetzt traut sie sich daran zu denken – ist zum Glück nicht wahr: Die köstliche Milch wird nicht aus dem warmen Busen einer Teufelin gemolken. Denn natürlich gibt es hier, wo die Töchter der Todsündenmütter hingelangen, ganz besondere Tiere. Sie hat den Namen ganz deutlich zusammen mit dem Wort Milch gehört. Und plötzlich weiß

Alide sogar, wie sie sich diese Höllentiere vorstellen muss: Sie können gar nicht anders aussehen als jenes Monsterchen, das sich damals im Schaufenster von Opa Spirthoffer nach vorne drängte, um direkt an die Scheibe und damit möglichst nahe zu ihr und Elussa zu gelangen.

Alide schlürft. Jetzt, wo sie den Geschmack gewohnt ist, schmeckt die Milch noch besser, ein bisschen wie die sibirische Suppe aus weißen Bohnen, die Elussa auch in Germania ganz lange auf dem Ofen kochen lässt. Alide schlürft und schluckt und schlürft. Und dann beschließt sie diese warme Höllenmilch in ihrem Kopf erst einmal Monstermilch zu nennen. Später, wenn ihr endlich wieder richtig warm ist, sobald sie wieder sitzen und stehen kann und sich traut, mit beiden Augen herumzugucken, wird sie allerdings, falls sie zu trinken braucht, bei den Teufeln, wohl oder übel, allein schon um zu zeigen, dass sie nicht so dumm ist wie andere kleine Mädchen, das richtige Höllenwort verwenden und Mockmockmilch verlangen.

Der Bleiber hustet hinter ihrem Rücken los, es klingt, als hätte sich sein Kehlkopf an einem Wort verschluckt. Sie dreht sich um und sieht den Grund: In einer Blase roten Lichts kommt Toctoc, der Freund des Heimlichtuers Porrporr, eine wunderbar lange, fast frische Fackel in die Höhe stemmend, mit großen Schritten auf sie zu. Es schaudert sie vor Überraschung und vor Freude auf den nackten Schultern. Sie winkt Toctoc heran, begreift die Überflüssigkeit der Geste, sagt ihm, obwohl sich auch dies von selbst versteht, er komme im rechten Augenblick, der Ratsvorsitzende und sie hätten das zusätzliche Licht, sein Licht, das mehr als armweit in die Zukunft weist, gerade jetzt arg dringend nötig. Der Bleiber verrät ihm, was sie an der Tür versuchen. Sie reicht dem Alten den Dorn, nimmt Toctoc die Fackel ab, neigt deren Spitze, um möglichst viel von ihrem Schein in die gekratzte Öffnung und auf den freigelegten Widerstand zu lenken.

Als Smosmo und sie, die nach dem Hungermarsch vollends magere Mirmir, in den Faltenhügelchen weilten, schienen die Wickel aus frischgebrochenem Blaustein wunderbar zu helfen. Die Merkmale der Schändlichen Unlust schlugen um in ihr Gegenteil: in Eifer und tätige Freude. Der Alte brauchte fast keinen Schlaf. Wenn sie, die so viel Jüngere, erschöpft von der Fülle des bereits Gelernten im Sitzen eingenickt war, wenn sie träumend weiterbuchstabierte, genügte ein Stups seiner Zeigefingerspitze an ihren Ellenbogen, und ihre Augen sprangen wieder auf und nahmen das Wort in Angriff, das er als Nächstes in den Sand zu malen begonnen hatte. Erst viel später, ins Sonnenhaus zurückgekehrt und zur neuen Barmherzigen Schwester aufgestiegen, begriff sie, dass die besondere Wachheit dieser Tage und Nächte, dass das ungehemmte Aufsaugen des Neuen auch mit dem zu tun hatte, was an der Blausteingrube ihre einzige Kost gewesen war.

Die Mütter kleiner Kinder müssen sorgfältig darauf achten, dass diese nicht unbeaufsichtigt an einen Topf mit weißem Steinschmalz geraten. Es riecht zu gut, schmeckt allzu süß. Zum Glück sind die Buben und Mädchen der Kolonie fast nie allein, und irgendwann steckt das Verbot dann fest in ihren Köpfen. Allerdings kommt es in den verwirrten Jahren, wenn die Glieder bei einem letzten, heftigen Längerwerden nach Nahrung gieren, immer wieder vor, dass Einzelne, sobald sie bei Arbeiten im Gestein eine duftende Linse des weißen Fetts entdecken, sich eine Handvoll oder mehr zwischen die Zähne stopfen. Insgesamt siebenmal wurden ihr, seitdem sie dem Sonnenhaus vorsteht, junge Allesmacher auf den Altar gelegt, um dort die kurze Lust mit Krämpfen in Magen und Gedärm zu büßen, bis drei von ihnen, nach jämmerlichem Schreien, endlich in die rettende

Ohnmacht fielen, während die anderen vier ein ebenso unverwechselbares Bluterbrechen für immer zum Verstummen brachte.

Draußen an der Grube offenbarte ihr Smosmo, bevor er mit dem eigentlichen Unterricht begann, welches Grünöl und wie viel Blaustein man braucht, um dem süßen, weißen Steinschmalz eine höhere Verträglichkeit zu verleihen. Er warnte sie. Er selbst wisse noch gar nicht lange, wie es geht, und habe sich bei Fehlversuchen einige Male schlimm den Bauch verstimmt. Besonders die Wahl des richtigen Grünöls sei heikel. Das einzig geeignete, das dunkle, fast bläuliche Öl trete nur an wenigen Stellen und meistens in geringen Mengen aus dem Grund der Faltenhügelchen. Das Einrühren verlange Geduld und Wachsamkeit. Wenn sich die ersten grauen Schlieren im verdünnten Steinschmalz zeigten, zähle er stets, die Fingerspitzen seiner linken Hand am Hals, mit seinem Puls bis Zehn. Danach müsse nicht nur das Rühren eingestellt, sondern auch das Rührgerät aus der Schale gezogen werden. Der doppelte Umschlag, zunächst von marmoriertem Weiß in ein trübselig schmutziges Grau, dann aber in ein reines, unvergleichlich leuchtendes Dunkelblau vollziehe sich von selbst. Falls sich nicht dieses Blau ergebe, dürfe sie keinesfalls vom Angerührten kosten. Und selbst die beste Mischung sei nur kurz, allenfalls einen Tag, ohne Gefahr genießbar.

Toctoc will schaben. Dass er geschickt ist, hat er oft genug, zuletzt bei der Reparatur eines Rollerrads, bewiesen. Der Allesmacher, der sich zunächst nicht dabei hatte helfen lassen wollen, meinte zu ihr, während Toctoc mit dem instandgesetzten Fahrzeug einige Proberunden drehte, es sei, bei allem Respekt, doch schade, wenn einer mit so viel Gespür fürs Harte wie fürs Weiche, für das Gerade und das Gebogene seine Tage mit dem Anrühren der immer gleichen Salben zubringt. An Toctoc sei ein guter Handwerker verlorengegangen. Im Licht der Fackel sieht sie, auch jetzt hat er erfasst, worauf es ankommt, und sprengt, viel schneller als es ihr und dem Bleiber gelang, Bröcklein auf Bröcklein aus der Tür, um mehr von dem freizulegen, was ihr draußen aufsitzt.

Smosmo hatte sie während ihrer ungezählten Tage an der Blausteingrube nie dafür gelobt, wie schnell sie lesen lernte. Und sie verspürte auch kein Bedürfnis nach dergleichen Zuspruch. Der helle Rausch, der schon aus dem Entziffern der zunächst nur drei, vier, fünf Buchstaben kurzen Wörter aufstieg, gab ihr weit mehr, als irgendeine Anerkennung ihr hätte schenken können. Zurückdenkend erschreckt sie jetzt, dass der nackte Umgang mit den Zeichen alles andere, den Austausch mit dem bewunderten Lehrer und jede mögliche Belohnung, so beiläufig in den Schatten stellte. Smosmo muss dies von Anfang an verstanden haben und machte deshalb keine Anstalten, ihre Auffassungsgabe besonders hervorzuheben. Ebenso selbstverständlich unbesprochen blieb, wie er die Kenntnis der Zeichen erworben hatte. Die Ungeheuerlichkeit, dass er sie scheinbar mühelos beherrschte und sich folglich im Gegenzug, wann immer er es wollte, von ihrem Zauber beherrschen lassen konnte, machte gleich der Sonne, wenn man in ihre Mitte blickt, jeden Rand und damit auch die Umrisse eines möglichen Woher verlöschen.

Ihre letzte gemeinsame Mahlzeit ließ er Mirmir allein anrühren. Er kostete davon und nannte den Steinschmalzbrei, sein Blau und seine milde Süße, perfekt geraten. Dann schrieben und lasen sie gemeinsam bis in die Dämmerung hinein und weiter im Schein des Öllämpchens, und irgendwann muss sie im Sitzen eingenickt sein. Als sie erwachte, lag sie auf der Seite, die Knie bis an die Brust gezogen. Es wurde schon wieder hell, und gleich ihr erster Blick erfasste Smosmos Kleider und Galoschen. Auch seinen Wickel hatte

Smosmo sauber gefaltet dazugelegt. Sie ging den nackten Alten suchen. Ein gutes Stück weit konnte sie seinen Spuren folgen, aber dann führten letzte Fußabdrücke auf felsig harten Grund. Smosmo war nicht in die Kolonie zurückgegangen, sondern hatte sich in die Gegenrichtung, in die unerkundete Tiefe der Faltenhügelchen davongemacht.

Toctoc hält inne und schiebt die Faust in das kreisrund geschabte Loch. Er stemmt sich mit ganzer Kraft gegen die Mitte der Tür. Offenbar hofft er, dass sich das, was auf ihren Flügeln klebt, so absprengen lässt. Toctoc ist kräftig. Sie sieht, wie sich auf seinem Arm, auf seiner rechten Schulter und hinab bis in die Waden die Muskeln spannen. Die Faust ist ganz in der Tür verschwunden, und jetzt scheint Toctocs Handgelenk noch ein wenig tiefer einzudringen, als gebe das widerständige Unbekannte allmählich nach, als lasse sich seine Oberfläche von der Fuge wegbiegen.

Dann schreit er los. Aber mehr noch als Toctocs Schreien erschreckt sie, dass es ihm nicht gleich gelingt, die Faust aus der Tür zurückzuziehen. Als er es endlich schafft, als er entgeistert auf die befreite Hand starrt, ist diese blutig, die unteren Glieder der drei längsten Finger sind aufgerissen. Als Barmherzige Schwester, die vier Nothelfern vorsteht und selber Nothelferin gewesen ist, wäre es nun an ihr, sich sofort um die Versorgung der Wunden zu kümmern. Stattdessen wendet sie die Fackel gegen die Tür, stößt die glimmende Spitze in das Loch und drückt die Glut auf das, was Toctocs Hand gebissen hat. Da es anscheinend einen Mund hat, will sie nun hören, ob es damit auch schreien kann.

Es zischt, es brutzelt fast, aber es schreit nicht. Toctoc, der Bleiber und sie bekommen auch keinen anderen Weh- oder Klagelaut zu hören, und dann stößt ihre Fackel ohne jeden weiteren Widerstand durch das Loch ins Leere. Sie fädelt sie vorsichtig zurück und, wie von der glühenden Spitze mitgezogen, weht ein Geruch auf ihre Seite. Während

Toctoc gebannt auf seine Hand gafft, als warte er auf die Ankunft der Schmerzen, schaut ihr der Bleiber erschrocken ins Gesicht, denn seine und ihre Wahrnehmung sind frei genug, das Gerochene zu erkennen. Wie töricht, zu befürchten, der Heimlichschreiber Porrporr oder die eigenbrötlerische Twitwi hätten die Türflügel blockiert. Wie naheliegend dumm, gerade diese beiden in Verdacht zu haben. Es riecht, und jeder, der im Kugelhaus unter Anleitung des jeweils lehrenden Nothelfers gewerkelt und gelernt hat, kennt diesen süßlichen und zugleich scharfen Duft. Ein Kind könnte ihn nun erkennen und benennen, falls es mit seiner Jahrgangsklasse bereits geübt hat, wie man Freund Mockmock, wie man frisch gebrochene Mockmockschuppen in der Flamme einer Öllampe vorsichtig trocknet und dann allmählich – auf keinen Fall zu schnell! – genießbar knusprig röstet.

SECHSMALSECHS

Der Tag hält an. Wenn es da oben einen gibt, der jeden Tag mit unsichtbarer Tinte in das Buch des Himmels schreibt, dann kann er bei der Niederschrift des heutigen kein Ende finden. Der Tag hält einfach an. Meine einstigen Kugelhauskameraden empfinden dies wohl ähnlich. «Die Sonne mag gar nicht untergehen!», seufzte Twitwi eben, und Spispi und Hoho nickten grunzend, so bild- und klanggleich, wie es nur die beiden Dickschädel zustande bringen. Erschöpft vom Staunen, vom Immer-Wieder-Hinknien und Betasten, vom Gar-nicht-Glauben-Wollen sitzen wir vor dem Rand der ungeheuren Warmsteinplatte, halten die Sohlen unserer Mockmock-Galoschen gegen Surs besten und letzten Fund gedrückt.

Wie gut es tut, Twitwis Gehilfen mit Muße zu betrachten. Mein Blick pendelt von Mützchen zu Mützchen, erneut erfüllt mich heftiges Wohlgefallen. Wir schulden Spispi und Hoho Dankbarkeit. Auch wir hatten die entscheidenden Worte gehört, aber uns war nicht aufgegangen, was daraus gefolgert werden musste. Gerade als wir beschlossen hatten, das fremde Mädchen aus der Werkstatt hinüber ins Sonnenhaus zu tragen und dort auf den Altar zu betten, schlug sie die Augen auf. Deren doppeltes Blau war klar und frei von Furcht. Hilflos erschrocken trat ich, der Heimlichleser aller Heiligen Bücher, einen Schritt zurück, stolperte über Twitwis Fuß und wäre beinahe auf den Boden ihrer

Arbeitsstätte hingeschlagen. Twitwi hingegen wich nicht von der Stelle. Aber auch ihr stockte gewiss das Denken, als der Blick des Kindes zweimal über unsere Gesichter streifte, ehe sie fragte, wo ihre Mutter, wo ihre Mama, von der wir sicher wüssten, dass sie Elussa heißt, hier unten, in der Hölle, zu finden sei.

Die dickköpfigen Brüder packten sie, als wäre dies die einzig angemessene Antwort, bei den Füßen, schwenkten ihre Beine über den Rand des Tischs, nahmen dann ihre Hände, um sie ins Sitzen hochzuziehen. Durch die Fenster der Werkstatt für unsichtbare Kräfte, durch die Quadrate aus bestem, fast daumendünn gespaltenem Glas, floss eben so viel Morgenhelle, dass sie sich mit dem Schein der Öllämpchen die Waage hielt. Alide, die uns in diesem zwielichtigen Moment noch nicht verraten hatte, dass das ihr Name war, schaute sich um. Dann schüttelte sie den Kopf, so heftig, dass getrockneter Heilbrei von ihren Zöpfen flog, und sagte: «Ihr schwindelt. Hier bei euch sieht es aus wie im Bastelraum unserer Schule. Ihr könnt gar keine echten Teufel sein. Ihr tut bloß so. Versucht das bloß nicht bei meiner Mama, die lässt sich keine Lügerei gefallen!» Und schon sank sie, erneut in Schlaf gefallen, zur Seite und wäre, wenn Twitwi sie nicht aufgefangen hätte, an der Kante des Tischs vorbei geplumpst.

Auch jetzt, am Rand der großen Warmsteinplatte, auf dem wirren Faltenwurf der großen Plane, die einmal das Dach der Grabungshütte war, ist unser blauäugiges Mädchen schon wieder eingenickt. Sie liegt, die Arme um den Kopf geschlungen, in Twitwis Schoß. Am Morgen, in der dämmrigen Werkstatt, war ich drauf und dran gewesen, ihre nackten Beine wieder auf den Tisch zu drehen. Wahrscheinlich hätte ich dann frischen Brei gekocht, um das Mädchen erneut von Kopf bis Fuß mit diesem einzustreichen. Vor Aufregung darüber, dass sie sprach, hatten Twitwi und ich nicht wahrgenommen, was uns da von der plötzlich losplappernden Kleinen verraten worden war. Anders Spispi und Hoho. Die beiden hingen im Nu an meinen Ärmeln, brabbelten mir spuckesprühend in die Ohren, die Mutter des Mädchens komme noch, vielleicht sei sie schon eingetroffen, wir müssten wieder hin, und auch die Kleine solle, schlafend oder wach, sogleich dorthin zurück, wo sie gefunden worden war.

Obwohl ich als Vierter Hand anlegen konnte, war der Weg beschwerlich. Alide kam in immer kürzeren Abständen zu sich, schnellte mehrmals so heftig in die Höhe, dass sie uns beinahe von der Karre stürzte, sprach ein paar Sätze, die wir allesamt, trotz ihrer Klarheit, nicht in einleuchtende Zusammenhänge fügen konnten, und wir bereuten bald, dass wir nichts mitgenommen hatten, um sie auf der Ladefläche festzubinden. Zumindest wie sie und ihre Mutter hießen, haben wir irgendwann auf halber Strecke sicher verstehen können.

Unsere Alide war gerade wieder bei sich, als wir das Grabenlabyrinth erreichten. Sie kletterte sogar alleine von der Karre und bestand darauf, das letzte Stück ungestützt zu gehen. In der Werkstatt hatten wir ihr die zweiten Sachen Twitwis angezogen. Die Ärmel des Kittels und die Hosenbeine waren hochgekrempelt, und da Twitwis Füße mädchenhaft zierlich sind, rutschten Alides Fersen kaum aus den Schlüpf-Ovalen der Galoschen. Spispi und Hoho waren bei ihr, als sie in die Enge des scheinbar erstbesten Grabens hinabmarschierte, der sich dann schmerzhaft schnell als der richtige erwies.

Twitwi und ich waren ein Dutzend Schritte hinter die drei zurückgefallen. Wir wollten wohl beide ein paar Sätze tauschen, ohne dass die Gehilfen Ohrenzeugen wurden. Wir suchten, jeder für sich, nach einem Anfang. Vielleicht wollte Twitwi mir endlich sagen, worauf Alide gefunden worden war. Vielleicht hätte sie mir nun verspätet geschildert, wie sie Sursur aus den Trümmern der Grabungshütte geborgen hatten, wie Alides Stelle, die von ihr geformte warme Kuhle, von Sursur eingenommen worden war. Und ich hätte in Seligem Tausch gleich Wichtiges, vielleicht noch Wichtigeres an sie verraten. Aber es kam nicht mehr dazu.

Spispi oder Hoho stießen quäkende Überraschungslaute aus, denen sogleich wimmerndes Klagen folgte. Alide hingegen blieb stumm, bis wir zu ihnen aufgeschlossen hatten und betrachten mussten, worauf die drei gestoßen waren. Das Gesicht des kleinen Mädchens, auf dem der harte Brei inzwischen zu vielen winzigen mattblauen Parzellen zersprungen war, zeigte keinerlei Erschrecken, nicht einmal Fassungslosigkeit, nur augenweite Neugier. Und dann fragte sie uns, ob wir diesen toten Mann kennen würden und was dem Armen – so viel Blut im Sand! – denn Schlimmes zugestoßen sei.

Dass Sursur tot war, tat uns mit dem ersten Hinschauen die fürchterliche Größe seiner Wunde kund. Kreisförmig klaffte sie auf seinem Bauch, nicht völlig mittig, sondern leicht nach links verschoben. Aus Kittel und Haut schienen, wie mit bestem Altweltwerkzeug, gleichmäßig runde Scheiben weggeschnitten. Und nicht genug damit: Dem Rumpf des Alten fehlte leibtief ein zylindrisches Stück. Rückblickend wundert es mich, wie selbstverständlich Twitwi diese Öffnung ausmaß. Mit ihr durften wir feststellen, dass der Durchmesser der Wunde fast genau der Spanne zwischen ihrem Daumennagel und der Kuppe ihres Zeigefingers entsprach. Und als sie ihre Hand nach unten kippte und alle Finger einwärts tauchen ließ, bekamen wir auch einen guten Eindruck von der Räumlichkeit der Verletzung, von jener Menge Fleisch, die Sursur verloren hatte. Schließlich befahl sie den noch immer wortlos wimmernden Gehilfen, ihr dabei zu helfen, den Körper des Warmsteinfinders umzudrehen.

Alide wälzt sich in Twitwis Schoß. Ohne den Kopf zu heben, aber mit heller, überklarer Stimme, als hätte sie das kurze Schlummern dieses Mal besonders erquickt, beginnt sie zu erzählen. Sie habe zu Hause, in Germania, schon einmal ganz viel Blut gesehen. Erst neulich. Eine Riesenmenge Blut! Fast so viel Blut wie vorhin bei dem toten Mann. Elussa und sie seien mitten in der Nacht von grässlichem Geschrei aus ihren Träumen gerissen worden. Von unten aus dem Hof sei es gekommen, aber ihre Mutter habe, durch den Vorhangspalt spitzelnd, nichts erkennen können. Dennoch sei sie erst ins Bett zurückgekommen, nachdem das eindeutig aus zwei Kehlen stammende Geheule, ebenso plötzlich wie es begonnen habe, abgerissen sei. Und dann, als sie am nächsten Morgen eine Tüte Kartoffelschalen zur Schweinetonne ihrer Hausgemeinschaft in den hinteren Hof hinüberbrachten, hatten sie im Schnee das viele viele Blut entdeckt.

Das Tier, von dem es stammte, hatte sich noch zum Sterben zwischen die Mauer und das runde Blech der Tonne schleppen können. Alide hätte es liebend gern an seinem buschigen Schwanz hervorgezogen, um es genauer anzuschauen, aber ihre Mutter war in Eile, weil sie in der ersten Stunde unterrichten musste. Als sie am Abend nach Hause kamen, hatte sich schon jemand anders das tote Tier geholt. Vielleicht, um es zu kochen. Oder des Pelzes wegen. Zum Glück seien sie aber vorher bei Opa Spirthoffer gewesen, dem ihre Mutter dabei helfe, dass ihm sein altes Russisch wieder von unten in den Kopf hochblubbere. Sie denke nämlich, dass sich die verlorenen Wörter irgendwo im Bauch verborgen hielten und stelle sich das Wiedereinfallen, zumindest bei den über hundert Jahre alten Leuten, so ähnlich wie ein Rülpsen vor. Elussa hingegen meine, das Vergessene sei irgendwo im Kopf versteckt. Aber auch ihre Mutter, die klügste Lehrerin der ganzen Schule, habe sich manchmal schon geirrt. Nicht nur zu Hause, sondern sogar im Unterricht! Und außerdem sei doch im Bauch mehr Platz dafür, für diese nur scheinbar ganz und gar verschwundenen Sachen.

Natürlich hatte sie Opa Spirthoffer gleich als Erstes, bevor es mit dem Russisch-Lernen losging, nach dem Blut, nach dem Geschrei und nach dem Tier gefragt. Er wisse nämlich alles, auch wenn er manchmal, weil ihm die Antwort nicht gleich einfalle, in seine Bücher gucken müsse und leider das richtige Buch nicht immer sofort finde. Aber dieses Mal habe er nirgends nachschlagen müssen. Er habe nur darum gebeten, das zweistimmige Schreien, so gut sie es erinnern würden, für ihn nachzumachen. Also hätten sie für ihn losgeheult. Obwohl es grässlich klang, fast genauso schlimm wie in der Nacht, mussten sie und Elussa schließlich über ihr gemeinsames Gejaule lachen.

Opa Spirthoffer hatte nicht mitgelacht, sondern sich ernst erkundigt, ob sie ihm das Fell des toten Tiers beschreiben könnten. Das hatte leider keine von ihnen richtig hinbekommen. Die langen, blutig verklebten Haare fielen ihnen noch recht deutlich ein, aber über deren Farbe konnten sie nichts Sicheres sagen. Vielleicht weil Braun und Grau so früh an einem Wintermorgen noch fast gleiche Farben sind. Ob einer von ihnen, ob vielleicht Twitwi wisse, woran man das Fell des Waschbären von dem eines Marderhundes unterscheiden könne? Twitwi schüttelt nur stumm den Kopf, und dass Spispi und Hohos Köpfe nickend nach unten wippen, kann die Kleine, die Wange auf Twitwis Schenkeln, nicht erkennen.

Und ich? Was könnte ich Alide an Wissensfrüchten bieten? Von Hunden habe ich mehrfach gelesen, von Bären selten, aber als eben die Silbe «bär» über Alides Lippen kam, stand mir zumindest der Wortlaut einer besonders auffälligen Stelle im letzten Heiligen Buch vor Augen. Von einem großen Bären ist dort die Rede, genau genommen vom Gewicht des Tiers, das man, zum Gespött eines anderen Menschen, schleppen muss, weil einem just dieser andere eben diesen Bären auf dem Rücken festgebunden hat. Der Sinn des Bildes ist mir dunkel, und auch Smosmo konnte mir, als wir gemeinsam darauf stießen und ich ihn um Erläuterung bat, nicht weiterhelfen.

Alide erklärt uns, dass Waschbär und Marderhund nicht besonders groß, aber stark und mutig sind. Und auf den Bildern in dem Buch, das Opa Spirthoffer dann, ausnahmsweise ohne lang zu suchen, aus einem Regal gezogen hatte, konnte man erkennen, dass diese Tiere wunderbar ähnliche Gesichter hatten, obwohl das eine aus Sibirien, das andere aus Amerika ins Freigebiet Germania gekommen war. Das weite Meer, über das ihren Onkel ein Schiff getragen habe, sei aus der anderen Richtung von eben diesen Waschbären, mit allen vier Pfötchen paddelnd, in einem Zug durchschwommen worden. Alide verstummt. Und wie von den Silben des letzten Worts beschwert, sinken ihre Lider langsam nach unten und verbergen ihren blauen Blick.

Die Augen des alten Sursur standen, als wir ihn fanden, wie von einem letzten Schreck geweitet offen. Ganz kurz waren wir deshalb wohl alle froh, als der von uns gedrehte Rumpf gegen die Wand des Grabens kippte. Aber dann mussten wir begreifen, dass sich die Wunde, das blutige dritte Auge seines Körpers, auf diese Weise nicht zum Verschwinden bringen ließ. Durch Sursur ging ein röhrenförmiger Kanal, als wäre ein dicker Pfropfen, ein schlussendlich locker gewordener Gewebestöpsel, aus seinem Leib geflogen, um sich spurlos davonzumachen. Für uns, für einen unserer lebenswarmen Unterarme wäre es ohne Weiteres möglich gewesen, von vorn nach hinten, von hinten nach vorne durch den alten Warmsteinfinder hindurchzugreifen.

Der Marderhund! Die Augen und die Lippen Alides sind

wieder aufgegangen. Der Marderhund sei ein viel schlechterer Schwimmer! Aber er könne laufen wie kein zweites Tier. Ob wir das wüssten. Ob wir das selber schon in einem Buch gelesen hätten. Den ganzen Weg, den sie mit Elussa und vielen anderen, immer neuen Leuten im Zug gefahren sei, das riesenlange Stück von Sibirien bis nach Germania, hätten die Marderhunde auf den harten Zehenspitzen ihrer Füßchen abgetippelt. Und in den nächtlichen Straßen von Germania seien sich dann Waschbär und Marderhund, die einander unbekannt gewesen waren und doch so ähnliche Gesichter haben, zum ersten Mal begegnet. Achtung, jetzt komme das Besondere! Opa Spirthoffer habe es ihr und Elussa so erklärt: Waschbär und Marderhund würden furchtbar über ihre Ähnlichkeit erschrecken. Und weil sie nicht ertragen könnten, dass ihnen ein ganz anders riechendes Tier derartig gleiche, gingen sie fauchend aufeinander los. Böse geworden, müssten sie sich so lang kratzen und beißen, bis eben einer von ihnen tot bei der Schweinetonne liege.

Spispi und Hoho hatten die kleine Alide, die sich gar nicht sattsehen konnte, an den Händen von Sursurs Leiche weggezogen. Twitwi und ich hockten hingegen noch ein Weilchen vor dem, was unseren Blicken, solange Sursurs Körper auf dem Rücken gelegen hatte, verborgen gewesen war. Wir wussten beide ungefähr gleich viel über dergleichen Öffnungen im Boden. Das meiste, was ich über die Gaskamine erzählen konnte, hatte ich ganz am Anfang meiner Nothelferzeit erfahren, als ich mit Mirmir weit, so weit wie später niemals mehr, in die Tiefe unserer Welt hinabgestiegen war. Twitwi nickte und maß mit ihren Fingern den Durchmesser des Lochs. Die Mündungen von Gaskaminen seien stets ungefähr gleich groß. Zumindest habe sie nie eines gesehen, das eine Männergalosche, wie ich sie trage, fassen würde, und auch die kleinsten Gasschlotlöcher seien immer so weit gewesen, dass ihr Schuh gerade noch in ihren Kreis geschoben werden konnte. Wir standen auf, wir hielten nacheinander einen Fuß darüber, um die von Twitwi aufgestellte Regel nachzuprüfen. Sie stimmte auch in diesem Fall.

Twitwi griff schon nach Sursurs Schulter, wollte den ausgekühlten Leib gerade wieder auf das Rund des Lochs im Boden stürzen lassen, hielt dann doch inne, kniete noch einmal nieder und drückte die Wölbung ihres Schädels in die Mündung des Kamins. Bis an die Nasenwurzel und mit etwas Druck bis über die Spitze ihres Näschens schob sie den Kopf hinein und hielt in dieser Lage still, während ich ihrem Schnaufen, vielleicht war es sogar ein Schnüffeln, lauschte.

Jetzt, wo mir dies wieder vors innere Auge kommt, muss ich erneut an Marderhund und Waschbär denken. Wie gerne sähe ich die Köpfe dieser wilden Tiere, vergliche ihre Augen, die Größe ihrer rotzig nassen Nasenlöcher und ihr wahrscheinlich ähnlich kräftiges Gebiss. Twitwi und ihren Gehilfen kann es eben, während wir Alides Worten lauschten, nicht anders ergangen sein. Noch nie haben wir vier ein Tier betrachten, geschweige denn berühren dürfen. Wenn es nur hierzu käme! Ich spüre die Kraft meiner Sehnsucht, genieße ihr Ziehen bis hinein in eine von meinem Sehnen hervorgezogene Angst: Was wäre, wenn wir plötzlich ein solches Lebewesen auf Füßen oder Pfoten vor uns stehen hätten? Falls statt Alides Mutter ein Erdentier auf dieser ungeheuer großen Warmsteinplatte landen sollte, müssten wir dann – wie Hund und Bär, wie Bär und Hund – wegen einer unvorhersehbaren, unerträglich argen Ähnlichkeit die Zähne voreinander fletschen?

Das Buch ist weg. Es wollte woandershin und ließ sich von ihren Händen, von Elussas innigem Behaltenwollen nicht daran hindern. Das große Buch, an das sich ihre Arme klammern durften, hat sich Elussa entrissen, als wäre es lebendig. Erst ganz zuletzt, während seine harten Kanten ihre Umarmung schaukelnd sprengten, erfühlte Elussa, wie weich die oberste Schicht des Einbands war, so gummiartig oder fleischig weich, dass sich ihre Finger in den Deckel pressen konnten. Alide liebt es, wenn sie die Nägel nicht praktisch kurz hält, am allerliebsten aber sieht sie die mütterlichen Fingernägel dazu noch rot lackiert. An der Gemeindeschule, vor allem in Religion, und vollends vor einem männlichen Einzelschüler wie Spirthoffer, kann Elussa sich dergleichen natürlich nicht erlauben. Aber über die freien Weihnachtstage wollte sie ihrem Töchterchen diesen Gefallen ausnahmsweise wieder einmal tun. Vielleicht ist es sogar dazu gekommen. Vielleicht hat sie sich eben vorhin mit festtagsrot lackierten Nägeln an das nun flüchtig gewordene Riesenbuch gekrallt.

Spirthoffer hatte ihr zu Beginn des letzten Unterrichts angekündigt, dass es im neuen Jahr nicht bei den Büchern bleiben werde. Er sei seiner verstaubten Wälzer und Broschüren doch ein wenig müde. Er sehne sich nach Bildern, die sich eigenmächtig schnell voranbewegten, nach Worten aus fremden, längst verstummten Kehlen, denen Schüler und Lehrerin wie den Stimmen guter Geister lauschen dürften. Und dann fragte der Alte über den Tisch hinweg die rechnende Alide: «Alidchen, hast du schon einmal einen Film geguckt?» Ihr Töchterchen nickte sofort. Das war geschwindelt, eigentlich sogar ziemlich frech gelogen. Alide hatte weder in Novonovosibirsk noch in Germania vor einem Bildschirm oder einer Leinwand gesessen, auf deren Weiß oder in dessen Glas sprechende Köpfe und kunterbunt dahinfließende Welt zu sehen gewesen wären.

Elussa selbst brauchte in der ofenwarmen, schläfrig machenden Luft des Elektronischen Hospitals ein zähes, blind tastendes Weilchen, bis sich die letzte einschlägige Erinnerung einstellen wollte. Im Novo Centre Globo Language war es wenige Wochen vor ihrer Abreise zumindest beinahe hierzu gekommen. Elussa hatte ihren Chef ertappt. Als sie, ohne zu klopfen, in sein Büro marschierte, starrte er, den dünnlippigen Mund schief offen, auf ein nicht einmal fingerdickes, schulheftgroßes Gerät, das sie, die Hand noch an der Klinke, als bildgebend erkannte. Seit ihrer Kindheit war ihr kein funktionsfähiges Exemplar mehr vor Augen gekommen. Im Chefbüro von Novo Centre Globo Language schob der Überraschte schnell ein weißes Blatt über das schillernde Rechteck. Damals war, zwischen Tür- und Schreibtischkante, ein heftiges Verlangen, fast ein Hunger in ihr aufgeflammt. Hätte der Leuchtschirmgaffer ihr mit einer schamlos schlichten Geste angeboten teilzuhaben, sie wäre um den Tisch herumgekommen und hätte sich, Schulter an Schulter mit ihm, über das Gerät geneigt, egal was es darauf zu sehen gegeben hätte.

Spirthoffer meinte, und es klang seltsam vergnügt, in dieser Sache habe das Wetter des Großen Winters ratzeputz reinen Tisch gemacht. Elussa möge ihm glauben, er wisse, wovon er spreche. Hier in Germania, das damals noch seinen alten Namen tragen durfte, hätten seine Pupillen, angstklar und schreckensweit wie nie zuvor, das atmosphärische Geschehen in sich hineingesogen, so begierig, als hätte ein Augendurst jahrzehntelang genau auf diesen Trank gewartet. Nicht nur bei Nacht, sondern auch an den dämmrig trüben Tagen seien durch die bedrohlich tief hängenden, stumpf aschegrauen Wolken elektromagnetische Entladungen geblitzt, gespritzt, gewabert, in Farben und Formen, wie sie in den hiesigen Breitengraden seit Menschengedenken niemals Himmelsbild geworden seien.

Noch heute, wenn er nachts nicht schlafen könne und wach im Dunkeln liege, beschwöre seine Vorstellung selbsttätig, ohne dass der Wille das Geringste dazutun müsse, besonders schaurige Gestalten jener grandiosen Schauspiele herauf. Es war ein Lichttheater, das der Wichtigkeit aller zuvor gesehenen Guckkastendarbietungen mühelos den Garaus machte. Den alten Kopf im Kissen, denke er gern, ganz unblasphemisch, ja fast ein wenig fromm, der liebe Gott hätte im Ewigen Winter einen riesigen Hufeisenmagneten über das Gewölbe seiner Schöpfung geschoben, um alle in dieser schwarzen Schale enthaltenen Kraftpartikel noch einmal an den ureinst von seiner Hand gezogenen Sphärenlinien auszurichten. Alidchen, die bestimmt nicht wisse, was ein Magnet sei, solle sich diese Gottesarbeit am besten wie ein Radieren vorstellen, wie ein gründliches Hin-und-Her-Gerubbel, mit einem guten, weichen Gummi, in einem bis an die Ränder vollgeschmierten Schulheft, in der Kritzelkrakelkladde der inzwischen anders fortgeschriebenen Welt.

Elussa möge ihm sein Abschweifen und auch den einen oder anderen schiefen Vergleich verzeihen. Er komme gleich wieder auf die Zukunft, auf ihren zukünftigen Unterricht zu sprechen. Er sei nicht so weit abgeirrt, wie es den Anschein habe. Es gehe ihm ums Bild. Wer wolle, könne sich, solange es noch Zeugen gebe, erzählen lassen, wie selbstverständlich die Herstellung und Speicherung bewegter Bilder einst für jedermann gewesen sei. Von diesem Riesenüberfluss, von diesem uferlos gewordenen Strom hätten nur dünne Rinnsale und weit verstreute Tümpelchen die Magnetkur des Ewigen Winters überdauert.

Das sei nicht viel, aber erheblich mehr als nichts. Lustigerweise habe sich das älteste Speicherverfahren als das haltbarste erwiesen. Auf dunklen Streifen aus einem spröden Kunststoff seien einzelne Bilder in kleinen Kästchen eingefangen worden und dort mit bloßem Auge zu erkennen. Und wenn man diese Bänder, von einem Rad hinunter auf ein anderes, durch eine besondere Licht-Maschine schnurren lasse, ergieße sich bestimmt auch heute ein lückenloser Bildfluss auf eine weiße Wand. Er sammle schon eine Weile, habe inzwischen eine ganze Kiste voll mit kleinen und großen Spulen, besitze auch eine Projektionsmaschine, die aber leider nicht zum Format der bislang aufgetriebenen Filme passe.

Alide hatte zu rechnen aufgehört und kaute auf ihrem Bleistift. Elussa glaubte nicht, dass sie verstanden hatte, wovon der Alte sprach. Aber dann zog ihr Töchterchen den Stift aus den Zähnen, zeigte damit recht ungehörig quer über den Tisch auf Spirthoffer und fragte ihn ihrerseits, ob vielleicht auch die schönen Himmelsbilder, von denen er gesprochen habe, diese besonderen Wolken und die vielen bunten Blitze, in solchen Kästchen festgehalten worden wären. Das könnte doch passiert sein. Oder nicht? Vielleicht habe ein Mann, genauso klug wie Opa Spirthoffer, damals kapiert, was nötig war, und alles für später, für sie und andere Kinder, in solche Guckkästchen hineingesperrt.

Spirthoffers Film beginnt. Sie hätte nicht so heftig daran denken sollen. Jetzt, wo kein Buch als Halt und Schutz zur Hand ist, ist sie bereits den ersten noch blassen, noch separat voranruckenden Einzelbildern schutzlos ausgeliefert. Bevor der Himmel des Ewigen Winters, in dem Elussa von ihrer Mutter empfangen wurde, gleitende Gestalt annehmen kann, bevor die Blitze krachen und die Himmelswirbelstürme heulen, muss dies zum Stehen kommen. Da melden sich wie aus dem tiefsten Nichts ihr Nacken, ihre Schultern, ihre Hüften. Schmerzen gebieten den Bildern Einhalt. Knochen und Muskeln haben ihren Notruf empfangen. Das Wehtun verfeinert und verfestigt sich, verharrt an sicheren Stellen, nimmt Raum ein, hakt sich auf einem Weltgrund und zugleich an seinem angestammten Kopf-

Ort fest. Das sind die beiden Ankerspitzen seiner Wirklichkeit.

Es hilft. Es hat geholfen. Und es verspricht ihr weiterhin zu helfen. Das Glück der eigenen Schwere, den Seelenjubel über die jähe Heimkehr des Gewichts kann der Schmerz nicht schmälern. Jetzt, wo sie sich über das wiedergewonnene Unten freut, drückt es sie spitz in Haut und Fleisch. So weh dies tut, so will sie weiter kommen. Heftig zuckt sie mit beiden Beinen, spürt, dass die nackten Sohlen gegen etwas Schweres stoßen, hört dieses Ding knirschend ein kleines Stück beiseiterollen. Und plötzlich springen ihr wie Gummifalze die Lider auseinander. Das da ist gutes, echtes Außen, grau und orange verschmiertes Dunkel, schmutzig diffuser Raum. Keine Kometen, kein Überfluss an goldenen Einzelgängern auf der Innenwölbung einer tintenblauen Sphärenkuppel, kein göttliches und auch kein Spirthoffersches Geschenkpapier. Elussas Fingerspitzen finden auf Elussas Wangen. Sie reibt sich Krümel aus den Augenwinkeln. So viel, so klebrig, als hätte sie im Traum geweint.

Da war ein Tropfen. Elussa fährt sich über die Stirn, aber die Haut scheint trocken. Sie sieht, wie ihre Hand die Finger spreizt, als wollte diese prüfen, ob ihr Sehen vorankommt. Sie blinzelt heftig, denn sie hat eben herausgefunden, dass das Erkennen-Können mit jedem Wimpernschlag ein wenig besser wird. Es ist gar nicht so finster. Wahrscheinlich hat sie sich das Herabtropfen trügerisch deutlich eingebildet, weil es die Anschauung verlangte. Irgendein Wissen ist in Gang gekommen und behauptet, von solch langen Zapfen, wie sie über ihr aus der noch flimmerig vagen Decke wachsen, würden immer und ewig Wassertröpfchen fallen.

Mit einem Ruck hat sich ihr Oberkörper aufgesetzt, sie musste es den Muskeln nicht befehlen. Sie hört sich stöhnen, hört ihr Stöhnen von Wänden widerhallen, die Rauheit ihrer Stimme verrät, wie arg es ihre Kehle dürstet. Und schon spürt sie den Durst im Hals. Mit ihrer Rechten tastet sie hinter sich und bekommt etwas von dem zu fassen, was sich eben noch schmerzhaft spitz in ihren Rücken presste. Sie holt es nach vorn, hält es sich vors Gesicht. Elussas Hände helfen ihren Augen, sie wägen das Fundstück, die Fingerspitzen folgen seiner sachten Krümmung, spüren eine feine Rille und die Unregelmäßigkeiten an seinen Enden. Und dann sagt sie sich, blinzelnd und trocken hustend, dass es eindeutig ein Knochen, dass es die Rippe eines Brustkorbs ist. Wie seltsam, wie komisch, wie tränentreibend lustig, dass sie, auf nacktem Rücken in der Wirklichkeit gelandet und durch die Schwere ihres Rumpfs vor einem schlimmen Film gerettet, ausgerechnet eine einzelne menschliche Rippe zwischen die hinteren Rippen ihres Brustkorbs pieksen spürte.

SIEBENMALSIEBEN

Es ist gekommen. Noch bevor die Nacht damit begann, das Grabungsloch bis an den Grausandsaum mit dem Schein unserer Monde vollzuschwemmen, ist es auf Sursurs Warmsteinplatte eingetroffen. Nur ich war wach und wurde Zeuge seiner sachten Ankunft. Und da mir kein Überraschungsruf, ja nicht einmal ein Überraschungsächzer über die Lippen rutschte, vielleicht weil ich das Schweigen und Verschweigen schon seit langem übe, bleibe ich weiterhin der Einzige von uns, der um das feste, ruhige Verharren, um die Dinglichkeit des Angekommenen weiß. Es ist mit mir allein.

Im letzten Licht unserer Sonne hatten Twitwis geschickte Hände die Kekse, die Sursur nicht mehr hatte verzehren können, fein säuberlich durch fünf geteilt. Im Nu war jede der kleinen Portionen bis auf das letzte Krümelchen verschlungen. Alide zeigte keine Scheu vor der ihr fremden Nahrung. Als Twitwi dann die Beine unter die Plane schob, als Hoho und Spispi, komisch strampelnd, das Gleiche taten, kroch unsere Kleine dicht neben Twitwi, ließ sich den festen Stoff von ihr bis an die Kinnspitze zerren und schob die Schläfe auf Twitwis Arm. Und schon bevor die Abenddämmerung so langsam, wie wir uns das Gleiten des Mockmockfußes denken, in die Furchen der Grabungsstätte kroch, waren meine vier Gefährten in einen tiefen Erschöpfungsschlaf gesunken.

Ich bin erleichtert, dass das Neue lautlos, als nähme es auf diesen Schlummer Rücksicht, Gestalt annahm. Bis ganz zuletzt, schon diesseits seiner Ankunft, hatte ich mich vor Sausen, Krachen, Knallen, vor aufbrausendem Himmelslärm gefürchtet. Dem ruhigen Atmen der anderen lauschend, glaube ich inzwischen zu verstehen, woraus sich diese Hörangst speiste. Am Anfang meiner Kindergruppenzeit hatte Smosmo einen, der mit Haut und Haaren dabei gewesen war, dazu gebracht, unserem Jahrgang vom letzten großen Kaltsturm zu erzählen.

Eigentlich war der alte Mockmock-Beobachter in den Unterricht gekommen, um uns Kugeln verschiedener Größe zu zeigen und uns am Glanz der Maserung und an der Biegsamkeit der Borsten zu erklären, wie wir den Ruhezustand, der Ernte und Verzehr erlaubt, mit der nötigen Sicherheit erkennen können. Wir lauschten seinen Erläuterungen voll Ehrfurcht und schielten von den Kugeln, die die Runde machten, nach dem bleichen Gesicht des Alten. Smosmo hatte uns schon am Vortag auf sein Kommen eingestimmt und uns dabei verraten, dass der würdige Besucher zum allerletzten Mal aus dem Urgrund der Mockmock-Wanderung emporgestiegen sei, da seine Kräfte für ein weiteres Verweilen in der sonnenlosen Welt der Gänge, Kavernen und Kamine nicht mehr genügten. Smosmo befahl uns streng, auf keinen Fall mit irgendeiner tollpatschigen Frage an die Endgültigkeit dieses Abschieds zu rühren.

Die jüngste Kugel, so klein, dass wir sie fast in unseren zusammengelegten Kinderhänden verschwinden machen konnten, gab damals den Ausschlag. Unsere Twitwi drehte sie in den Fingern, konnte nirgends den flachen, ringförmigen Wulst des Mockmockfußes finden und fragte, ob ein solches Kügelchen überhaupt schon gleiten könne oder ob es, auf ein und derselben Stelle klebend, erst einmal langsam größer werde. Der Alte nickte freundlich, öffnete die Lippen, griff sich dann aber stumm ans Kinn, umfasste Bart und Unterkiefer, als müsste er diesen für die noch ausstehende Antwort nach unten ziehen. Von unseren Kinderhockern aus konnten wir gut erkennen, was wir damals nur vom Hörensagen wussten: Wer zur Mockmock-Beobachtung berufen worden ist, verliert während der in der Finsternis verbrachten Jahre nach und nach sämtliche Zähne, lernt aber in derselben Zeit mit dem hart gewordenen Zahnfleisch Mockmock-Keks zu kauen und weiterhin gut verständlich von allem, was für den Fortgang der Arbeit wichtig ist, zu sprechen.

Smosmo nickte dem noch immer Schweigenden aufmunternd zu, und dieser begann, wir spürten es sofort, anders, inniger als vorher zu erzählen. Die bislang jüngste Form des Mockmock, die dieses Mädchen da in Händen halte, sei just von jenem Tiefsuchtrupp aufgespürt worden, in dem er als junger Bursche seinen Dienst begonnen hatte. Dennoch dürfe er sich nicht zu den Urbetrachtern der kleinsten Kugeln zählen. Denn kurz vor deren Entdeckung habe er pflichtgemäß seine erste Lichterholung angetreten, habe am letzten seiner zwanzig Sonnentage nahe der Kolonie geholfen, feuchten Braunstein zu stechen, und wurde auf dem abendlichen Heimweg wie alle anderen Ebenerdigen von einem Kaltsturm überrascht. Der letzte dieser Wetterschläge lag damals bereits so lang zurück, dass keiner mehr lebte, der ihn miterlitten hatte. Und auch das Große Palaver, das den Namen der Stürme überliefert, ihr unverwechselbares Tönen Sirren nennt und das Ausmaß der folgenden Gefahr beschreibt, verrät nichts, was als Hinweis auf das Heraufziehen eines solchen Unwetters zu gebrauchen wäre.

Damals sei das dünne, schrille, keinem der sonst bekannten Winde ähnliche Geheule nach einer einzigen Sturmnacht verstummt. Der Bleiber und die anderen Ratsmitglieder wagten sich, wie es seit jeher Brauch ist, als Erste nach draußen, hinaus in eine Kälte, die noch tagelang der Kraft der Sonne trotzen sollte. Der Himmel war nicht bloß wolkenfrei, sondern wie mit dem besten Glanzsteinschaber blank gekratzt. Erst nachdem die Körper der von aufgewirbeltem Geröll Erschlagenen und an den Schürfstellen Erfrorenen geborgen und an den Purpurspalt verfrachtet worden waren, habe er sich zu seinen hiervon nichts ahnenden Kollegen in die Tiefe aufgemacht.

Der alte Mockmock-Beobachter stockte, und vielleicht wäre die Erzählung an dieser Stelle abgebrochen, hätte nicht Smosmo an seine Schulter gerührt, um ihn zum Weiterreden zu ermutigen. Die in der Finsternis Geborgenen hätten ihn aufgeregt empfangen und ihn sofort, ohne dass seine verspätete Rückkehr getadelt oder auch nur angesprochen worden wäre, zu ihrem Fund geführt. In einer während seines Fortseins erschlossenen Kaverne klebten die neuen, wundersam kleinen Kugeln so niedrig, dass jeder, der die erste Scheu bezwang, sie mit dem ausgestreckten Arm berühren konnte. Natürlich rühmte er die Findungskraft seiner Kollegen nach bestem Vermögen und versuchte gar nicht erst zu verbergen, wie sehr es ihn bekümmerte, in den fraglichen Stunden nicht bei ihnen gewesen zu sein. Ihr Stolz jedoch schien merkwürdig beklommen, als wäre da noch etwas ungesagt. Während er seinerseits beschrieb, welche Verwüstung oben geschehen war und wie das Sirren des Kaltsturms auch die glücklich in die Unterebene Geflohenen in seinen Bann geschlagen hatte, sahen sie sich im Licht der Fackeln erschrocken an.

Genau an diesem Wendepunkt seines Berichts plumpste unserer kleinen Twitwi die junge Mockmock-Kugel aus den kindlich kurzen Fingern. Sie wäre wohl über den Rand des Tischs gekullert, hätte meine Rechte nicht schnell nach ihr gegriffen. Ich hielt sie fest gepackt, ich spürte die feinen

Rillen ihrer Maserung und ließ nicht locker, ich presste die Nägel gegen die harte Schale, so lange bis der Alte unserer Jahrgangsgruppe verraten hatte, was ihm als jungem, neugierigem Mann tief unter der Kolonie von seinen älteren Kollegen dann noch verraten worden war.

Hier am Rand von Sursurs ungeheurem Warmsteinfund bedrängt mich keine Ungeduld. Seit ich nach einem kurzen Dösen den Kopf hob und sehen durfte, was da als zweites, nach unserer Alide, auf der Platte eingetroffen war, habe ich nicht ein einziges Mal den Wunsch empfunden, Twitwi zu wecken, damit auch sie sieht, wie sich das Angekommene, fast ausgemessen mittig, Rechteck auf Rechteck, offenbart. Vielleicht wird Twitwi im Unterschied zu mir erschrecken und ihrer Überraschung in einem Laut Luft machen müssen. Dann aber wird sie mit der ihr eigenen Entschlossenheit dem Neuen auf Knien entgegenkriechen, um es aus der Nähe zu betrachten und schließlich zu betasten. Und falls die Leiterin der Werkstatt für unsichtbare Kräfte und ich nicht gleich die angemessenen Worte für das Angekommene finden sollten, werden uns Twitwis Gehilfen mit Gebrabbel und unsere Alide mit munter herausgeplapperten Erläuterungen zu Hilfe kommen.

Damals, im Unterricht, hatte der alte Mockmock-Beobachter der kleinen Twitwi, mir und den anderen Jahrgangsklässlern schließlich mit wenigen Sätzen mitgeteilt, was, während oben unter aufklarendem Himmel der Kaltsturm tobte, in der Tiefe wahrnehmbar geworden war. Seine Kollegen, deren Arbeits- und Ruheintervalle schon Jahre von der Gelbkornuhr geregelt wurden, brauchten nicht lange, um die Gleichzeitigkeit der beiden Ereignisse zu bestimmen. Und schließlich rang sich einer sogar dazu durch, auf die einfachste und sinnlich naheliegende Weise zu verdeutlichen, worin die beiden Geschehnisse sich in besonderer Weise entsprochen hatten.

Ob Waschbär oder Marderhund dergleichen können? Ich werde Alide, wenn sie wieder wach ist, fragen, ob diese Tiere, wenn sie miteinander kämpfen, verstört von der Ähnlichkeit ihres Gesichts, auch irgendwann damit beginnen, ihre wilden Schreie wechselseitig nachzuahmen. Wir Kolonisten sind zu dergleichen in der Lage. Wenn ich nur wollte, könnte ich es in diesem Falle immer noch, obwohl so viele Jahre seit jenem Vormittag im Kugelhaus vergangen sind. Damals im Unterricht spitzte der nun ins Sonnenlicht verbannte Alte für uns Kinder seine blutarm grauen Lippen. Für Twitwi, für Spispi, für Hoho und für mich, für die kindlich zierlichen Öhrchen unserer ganzen Gruppe und für die Ohren unseres Lehrers wurde das einst in der Kaverne Nachgeahmte noch einmal nachgemacht. Im Kugelhaus, in unserem Jahrgangszimmer, erklang das feine, windartige Pfeifen, das hohe Sirren, das der Mockmock für eine Handvoll unserer hochgeachteten Beobachter, einzig in jener einen Kaltsturmnacht, von sich gegeben haben soll.

Die Nackten sind durchgebrochen. Bis ganz zuletzt, noch auf dem letzten Wegstück an die zweiflügelige Tür, fürchtete Elussa, die Frauen und Männer würden sich auf sie, die Fremde, stürzen, um ihr das Haar vom Kopf, die bloße Haut vom Fleisch, die Glieder aus den Gelenken zu reißen. An den Wänden glommen die Stummel herabgebrannter Fackeln. Immer neue bleichhäutige Gestalten kamen herbeigetaumelt, um sich Elussas Verfolgern anzuschließen, murmelnd und wimmernd, als hätte das rote Licht sie alle in ein und denselben Wahnsinn fallen lassen. Rückwärtsgehend, den knüppeldicken Knochen, den größten, den sie hatte finden können, schlagbereit über den Kopf erhoben, war Elussa durch den Gang gestolpert.

Der gute, feste Oberschenkelknochen! Ein Glück, dass sie gründlich erkundet hatte, was es rund um den Fleck ihrer

Ankunft auf dem Boden zu entdecken gab. Auf allen vieren kriechend, über Schädel, Wirbel, Knöchlein fingernd, hatte Elussa ihren ersten Fund, die Rippe, fallen lassen und begonnen, nach dem größten Bauteil des menschlichen Skeletts zu suchen, als wüssten ihre Hände bereits, dass sie bald etwas zum Drohen brauchen würde. Der hoch erhobene Knochen hatte hingereicht, um die Verrückten abzuschrecken. Vielleicht erkannten sie, dass er, verborgen in einem Menschen, seinen Dienst verrichtet hatte, und brauchten Zeit, sich ihren irren Reim darauf zu machen. Die vorderste Reihe hielt Abstand, bis sie gemeinsam in stärkeres, in röteres Licht gerieten. Erst als Elussa einen Schatten warf und der graue Knubbel ihrer Schattenwaffe die Zehen eines sehnig mageren Manns erreichte, schrie dieser, schrien auch die anderen heiser auf. So hurtig, als hätten ihre Beine dies allein entschieden, sprang Elussa zur Seite. Sie spürte, dass sich Arme um ihre Körpermitte schlangen und sie an die Wand rissen, während ihre Verfolger bereits gegen die breite, zweigeteilte Tür anrannten. Durch Löcher, die wie große Knöpfe auf der Türnaht saßen, schien Licht zu strömen, doch schon ging jedes sichere Hinschauen im wüsten Gedränge der Leiber, im Beiseitestoßen, im Umsichschlagen und nach einem scharfen Krachen in einem mörderischen Vorwärts- und Niedertrampeln unter.

Jetzt, wo über den Trümmern der Tür längst wieder Stille herrscht, kann sie kaum glauben, dass der panische Durchbruch nur ein einziges Opfer gefordert haben soll. Der Körper des Überrannten wurde inzwischen von den beiden, die Elussa an die Wand gezogen und dort festgehalten hatten, vom kahlen Schädel bis an die Zehenspitzen mit Kleidungsstücken abgedeckt. So ist die asymmetrisch eingedellte Brust, in deren grauer Behaarung das schaumig ausgeworfene Blut des Alten klebt, fürs Erste vor jedem weiteren Blick geschützt. Gleich diesem Totgetretenen, gleich den Davongerannten und wie sie, die Fremde, sind auch Elussas Helfer splitternackt gewesen. Nun stecken beide in Kitteln und Hosen aus einem groben Stoff. Auch Elussa hat zwei solche Kleidungsstücke gereicht bekommen. Und schon ist ihre Nacktheit mit dem Geschehenen auf dem Bildweg hinüber in die Erinnerung. Allein Elussas Haut merkt sich noch anders, Stups für Stups, wie knisternd gegenwärtig es gewesen war, von den Fingerkuppen des nackten Paars berührt zu werden. Rundum, an allen Gliedern, an Rumpf, Haar und Gesicht hatten die Fremden sie betastet. Elussa hatte es sich gefallen lassen, während der fröstelige Hauch der Angst verwehte, die ihre erste Todesangst gewesen war.

Jenseits der aufgesprengten Tür sind schmale Bänke in die steinernen Wände eines rampenartig ansteigenden Gangs geschlagen. Dort liegen, ordentlich gefaltet, Kleidungstücke, deren Braun so wenig variiert, als wären sie unterschiedlich stark ausgewaschene Exemplare der gleichen Uniform. Zu jedem Packen gehört ein Paar der simplen Gummischuhe, die inzwischen auch Elussa und die beiden tragen, die sie Mirmir und Toctoc nennen darf. In gutem, grammatisch weitgehend korrekten, ein wenig hart artikulierten, aber nahezu akzentfreien Russisch haben die beiden ihr gesagt, dass sie so heißen. Allerdings spielte der dicken Frau ein merkwürdig zwiespältiges Lächeln um den Mund, bevor sie mit dem Finger zwischen ihre Brüste tippte und sich Mirmir nannte. Elussa wurde nach Schmerzen, Hunger und Durst gefragt. Als sie den beiden sagte, dass sie sehr durstig sei, nickte Mirmir und meinte, sie selber hätten eine lange Nacht und dann diesen noch längeren Tag, zu dessen Licht sie endlich durchgebrochen seien, keinen Tropfen getrunken. Und schon genügten ein Blick und eine Kopfbewegung, um Toctoc loszuschicken.

Erst jetzt verspürt Elussa das Verlangen, sich nach ihrer

Tochter, sich nach einem Mädchen zu erkundigen, das auch für ihre Retter Alide heißen könnte. Sie schämt sich für die Verspätung dieses Wunschs. Sie dürfte nun nicht weiter zögern, aber sie merkt, gerade jetzt wäre es doch verkehrt, vielleicht sogar gefährlich. So sehr die beiden sich über ihr Erscheinen wundern, vielleicht sogar freuen, es gibt anscheinend Dringlicheres zu klären. Mirmir rutscht auf den Knien durch die Trümmer der Tür, hebt deren Teile, große scharfkantig zerbrochene Stücke eines harten Kunststoffs hoch, sucht etwas Bestimmtes und sammelt das Gefundene, bis auf einem blanken Fleck des Bodens sechs gleichartige Objekte beieinanderliegen.

Elussa hockt sich neben Mirmir nieder. Es sind halbierte Kugeln, als hätte man die Früchte einer Palme oder eines anderen tropischen Gewächses an einer Naht, die ihnen die Natur verleiht, in saubere Hälften zerhauen. Mirmir hat alle sechs so hingeschoben, dass die Schnittflächen nach unten weisen. Die braunen Buckel scheinen holzig. Borstige Fasern ragen aus einem Muster feiner Rillen. Mirmirs Fingerspitzen streichen übervorsichtig, fast zärtlich oder ängstlich, über die spärliche Behaarung. Dann drückt ihr Daumennagel an verschiedenen Stellen gegen die Kugelwölbung, und Elussa kann erkennen, dass die scheinbar harte Rundung ganz außen, wo Mirmirs Daumen fast an den Boden rührt, ledrig zäh nachgibt und die Nagelkante eine kleine Kerbe hinterlässt.

Keuchend kommt Toctoc zurückgerannt. Er reicht ihnen zwei Trinksäcke, gefertigt aus dem gleichen dunkelgrauen Gummi wie die primitiven Schlüpfgaloschen, in denen inzwischen auch Elussas Füße stecken. Sie trinkt. Ihre Augen haben sich, kaum dass ihre Lippen an das Mundstück des Sacks rührten, fest geschlossen. Neben sich hört sie Mirmir schlucken, seufzend Luft holen und weiter schlürfen. Elussa trinkt und wünscht sich, ihr Töchterchen tränke an ihrer

Seite. Auch unverstanden wäre alles zuletzt Geschehene gut, wenn sich nun ihr und Alides Dürsten gemeinsam in etwas Gewesenes, etwas Gestilltes, verwandeln dürften. Und dann würde Alide, so wie es ihre Art ist, bestimmt nicht zögern zu fragen, ob ihre Mutter das Getränk erkenne und ob sie ihr den Namen dieser köstlichen Flüssigkeit auf Russisch und Deutsch, am besten auch noch auf Amerikanisch sagen könne.

Offenbar zögern Toctoc und Mirmir, die halben Riesennüsse umzudrehen. Zweimal schon hat der junge Mann nach den beiden dicksten gegriffen, ihre Kante ein wenig gelüftet, dann schwenkte sein Blick zu Mirmir, als warte er auf Ermutigung oder Erlaubnis. Aber Mirmirs Gesicht gibt ihm kein Zeichen. Im Gegenteil. Wie sie die Augen zu Schlitzen verengt, die Lippen aufeinanderpresst, die Polster ihrer Wangen anspannt, scheint eher auszudrücken, dass ihre Hemmung der Scheu des jungen Manns nicht nachsteht, diese vielleicht sogar noch übertrifft.

Das kann nicht lange gutgehen. Elussa spürt es kommen, und schon ist es geschehen: Mirmir hat sie, die Fremde, mit dem Ellenbogen angestoßen. Kräftig, fast grob. Und dann sagt diese hübsche, dicke Frau, die das Befehlen offenbar gewohnt ist, das gerade eben unverständlich leis Herausgezischte erneut. Ganz klar und laut. Elussa fühlt, dass sie der zwiefach ausgesprochenen Forderung nun ohne weitere Verzögerung Folge leisten sollte. Sie lässt den Knochen fallen. Die ganze helle Zeit, hier an der aufgesprengten Tür, haben ihre Finger ihn weiter festgehalten. Elussa sieht ihre Rechte nach der größten der halben Kugeln greifen, um deren flache Unterseite ins Licht, in dieses fremde, aber schon nicht mehr völlig unvertraute Abendlicht hinaufzudrehen.

ACHTMALACHT

In freier Landschaft, unter seltsam tief hängenden, unheimlich purpurroten Wolken wendet Elussa erneut den Kopf, um ein letztes Mal zurückzuschauen. Das steinige Gelände, auf dem sie bislang kein Hälmchen, nicht einmal verdorrte Reste von Bewuchs entdecken konnte, scheint ein wenig abzufallen. Bald wird die Kuppe des höchsten Gebäudes, des kugeligen Baus aus wuchtigen Quadern, hinter den Horizont gesunken sein, so wie es schon die flacheren Bauten taten, wie es die rührend kleine, matt messingfarbene Sonne, der sie zu dritt entgegenstapfen, wohl auch bald tun muss. Wenn sie Mirmir und Toctoc recht verstanden hat, dann ist die Wüstensiedlung, die sie verlassen haben, weitläufig unterhöhlt, und die wenigen, die vorhin noch vereinzelt über das Gelände irrten, werden sich mit Einbruch der Nacht zu den anderen dorthin begeben.

Unten, an der zerstörten Tür, waren dann doch noch zwei der Durchgebrochenen, der panisch Davongestürmten zurückgekehrt. Verlegen, die bleichen, nackten Rücken wie unter eine unsichtbare Last gebuckelt, schlichen die beiden jungen Männer die Wand entlang, bis zu der Stelle, wo ihre Kleidungsstücke lagen. Dort hatten sie sich also wie alle ausgezogen, dort brachten die Burschen nun in beflissener Eile ihre magere Bloßheit zum Verschwinden. Mirmir ging zu den beiden hin, die mit gesenkten Köpfen ihr Kommen erwarteten. Elussa sah die Kerle respektvoll, fast unterwürfig, dann aber übereifrig mit Mirmir sprechen. Sie schienen von etwas zu berichten, das ihnen auf den Lippen, vielleicht zugleich auf dem Gewissen brannte. Toctoc murmelte, als er Elussas Hinschauen bemerkte, die beiden seien die Gehilfen Sursurs, des alten Warmsteinfinders. Und schon schabte er weiter mit dem Zeigefingernagel über die flache Seite einer der sechs Halbkugeln, die, seit Elussa sie nacheinander umgewendet hatte, auf ihren runzeligen Rundungen ruhten.

Die Kreisfläche, die er in Arbeit hatte, war bis auf einen fingerbreiten, rosig unversehrten Rand verkohlt wie Fleisch, das eine zerstreute Köchin im Topf vergessen hat. Toctoc löste den schwarzen Schorf in kleinen Stückchen und blies ihn fort. Allmählich wurde ein in kleine Kammern und verschlungene Bahnen unterteilter Aufbau sichtbar. Für das Innere einer Pflanze schien Elussa dieser Querschnitt merkwürdig vielgestaltig, und anders als bei allen Früchten, die sie kannte, war er nicht achsen- oder punktsymmetrisch aufgebaut. Toctoc zupfte an einem weißen Häutchen, zog behutsam ein erstaunlich großes, schlaffes Säckchen aus dem gemaserten Gewebe und erklärte, dieser Beutel müsste eigentlich prall gefüllt sein, mit jener Mockmockmilch, die sie vorhin gemeinsam genossen hatten.

Sogleich lehnte sich etwas in ihr gegen den Zusammenklang des Wortes Milch mit der stottrigen Verdopplung der ihr unbekannten Silbe auf. Mockmock kam ihr nicht wie ein Pflanzenname vor. Sie musste an Alide denken, die in den letzten Jahren jeden Tropfen Kuhmilch und schließlich sämtliche Milchprodukte angewidert zurückgewiesen hatte. Jetzt schüttelte Elussa, die ihre Tochter oft für die Grundlosigkeit dieser Abneigung gescholten hatte, selbst die Schultern, um das flaue Vorgefühl des Ekels am weiteren Aufsteigen zu hindern. Es schien ihr zu gelingen, aber dann hob

Toctoc die Halbkugel vor sein Gesicht, um daran zu schnuppern, und Elussa musste seine Zungenspitze an dem herabhängenden Beutelchen schlecken sehen.

Mit einem ersten Würgen kämpfend, wandte sie den Blick und suchte ihn auf Mirmir zu fixieren, die auf dem Weg zurück zu ihnen war. Dort, in ihrem näherkommenden Gesicht, geschah der Umschlag: Das Feste, Beherrschte in Mirmirs Miene zerfloss zu einem weichen Staunen. Elussa hörte Mirmir und Toctoc synchron nach Atem japsen, während sie ihrerseits, noch ohne den Grund für diese Überraschungslaute zu kennen, die Augen schloss, in einem letzten vergeblichen Willensakt die Luft anhielt, bis sich ihr Oberkörper selbsttätig nach vorne krümmte und ihre Kehle, jämmerlich keuchend, ein säuerliches Gemisch aus Mockmockmilch und Magensaft erbrach.

Erst später, in einem Gebäude mit dem Namen Sonnenhaus, wo Mirmir eilends für jeden einen Rucksack füllte, durfte Elussa dann das hiesige Wasser kosten. Es schmeckte mineralisch und tat ihr gleich nach dem ersten, misstrauisch kleinen Schluck fast medizinisch gut. Unten, an der geborstenen Tür, hatten Mirmir und Toctoc, weil Elussa mit zusammengepressten Lidern dem Krampfen und Entspannen ihres Magens unterworfen war, bloß zu zweit beobachtet, wie die Beinchen aus Mockmocks Körper klappten. Sobald die Schleifen von Elussas Denken nun an diesen Vorgang rühren, stellt sie sich das, was ihre Augen nicht mit angesehen haben, ruckhaft mechanisch vor. Inzwischen glaubt sie sogar, sich an ein maschinenartig knackendes Geräusch zu erinnern. Aber das, was man hier Mockmock nennt, ist kein Spielzeug, kein Apparat mit mehr oder minder gut geölten oder gefetteten Scharnieren, genauso wenig wie die halben Kugeln weiterhin als Früchte einer ihr unbekannten Pflanze durchgehen dürfen.

Toctoc muss das Wesen, als es ihm seine Vielbeinigkeit

offenbarte, erschrocken losgelassen haben. Wahrscheinlich war es von Toctocs Knien auf die Glieder geplumpst, die unerkennbar in das Muster seiner flachen Unterseite eingebettet gewesen waren. Die aus dem Fleisch gefahrenen Beinchen taten sogleich ihren Dienst. Mockmock lief los! Noch tränenverschliert vom Schmerz des Erbrechens, verfolgten auch Elussas Augen, wie Mockmock flink und so geradlinig, als wüsste er wohin, das Weite suchte. Sofort versuchte ihr Wissen, ihre Verblüffung davon zu überzeugen, dass es sich nur um eine ihr unbekannte Art von Krabbe oder um eine unerhört große, seltsam plumpe Spinne handle. Womöglich wäre ihr sogar gelungen, sich damit als ihre eigene Lehrerin naturkundlich zu beruhigen, hätte sie nicht zugleich gespürt, wie hilflos, wie aus dem Rahmen des in der hiesigen Welt Begriff Gewordenen gestürzt, Mirmir und Toctoc dem krabbelnden, dem links auf seinem hintersten Beinchen ein bisschen hinkenden Flüchtling hinterherstarren mussten.

Inzwischen glaubt Elussa ihre Begleiter zumindest in einer Hinsicht zu verstehen. Denn als sie mit Alide, es liegt nicht lang zurück, im kalten Morgengrauen bei der Schweinetonne stand, waren ihr Kennen und ihr Kennenwollen von etwas Ähnlichem bedroht. Während ihr Töchterchen in die Hocke sank, um besser in den Spalt zwischen dem Mauerwerk und der Blechrundung hineingucken zu können, und schließlich sogar einen wollenen Fäustling dem blutigen Fell entgegenstreckte, hatte Elussa sich bereits klammheimlich nach etwas anderem umgesehen. Alidchen bemerkte nicht, dass ihre Mutter hinter ihrem Rücken nach einer Sache langte. Nahe der Mauer hatte Elussa das Ding im schmutzigen, von vielen Sohlen plattgetretenen Schnee entdeckt. Es war die Hälfte eines Besenstiels, dessen schräg abgebrochenes Ende klingenförmig zulief.

Auch Mirmirs Hand hatte, während Mockmock die

Nähe der Menschen floh, nach einem Gegenstand gegriffen, der, scheinbar nutzlos und von Elussas Erbrochenem besudelt, auf dem Boden lag. Mirmir hob ihn auf und nahm ihn in Gebrauch. Bereits ihr allererster Schlag traf gut. Zudem verstand es die massige Frau, eine Menge Wucht in ihren Hieb zu legen. Der Oberschenkelknochen ließ die braune Schale in zwei Teile springen. Und auch die anderen vier Halbkugeln brachen unter den gegen sie geführten Schlägen. Mirmir und Toctoc ließen es nicht bei diesem groben Zerhauen bewenden. Zuletzt trampelten sie, obwohl die harten Hüllen aller fünf Exemplare schon in Stücken lagen, heftig schnaufend, aber ohne dem Zerstörten ein einziges Wort zu gönnen, auf den knackenden Scherben herum, bis ihre Galoschen nur noch bräunlich grauen Brei zum Spritzen brachten. Elussa staunte, wie nass die Überreste waren. Womöglich handelte es sich um die von Toctoc vermisste Milch, die Mockmock, die jedes dieser nun entlarvten Individuen, aus dem Speichersäckchen in sein Gewebe und in seine Organe hineingesogen hatte.

Zu Elussas und vielleicht auch zu Alides Glück hatte sich hinter der Schweinetonne keine Pfote geregt, keine blutverschmierte Flanke wurde von einem allerletzten Atemzug gehoben. Elussa weiß noch immer, was sie, den abgebrochenen Besenstiel in beiden Fäusten, mehr als alles andere gefürchtet hat. Noch schlimmer als ein Zucken des Schweifs, als ein Sträuben des langhaarigen Pelzes wäre ein Laut, ein Seufzer, ein Winseln gar gewesen. Denn dann wäre es unabweisbar ihre mütterliche Pflicht gewesen, mit der hölzernen Klinge zwischen die Rippen von Waschbär oder Marderhund in Richtung Bären- oder Hundeherz zu stoßen.

Elussa bleibt stehen. Sie lässt Toctoc und Mirmir ein halbes Dutzend Schritte Vorsprung gewinnen. So können sich die beiden, wenn ihnen danach ist, zuflüstern, was sie ihren Ohren, den Ohren einer Fremden, nicht anvertrauen wollen. Die kleine Sonne dellt sich auf dem Horizont, als müsste sie wie ein Gummiball das Aufreißen einer Membran erzwingen. Vielleicht hätten Mirmir und Toctoc die fünf reglos gebliebenen Mockmockexemplare verschont, vielleicht hätten sie deren Daliegen weiter ertragen können, wenn der sechste ihrem Hinterherschauen lautlos entschwunden wäre. Als er das Ende des rampenartig ansteigenden Gangs erreichte, hielt er inne, und dies wäre ein guter Augenblick gewesen, um die Anzahl seiner Glieder zu bestimmen. Aber aus der Distanz betrachtet, war er bereits zu klein, so putzig klein, wie er in einem früheren Stadium seines Daseins vermutlich, auch aus der Nähe angeschaut, einmal gewesen war. Nun hätte es die Linsen von Spirthoffers Geschenk gebraucht! Alide hätte es genossen, durch das von ihrem lieben Opa Spirthoffer bestimmt penibel polierte Instrument ans Ende des Gangs zu äugen und dann für ihre Mutter, für Toctoc und für Mirmir von Mockmockbein zu Mockmockbein bis sechs, bis acht oder bis zehn zu zählen.

Mockmock verharrte auf der Stelle. Sein buckeliger Körper wippte auf den ungezählten Beinchen. Geradeaus ging es nicht weiter; er musste sich für rechts oder für links entscheiden. Da nahm er statt des Lichts den Schall zu Hilfe. Und seinesgleichen wusste ihm auf dem gleichen Schwingungsweg zu helfen. Es pfiff zweimal in kurzem Abstand. Einmal erstaunlich laut, nicht klagend, sondern eher erwartungsvoll, fast hoffnungsfroh. Und dann erklang von fern ein drittes Pfeifen, so leis, als hätte sich ein Wind durch Fenster oder Tür in diese Unterwelt hinabverirrt, um sich an einer ihrer Kanten zu einem lockenden Antwortton zu brechen.

Alide träumt. Ich sehe ihre Augäpfel unter den Lidhäutchen rucken, die Lippen spannen sich, und jetzt rümpft sie das Näschen zu erstaunlich tiefen Falten. Alide nickt heftig, schluckt zweimal, lächelt zufrieden, anscheinend gibt es dort, wo ihr inwendiges Sinnen sich in einer Szene sammelt, etwas zu riechen und zu schmecken. Vielleicht hat sie noch Hunger, vielleicht isst sie sich jetzt, in diesem Traum, an einer jener Speisen satt, von denen ich gelesen habe und deren Namen ich mir einen nach dem anderen, während die Ahnungslosen schlummern, Silbe für Silbe auf der Zunge zergehen lassen könnte.

Das eingetroffene Buch sieht aus wie alle, die ihm vorausgegangen sind. Vorhin, im letzten Abendlicht, verspürte ich erstmals den Wunsch zu prüfen, ob sich nicht irgendwo, an seinem mattschwarzen Einband oder am gelblichen Schnitt der Blätter, ein Unterschied zu den Bänden, die das Sonnenhaus beherbergt, erkennen lässt. Aus deren Studium weiß ich, dass es dort, von wo Alide zu uns hergefunden hat, auch deutlich kleinere Bücher gibt. Bücher so schmal, dass sie sich in Taschen schieben lassen, die womöglich eigens hierfür in Kittel oder Hosen hineingeschneidert worden sind. Bücher so leicht, dass man sie mühlos, allein mit Daumen und Zeigefinger, von einem Tisch hochheben oder aus einer Reihe, in der sie aufrecht beieinander stehen, herausziehen kann. Wahrscheinlich sind solch besonders handliche Büchlein unumgänglich nötig, da bereits kleine Kinder ebenso wie Alte, die trotz größter Schwäche schier ewig weiterleben, unentwegt mit Lesen und Schreiben beschäftigt sind.

Smosmo hat mir erzählt, was das Große Palaver allen anderen verschweigt. Das erste Buch ist nach dem letzten, dem grauhaarigen Kosmonauten, den Smosmo als junger Nothelfer bergen half, auf dem Altar des Sonnenhauses eingetroffen. Und alle weiteren Bände folgten in stets gleichem

Abstand. Alide schlägt die Augen auf und guckt mich an, als hätte mein Grübeln ihren Traum gestört. Und schon hat sie, von Twitwis Brust gerutscht und auf den Bauch gerollt, entdeckt, was es inzwischen zu entdecken gibt. Sogleich macht sie mir große Augen, legt den Zeigefinger auf die Lippen, presst dabei dessen Nagel so tief in ihre Nasenspitze, dass kein Zweifel an ihrem verschwörerischen Angebot entstehen kann: Die anderen sollen vorerst ausgeschlossen bleiben. An ihre Mutter, die wir doch statt des Eingetroffenen erwartet haben, scheint Alide im Bann des Buches keinen Gedanken zu verschwenden. Sie krabbelt auf die Warmsteinplatte und wäre, hätte ich nicht ihr Hosenbein gepackt, allein, ohne auf mich zu warten, vor mir am Buch, an dessen unterer Kante angelangt.

Smosmo, mein hochverehrter, in vielem großzügiger Lehrer, hat mir bis zuletzt nicht verraten, wovon er heimlich aß. Schon als er mich zum ersten Mal in seine Nachtwache bestellte, stand neben dem aufgeschlagenen Heiligen Buch ein Schälchen, das Reste eines dunkelblauen, auf der Glasur verschmierten Breis enthielt. Nur wenige Nächte später bemerkte ich, während er vortragend tief ins Licht der Steinschmalzkerzen gebeugt war, das gleiche Blau im linken Winkel seines Mundes. Bei derart kleinen Zeichen ließ er es bewenden. Am schlimmsten machte es mir stets zu schaffen, wenn eine Spur der unbekannten Speise unter dem langen Zeigefingernagel seiner Rechten klebte und ich mich, dem Rucken der Fingerspitze folgend, vorwärts buchstabierte, ohne dem Anblick des blauen Flecks je zu entkommen.

Alide und ich knien gemeinsam auf der Platte. Ich habe beide Hände auf das eingetroffene Buch gelegt. Für sie muss es wohl aussehen, als hielte ich es zu, als wollte ich mit dem Gewicht meines Oberkörpers verhindern, dass sein schwarzer Deckel aufspringt und zur Seite schlägt. Sie schaut mich fragend an. Ich zweifle nicht daran, dass sie längst lesen kann. Bestimmt wird sie es gleich, im schwachen, von dichten Wolken gedämpften Licht des kleineren unserer Monde, beweisen, ohne dass ich sie hierzu auffordern oder gar darum bitten muss. Womöglich wird es meinen Augen dann schwerfallen, ihrem ungehemmt flinken Zeilenflug zu folgen. Ich drücke noch ein wenig fester auf das Buch, vielleicht lässt sich der Beginn der Beschämung noch verzögern. Wie weich und warm der Einband ist. Seine Wärme könnte er der Platte verdanken, die ihn herbeigezogen hat, aber seine glatte, fast feuchte Nachgiebigkeit muss sich dieser Wälzer aus Alides Welt herübergerettet haben.

Smosmo, knausriger Heimlichtuer und freigebiger Enthüller, hat mir in unserer allerletzten Lesenacht noch einmal erzählt, wie er als Jüngster der damaligen Nothelfer den Vorgänger dieses Mädchens bergen half. Demütig lauschend, erkannte ich jeden Baustein seiner Geschichte wieder. Falls mir dabei erneut etwas vorenthalten wurde, hat sich das Verhohlene nie durch das ungeschickte Überspringen einer Lücke oder einen schlecht kaschierten Widerspruch verraten. Der Leichnam wurde aus dem Sonnenhaus ins Ratsgebäude getragen, um ihn der allgemeinen Anschauung zu entziehen. Das Große Palaver verspricht uns, dass die Erde ihre Kinder eines Tages nach Hause holen wird. Aber wie die bisherigen Versuche in Bildern des Todes verendet waren, durfte nicht Bestandteil unseres gemeinsamen Erzählens werden.

Alide schiebt meine rechte und dann, nach einem kurzen, freundlichen Zögern, auch meine linke Hand beiseite. Sie flüstert mir zu, dass ich mich nicht vor diesem Buch zu fürchten brauche. Es stimme nämlich überhaupt nicht, dass riesengroße und riesenschwere Bücher auch besonders schwierig zu lesen seien. Auch in den dicksten Büchern komme jeder, so er nicht vor lauter Angst den Deckel wieder zuschlage, Zeile für Zeile, Seite auf Seite, immer von links nach rechts voran. Und wer noch nicht so schnell wie ihre Mutter lesen könne oder von etwas anderem, vom Rechnen, Basteln oder Malen müde sei, dürfe ruhig den Zeigefinger unter die Wörter legen. Sogar für das Zweimal- oder Dreimal-Lesen von schrecklich langen Sätzen müsse ich mich nicht schämen. Von Elussa sei ihr, als sie selber zu lesen angefangen hatte, verraten worden, die Bücher würden es sogar besonders leiden mögen, wenn man auf einer Seite mehrmals stecken bleibe und immer wieder ganz oben beginnen müsse. Gerade dann werde es den Wörtern und den Kommas und den Punkten so warm, als würden sie gestreichelt.

Natürlich könnten ich und sie nicht wissen, welche Geschichte gleich, wenn wir den Deckel öffnen, im Buch zu finden sei. Am liebsten wäre ihr, es ginge um Amerika. Opa Spirthoffer hat ihr versprochen, er wolle in den Weihnachtstagen in seinem Keller und in seinem Turm, der bestimmt bis in die Spitze voll mit Regalen ist, nach einem Buch über Amerika suchen. Ob ich denn wisse, welches Unglück den Amerikanern, den früheren Amerikanern damals, noch bevor Elussa aus dem Bauch ihrer Mutter schlüpfte, zugestoßen war? Also: Es hatte in Amerika einen großen Berg aus gelbem Stein gegeben, mit uralten Bäumen, den höchsten Bäumen der ganzen Welt, mit einem immergrünen Riesenwald um sich herum. Alle amerikanischen Kinder waren mit ihren Eltern jeden Sonntag zu diesem Gelbsteinberg gefahren. In Autos breiter und länger als ein Don-Car. Und auch viel schöner als ein solches, weil auf dem glatten, kratzer- und beulenlosen Blech, vorne und hinten, in Rot und Blau und Weiß die Flagge der Amerikaner aufgemalt gewesen war. Ob ich auch wisse, dass sie Sternenwimpel heißt?

Am Gelbsteinberg haben die Amerikaner dann gegessen und getrunken. Dessen oberer Buckel war nämlich ohne

Bäume. Die hatte irgendwann mal irgendjemand abgesägt. Nein, falsch! Oben auf diesem Berg hatte es überhaupt niemals Bäume zum Absägen gegeben, weil nämlich die Wurzeln von Bäumen nur kaltes Wasser saugen wollen. Oben am Gelbsteinberg befanden sich aber rundum große und kleine Löcher voll mit aufgeheiztem Wasser, manche gerade so schön warm, wie es in einer Badewanne sein muss. In diesen Löchern planschten die Kinder der Amerikaner, während ihre Eltern in den anderen dampfend heißen Wasserkuhlen das mitgebrachte Essen fertig kochten. So wunderbar sei das gewesen, dass die Amerikaner eigens ein Wort hierfür erfunden hätten: Picknick!

Auch in Sibirien hatten Elussa und sie zuletzt noch, bevor sie nach Germania fuhren, auf einer Wiese diesen früheren Amerikanern ein solches Picknick nachgemacht. Und eben, als sie alle zusammen, hier am orangen Stein, die Kekse des toten Mannes gegessen und Monstermilch – nein, Mockmockmilch! – getrunken hatten, war dies eigentlich auch so ein Picknick gewesen. Nur leider sei ihr vorhin das Wort nicht eingefallen.

Achtung: Jetzt komme das Besondere. Die Amerikaner hatten ganz genau gewusst, warum das Wasser warm war. Unter dem Gelbsteinberg lag nämlich ein Vulkan. Nein, falsch: Der ganze Gelbsteinberg ist selber der Vulkan gewesen, nur ohne Loch, ohne das große, kreisrunde Loch, aus dem bei anderen Vulkanen der Rauch aufsteigt. Ohne ein Abzugsloch musste der Gelbsteinberg den vielen Qualm für sich behalten. Und alle Amerikaner wussten ganz genau, dass dies kein gutes Ende nehmen konnte, weil nämlich sogar der Rauch, ein jeder Rauch der ganzen Welt, damals und heute, obwohl er genauso weich und leer wie Luft ist, Platz zum Dasein nötig hat.

Elussa sagt, der Berg sei gar nicht schuld. Im Gegenteil: Sein gelber Stein habe, solange es gegangen sei und noch ein bisschen länger, mit aller Kraft den vielen Qualm für sich behalten. Aber dann wurde es so heiß und eng, dass der gute, feste, gelbe Stein sein eigenes Schmelzen nicht mehr verhindern konnte. Ob ich denn wisse, dass auch Steine schmelzen können? Es gebe sogar ein Wort dafür. Gleich komme es ihr wieder in den Sinn. Den armen Amerikanern war an einem Sonntag oder an einem Feiertag – vielleicht an Ostern, bestimmt an Ostern! – ihr Picknick-Berg, wie sie es lang schon hatten kommen sehen, explodiert. Der glühend heiße Gelbsteinbrei spritzte durch die Wolken, bis zur Sonne und dann bei Nacht noch weiter, nämlich bis zum Mond und zu den Sternlein, den Kindern des Monds, hinauf. Die schönen alten Bäume um den Berg herum verbrannten und zündeten als große Fackeln auch den Rest Amerikas, sämtliche Häuser, alle Autos, die Picknickdecken, die Picknickteller aus Karton, die Amerikaner selber und auch die Kinder in ihren Badehosen an.

Ist das nicht schlimm? Sei so etwas bei ihnen auch schon mal passiert? Hoch oben, im eisig kalten Sternenhimmel ist die Lava – jetzt wisse sie das Wort auf einmal wieder – dann wieder hart gefroren und als ein Hagel gelber Steine auf Amerika geprasselt. Nein, nicht geprasselt, sondern nur gefallen, weich hingeplumpst, weil unten schon alles voller Asche war. In dieser Asche steckten bis heute die Knochen der früheren Amerikaner, der Elefanten, der Nashörner, der Nilpferde, der Waschbären und der verbrannten Kinder. Nur die ganz kleinen Krabbeltiere, die Ameisen, die Kellerasseln, die Spinnen und die Tausendfüßler konnten in ihren Löchern überleben.

Am wichtigsten ist dann das Gras gewesen. Elussa sagt: Das Gras wächst immer nach. Genauso sei es auch in Amerika gekommen. Die Grashalme haben sich langsam durch die Asche ans Licht hinaufgebohrt. Und hierzu hat es unentwegt geregnet. Ein ganzes Jahr lang! Und dieses Regenwasser und die kalte, in den Boden hineingeschwemmte Asche kamen den Graswurzeln und den Wurzeln der anderen Pflanzen gerade recht. Nun, wo ihr Onkel in Amerika eingetroffen sei, gebe es dort schon wieder rote Äpfel und dicke Birnen und zuckersüße Mohrrüben zu ernten und zu essen.

NEUNMALNEUN

Alide weint und weint und will sich nicht beruhigen. Eben schluchzte sie so laut auf, dass Twitwi und die Gehilfen hochschraken und die Gesichter Richtung Platte wandten. Twitwi fasst mich noch immer streng ins Auge, als könnte ich schuld sein an Alides Tränen, als hielte sie für möglich, ich hätte unsere kostbare Kleine mit Worten beleidigt oder gar mit einer Tat verletzt. Ich schüttle bloß den Kopf, weise mit beiden Händen auf das Buch, und schon sind die anderen bei uns auf der Warmsteinplatte. Spispi und Hoho krabbeln zu Alide, fassen ihr an die Schultern und die Ellenbogen, begucken sie rundum, als müsste sich der Grund für ihr Klagen an ihren Gliedern finden lassen. Twitwi denkt anders. Die kleine Twitwi bleibt sich treu und wendet sich dem Ding zu, weil sie, die Leiterin der Werkstatt für unsichtbare Kräfte, darauf vertraut, dass ihr die bloße Sache etwas sagen will und wird.

Dem Seligen Tausch gehorchend, hatte ich Alide vom Gerechten Untergang berichten wollen. Aber als ich zu erzählen anhob, noch während ich den Kugelturm und seine Braunsteinquader in einem ersten Satz beschrieb, schlug sie einfach, bevor ich jenen Mann, das Kind mit beiden Armen an die Brust gepresst, vor einer Wand aus Feuer fliehen lassen konnte, das schwarze Buch auf. Mit beiden Händen riss sie die Kante des Deckels empor, ließ ihn aus der Senkrechte nach links, auf die im Mondlicht grau gewordene Warmsteinplatte klatschen. Offenbar wollte das kleine Mädchen nicht hören, was in unserer Welt als Ende und zugleich als Anfang gilt.

Dann wäre es an mir gewesen. Nicht sie, ich hätte angesichts des Aufgedeckten weinen müssen. Porrporrs Tränen hätten aus Porrporrs Augen spritzen müssen, als feine Strahlen und in Bögen sichtbar weit. So nämlich hatten Smosmo und ich das irdische Weinen gleich im ersten Heiligen Buch beschrieben gefunden, uns unwillkürlich angeschaut und dabei gespürt, dass auch der andere im Gesicht des Gegenübers, in dessen inneren Augenwinkeln, nach den winzigen, aber offenbar unerhört ergiebigen Tränenlöchlein forschte. Die zweite Geschichte vom Gerechten Untergang erzählt, wie die allerersten Kinder, wie die Urkinder die rechte Zeit versäumten, um ihre Mütter, die allerersten Mütter des Planeten, zu beweinen. Die kleinen Buben und die Mädchen weilten unten, im damals tiefsten Stollen, dem einzigen Ort, an dem man zwar nicht beklemmungsfrei, nicht ohne Schmerzen in der Brust, aber immerhin ohne Maschinenhilfe atmen konnte. Ihre Mütter, die Männer und auch ihre ältesten Geschwister waren oben. Die Sauerstoffgeräte auf dem Rücken, die Finger von besonderen Handschuhen, die Gesichter von Helmen geschützt, versuchten sie das, was in den kargen Sätzen des Großen Palavers, unbeschrieben und unerklärt, nur das Sonnengespiegel genannt wird, in Teile zu zerlegen und Stück für Stück vor dem herankriechenden Lavastrom in Sicherheit zu bringen.

Wie gerne hätte ich Alide mit meinen besten, mit allen eifrig angelesenen Wörtern erzählt, was dann oben und unten geschehen ist. Das Sonnengespiegel zerblitzte in einer Woge aus aufflammendem Gas, und alles, was es zuvor gewesen war, seine uns rätselhafte dingliche Nützlichkeit, rollte in einer Walze aus Hitze und Licht über die Gebäude der

Siedlung. Unten, in der Kaverne der Kinder, riss durch die Wucht der Explosion der Boden auf. Wie durch ein Wunder stürzte keiner in den Spalt, aus dem sogleich die beste Tiefenluft aufstieg, so süß und frisch, dass sich die Kleinen gar nicht satt daran schnaufen konnten und, alle Angst vergessend, juchzend und jubelnd durcheinander tollen, übereinander purzeln mussten.

Auf ihre Art, mit Augen, Fingerspitzen und vergleichendem Verstand, prüft Twitwi, was Alide zum Weinen gebracht hat, was ich weit heftiger als dieses kleine Mädchen beweinen sollte: Das Buch ist ausgehöhlt. Mit einer Klinge derart scharf, dass sie die Fasern des Papiers so glatt wie feuchten Braunstein schnitt, ist allen Seiten die beschriebene Mitte entnommen worden, um Platz, um Stauraum für etwas anderes zu schaffen. Am rechten und linken Rand der ersten Seite sind fingergliedlange Reste der verlorenen Erzählung zu erkennen. Die Schrift scheint mir noch winziger als in jenem Buch, das Smosmo das bislang letzte nannte und das wir, weil wir uns streng an die nur ihm bekannte Reihenfolge hielten, erst nach allen anderen durchstudierten.

Ich höre, wie Spispi und Hoho unsere Alide zu trösten suchen. Sie sagen ihr, im Sonnenhaus gebe es viele derartige Bücher und alle seien gleichermaßen heilig und unversehrt. Zu meiner Überraschung kennen die dickschädligen Brüder sogar deren Zahl. Hoho hält beide Fäuste vor Alides Gesicht, lässt seine kurzen Finger fünfmal auseinander schnellen und zeigt zuletzt, um wie viel die Anzahl unserer Bücher das halbe Hundert übersteigt. Aber Alide holt mit der Rechten aus und schlägt mit Schwung die Finger, die sie beruhigen sollen, zur Seite weg. Sie schreit die beiden an, sie seien blöd. Wir alle würden nicht begreifen, warum sie weine, weil wir, weil auch Twitwi und ich, den sie den doofen Porrporr nennt, nicht wüssten, dass gestern

– oder vielleicht schon vorgestern? – zu Hause in Germania, in ihrer und Elussas Küche Weihnachten gewesen sei. Bestimmt wüssten wir nicht einmal, was Weihnachten bedeutet.

Alide tut mir unrecht. Ich weiß es ungefähr. Zumindest kenne ich das Wort und einige andere besondere Wörter, die in den Heiligen Büchern mit ihm in Sätzen beieinander stehen. Ich weiß sogar, dass Weihnachten mit einer altehrwürdigen Geschichte zu tun hat, in der ein nacktes neugeborenes Kind eine rätselhaft segensreiche Rolle spielt. Wahrscheinlich hat Alide gehofft, diese Geschichte wäre in das eingetroffene Buch erneut hineingeschrieben und damit jederzeit, auch jetzt für uns, mit allen Einzelheiten aus ihm herauszulesen.

Inzwischen hat sich der zweite Mond zu seinem kleineren Vorgänger gesellt; aber schmierig fette Wolken schlucken das meiste Licht. Twitwi, die mit keinem Wort und keiner Geste auf Alides Klagen eingegangen ist, zieht ihren Beutel unter der Plane hervor und greift nach der Zündpechfackel, die aus dessen Schnürung ragt. Weil Twitwi mehr Licht braucht, darf ich zum ersten Mal mitansehen, wie eine solche Fackel fachgerecht entflammt wird. Aus einem Döschen schmiert Twitwi reichlich braunes Steinschmalz auf den Docht, in den die Fackelspitze mündet. Hoho schlägt Stück und Gegenstück eines Feuerspenders, den hellen und den dunkelgrauen Glanzsteinbrocken, so lange aneinander, bis ein großer Funke fliegt. Twitwi wartet, bis der Docht brutzelnd brennt. Erst dann schwenkt sie die Fackel mit gesenkter Spitze vorsichtig über die Warmsteinplatte. Aufprasselnd fängt das Zündpech Feuer, erhellt Twitwis Hand, dann ihren Arm und schließlich ihr Gesicht mit wunderbar rotem Schein.

Die dritte Geschichte vom Gerechten Untergang berichtet, wie das gerettete Kind in der Tiefe eintrifft. Jetzt heißt es Feuermädchen, denn seine Haare sind hinweggeschmort, Gesicht und Hände grau von Asche. Aber das Weiß seiner Augen blitzt, und sein Brummen und Knurren lässt die eben noch im Rausch der guten Luft herumtobenden kleineren Kinder sogleich verstummen, ja erstarren. Die Hitze hat den Hals des Feuermädchens so ausgedörrt, dass es nun dunkler und tiefer redet als je eine Männerstimme, tiefer und dunkler, als es die erschrocken lauschenden Knaben eines kommenden Tages können werden, wenn ihre Stimmen in den verwirrten Jahren eine neue Tonlage gefunden haben. Das Feuermädchen befiehlt, Freund Mockmock zu beobachten, Freund Mockmock zu ehren, Freund Mockmock ausschließlich, wenn er ruht, zu ernten. Nur falls Freund Mockmock bei seinem Aufstieg, auf seinem Weg durch die Kamine und Kavernen, derart beachtet und geachtet werde, würde die Erde eines Tages Hilfe schicken.

Twitwi hockt vor dem Buch und hält die Fackel über seine Höhlung. Wir rutschen auf den Knien dicht heran. Alide wischt sich mit beiden Händen die letzten Tränen von den Backen und sagt, was wir da sehen könnten, sei ein Geschenk, so wie es in Sibirien und in Germania die Kinder von ihrer Mama, von ihrem Onkel oder von ihrem Opa an Weihnachten bekommen. Ich strecke meine Hand aus, um tastend zu prüfen, was ich kaum glauben mag. Auch das hier scheint, obwohl nicht weiß, Papier zu sein. Schräg ist es in den frei geschnittenen Raum gepresst, um von links oben hinunter in die rechte Ecke die größtmögliche innere Länge zu nutzen.

Alide erklärt uns, dass es ein Weihnachtsgeschenk sein müsse, denn diese Sternlein, die einen Zackenbogen hinter sich herschleppten wie Bär und Hund den Schwanz, gehörten zum Weihnachtsabend. Über dem Dach des Stalls, in dem der kleine nackte Jesus liege, sei stets ein solcher Stern am Himmel festgeklebt. Schon haben ihre Hände zugegriffen.

Mit einem Knistern, so fein, als spräche es in einer eigenen Sprache, löste sich das dunkel schimmernde Papier aus der Tiefe des Buchs, und jetzt, wo unsere Alide das Herausgenommene wie ein Kind in beiden Armen wiegt, glaube ich zu verstehen, dass dieses ungeheuer schöne Sternenpapier dazu dient, eine weitere, womöglich noch schönere und wichtigere Gabe umhüllend zu verbergen.

Da hängt etwas. Ich sehe etwas baumeln. Mit den Fingerspitzen drücke ich Twitwis Hand nach unten, um den Kern des Zündpechlichts ganz auf Alide und auf das zu lenken, was sie gegen ihre Brust presst. Ein kleines Rechteck aus einem dünnen, steifen Material ist mit einem Schnürchen an das Sternenpapier geknüpft. Ich fasse es, wende es unwillkürlich um, als ahnten meine Fingerspitzen, dass es sich lohnt, auf seine Rückseite zu schauen. Mit jenen Buchstaben, die ich dank Smosmo auch die meinen nenne, ist etwas aufgeschrieben. Ich spüre Twitwis Blick im Nacken, aber ich kann nicht mehr verhindern, dass meine Lippen flüsternd lesen. Schon haben die anderen das Wort, das Namenwort gehört. Ich habe mich verraten. Und unsere Alide schaut aus großen Augen den an, der ihr soeben offenbart hat, dass dieses Geschenk für eine, die Alide heißt, bestimmt ist.

Es kann nicht mehr sehr weit sein. Mirmirs und Toctocs Schritte werden schneller, die Nähe des Ziels spornt beide offenbar noch einmal an. Ihr selber hat das Marschieren von Beginn an gut getan. Seltsam erleichtert schwingen die Arme durch die Atmosphäre dieses wüsten Landstrichs. Die Knie scheinen sich höher als gewohnt zu heben, die merkwürdigen Gummischuhe schmiegen sich an ihre nackten Füße, deren Zehen und Fersen sich die ganze Adventszeit lang mit der starren Härte ihrer neuen Winterstiefel quälen mussten. Wenn sie nur wüsste, dass auch Alide frei von Angst und Beschwernis unterwegs ist, hier irgendwo unter demselben Mond, dem irgendeine Wolkenbesonderheit, irgendein Wettertrick ein komisch kleines Spiegelbild hinzufügt. Wäre ihr Töchterchen in Sicherheit, könnte Elussa sogar daran denken, Spirthoffer zu verzeihen, so christlich großmütig, wie sie es bislang, ohne selber auf die Probe gestellt zu werden, den Kindern in der Gemeindeschule gepredigt hat.

Inzwischen vermutet Elussa, dass der Greis mit den Kleinköpfen unter einer Decke steckt. Schon bald nachdem sie in Germania eingetroffen waren, gleich in den ersten Gesprächen mit den neuen Nachbarn, war ihr das Gerücht zu Ohren gekommen, die Dialogische Bruderschaft entführe Kinder, um sie in ihren Siedlungen im Süden gemäß den Regeln ihrer Lehre aufzuziehen. Der Priester der kleinen Altgläubigen Gemeinde, der sich Elussa angeschlossen hatte, so wie es ihr von ihrem Bruder in seinem letzten Brief geraten worden war, meinte allerdings, dies sei nichts weiter als das aktuelle Angstgewäsch. Vor kurzem habe es stattdessen noch geheißen, im Territorium des Weißen Khan fange man halbwüchsige Mädchen ein, um sie an die Küste zu verschleppen und in den Bäuchen der Atlantikschiffe nach Amerika zu schaffen, wo sie, gleich in New York, am Fuß der goldenen Freiheitsstatue, unter den Siedlern, denen es an Frauen fehle, versteigert würden. Bestimmt gebe es bald ein frisches, ähnlich dummes Schreckensmärchen. Die Lebensfurcht sauge sich wie die Lebenshoffnung am liebsten an der nahen Zukunft unserer Kleinen, am Morgen und am Übermorgen der Söhne und Töchter, fest. Elussa hätte dem nüchtern klugen Mann gern geglaubt, aber dann hielt sie es doch für angeraten, Alides Wege ängstlich zu behüten. Und ausgerechnet diese Fürsorge, die jedem Draußen misstraute, hatte sie blind für die häusliche Tücke des alten Spirthoffer gemacht.

Elussa überlegt, ob Toctoc und Mirmir das sein könnten, was bei den Kleinköpfen, zumindest im Gemunkel der Gerüchte, die ihr Tun umkreisen, ein Dialogisches Geschwisterpaar genannt wird. Wie die beiden seit ihrem Aufbruch stumm, fast verstockt nebeneinander vorwärts stapfen, spricht eigentlich dagegen. Aber womöglich ist Mirmirs und Toctocs Einverständnis längst derart groß, dass sie Rede und Gegenrede nur noch sehr selten nötig haben. Oder die beiden wollen vor ihr, der Fremden, nicht mehr von ihren Nöten verraten. Elussa nimmt sich vor, im Auge zu behalten, was unter diesem Himmel, dessen Wolken seit Anbruch der Nacht noch tiefer zu hängen scheinen, in Unordnung geraten ist, was aber nicht, zumindest nicht vor ihren Ohren besprochen werden darf.

Auch als sie im allerletzten Abendlicht noch einmal auf Menschen gestoßen waren, wurde kein Wort gewechselt. In Marschrichtung, dort, wo die Sonne, lange komisch bohnenförmig, dann flach wie eine Linse, zuletzt in einem schmutzig orangen Strich vergangen war, hatte es erneut ein Licht zu sehen geben. Es flackerte aus einer Vertiefung des Geländes. Erst als sie an deren Rand anlangten, verstand Elussa, dass es sich um eine Grube handelte, bestimmt gut hundert Schritte breit und lang, mannstief in den festen Grund gesenkt. Dort unten brannte, wenige Schritte von der Stelle, wo sie nach unten schauten, ein Feuer, dessen Schein ein Dutzend Gesichter zu hellen Flecken malte.

Ihr Kommen blieb nicht unbemerkt. Einer nach dem anderen sah nach oben. Elussa spürte, wie die Blicke stets zuerst an ihr Gesicht rührten, bevor sie zur Seite auf Mirmir ruckten, um kurz und merkwürdig leer ein Weilchen auf deren Gestalt zu haften. Alle wandten sich ohne ein Wort des Grußes, ohne jedes Zeichen von Erstaunen oder freundlichem Erkennen wieder ab, krümmten die Rümpfe von neuem Richtung Feuer, als gälte es, dessen Brennen mit Hinschauen am Leben zu erhalten.

Elussa hatte nicht gleich begriffen, was da unten im Schein der gelben Flammen vor sich ging. Eine vierrädrige Karre war zwischen Feuer und Grubenwand gerückt. Auf einer grob gezimmerten Ladefläche standen drei hohe, eimerartige Gefäße. Elussa hörte ein Scharren und trat einen Schritt zur Seite, um von oben in diese Behälter hineinschauen zu können. Die Helle der Nacht und der Schein des Feuers reichten aus. Sie erkannte, was im Grund der Eimer umherkroch, übereinanderstieg, was sich, gestellt aufs hinterste Beinpaar, vergeblich mühte, mit dem vordersten den Rand des Gefängnisses zu erreichen. Elussa sank auf die Knie, und sie verstand: Das Stillhalten der unteren Exemplare, damit die oberen der Kante näher kamen, das recht geschickte Stützen und Schieben der hinteren Individuen, dies alles deutete auf Erkenntnis der Lage, vielleicht sogar der Zukunft hin. Am Feuer, dort wo die Glut in Asche überging, schoben die Hockenden mit Stöckchen in die Hitze zurück, was dieser zu entkommen suchte. Sie machten es geschickt. Ruckzuck drehten die Freiluftköche den jeweiligen Mockmock mit ihrem einfachen Werkzeug auf den runden Rücken. Die Beinchen zuckten hilflos in die Höhe, bis sie, als wäre ein jedes zu einem Fingerling erstarrt, reglos in den Himmel wiesen, hinauf zu den nächtlichen Wolken, auf den matt gewordenen Schemen des Mondes und auf dessen kleinen, noch matteren Spiegelbruder.

Sie scheinen ihr Ziel erreicht zu haben. Und wie Mirmir und Toctoc schlüpft auch Elussa aus den Schlaufen des Rucksacks, der ihr auf dem letzten Stück doch schwer geworden ist. Sie stellt ihn vor sich in den Sand, lockert wie ihre Führer die angespannten Schultern und schaut auf ein von schmalen Gräben durchzogenes Gelände. Und plötzlich ist sich Elussa sicher, dieses Muster, dieses Kreuz und

Quer von Linien schon einmal betrachtet zu haben. Vor kurzem erst. Nicht in der Schule, nicht zu Hause, nicht auf ihren Wegen durch Germanias Straßen, sondern in Spirthoffers Laden, im Elektronischen Hospital. Etwas hat dort so ähnlich und doch ein wenig anders ausgesehen.

Elussa fasst sich mit beiden Händen an den Kopf, spürt, dass ihr Haar verschwitzt ist, auch ihre Stirn ist nass, anscheinend hat der Marsch sie stärker mitgenommen, als sich ihr Denken eingestehen mochte. Im ersten Buch, in dem sie gemeinsam gelesen hatten, in einem alten Schulbuch Alides, markierte Spirthoffer die erreichte Stelle, weil er noch alleine weiterüben wollte, indem er ein rechteckiges Kunststoffplättchen, bedruckt mit metallisch glänzenden Linien, zwischen die Seiten legte. Aber das ist es noch nicht, was ihr da eben beinahe wieder bildlich eingefallen wäre.

Mirmir und Toctoc haben ihre Rucksäcke wieder aufgenommen. Auch Elussa bückt sich, vielleicht ein wenig zu schnell, denn kaum dass ihre Hände die groben Gurte berühren, wird das Glitzern des Sandes vor ihren Augen unscharf, als bewegten sich dessen oberste Körner. Und jetzt glaubt sie an ihrem Nacken einen starken, kühlen Hauch zu spüren. Wenn dies ein Schwindel, ein in den letzten Stunden zurückgehaltener Schwächeanfall ist, dann schafft es ihr Bewusstsein, ihn in etwas Wetterhaftes umzudeuten. Es sirrt. In beiden Ohren hörte sie ein windartiges Sirren, das womöglich bloß besagt, wie nah sie einer Ohnmacht ist. Sie hebt den Kopf, versucht den Blick erneut auf das Grabenlabyrinth zu heften.

Plötzlich kennt sie es gut. So gut, dass sie sogar bemerkt, dass etwas fehlt. Auch Spirthoffers Lesezeichen, diesem elektronischen Bauteil, hatte dasjenige gefehlt, was dem Gewirr vor ihren Augen nun abgeht. Und endlich weiß sie, woran sie dieses Gelände, dieses Stück nächtliche Wüstenei erinnert. Als der tückische Alte sie von Alide weggezogen hatte, war ihr, obwohl schon schlimm benommen, als klarer Gedanke aufgegangen, dass er den Tee vergiftet hatte. In einem letzten Aufbäumen schlug sie nach ihrem Überwältiger. Und während er, dicht hinter ihr, in ihren Nacken keuchte, hatte sie seinen zweiten Kopf, den Greisenschädel, der sich über ihre Schenkel neigte, mit der flachen Hand getroffen. Das Mützchen flog ihm vom dünnen Haar, und sie musste sehen, was es in allen Unterrichtsstunden vor ihr verborgen hatte: ein von narbigen Linien fein zerfurchtes Kopfgewächs. Aber in garstigem Gegensatz zu diesem Grabenmuster hier im Wüstenboden und zu der Platine, die bestimmt noch immer in Alides Schulbuch klemmt, ragten damals, in Spirthoffers Werkstatt, aus Spirthoffers Geschwulst, zahlreiche kurze, steife Härchen antennenartig in die dritte Dimension.

Spirthoffers doppeltes Zupacken, das ihr den Busen gegen die Rippen quetschte und zugleich die Knie zusammenpresste, blieb das Letzte, was sie zu spüren vermochte. Danach war bloß noch Raum für einen seltsam nachzüglerischen Gedanken. Elussa richtet sich vollends auf. Das Sirren lässt nicht nach. Ihr ist nicht schwindlig. Auch Mirmir und Toctoc drehen horchend die Köpfe in die sacht bewegte Luft. Und ebenso erleichtert wie über diese Gemeinsamkeit ist Elussa nun darüber, dass niemand ihren letzten Gedanken in Spirthoffers Werkstatt mitgedacht hat. Dort hätte ihr Sinnen, Sorgen, Sehnen Alide gelten müssen. Aber stattdessen hatte sie sich gewünscht, anstelle des doppelten Greises hielte sie ein junger Mann gepackt, und auch sie selbst hielte den jungen Unbekannten recht innig, versunken in ein wechselseitiges Begreifen und Kennenlernen, mit beiden Armen fest umfangen.

HUNDERT

Der fürchterliche Sturm scheint endlich nachzulassen. Als seine ersten Böen lotrecht, wie etwas Schweres, das die Nachtwolken nicht länger in sich halten wollten, in die Grube stießen, erwies sich Sursurs Fund als groß genug, um allen acht Körpern, gekauert unter die feste Plane, Platz zu bieten. Unsere tüchtige Twitwi hatte uns, gegen den Wind anschreiend, erklärt, wie wir die Arme auf die nach innen geschlagenen Kanten stemmen sollten, damit die Hülle nicht weggerissen werden könnte. Alide kam in unsere Mitte. Im Nu prasselten Sand, Steinchen und jenes zu Kügelchen erstarrte Wasser, das ich nur aus der Erzählung vom bislang letzten Kaltsturm kannte, gegen die Plane, die uns birgt. Und während unsere Arme, unsere Schultern, unsere Oberschenkel, während jedes Stück Leibesoberfläche, das wir gegen die Schutzschicht pressten, bereits die mörderische Eisigkeit des Draußen nach innen dringen spürte, kroch unsere Alide im Kreis herum, schmiegte sich gegen Hüften und Waden, griff an die bloßliegenden Knöchel und blies nicht nur der wiedergewonnenen Mutter ihren kindlich heißen Atem in den Nacken.

Bevor das erste zarte Sirren hörbar wurde, hatten Spispi und Hoho, als ob sie ahnten, dass nicht mehr viel Zeit für ein ruhiges Betrachten bleiben würde, Alide bedrängt, ihr Geschenk zu öffnen. Die beiden zupften an der dünnen Schnur, die das Papier zusammenhielt, und hätten die kostbare Umhüllung vielleicht sogar eigenmächtig aufgerissen, wenn das Mädchen sich nicht entschlossen hätte, die Schleife aufzuziehen und das Verborgene auszuwickeln. Und wie Alide das dunkle Rohr aus dem Papier nahm und triumphierend ausrief, wir wüssten bestimmt nicht, was dies sei, waren es die Hände der dickköpfigen Brüder, die den rätselhaften Gegenstand, fast zielgerichtet fingernd, zu seiner vollen Länge auseinanderzogen.

Ich sah Metall, Kunststoff und Glas, so glatt und schön, so unbeschadet, wie ich mir seit langem, seit meinen ersten Lesenächten, die irdische Dingwelt denke; aber ich hatte keine Idee, wozu der Gegenstand, den unsere Alide Fernrohr nannte, einem kleinen Mädchen oder einem anderen Menschen dienen könnte. Twitwi jedoch hatte aufs Wort gehört und etwas Wortverwandtes war ihr eingefallen. Schon war sie aufgesprungen, und obwohl sie ein «Bleibt alle hier!» gemurmelt hatte, überließ ich Alide und ihr blankes Fernrohr den aufgeregt brabbelnden Brüdern, um der Leiterin unserer Werkstatt für unsichtbare Kräfte hinterherzurennen.

Als Twitwi und ich dann wenig später zusammen auf dem Rückweg waren, kam uns am Anfang des Grabens, der an die Warmsteinplatte führte, das Geschenkpapier entgegen. Es flatterte in kleinen Hüpfern auf uns zu. Aber wie ich es fassen wollte, hob eine Böe den dünnen, falschen Himmel und all seine geschweiften Sterne in die Höhe. Ich spürte eine scharfe Kante des Papiers auf meiner linken Wange, und schon war es, vielleicht wie einer jener Vögel, die durch die irdischen Lüfte fliegen, über den Grabenrand hinweg entwischt. Zuvor schon, während wir noch suchend durch die Trümmer von Sursurs Hütte stapften, waren die Wolken in Bewegung geraten, und weil das Licht unserer Monde plötzlich wieder reichlich über das Gelände schwemmte, fand Twitwi schnell, wonach sie suchte. Ich bot ihr an, das schwere Ding zu tragen. Aber sie schüttelte den Kopf und hob den grauen Kasten des Notfernmelders aus dem vom Wind zu kleinen Wirbeln aufgestörten Sand.

Noch immer wundert mich das Bild, das sich Twitwi und mir dann an der Platte bot. Statt der drei, die wir verlassen hatten, waren sechs Menschen, wie von einer umsichtigen Hand geordnet, über das Quadrat verteilt. Keine Geringere als unsere Barmherzige Schwester kniete vor dem ausgehöhlten Buch. Der Zeigefinger ihrer Rechten strich über die Wortreste des äußeren Rands. Toctoc leuchtete ihr mit unserer Fackel. Und als der Wind eine kleine tiefrote Flammenzunge aus deren Spitze trieb, täuschte mir das Schwanken des Zündpechlichtes vor, die Lippen meiner Vorgesetzten würden die verbliebenen Silben eine nach der anderen lesen.

Alide hatte den Hinterkopf unter den Busen einer mir unbekannten Frau gedrückt und hielt sich das Geschenk vors Auge. Twitwi und Hoho dienten ihrem Schauen, indem sie jeweils mit einer Hand das schräg emporragende Fernrohr stützten. Endlich, ohne ein weiteres Überlegen, verstand ich dessen irdischen Zweck, und ein Aufseufzen Twitwis, dicht hinter meinem Rücken, verriet mir, dass es ihr nicht anders ging.

«Mama, du täuschst dich! Das ist nicht einer. Da sind zwei!» Ich, Twitwi und gewiss auch ihre dickköpfigen Gehilfen, ahnten, was Alide ihrer doch noch eingetroffenen Mutter damit sagen wollte.

Hier, unter der Plane, die uns bis jetzt geschützt hat und noch weiter gegen Sturm und Kälte schützen wird, können wir nicht sagen, wann die Nacht zu Ende ging, ob überhaupt ein lichter Tag anbrach oder ob das Wüten des Kaltsturms eine solche Grenze vorerst zunichte macht. Noch immer verhindern das Heulen der gejagten Luft, das Knattern und Knallen unserer Plane und das gierig sirrende Schaben des

Sandes auf deren Oberfläche, dass wir Wörter, geschweige denn Sätze, miteinander wechseln. Schweigend ist jeder zwischen Schweigende gekauert. Ebenso sicher bin ich, dass keiner der anderen sechs Erwachsenen gewagt hat, seine Lage, auch nur einen halben Arm weit, nach hinten zu verschieben, denn dann wäre der Sturm unter das unbeschwerte Kantenstück geschlüpft und hätte unser Dach hinweggewuchtet.

Alide hält nun schon ein langes Weilchen still. Womöglich ist es ihr als Einziger gelungen, in Schlaf zu fallen. Ich wünsche ihr, dass sie von jenem Weihnachten träumt, das hier in diesem Dunkel nur noch eine andere aus eigenem Erleben kennt. Ich hoffe, in ihrem Traum zieht sie noch einmal, im richtigen Moment und an der rechten Stelle ihrer Welt, das Fernrohr aus jenem Papier, das für uns verloren ist, weil es der Sturm längst in einen fernen Winkel unseres Planeten geblasen hat. Womöglich werden der plane blaue Himmel und seine besonderen Sterne eben jetzt durch den noch unerkundeten Norden der Faltenhügelchen getragen, vorbei an der Stelle, wo eine letzte Strähne Haar von Smosmos lang schon ausgedörrtem Schädel flattert.

Ich aber, Smosmos braver Schüler, bin inzwischen wohl das, was eines unserer Heiligen Bücher in rätselhaftem Zusammenwachsen zweier Wörter einen Glückspilz nennt. Denn der Zufall hätte fügen können, dass ich mich nun, den ganzen Kaltsturm lang, zwischen Twitwi und unsere Barmherzige Schwester krümmen müsste. Dies ist mir, der Sonne sei gedankt, erspart geblieben. Weder an die weiche Fülle meiner Vorgesetzten noch an die sehnige Härte Twitwis müssen meine Glieder rühren. Stattdessen stößt erneut Toctocs linker Ellenbogen gegen meine rechte Hüfte. Jetzt zuckt sein Bein, er rutscht, eine bequemere Lage suchend, ein kleines Stück nach oben. Seine Bewegung steckt mich an, ich wälze mich halb herum. Dagegen ist nichts einzuwenden. Auf diese Weise sind die uns möglichen Bewegungen mittlerweile viele Male, wohl hundert Mal und mehr, im Kreis herumgewandert.

Ich zittere vor Glück. Denn auch an meiner anderen Seite, zu meiner Linken regt es sich. Wieder erkenne ich das wellenartige Strecken und Zusammenkrümmen, das von ihren Schenkeln auf ihren Rumpf und dann auf ihren Nacken überspringt. Und schon ist es erneut geschehen: Die Spitzen ihres seltsam duftenden Haares tupfen mir ins Gesicht. Es kitzelt mich in beiden Nasenlöchern. Ich reiße den Mund auf, halte den Atem an, um wie beim vorigen und vorvorigen Mal das Niesenwollen, das andrängende Niesenmüssen zu unterdrücken. Wie schrecklich schön, wie süß, allein schon dieses Niederzwingen ist.

Was macht er da? War das ein unterdrücktes Niesen? Zum dritten oder vierten Mal hat er mit einem kleinen, scharfen Ruck den Atem angehalten. Jetzt rutscht er wieder ein kleines Stück nach oben, weit genug, dass sein Mund ans Ende ihres Scheitels haucht. Alide mag es, wenn sie sich, während sie am Küchentisch über dem Schulheft sitzt, über ihre Haare beugt und ihr heftig auf den Scheitel pustet. Sie hält den Kitzel aus, so lang es ihr nur möglich ist. Wenn sie schlussendlich, kichernd und zappelnd, aufspringen will, umfangen ihre Arme sie von hinten und pressen ihre Schultern fest gegen die Lehne, weil Alide genau dies will und innig zu genießen weiß.

War das ein Stoß? Hat sich ihr Knie so weit gebeugt, dass sie mit einem ihrer Schuhe – oder der nackten Ferse! – gegen meinen Oberschenkel pochen konnte? Falls es ein absichtliches Stoßen war, soll es vielleicht dazu dienen, mich vor einem kommenden, heftigeren Stoß zu warnen. Womöglich war es ihre Faust? Nein, so weit kann ihr Arm auf keinen Fall an mir herunterreichen. Außerdem habe ich eben, mit den nach vorn zuckenden Fingerspitzen, doch gespürt, dass ihre Hüfte nicht senkrecht steht, sondern sich von mir wegneigt. Halb auf den Bauch gerollt, wird sie das linke Bein leicht angezogen haben, und dessen Fuß muss gegen mich gezuckt sein.

Warum hält er jetzt völlig still? Sogar sein Atem stockt. Alide mag ihn leiden. Als sie mit Mirmir und Toctoc an der Platte eintraf und, glücksstarr, glücksstumm, töricht vor Glück, einfach vor deren Kante stehen blieb, legte Alide ihr Fernrohr, Spirthoffers Weihnachtsgabe, vorsichtig in die Hände der bemützten Kerle – es scheinen Zwillinge zu sein – und kam zu ihr, kaum anders, kaum ein Quäntchen schneller, wie sie täglich auf dem Schulhof zu ihr herüberkommt. Und ganz genauso, wie sie es nach einem Schultag macht, begann sie, ohne ein Wörtchen der Begrüßung voranzuschicken, mit dem Erzählen. Alle seien sehr nett zu ihr. Twitwi und Porrporr kämen auch gleich wieder. Und Porrporr habe eben von ihr gelernt, dass ein Fernrohr Fernrohr heiße. Aber sie solle deswegen nicht denken, dass Porrporr ein Dummkopf sei. Porrporr wisse eine Menge anderer Sachen und sämtliche Wörter, die hier dazu gehörten. Und als sie ihre Kleine dann in den Armen hielt, als ihre Finger durch die fremden Kleider, die man ihr angezogen hatte, ihre Schultern spürten, hat Alide ihr munter weiterplappernd auch die Namen der beiden seltsam grinsenden Dickschädel verraten. Ein Glück, dass sie nicht zwischen diesen Kerlen liegt. Beide sind links von ihr. Und schon die ganze lange Zeit, die dunkle Zeit mit Porrporr an ihrer rechten Seite, hat sie das Gefühl, die Mützchenträger, deren Namen sie sich nicht merken konnte, sprächen miteinander. Das ist unmöglich, der Sturm ist höllenlaut. Aber es ist ihr mehr als recht, sich einzubilden, die beiden flüsterten sich wechselseitig in die Ohren. So brüderlich bezogen aufeinander, wären sie von ihr, der Fremden, abgelenkt und würden nie erraten, wie gerne sie auf die andere Seite nach rechts hinüberspürt.

Ich bin der erste Glückspilz unseres Planeten, denn ich hätte nicht nur zwischen Mirmir und Twitwi, sondern auch zwischen Spispi und Hoho geraten können. Auch dann hätte ich unentwegt an Alides Mutter denken müssen, und das Zappeln der dickschädligen Brüder hätte mich wie ein Spott, wie ein wortloses Sich-lustig-Machen unentwegt gequält. Heilige Sonne steh mir bei: Das kann nur Haut sein. Von hinten hatte mich Toctoc heftig angestoßen. Meine Linke zuckte unwillkürlich nach vorne, und jetzt rühren die drei längsten Finger, mein linker Zeigefinger, mein linker Mittelfinger und der, der auf der Erde Ringe tragen würde, an etwas Warmes, völlig Glattes. Das kann nur ihre Haut sein! Warm oder kalt, bei Tag oder bei Nacht, in Sonnenhitze oder Kaltsturm: Ich weiß, wie sich einer unserer Kittel, gleichgültig, wer in ihm steckt, anfühlen müsste. Das hier ist Haut, und ich fühle, dass ihre Haut viel weicher ist als meine Fingerkuppen. Es könnte ihre Hand, der Teller ihrer Linken sein, falls sie den linken Arm nach hinten gedreht hält. Am liebsten würde ich mir selber in die offene Rechte stupsen, um ungefähr zu begreifen, wie es sich für sie anfühlen muss, von mir an eben dieser Stelle angerührt zu werden.

Um Gotteswillen, das kann nur seine Hand sein! Der dumme weite Kittel ist hochgerutscht, seine Fingerspitzen drücken auf ihren nackten Rücken, und ihre verrückte Wirbelsäule antwortet, bevor sie es verhindern kann, mit einem Gegendrücken. Alide mag ihn wirklich leiden, das verrät allein schon, wie und wie oft sein Name über ihre Lippen schlüpft. Der Wind lässt nach. Bald darf sie die Stimme ihrer Tochter wieder hören, bestimmt wird Alide ihr dann alles erzählen, was diesem Porrporr und ihr und den anderen Kleinköpfen, die sie für ihre Freunde hält, an Weihnachten geschehen ist. Noch schläft sie. Gewiss hält sie ihr Fernrohr eng umschlungen. Noch hört sie nichts. Noch können auch die anderen fünf, ob sie dösen oder überwach sind, nichts als Sirren, Heulen und das Knattern der Plane hören. Und ihnen beiden, ihr und ihm, bleibt so noch Zeit.

Ein bisschen Zeit wird uns, wird ihr und mir, der Kaltsturm wohl noch lassen. Sie dreht sich langsam um. Bei den drei Heiligen Namen unserer Sonne: Sie hat sich zu mir umgedreht. Und jetzt rutscht sie ein kleines Stück nach oben. So ist es also. So ist es also, wenn unsere Nasenflügel aneinander beben. So ist es also, wenn sich unser Atem mischt. Wir tun es, und während wir es tun, weiß ich, obwohl ich es nie tat, wie es getan sein will. Ich weiß, es ist, wie es sein soll. Der Kaltsturm bäumt sich noch einmal auf, aber er rennt vergeblich gegen unsere Hülle, gegen uns alle, gegen uns beide an. Wie warm und feucht wir Menschen schon auf der Innenseite unserer Lippen sind. Wie mühelos und selbstgewiss unsere Zungen, lautlos sprechend, diese Feuchte und Wärme bis an die Gaumen tauschen.

4

DIE ZUKUNFT DES MARS

Der Mars will mit der Erde sprechen.
Noch können wir nicht antworten.
Aber ich glaube, dass es uns gelingen wird,
heil auf ihm zu landen.
Na, und wem wird der Mars dann gehören?
Sowjetisch wird er sein!
Alexej Tolstoi: Aëlita

Keiner mag alles kennen. Ich nicht, nicht einmal du. Niemand möchte in voller Rundschau, als puzzeliges Panorama, immerzu überblicken müssen, was die Kugel an der Spitze unseres Turms als pausenloses Tag- und Nachtgeschehen überblicken muss. Kein Mensch, du nicht und ich erst recht nicht, will ohne Unterlass mit anhören, was nun im Kreis unter der hohlen Kuppel lauthals ausgesprochen und lautlos begrübelt wird. Seit einem Monat ist dort das Hauptquartier des Don, dessen provisorische Befehlsleitstelle. Hier, im Schimmer unserer orangen Steine, wird seitdem mit Dorokinschem Elan das wirre Hin und Her der Straßen- und Häuserkämpfe, aus denen sich die Abwehrschlacht addiert, als etwas Zukunftsträchtiges gedeutet.

Der Alte Ogo und der Weiße Khan hatten die einmalige Gelegenheit beim Schopf ergriffen. Bereits im Morgendämmer des ersten Weihnachtsfeiertags, kaum sechzehn Stunden nach dem Sprengstoffanschlag, der das Hauptschiff der Dreifaltigkeitskirche hatte zusammensacken lassen, drangen die Verbände der beiden anderen Gnädigen Brüder in das Territorium Dorokins vor. Der Don jedoch war vorbereitet. Mit Juris Unterstützung hatte er die Heilige Nacht genutzt, um auf dem Funkweg mit jedem seiner Kommandoführer in Kontakt zu treten. Juri, dem es ausnahmslos gelang, für klaren Ton und ein stabiles Bild zu sorgen, bewunderte erneut, wie Don Dorokin es verstand, seine Offiziere im Mark ihres Mannseins anzusprechen. Jeder von ihnen durfte sich für einen magischen Moment als der Kerl fühlen, der er tagträumend gern wäre. Alle wurden trügerisch persönlich auf den anstehenden Angriff eingestimmt. Jedem, auch den Führern der kleinsten Trupps, wurde volle Entscheidungsfreiheit zugestanden. «Was immer du tun musst, tu es! Es hat meinen Segen!», hörte man den Don mit vollem, warmem Brustton in unserer Werkstatt gegen Mikrophon und Linse dröhnen. Allen wurde geraten, auf die Treue der Dorokinschen Untertanen zu vertrauen, und jedem wurde verheißen, so der rechte Moment gekommen sei, werde sich Vladimir Dorokin im ehrwürdig erdbraunen Overall der Machterringung selbst an die Spitze der zum großen Gegenschlag vereinten Truppen stellen.

Dennoch gehörte die erste Woche den Feinden. Der Alte Ogo verfügte, was er schlau verborgen hatte, über fünf fahrbereite Kampfpanzer aus ukrainischen Beständen. Dorokins Männern blieb zunächst nichts anderes übrig, als die röhrenden Ungetüme vordringen zu lassen. Der Weiße Khan attackierte die Funkmasten des Don-Mobilnetzes sogar aus der Luft. Ein Fesselballon war mit einem Außenpropeller aufgerüstet worden und ließ sich wegen der beachtlichen Höhe, in der diverse Sprengkörper über den Rand seines Korbs geworfen wurden, lange nicht vom Himmel holen. Erst einer zierlich kleinen Luftabwehrrakete, einem raren Einzelstück, gelang es, von Juris Schulter abgefeuert, die eiförmige Hülle des Ballons zu treffen. Am Neujahrstag stürzte das Luftschiff lichterloh brennend in das Pärkchen vor unserem Laden. In rührend stiller Wut, ganz ohne Johlen oder gar Triumphgeschrei, bewarfen die Buben und Mädchen der angrenzenden Straßen die tote Besatzung mit Schneebällen und Eisbrocken, als wollten auch sie einen Beitrag zum Erhalt der Dorokinschen Ordnung leisten.

Vom ersten Tag der Kämpfe an ist jeder, der im Hauptquartier erschien, um als Augenzeuge zu berichten, vom Don empfangen worden. Und allen, die dann zuhören durften und denen das blutige Geschehen zu einem Bild gerann, dämmerte, welcher Umstand in den nächsten Wochen über Sieg oder Niederlage entscheiden könnte. Als sich der letzte Panzer des Alten Ogo vor der vollends zur Ruine zerschossenen Dreifaltigkeitskirche, qualmend und manövrierunfähig, auf dem vereisten Pflaster drehte, war es kein Trupp des Don, der dies unter seinen Erfolgen hätte verbuchen dürfen. Halbwüchsige hatten sich in den Sprachen, die man in Germania spricht, verständigt, eine rostige Tellermine auf einer Schubkarre herangeschafft und vor eine der Laufketten geschoben. Überall springen den regulären Kämpfern Dorokins inzwischen Männer, Burschen und sogar Frauen jedweder Herkunft bei.

Im Nachhinein ist unser Herrscher heilfroh, dass der letzte seiner Beschlüsse zur Steigerung der allgemeinen Sicherheit nicht mehr verwirklicht wurde. Die Unmenge von Handfeuerwaffen und automatischen Gewehren, die unter Matratzen, losen Dielen und hinter Brikettstapeln für den Fall der Fälle bereitgehalten wurden, sollten in einer großen Einsammelaktion gegen eigens hierfür angesparte Eurorubel nach und nach in die Keller der Kirche wandern. Frau Doktor Hu hat mir erzählt, der diesbezügliche Don-Erlass sei schon gedruckt gewesen. Vielleicht kann ich mit ihrer Hilfe ein Exemplar oder zumindest eine Abschrift der glücklich zurückgehaltenen Verordnung für dein Archiv ergattern.

Die Ärztin des Don hat einen unserer Lagerschuppen, den mit der roten Tür, leerräumen lassen, um ihn in einen Lazarettsaal zu verwandeln. Sorge dich nicht um unseren Kram. Juri hat sich darum gekümmert. Das eilends Herausgeschaffte fand anderswo Platz oder wurde zumindest mit Planen vor dem noch immer reichlich herabschwebenden Schnee geschützt. Die Schuss-, Splitter-, vor allem die Brandverletzten machen uns viel Arbeit. Aber schon in der ersten Kampfwoche fand sich ein greiser Chirurg ein, mit dem unsere Hu, welch schöner Zufall, noch aus der Guten Alten Zeit bekannt ist. Der hagere Alte geht am Stock und irgendein Nervenleiden zwingt ihn zu einem komischen Dauernicken, aber sobald er Blut und Knochen sieht und ein Skalpell in seiner Rechten liegt, beruhigt sich sein Nacken, und er fällt in eine verblüffend souveräne Fingerfertigkeit zurück. Zwei Unterschenkel und einen Arm hat er bereits erfolgreich amputiert, und die drei Operierten, auch der einarmig Gewordene, ein Offizier des Alten Ogo, sind auf dem Schneckenweg der Genesung.

Ich weiß nicht, ob es dich in der Ferne freuen mag, mich hat es sehr erleichtert: Sogar der neunmalkluge Umann ist aus Amerika zurück. Die moderate Kühle des Kellers, wo wir ihn abgelegt hatten, um seine Überfahrt nicht weiter zu stören, hat diese sanft verzögert, und einer von Juris Männern hat ihn gleich bei der ersten Suche nach brauchbarem Gerät gefunden. Frau Doktor Hu bekam den Langen eben noch an seinem grauen Zopf zu fassen, bevor er einen Schattenfuß ans andere Ufer setzen konnte. Sie hat die garstig aufklaffende Schläfenwunde mit immerhin fünf Stichen nähen müssen. Danach ging es ihm noch ein Weilchen elend schlecht. Er lag zwischen den Angeschossenen und erbrach fast alles, was wir ihm auf die Zunge schoben. Umann begriff nicht, wo er war, phantasierte wild aus längst vergangenen Arbeitstagen und musste, während sich seine Wahrnehmung allmählich klärte, fest ans Bett gebunden bleiben. Bis heute kann er sich nicht an seinen letzten Besuch im Elektronischen Hospital erinnern. Natürlich hielt er mich zunächst für dich; aber die gute Hu verstand es, ihn behutsam aufzuklären.

Kaum dass er wieder auf noch recht wackeligen Beinen stand, wollte er bei der Pflege der Verwundeten helfen, aber der Don wusste Besseres mit ihm anzufangen. Gestern hat Umann es geschafft, das System aus zyklisch wechselnden Deckwörtern zu knacken, mit dem im Funkverkehr des Alten Ogo die wichtigsten Operationen verschlüsselt werden. Schon heute Morgen war dem Don deshalb ein Angriff im Voraus bekannt. Die Feinde tappten in eine schnell arrangierte Falle, wertvolles Gerät, zwei vollgetankte Geländewagen und ein auf einen Anhänger montierter Raketenwerfer fielen in unsere Hände.

Sobald Frau Doktor Hu die Pflege der versehrten Kämpfer ein bisschen Zeit lässt, kümmert sie sich um mich. Du weißt, wie wohl dies tun kann, wie heilsam es sich anfühlt, ihren Befehlen ohne Widerrede zu gehorchen. Sie ist mit mir zufrieden. Zum Don habe ich unsere Ärztin sagen hören, solange der schlaue Spirthoffer verschwunden sei, wolle sie dessen treuen Esel für sich schuften lassen. So schützt sie mich. Allerdings fürchte ich, dass sie mir meine Altersdummheit nicht ganz glaubt. Wenn ich die Bettlägerigen wasche, füttere oder ihre Bettpfannen hinüber in unsere Werkstatt-Toilette trage, achte ich darauf, dass mir kleine, nicht folgenreiche, aber doch täppisch auffällige Fehler unterlaufen. Erst heute Morgen brüllte mich der einarmige Offizier des Alten Ogo in berechtigter Empörung an, als ich begann, sein eben von mir glattrasiertes Kinn von neuem einzuseifen. Die Bettnachbarn lachten ihn aus und meinten, wer so töricht sei, gegen den großen Don zu kämpfen, müsse sich nicht wundern, derart doppelt eingeschmiert zu werden. Der Verspottete nahm seinen Lazarettgenossen den Spaß nicht übel, sondern witzelte mit und boxte mir mit der verbliebenen linken Faust herzlich grob gegen die alten Rippen.

Dorokin, der den Krankensaal jeden zweiten Tag besucht, hat recht lang an der Bettkante des Einarmigen gesessen. Ich bin fast sicher, dass er dabei auf seine Weise, Auge in Auge, Frage gegen Antwort, einen neuen Gefolgsmann gewonnen hat. Die wenigen Gefangenen, die unsere Truppen machen, lässt er zu sich bringen, fragt sie nach Eltern und Geschwistern, nach Sold und Verpflegung und will zuletzt stets wissen, ob sie in den Verbänden des Alten Ogo oder des Weißen Khan mit jenem Respekt behandelt worden seien, auf den jeder kämpfende Mann, egal auf welche Seite es ihn verschlagen hat, Anspruch erheben könne. Das ist inzwischen als ein Rumor durch die Membran der Front gesickert, und die beiden anderen Gnädigen Brüder mühen sich vergeblich, das Gerücht, die Zahl der Überläufer steige, als feindliche Propaganda abzutun.

Als mir der Einarmige heute Morgen, während das halbe Lazarett am Lachen und Durcheinanderschreien war, Rasierschaum auf die Nase und auf den Schädel schmierte, verließ Frau Doktor Hu ihr Kabuff im hinteren linken Winkel des Krankensaals und erbat sich Ruhe. Sie nahm mich bei der Hand, um mich in ihr Kämmerchen zu führen. Dort steht eigens für mich ein Tisch, auf dem die Blätter liegen, die du aus deinem letzten Buch geschnitten hast. Unsere Ärztin achtet streng darauf, dass ich täglich eine Stunde Muße finde, um auf die Rückseiten, die du in kluger Voraussicht erstmals freigelassen hast, zu schreiben. Ich weiß nicht, ob dies mit Dorokin abgesprochen ist. Mir fehlt dein scharfes Auge für all das, was unsere sogenannten Zeitgenossen im Schilde führen und, vor unserer Nase oder hinter unserem Rücken, auf die Geleise der Zukunft schieben wollen. Geborgen in deinem Schatten, konnte ich mir ewig und einen Tag erlauben, mich nicht darum zu kümmern. Langsam, drei Schritte vor und zweieinhalb zurück, lerne ich alter Knabe nun doch noch das eine oder andere, was die meisten auf den geflügelten Füßen ihrer Kindheit und Jugend erworben haben.

Leider will Juri bislang nichts mit mir zu schaffen haben. Seit ihn Frau Doktor Hu darüber aufgeklärt hat, dass ich nicht du bin, geht er mir aus dem Weg. Wenn wir an einer Tür zufällig voreinander laufen, verdreht er die Augen nach oben, um zu verhindern, dass sich unsere Blicke kreuzen. Natürlich fehlst du ihm. Er sehnt sich schlimm nach dir, obwohl er dies nie eingestehen würde. Als am Neujahrstag der Kampfballon des Weißen Khan als helle Kugel über dem Turm stand und wir befürchten mussten, Opfer eines gezielten Luftangriffs zu werden, drohte Juri mit beiden Fäusten Richtung Himmel und knurrte, wer es wagen würde, den Laden von Großvater Spirthoffer zu bombardieren, bekäme, auch wenn er ihn hierfür bis nach Sibirien verfolgen müsste, eine chinesische Handgranate in den Allerwertesten gesteckt.

Was mich und meine eingefleischte Menschenscheu angeht, übe ich mich im Kleinen. Einer der Männer Dorokins, einer von denen, die am Heiligen Abend das Elektronische Hospital erstürmten, hat etwas auf dem Herzen. Er hält sich abseits, redet kaum mit seinen Kameraden. Abends geht er alleine in den zweiten Hof hinüber und beginnt, wenn er sich unbeobachtet glaubt, auf eine komisch übertriebene Art zu hinken. Es wirkt, als spiele er den Hüftversehrten. Dann zündet er sich eine Zigarette an, hält sie sich vors Gesicht, ohne ein zweites Mal daran zu ziehen, entflammt sie allerdings erneut, falls sie ihm ausgeht.

Inzwischen weiß ich, dass er nicht nur zu diesen Glimmstängeln spricht, sondern mit verstellter Stimme sogar eine Gegenrede flüstert. Ein paar Mal habe ich mich zu ihm gesellt und ihn zum Schein um eine seiner Zigaretten angegangen. Ich paffe dann, so gut ich es zustande bringe, und auch der eine oder andere Wortwechsel, über das Wetter, über die mehr oder minder starke Klebrigkeit des frischen Schnees, über die Nebelkrähen, die Kälte und Futtermangel in lange nicht gesehener Zahl nach Germania getrieben haben, ist uns bereits gelungen. Ich bin nicht wenig stolz, dass mir das Fragen wie das Antworten zunehmend flüssiger über die Lippen geht. Schließlich bin ich eine Ewigkeit nur das Gespräch mit dir gewöhnt gewesen. Ich glaube, auch mein melancholischer Soldat war noch vor kurzem fest und innig in einem besonderen Dialog zu Hause. Aber von Mal zu Mal scheinen ihm unsere kleinen Unterhaltungen ein Quäntchen besser zu gefallen.

Gestern, als ich vor deinen Blättern saß und, am Bleistiftende nagend, nach den rechten Worten suchte, sagte mir unsere Ärztin, dass der Don den Wilden für heute Nachmittag zu einem ersten längeren Gespräch in den Turm bestellt hat. Dorokin denke, inzwischen sei die Zeit gekommen, sich wieder um das eine oder andere zu kümmern, was im Schlagschatten des großen Kampfes seine Keime treibe. Hu fragte, ob ich mich zufällig entsinnen könne, wie der seltsame junge Mann sich nenne. Die Lehrerin und ihre Tochter hätten ihn doch mit einem irgendwie kuriosen Namen angesprochen. Ich bin mir sicher, dass das Gedächtnis von Frau Doktor Hu, im Gegensatz zu meinem schwächelnden Erinnern, die fraglichen Silben sehr wohl behalten hat. Ich habe mich in allen Fragen des Heißens und Benennens, spätestens seit es uns nach Germania verschlagen hatte, immer auf dich verlassen. Das rächt sich nun. Aber ich will nicht klagen, sondern mich, wie du es mir zuletzt noch einmal vorgemacht hast, in einem unserer Lebensspätzeit angemessenen Lernen üben. Vielleicht wird es mir irgendwann gelingen, mit einem tastenden Gegenzug auch unsere schrecklich kluge Chinesin ein bisschen auszuhorchen.

Wahrscheinlich hat Frau Doktor Hu verhindert, dass ich erschossen wurde. Als die Männer des Don in der Dämmerstunde des Heiligen Abends unseren Laden stürmten, saß ich am Werkstattisch und war mit Mordock, dem einstigen Anführer der Monsters of Mars, beschäftigt. Es gab da etwas gutzumachen. Wie ich am Morgen vor dir nach unten gekommen war, hatte ich das Kerlchen auf dem Tisch entdeckt. Im Lauf der Nacht war es, aus eigener Kraft oder mit Hilfe seiner Artgenossen, dem Schaufenster entkommen und auf den Tisch geklettert, wo noch immer die Schulsachen Alides lagen. Aber nicht deren Rechenheft, sondern das Buch, aus dem, bevor dein Tee zu wirken anhob, vorgelesen worden war, hatte das schlaue Maschinchen in seinen Bann geschlagen.

Leider kamst du dazu. Mit einem Blick begriffst du, dass Mordock zurückgeblättert hatte. Das Buch war mitten in dem Kapitel aufgeschlagen, das du unseren Kosmonautinnen bis an sein Ende vorgetragen hattest. Mordocks vorderes Beinpaar zuckte nervös auf dem unteren Drittel der rechten Seite. Mir kam es vor, als wollten seine optischen Sensoren noch bis an deren letzte Zeile kommen. Recht und billig wäre es für mein Empfinden gewesen, ihn das Kapitel in Ruhe fertig studieren zu lassen. Es ist nicht lang. Und waren wir, nachdem die Abschickung gelungen schien, nicht beiden Welten, der Sphäre der Maschinen und der Galaxie der Bücher, zu Dankbarkeit verpflichtet? Aber du bist und bleibst streng wählerisch in der Berufung deiner Schüler. Dem braven Mordock, der so viel Eifer zeigte, wurde nicht einmal das stille Selberlernen zugestanden, von einer kleinen artgerechten Unterweisung ganz zu schweigen.

Weil Mordock dich kannte, versuchte er, kaum hattest du die Hand erhoben, zu entwischen. Schnurstracks steuerte er den einzigen Stuhl an, der so dicht am Tisch stand, dass er, über dessen Kante stürzend, auf der Sitzfläche zwischenlanden konnte. Wir jagten den armen Kerl noch eine Weile im Kreis herum, bis es uns gelang, eine stabile Schachtel über seinen Leib zu stülpen. Dann schlüpfte deine Rechte unter die Pappkante und rupfte brutal das graue Klötzchen ab, das Mordock einen Advent lang dazu verholfen hatte, sich über die kollektive Beschränktheit seiner Genossen zu erheben.

Später gingst du, als wäre nichts geschehen, hinüber in den Turm, um dort für Ordnung und Sauberkeit zu sorgen; mich drückte mein Gewissen. Ich entfernte die Reste der abgerupften Drähte und sah mir den durch deine Rohheit entstandenen Schaden an. Es musste einiges geklebt und gelötet werden. Kannst du verstehen, dass ich dann für Mordock nach dem Buch griff? Wem, wenn nicht dir muss einleuchten, dass ich beschloss, dem grausam in seine alten Grenzen zurückverwiesenen Kerlchen das komplette Kapitel vorzulesen. Es ist recht gut geschrieben, allenfalls ließe sich einwenden, die Darstellung sei selbst für einen historischen Abriss übertrieben knapp. Sicher hast du bei deinem Vortrag Elussa und Alide das eine oder andere mit Beispielen anschaulich gemacht.

Ich hielt es ganz genauso. Mordock erfuhr von mir, dass die Russen damals das größte Territorium unseres Planeten ihr Eigen nannten, dass ihre Techniker und Wissenschaftler in den meisten Weltraumangelegenheiten ihren Gegenspielern jenseits des Pazifiks mindestens ebenbürtig waren. Die armen Amis! Durch ihre Mondfixiertheit in Bedrängnis geraten, hatten sie keine Wahl. Sie mussten sich auf das fragliche Arrangement verständigen. Es blieb ihnen nichts anderes übrig, als dem Versprechen der Sowjets zu vertrauen und ihrerseits strengste Verschwiegenheit zu geloben. Zwei Riesen in Bedrängnis legten sich gegenseitig die Finger an die Lippen: Psst!

Das russische Geheimnis scheint uns beiden, weil es das unsere war, bis heute das größere, das kältere zu sein: vierzehn Schiffe hinter dem Rücken der Welt! Die besten, die bestgeschulten Söhne und Töchter des Sowjetreichs wurden heimlich auf eine Reise geschickt, die wie der Pfeil der Zeit nur eine Richtung kannte. Flüge ohne die Gnade der Wiederkehr! Darüber muss Elussa schlimm erschrocken sein. Wir wissen, dass sie, die Emigrantin, besonders innig an die ofenwarme Güte der russischen Seele glaubt. Bestimmt schlug deine Lehrerin die Hände auf die schön geschwungenen Wangen und beteuerte, von all dem habe sie nie gehört. Als brave Russin durfte sie nicht glauben, dass man in ihrer Heimat hierzu fähig war. Wahrscheinlich floh unsere Kosmonautin zuletzt in die Überzeugung, dein Buch lüge sich einfach, warum auch immer, seine eigene Weltraumvergangenheit zurecht.

Frau Doktor Hu, die es gern sieht, wenn ich flüssig schreibe, legt mir die Hand auf meine linke Schulter und streicht mir sanft über den Hinterkopf. Seit Weihnachten ist dessen Blöße unbedeckt. Als die Männer des Don die Tür unserer Werkstatt sprengten, hatte ich Mordock eben fertig vorgelesen und fühlte mich davon schlimm erschöpft. Letztlich war es ein Fehler gewesen, den trockenen Abriss der Ereignisse mit lang nicht mehr Erinnertem, mit Zahlen, Namen, mit der Heraufbeschwörung von Miterlebtem anzureichern. Aufblickend sah ich die braunen Kampfanzüge, die blau verspiegelten Visiere, die kohlenschwarzen Mündungen der Waffen, die zweifellos auf meinen Kopf, vermutlich präzis auf meine Stirn gerichtet waren.

Ich spürte Erleichterung. Ein altes, irgendwann vergessenes Gewicht rutschte mir von der Seele, gleichzeitig wurden meine Arme, meine an Mordocks Körper tätig gewesenen Hände schwerer als Blei. Ich dachte lustigerweise sogar an das Periodensystem der Elemente, an jene Reinstoffe, die ähnlich gewichtig wie Blei sind, an Platin, an Uran und Gold. Obwohl man mich bereits zum zweiten Mal scharf anrief, war ich außerstande, die Finger von den Knien zu lösen und meine Unterarme, so wie die Kämpfer Dorokins es erneut verlangten, über den Rand der Tischplatte ins Sichtbare zu heben.

Als dann, urplötzlich, die Schaufensterscheibe unseres Ladens wie eine große, vibrierende Membran mehr dröhnte denn klirrte, verstand wohl keiner, woher die Kraft kam, die das Glas in Schwingungen versetzte. Einer der Soldaten, die mich bedrohten, wandte sich um, und wie er sich erneut zu mir herdrehte, sah ich, dass er das Visier seines Helms nach oben geschoben hatte. Und jetzt, indem ich dies in wenige Zeilen bringe, gaukelt mir mein Erinnern vor, es sei just der Mann gewesen, mit dem ich mich neuerdings im Rauchen und im Reden übe.

«Nicht schießen! Der Alte mit dem Mützchen ist ungefährlich!», hörte ich Frau Doktor Hu, deren Stimme ich bis dahin nur aus unserem Lauschangriff gegen die Kirche kannte, aus dem Verkaufsraum herüberrufen. Ich musste lächeln, wahrscheinlich sogar grinsen. Wie komisch, wie rührend komisch, dass die kluge Hu vorgab, dich so zu verkennen, und dümmlich grinsend bekam ich die eben noch plutoniumschwer gewesenen Hände in die Höhe.

Die folgende Stunde, in der es so finster wurde, wie es sich für einen Heiligen Abend wohl gehört, ist kreuz und quer mit so viel Wahrgenommenem verstopft, dass ich mich bis an das Ende unserer Tage mühen werde, die Ereignisse auf die glatte Schnur des Eins-nach-dem-Anderen zu fädeln. Mit dem erstbesten Kabel, das man in unseren Regalen fand, wurde ich an den Stuhl gefesselt. Ich hörte Juri Fragen und Befehle in sein Don-Mobilphon brüllen, und habe mir irgendwann zusammenreimen können, dass die Schaufensterscheibe unseres Elektronischen Hospitals den Aushall einer Explosion empfangen hatte, der die Dreifaltigkeitskirche zum Opfer gefallen war. Zuerst glaubte der Don an einen Angriff des Alten Ogo oder des Weißen Khan, aber dann wurde aus den nach und nach bekannt werdenden Umständen ersichtlich, dass den Dialogischen Brüdern ihr bislang folgenreichster Anschlag auf die neue Ordnung Germanias gelungen war.

Während ich an den Stuhl gebunden worden war, hatte mir einer von Dorokins Männern unser Mützchen vom Kopf geschlagen. Gewiss bloß, um sich mit diesem kleinen groben Akt eine bescheidene Erleichterung zu verschaffen. Ich spürte jeden Luftzug an der so lang bei Tag und Nacht bedeckt gewesenen Stelle. Die borstigen Haare, die wir uns stets wechselseitig beschnitten haben, damit sie sich nicht durch das Gewebe unserer Kappen bohrten, reagierten elektrostatisch und übertrugen fein portionierte Ladungswechsel als ein prickelndes Knistern in die Rinde meines Denkens. Ich bildete mir ein, empfangen zu können, was vor dem Haus und in den beiden Höfen beratschlagt wurde. Meine ungeschützten Antennen fingen auf, dass Hu mit Juri über mich, den man für dich hielt, sprach. Die beiden stritten. Vergeblich versuchte ich zu begreifen, worum es ging, worin die beiden besten Kräfte des Don sich nun nicht einig waren. Schließlich verstand ich, dass Frau Doktor Hu gleich zu mir kommen würde, um mich etwas zu fragen. Sie kam. Sie trat dicht neben mich und wollte wissen, wie sich die Tür des Wasserturms öffnen lasse.

Zu den ältesten Ahnungen, die wir uns teilen, gehört die Furcht, dass uns die anderen, die mit den glatten, lückenlos behaarten Hinterköpfen, martern könnten. Mit verdächtiger Lustigkeit hast du mir, als du zum ersten Mal aus der Kirche zurückkamst, von der dortigen Vernehmung berichtet. Man hatte dir nicht allzu wehgetan. Allein deine Ohren wirkten doch arg gerötet. Als du im Scherz an der rechten Muschel drehtest, um mir zu zeigen, wie dir Frau Doktor Hu die Dringlichkeit ihrer Neugier verdeutlicht hatte, fühlte ich ein scharfes Ziehen, fast ein Brennen in der Tiefe meines rechten Gehörgangs. Ich spürte diesen Schmerz erneut, als die Ärztin am Weihnachtsabend hinter den Stuhl trat, an den ich übertrieben stramm gefesselt war, und ihre Frage wiederholte. Sie sagte, Juri glaube sich zu erinnern, ich hätte damals rechts oben an den Rahmen gegriffen, bevor er mit mir durch die aufgestoßene Tür des Turms getreten sei. Dies war der letzte Satz, in dem sie dich und mich in eins warf.

Sie schwieg. Aber ich hörte ihre Atemzüge schneller und schärfer werden. Zwei- oder dreimal strich ihr die Luft volltönend, fast wie ein gewolltes Pfeifen über die Lippen. Dann spürte ich ihre Finger auf meinem Hinterkopf. Bestimmt hast du ihr Tasten ähnlich zwiespältig empfunden, um mir dann beides, Angst und Kitzel, bei deiner Heimkehr zu verschweigen. Es dauerte, bis Frau Doktor Hu den Unterschied bemerkte. Er ist nur klein. Andererseits ist er, wenn man ihn unter dem Blickwinkel einer bestimmten Logik sieht, der denkbar größte. Alidchen, die so schlecht rechnet, hätte die Differenz gewiss auf den ersten Blick wahrgenommen, deren Eigenart begriffen und vielleicht sogar in Worte fassen können: Während sich bei dir die feinen Rillen und die groben Furchen im Sinn der Uhr spiralig aus der dunklen, nahezu schwarzen Mittelwarze nach außen drehen, ist meiner Beule das gleiche Muster gegensinnig eingeprägt.

Ängstlich zog ich den Nacken ein. Ich rechnete mit Schlimmerem als einem Ohrverdrehen. Aber Frau Doktor Hu trat wieder neben mich. Sie lehnte sich an die Kante des Tischs, rutschte ein Stück auf ihn hinauf. Ihr weißer Kittel klaffte ein wenig auseinander, gab eine schön geformte Wade und ein schmales Knie frei. Hu meinte ruhig, fast sanft, sie gehe davon aus, dass du dich – Wie weit seien wir eigentlich nach Jahren auseinander? – im Wasserturm aufhalten würdest. Ein schlichtes Nicken würde ihr genügen. Und ich – verzeih mir, großer Bruder! – nickte.

Du hast genickt. Na, und? Himmel, ich weiß, wie drollig skrupulös du sein kannst. Schmink dir den kindischen Kummer, das kleinlich schlechte Gewissen, schmink dir das rührselige Armer-Bruder-Getue sofort ab. Mir fiele nie im Leben ein, dir vorzuwerfen, dass du meinen Aufenthaltsort an Hu verraten hast. Vermutlich hat dein eilfertiges Nicken verhindert, dass Juri unserem lieben Turm mit plumper Gewalt, mit irgendeinem schnell improvisierten Rammbock oder gar mit Sprengstoff zu Leibe rückte. Nach deinem stummen Eingeständnis glaubte man mich dort gefangen und stellte wahrscheinlich nur eine Wache an die Tür.

Während du Hu noch ein bisschen klüger machtest, war ich, hinter der Eisentür des Turms, mit Besen, Handfeger und Kehrschaufel zugange. Denn zwischen den Wänden aus Kamtschatka-Schiefer hatte der Transfer unserer Kosmonautinnen zu einem merkwürdigen Tausch geführt. Auch wenn du es, weil du seit jeher der Harmlose von uns beiden sein willst, nicht hören magst: Es war deine Idee, es nun, nach langer hoffnungsloser Abstinenz, zum ersten Mal mit einem kleinen Mädchen zu versuchen. Und ich war es, nicht du, der immerhin darauf bestand, Alidchen nicht alleine, sondern zusammen mit ihrer Mutter loszuschicken. Nachdem die Übertragung unser Kunstgemäuer ganz ungewöhnlich zart hatte vibrieren lassen, warst du der Ungeduldige und hast viel früher, als es Erfahrung und Vorsicht geboten hätten, die Tür erneut geöffnet.

Und prompt war deine Angst noch größer als die meine. Wir sahen nichts. Wir waren nicht einmal imstande, die Substanz zu bestimmen, die so fein in der schwarzen Luft verteilt war, dass sich kaum mehr als finsteres Flimmern erkennen ließ. Ein leises, aber bedrohlich dumpfes Wummern, über dem, wie eine zweite und dritte Stimme, ein feines Knistern und ein noch feineres Sirren lagen, hielt uns davon ab, auch nur die Schuhspitze auf die Schwelle des grollenden

Turms zu setzen. Du hast mich dann, ohne ein Wort, gepackt, zurückgerissen, die Tür wieder ins Schloss geworfen. Als ich im Morgengrauen, während du noch schliefst, erneut nachschaute, hatte sich jedes Körnchen des Schwebestoffs gesetzt. Der Raum war klar bis in die Kuppelspitze. Der Turm hielt still und schien uns wieder gut. Unsere Geräte allerdings waren wie grau verschneit.

Glaub mir, das Saubermachen habe ich bloß alleine übernommen, weil du seit unseren Knabentagen empfindlich auf den Bronchien bist. Ich fürchtete, beim Fegen recht viel Staub emporzuwirbeln. Aber es war nur grauer, hartkörniger Sand. Drei volle Eimer stellte ich vor die Tür des Turms. Ich wagte nicht, den transferierten Stoff einfach auf den Schnee zu kippen. Vielleicht war diese matt glänzende Materie noch zu irgendetwas zu gebrauchen oder, im Gegenteil, auf eine verborgene Weise schädlich.

Ich wollte gründlich zu Werke gehen. Da fielen mir die beiden kleinen Handstaubsauger ein, die wir seit dem Sommer bei anderen obsolet gewordenen Haushaltsgeräten im vorderen Schuppen aufbewahrten. Du weißt bestimmt, welche ich meine. Es war uns leider nicht gelungen, sie mit dem Lichtgeschenk des Don zu laden. Auch den Strom unseres Dieselgenerators wollten sie nicht in ihren Bäuchen speichern. Ich holte mir beide in den Turm. Vielleicht war sich der gute goldorange Schiefer, der uns im Großen geholfen hatte, nicht zu schade, unsere Arbeit auch im Kleinen zu unterstützen. Ich nahm die Rückbleche der Apparate ab. Erstaunlich viel Sand hatte ins Innere gefunden. An eine erneute Inbetriebnahme war erst nach langwieriger Reinigung zu denken. Ich kniete mich vor die Rückseite des Funkgeräts, das Umann uns genau im richtigen Moment ins Elektronische Hospital getragen hatte, und machte mich mit einem schlichten Pinsel an die Arbeit. Da heulte einer der Akku-Sauger auf.

Gewiss werden wir irgendwann herausbekommen, welch grandios fataler oder bloß stockblöder Fehler mir im Folgenden unterlaufen ist. Die grüne Leuchte des Staubsaugers zeigte volle Leistungsbereitschaft an. Auf den Stutzen des kraftvoll lossummenden Apparats steckte ich ein simples, aber wunderbar nützliches Zubehör, einen Schlauch, der in eine spitze Düse mündet. Wir beide wissen längst: Die schönste Muße liegt in der dinglichen Beschränkung. Warum habe ich mich nicht ganz, in konzentrierter Achtsamkeit, der Freude darüber hingegeben, wie sich nicht nur der Sand, sondern auch jahrzehntealte Flusen, Gespinste aus feinsten Fasern und puderfeinem Staub, von den Platinen schlürfen ließen.

Stattdessen schweiften meine Gedanken ab. Ich träumte von den ersten Wochen des Elektronischen Hospitals. Nachdem es uns gelungen war, den Turm zu öffnen, hatten wir damals begonnen, einfache Versuche in seinem Inneren zu arrangieren. Der Staubsauger vereinnahmte den fremden Sand, und ich erinnerte mich daran, wie der jüngste Sohn unserer neuen Nachbarn den Schuhkarton in unseren Laden getragen hatte. Eigentlich war es ein Sarg. Denn er enthielt das weiße Meerschweinchen, das dem Jungen am Tag zuvor mitten im Spiel, vielleicht aus Aufregung, vielleicht aus Altersschwäche, gestorben war. Der Kleine stemmte den Karton auf unsere Theke und fragte, ob du seinen Kameraden wieder zum Schnaufen und Laufen bringen könntest. Weichherzig, wie du bist, nahmst du den toten Nager in Empfang, versprachst törichterweise, dein Möglichstes zu versuchen. Zum Glück war unser kleiner Nachbar nicht dabei, als wir uns noch am selben Nachmittag an die Arbeit machten.

Wir wussten damals gerade mal, dass das Kunstgemäuer die Einbringung belebter Substanz, bereits ein Topf Geranien reichte aus, mit einer Steigerung seiner rätselhaften

Aktivität belohnte. Ich hatte die naheliegende Idee, ein starkes Magnetfeld könnte beobachtbare, messbare Veränderungen zeigen. Ich bin nicht kalt, aber ich war nie so leicht wie du zu Mitgefühlen zu verlocken. Nie hätte ich vorhergesehen, dass mir ein totes Kuscheltier, ein altes Meerschweinchen mit abgekauten Backenzähnen, leidtun könnte.

Das erste Zucken überraschte uns noch nicht. Als sich jedoch die Gelenke der vorderen Läufe in die verkehrte Richtung bogen, hast du den Stromfluss sofort unterbrochen. Aber das Feld, das unsere Instrumente maßen, sackte nicht zusammen, sondern wechselte in einer langsamen, grauenhaft ein- und ausatmenden Weise Richtung und Stärke, und schließlich schnappten dem armen, gottverlassenen Tier die Lider auseinander. Natürlich hat uns der Kadaver nicht angeschaut. Ein vorwurfsvoller Blick wäre sogar erträglicher gewesen als das, was in der flachen Kupferschüssel, die das Kerlchen barg, dann noch geschah. Der weißbefellte Körper erschlaffte, tat keinen weiteren Mucks, aber aus jedem seiner dunklen, längst todestrüben Augen quoll ein durchsichtig klarer, rot schimmernder Tropfen.

An diese beiden wässrig rötlichen Kugeln musste ich denken, während ich mich mühte, eine große Fluse von den vorderen Kühlrippen des Funkgeräts zu saugen. Ich hatte die rechte Hand, deren Fingerspitzen die Schlauchverlängerung führten, maximal abgewinkelt, um die Düse vor das Gespinst zu kriegen. Es wurde angesogen, zog sich in die Länge, pappte aber mit seinem anderen Ende an den Lamellen fest. Das klebrig-elastische Gewebe erinnerte mich an die hauchfein gesponnenen Nester, in die manche Insekten oder Spinnentiere ihre Eier legen und die dann dem geschlüpften Nachwuchs noch eine Weile Schutz und Nahrung geben. Ich bin mir sogar sicher, dass ich mich zuletzt noch das selten gewordene deutsche Wort «Kinderstube» murmeln hörte und eben überlegen wollte, woher ich es wohl kannte, als mir mit einem grellorangen Blitz der Zopf aus Denken und Wahrnehmung zerriss.

Vor Urzeiten, im Morgenrosa unserer Arbeit, als wir geborgen in einer streng geheimen Mannschaft als Jüngste mittun durften, haben unsere Ärzte spekulativ erwogen, welche Schmerzen unsere Kosmonauten schlimmstenfalls erleiden könnten. Jetzt kann ich dir aus frischem Erleben sagen, dass die Reise für einen mürben, steifen Leib alles andere als ein Zuckerlecken ist. Am ärgsten setzt mir noch immer der Nachhall der Kälte zu. Sie ist mir unterwegs, genau wie die Redewendung sagt, bis in die Knochen eingedrungen, bis in das Mark, das die Röte unseres Lebenssafts erzeugt. Jetzt erst, himmelhoch über Germania und Bajkonur, habe ich verstanden, dass es eine Höllenkälte gibt. Die Einheimischen geben sich redlich Mühe, mir aus dem Nachweh der Passage herauszuhelfen. Mehr als zwei Dutzend Mal hat man mich schon von Kopf bis Fuß mit einer warmen Paste eingestrichen, und nach und nach hat deren wohltätige Wirkung die spröden Muskeln wieder geschmeidiger gemacht.

Das Atmen hingegen, das unseren Medizinern dereinst das größte Kopfzerbrechen machte, geht unerwartet leicht vonstatten. Was aus dem Inneren des Planeten quillt, fühlt sich zwar anfangs scharf am Gaumen und in der Kehle an, auch in den Bronchien sticht es ein bisschen. Aber schon bald verkehrt sich dieses Empfinden in sein Gegenteil. Die Lungen scheinen sich erquickt zu weiten, und eine seltsame, fast perlende Beschwingtheit steigt einem aus der Brust ins Hirn. Mich macht die Luft gefährlich redelustig. In meinem Schädel rattern die Sätze wie die Rädchen in alten Rechenautomaten. Noch zwinge ich mich zum Schweigen und antworte allein mit Kopfschütteln und Nicken oder mit einem wortfern heiseren Krächzen auf die Fragen, die mir die blitzgescheite Twitwi, die schlau zurückhaltende Mirmir und die beiden Gehilfen Twitwis stellen.

Wie schade, dass du Hoho und Spispi noch nicht kennenlernen kannst. Zunächst erschrak ich tief über die kümmerliche Gestalt und das kuriose Gebaren der beiden. Eine unserer ältesten Sorgen schien mir schlagend exempelhaft bestätigt: Die Gründerväter unseres Projekts, die tollkühnen sowjetischen Ingenieure und Gelehrten, hätten die Gefahr der begrenzten Paarungsmöglichkeiten unterschätzt. Aber inzwischen darf ich anders denken. Spispi und Hoho sind, obschon sie vermutlich auf keinem Planeten einen Schönheitspreis gewännen, auf ihre Weise wohlgeratene Teufelskerle. Auch wenn ihr Durcheinanderbrabbeln mich anfangs an ein altes Radio erinnert hat, dessen Empfangsteil zwei nahe beieinanderliegende Sender nicht sauber separiert, jeder von unserer Zunft müsste stolz darauf sein, sie Schüler, Sohn oder Enkelkind zu nennen.

Da ich mich noch nicht nach Elussa und Alide zu fragen traue, muss ich mir aus dem, was meine Gastgeber und Pfleger untereinander besprechen, zusammenreimen, was mit unseren Kosmonautinnen geschehen sein könnte. Sicher scheint mir: Beide sind wohlbehalten angekommen. Der Zeitpunkt ihres Eintreffens ist jedoch mit einem schlimmen Wetterschlag zusammengefallen, den die Kolonisten Kaltsturm nennen. Als man mich auf einer primitiven Karre von meiner Ankunftsstelle in die Siedlung schaffte, habe ich, schlotternd und schwer benommen, verschneites oder von Hagelkörnern dicht bedecktes Gelände vorüberziehen sehen. Seitdem halten mich meine Retter vor den anderen in der Werkstatt Twitwis verborgen. Der Grund für diese sorgfältig überwachte Absonderung ist mir noch dunkel. Offenbar hängt er mit etwas zusammen, was in den Gesprächen, die ich belausche, Mockmock heißt. Ich glaubte zunächst, der Name müsse zu einer wichtigen Person gehören, denn alle, die ich bisher kennenlernen durfte, rufen sich mit Namen aus zwei gleichlautenden Silben. Inzwischen aber denke ich, dass Mockmock etwas bezeichnet, das über einen einzelnen Körper hinausgeht, obwohl es zugleich dingliche Qualität, also auch eine fest umrissene Gestalt besitzt.

Mit den gekrümmten Fingern beider Hände habe ich meine Wohltäter vor Brust oder Bauch ins Leere tasten sehen, wenn sie Mockmock sagten, als schwebte dort ein unsichtbarer Ball. Und wenn mich mein Gespür nicht trügt, schwingt dann besorgte Dringlichkeit in ihren Stimmen. Mit diesem Mockmock ist offenbar unverzichtbarer Nutzen, aber zugleich Gefahr, ein Segen wie ein Fluch verbunden. Vorerst heißt es weiter die Ohren spitzen. Das Russisch, das man hier inzwischen spricht, ist klar und nahezu korrekt, leider ein wenig karg. Nur Mirmir schlüpft, wenn sie mich zu einer Antwort ermuntern will, gelegentlich ein altmodisch erlesenes Wort, eine poetisch blumige Formulierung in ihre Fragen. Verzeih mir meine Eitelkeit: Aber ich glaube, daran nicht ganz unschuldig zu sein!

Wie froh ich selber bin, dass mir Elussas grammatisches Beharren die Zunge und das Denken gelockert hat. Das wird von Nutzen sein, sobald ich wieder ganz bei Kräften bin. Noch fehlt es mir an Seelenstärke, um dir zum Beispiel die Werkstatt von Twitwi so zu beschreiben, wie es dieser tüchtigen jungen Frau und ihrer Arbeit gerechterweise zukommt. An meinem dritten hiesigen Morgen wollten mich meine Beine erstmals wieder tragen, und ich begann mich vorsichtig, Schrittchen für Schrittchen, an den Regalen entlangzutasten, auf denen die wackere Kollegin ihr Werkzeug, ihr Material und ihre Artefakte stapelt. Schon an der zweiten Wand wurden mir die stoppeligen Wangen nass. Das Augenwasser lief mir in die Mundwinkel hinunter, und meine alte Zunge schmeckte zum allerersten Mal, wie ungenau, wie einfältig pauschal es ist, dass wir die Tränen salzig nennen. Zusammen haben du und ich das letzte Mal geweint, als wir unser Labor bei Novosibirsk verlassen mussten. Wir weinten um unsere Maschinchen, von denen wir nicht wenige bis in das Adergeflecht der Schaltungen entworfen hatten. Kein einziges durften wir in die Stadt mitnehmen, die damals noch nicht Germania hieß.

Vielleicht fiel dir der Abschied ein Quäntchen leichter, weil du ein Quäntchen jünger bist als ich. Für die, die unsere Arbeitsstätte übernahmen, gehörten wir zum alten Eisen. Der damalige Augenschein gab ihnen recht. Wie schmerzlich bescheiden, ja lachhaft kümmerlich unsere Anfänge im Westen waren! Aber sie kommen mir unfassbar luxuriös, historisch hochbegünstigt vor, wenn ich sie mit dem vergleiche, was der kühnen und zähen Bastlerin in ihrer hiesigen Werkstatt zu Gebote steht. Twitwi ist rührend stolz auf das von ihr Gebaute. Sie hat mir ihren bislang besten Apparat gezeigt. Er trägt den hübschen Namen Notfernmelder. Allein aus heller Anschauung hat sie sich sogar eine eigene Theorie zu seinem Funktionieren zusammenspekuliert. In schöner Kollegialität hob sie hervor, wie sehr ihr die Einfälle ihrer Gehilfen geholfen hätten. Vor meinen tränenfeuchten Augen gab sie den Burschen jeweils einen herzlich groben Klaps auf ihre Mützchen und meinte, ab und zu bräuchten die beiden allerdings eine handfeste Ermunterung, um gedanklich in Schwung zu kommen. Twitwi will mich, sobald sich der Aufruhr um den rätselhaften Mockmock gelegt hat und wieder halbwegs Ordnung herrscht, dorthin führen, wo die Kolonisten all das aufbewahren, was sich von den Gerätschaften der ursprünglichen Siedler erhalten hat.

Ich habe mich vor ihr und den Gehilfen inzwischen durch den einen oder anderen Handgriff als einer von ihrer Art verraten. Aber ich konnte gar nicht anders, als an der Kurbel des Notfernmelders zu drehen. Und kaum dass ich den ersten Brocken des Minerals, das man hier orangen Warmstein nennen, vor Augen hatte, war mein Zeigefinger schon zum Mund gegangen, und dessen speichelfeuchte Kuppe tupfte gegen die goldhaltige Legierung, um ihren Energiegehalt zu prüfen. Twitwi lachte darüber und sagte, sie sei sehr froh, nun endlich wieder einen erfahrenen Alten, wie einst den schlauen Smosmo, um Rat fragen zu können. Allein schon dass ich fast die gleiche Nase wie Smosmo hätte, verrate ihr, dass ich ihnen bestimmt in vielem weiterhelfen könne. Auch Mirmir gaben Länge und Form meines Riechorgans zu denken. Während sie mir ohne Scheu, fast wie eine einschlägig geschulte Ärztin, an Nasenspitze, Nasenflügel und Nasenwurzel griff, erwog sie, tastend, kneifend, schließlich zerrend, mit Twitwi, ob es möglich wäre, mich als diesen ominösen Smosmo auszugeben. Man könnte vor den anderen Kolonisten behaupten, er, also ich, wäre nach langer Abwesenheit aus den Faltenhügelchen in die Siedlung zurückgekehrt.

Ich werde wohl demnächst Lippen und Zähne zu ersten Worten auseinanderbringen müssen. Für dich und mich will ich herausbekommen, wo Elussa und Alidchen abgeblieben sind. Aber ein kleines Weilchen, zwei oder drei weitere Tage lang, sollte ich noch schweigen. Nicht nur aus Vorsicht. Das Stummsein hilft mir auch das eine oder andere schärfer zu sehen und besser einzuschätzen. So bin ich mir inzwischen sicher, dass unsere Elussa der kleinen Twitwi irgendwie am Herzen liegt. Um ihren schmallippigen Mund verändert sich die Spannung, kaum dass sie die drei Silben ihres Namens ausgesprochen hat. Und zweimal habe ich mit angehört, wie Twitwi einen gewissen Porrporr erwähnte, wenn es um Mutter und Tochter ging, und jedes Mal verzog sich ihr Gesicht dabei zu einer wahren Zorngrimasse.

Aber ich will nicht alles wissen wollen. Ich blicke in den einfachen, irdenen Becher, aus dem ich, seit ich hier bin, zwei Flüssigkeiten trinke. Zum einen ist es ein bitteres, aber dennoch wohlschmeckendes Wasser. Dreimal am Tag kredenzt man mir zudem eine süße und recht fette Milch, die als vorderen Namensteil die beiden ominösen Silben Mockmock trägt. Ich frage mich, wie Mockmockmilch in deinen Ohren klingen mag. Ich hoffe, dass dir das Wort gefällt. Mein lieber Bruder, ich wünschte mir, du würdest dich, wiewohl von mir allein gelassen, nicht allzu einsam auf unserer blauen Mutterkugel fühlen.

So viel wird anders; aber das Neue scheint gesonnen, mich zu schonen. Gerade eben sind Alide, Elussa und der Wilde zu einer ersten gründlichen Befragung eingetroffen. Dorokin hat sie mit dem einzigen Don-Car, das nicht an der Front ist, holen lassen. Frau Doktor Hu, mit der ich an der Tür unseres Lazaretts stand, als die drei zum Turm geleitet wurden, meinte, Dorokin erwarte die Erzählungen von Mutter und Tochter, aber auch den Bericht des Wilden – er heiße doch Porrporr? – mit großer Spannung. Wiederholt habe der Don bedauert, dass er die drei bei ihrer Auffindung nicht ausführlich hat vernehmen können. Dann ging unsere Ärztin schnell hinüber, sie wollte ganz offenbar kein Wort verpassen.

Der Zeitpunkt ist gut gewählt. Die Straßen des Dorokinschen Territoriums sind frei von feindlichen Verbänden und versprengten Einzelkämpfern. Der Weiße Khan ist tot. Gleich unserem Herrscher erschien er an der vordersten Linie, als es unter den Stelzen der alten Stadtautobahn zum entscheidenden Gefecht kam. Er und seine Offiziere liegen begraben unter einem Stück Fahrbahn, das ein Sprengtrupp des Don im richtigen Moment zum Einsturz brachte. Seitdem wird nur noch im Gebiet des Alten Ogo um den endgültigen Sieg gerungen. Auch von dort wird berichtet, dass die Bevölkerung unsere Soldaten nicht wie Eindringlinge behandelt, sondern mit Reinwasser, Lebensmitteln, Munition und wertvollen Hinweisen unterstützt. Der Don erntet die Früchte seiner bisherigen Politik. Man hat ihm nicht vergessen, dass er es war, der den fernmündlichen Verkehr zwischen den Territorien ermöglicht hat. Und auch das willkürliche Erpressen von sogenannten Steuern an den Grenzübergängen fand bekanntlich erst ein Ende, nachdem Dorokin, hartnäckig und kompromissbereit zugleich, ein Zollabkommen ausgehandelt hatte.

Inzwischen treibt die eine oder andere gute Wahrheit legendenhafte Blüten. Dorokin hatte in Umlauf bringen lassen, wie sein Bemühen um ein Gasabkommen am Widerstand des Alten Ogo und des Weißen Khan gescheitert war. Unser einarmiger Patient, dessen rosafarbenen Stumpf ich täglich mit breiig angerührter Heilerde bestreiche, hat mir im Brustton fester Überzeugung erzählt, Dorokin habe den beiden anderen Gnädigen Brüdern damals in einem letzten großmütigen Vorstoß sein eigenes Gewicht in Krümelgold versprochen, falls er ihr Einverständnis zu einem alle inneren Bezirke umfassenden Energiekontrakt erhielte. Er, der versehrte Veteran, werde die ihm verbliebene Hand, sobald es das nächste Mal um die Zukunft Germanias gehe, für keinen anderen als den wohltätigen Don zur Waffe greifen lassen.

Frau Doktor Hu hat unsere kleine Alide wieder aus dem Wasserturm geführt. Gewiss werden nun drinnen Dinge besprochen, die nicht für Kinderohren taugen. Die beiden schauen zu mir herüber. Alide zeigt auf mich, und ich beobachte, wie unsere Ärztin in die Knie sinkt. Sie fasst sich redend an den Hinterkopf, um das Gesagte anschaulich zu machen. Ich weiß nicht, ob es viel hilft, wenn sie Alide darüber aufklärt, dass ich nicht du bin. Bestimmt hat sich die Kleine bei Dorokin schon heftig darüber beklagt, wie rigoros wir sie und ihre Mutter auf die Reise schickten. Ich hoffe inständig, weder unsere Kosmonautinnen noch die strenge Hu haben inzwischen begreifen müssen, dass für diese Fahrt, ganz wie in seligen Sowjetzeiten, keine Wiederkehr geplant war.

Noch ist mir rätselhaft, warum es dazu kam. Am zweiten Weihnachtsfeiertag, in diesiger Mittagsstunde, war die Tür des Wasserturms von allein aufgesprungen. Noch nie war sie so lang blockiert gewesen. Als man mich, die Hände noch einmal extra stramm hinter den Rücken gebunden, aus der Werkstatt hinüberführte, zitterte ich vor Sorge. Gefährlich lang warst du ohne einen Tropfen Wasser dem Energiefeld des Kamtschatka-Schiefers ausgesetzt gewesen. Juri, Frau Doktor Hu, der Don höchstselbst und gleich sechs seiner Soldaten warteten an der nur einen Spalt weit aufgegangenen Eisentür.

Immerhin wurden mir dann die Fesseln abgenommen. Juri hieß mich hineinzugehen. Wir sollten, die Hände im Nacken, nacheinander ins Freie treten. Die absolute Eisigkeit des Hauchs, der mir entgegenschlug, als ich die Turmtür aufstieß, wiedersprach allem, was wir bis zu diesem Augenblick über das Wesen des Gebäudes herausgefunden hatten. Die Feuchtigkeit meines Atems gefror mir an den Nasenlöchern. Den nackten Hinterkopf elektrisierte die Kälte so schmerzhaft heftig wie damals, als mir meine Klassenkameraden im Winter gern die Kappe vom Schädel schlugen, mich niederrissen, um mich bis über die Ohren in den Schnee zu drücken. Das Böse liebt es wohl, im Großen wie im Kleinen, rein und kalt.

Zum Glück half mir das Licht auf die gewohnte Weise. Die Helligkeit nahm zu, der Schiefer, das gute sibirische Gold, dem er seine Herrlichkeit verdankt, beeilte sich zu zeigen, was da für meine Augen angerichtet war. Zunächst realisierte ich nichts weiter als eine große, zu hohen Falten aufgeworfene dunkle Plane, an den Rändern umgeschlagen, sodass ich auch ihre silbrige Innenseite sehen konnte. Erst als im Zuwachs der Helle ein grünes Flimmern über diese Beschichtung spielte, erkannte ich das gut erhaltene Erzeugnis eines unserer ehemaligen Zulieferbetriebe wieder. Allein das Schwarz der wärmespeichernden Seite hatte der Strahlungsbeschuss der Jahrzehnte zu einem stumpfen Anthrazit gedämpft.

Ich rief nach dir. Ich rief nach dir mit deinem altmodisch frommen Namen, so wie ich dich als kleiner Junge immer voll Hoffnung zu Hilfe gerufen habe, wenn mir die hübscher behaarten Knaben an den Kragen wollten. Ich rief, als könntest du mir sogar noch bei der Suche nach dir selbst besser als jeder andere beistehen. Die ehrwürdig antike Plane gab sofort Antwort. Es raschelte. Etwas kam schabend in Bewegung. Zuerst sah ich nur einen dunklen, von Reif oder verharschtem Schnee weiß übertupften Schopf. Dann einen groben Kittel, zwei nackte Männerhände und schließlich das bleiche Gesicht des jungen Kerls, den Juri schon wenig später «den Wilden» taufen würde.

Er hustete und nieste. Er keuchte schwer, aber obwohl er sichtlich Mühe mit dem Atmen hatte, kroch er auf allen vieren ganz hervor. Sein linker Fuß steckte in einem komisch primitivem Gummischuh. Noch kniend, hob er den Kopf und bellte in einem heiseren Russisch, ich solle ihm sofort helfen, die Mutter von Alide und auch Alide zu befreien. Er habe Angst, dass sie unter der Plane erstickten.

Gemeinsam zogen wir unsere Kosmonautinnen heraus. Den beiden ging es sichtlich besser als dem Wilden, der, kaum dass Alide und Elussa am Rand der Plane saßen und verwundert in die Kuppel guckten, seufzend zur Seite kippte. Alide rief erschrocken: «Porrporr! Nicht sterben, Porrporr, wach sofort wieder auf!»

Ich griff dem Ohnmächtigen ans eisige Handgelenk, versuchte seinen Puls zu spüren, aber Elussa stieß mich zur

Seite, schob ihm den Kittel hoch, legte das Ohr auf seine nackte Brust, hielt ihm die Nase zu, holte tief Luft und blies ihm ihren Atem in den Rachen.

Als Don Dorokin ohne Rücksicht darauf, wie eng die Zukunft von ganz Germania mit seinem Fortleben verknüpft ist, als Erster in den vollständig erhellten und schon fühlbar weniger kalt gewordenen Turm gestürmt kam, hatte der Wilde, dem Alidchen, aus welchem Grund auch immer, den nackten Fuß massierte, in ein beruhigend laut japsendes Schnaufen, in einen tiefen Erschöpfungsschlaf gefunden.

Alide hält die Rechte von Hu und schaut zu mir herüber. Ich könnte vor Verlegenheit und Scham im Asphalt des Hofs versinken. Was würdest du an meiner Stelle tun? Du hast dich immer besser als ich auf den Umgang mit den großen und kleinen Frauen verstanden. Was hilft's. Ich muss mir selber helfen. Das eine oder andere habe ich dir im Staffellauf der Jahrzehnte doch abgeguckt. Also winke ich unserer Alide, so wie du dem liebreizenden Mädchen vermutlich an meiner Stelle winken würdest. Sie löst die Finger aus Hus Hand und setzt sich in Bewegung, zunächst ein wenig staksig, als müssten ihre Knie zum Beugen überredet werden, dann aber rennt sie los. Schon steht sie vor mir und hat mich gleich mit ihrem ersten Satz wie dich «Opa Spirthoffer» genannt. Es scheint sie nicht weiter zu kümmern, dass sie gerade erst von Hu erfahren hat, wie es um unsere Bruderschaft bestellt ist.

Sie dankt mir artig für das Geschenk. Sie sagt sogar, sie habe niemals im Leben etwas so Schönes zu Weihnachten bekommen. Schon ist sie mitten im Erzählen. Alidchen malt mir die beiden Monde aus, die sie durch ihr Fernrohr gesehen hat. Alidchen nennt die Menschen, die sie unter diesen Monden getroffen hat, mit Namen. Sie fragt mich, ob ich merke, dass diese Namen zweimal, vorne und hinten, ganz gleich klängen. Alidchen bedauert mich, weil ich noch niemals Mockmockmilch getrunken habe, und sie erklärt mir, dass man möglichst vorsichtig, so sacht wie ein krankes Zwergkaninchen, schnaufen müsse, wenn einen fremde, neue Luft in Hals und Lungen piekst.

Wie viel sie zu erzählen weiß. Ich sollte einfach zuhören. Aber verdorben vom Leben, wie ich und du und nicht nur wir nun einmal sind, überlege ich, was ich mit einer gut gezielten Frage von ihr erfahren könnte. Ich stand dabei, als man die alte Sowjetplane auf den Hof zog und sie im Schnee, alle sechs Mann mussten zuvor auf Juris Befehl die Schnellfeuergewehre auf sie richten, ganz auseinanderschlug. Da lag nicht viel: Alides Fernrohr war unversehrt zurückgekehrt. Und auch dein letztes, notwendig ausgehöhltes Buch hatte die erneute Reise schadlos überstanden. Dazu ist eine kleine Maschine, ein Kästchen mit einer Kurbel, vielleicht ein primitiver Generator, zu uns nach Germania gekommen. Frau Doktor will Juri überreden, dass er mich hinzuholt, wenn er sich daranmacht, das Gerät zu öffnen, seinen Aufbau zu verstehen und seine Funktionen zu ergründen.

Nicht ganz so einfach wird das vierte Frachtgut zu begreifen sein. Als man die letzte Falte der Plane auseinanderschlug, kullerten dem Don noch zwei fast kopfgroße Kugeln vor die Stiefelspitzen. Frau Doktor Hu bewahrt sie inzwischen in einer stabilen Kiste auf, deren Deckel mit einem ungetümen, altdeutschen Qualitätsschloss gesichert ist. Wir haben uns die seltsamen Objekte gestern bereits das dritte Mal gemeinsam angesehen. Hu reichte mir eine Lupe und forderte mich auf, das Rillenmuster der Kugeloberfläche zu studieren und ihr zu sagen, ob mir die labyrinthischen Schlingen und Spiralen, das runde, aber manchmal auch fast technisch eckige Gekurve irgendwie bekannt vorkämen.

Ich gab mein Bestes, ich zerbrach mir wirklich meinen alten Schädel, um einen brauchbaren Einfall freizusetzen, aber mir fiel nichts ein. Schließlich fuhr ich nur noch mit beiden Zeigefingern über die offenbar organisch gewachsenen Ornamente und bog die Borsten, die ihnen unterschiedlich hoch entwachsen waren, mit den Fingernägeln nach unten, um sie, drahtig elastisch, wie sie waren, wieder emporschnellen zu lassen. Hu lachte und meinte, erneut würde sie schmerzlich bedauern, dass mit dir auch die kalte, schnelle Helligkeit deines Zusammendenkens wie vom Erdboden verschwunden sei. Vielleicht sollten wir beide, sie meinte sich und mich, einen der Muntermacher nutzen, die sie im Kühlschrank des Elektronischen Hospitals gefunden hätte. Eventuell würde ein solches Mittelchen die trägen Gäule unserer Phantasie zum Traben, ja zum Galoppieren bringen.

Alide zupft mich am Ärmel. Sie hat bemerkt, dass meine Gedanken von dem, was sie berichtet, abgeschweift sind. Verärgert runzelt sie die Stirn. Sie sagt mir, wer bei ihrer Mutter im Unterricht nicht aufpasse, müsse nach vorne kommen und den ganzen Rest der Stunde, mit dem Gesicht zur Klasse, an der Tafel stehen. Ob ich noch mitbekommen hätte, warum nur sie, Elussa und Porrporr durch die schwarze Eisigkeit nach Germania zurückgekommen seien? Sie selber sei daran schuld! Also noch einmal: Das graue Kästchen, das Twitwi mit unter die Schutzdecke genommen hatte, war nach dem Sturm unter dem schwarzen Stoff geblieben. Sie habe dann, weil Kinder bessere Ohren als Erwachsene haben, als einzige das Rattern und Schaben gehört und sei dorthin zurückgerannt, wo die Falte, unter der die Kurbelkiste lag, wild auf- und niederzuckte. Elussa war ihr im Nu, «Vorsicht! Vorsicht!» rufend, hinterhergekommen. Und Porrporr. Der liebe Porrporr auch. Weil der sich nämlich bei der geringsten Kleinigkeit um ihre Mutter Sorgen mache.

Es sei so ungerecht: Wir beide, die beiden Opas Spirthoffer, hätten ganz viele Zimmer. Oben und unten in unserem Laden, dazu noch riesengroße Schuppen und sogar einen Turm, in dem die Wände wie Lampen leuchten. Elussa und sie wohnten dagegen, seit sie nach Germania umgezogen seien, nur in einer Küche und einer klitzekleinen Kammer. In Novonovosibirsk habe es immerhin ein eigenes Kinderzimmer für sie gegeben.

Deshalb habe sie ihrer Mutter, als sie zu dritt nach Hause kamen, vorgeschlagen, Porrporr solle in der Badewanne schlafen. Aber Elussa meinte, im Bad sei es jetzt, auf dem Höhepunkt des Winters, viel zu kalt. Also hätten sie sich bei den Nachbarn eine Matratze ausgeliehen und Porrporr ein schönes Bett mit Kopfkissen und einer dicken Decke direkt unter dem Küchenfenster hergerichtet. Der Tisch stehe jetzt einfach dicht am Ofen, was beim Frühstücken und Abendessen sehr gemütlich sei.

Das Beste an diesem neuen Bett sei aber, dass man vom Kopfkissen durchs Küchenfenster den Mond und alle seine Sternlein sehen könne. Im Schlafzimmer seien immer die dicken, neuen Vorhänge zugezogen. Ob ich verstehe, was sie damit meine. Schließlich sei ihr Geschenk, das beste aller Weihnachtsgeschenke auf der ganzen Welt, von dir und mir gekommen. Ich nicke schnell, obwohl ich nicht begreife, worauf die Kleine nun hinauswill. Du hast sie womöglich längst verstanden. Ich tue erst einmal, als ob.

Deshalb, wegen der Sternlein, habe sie Elussa gefragt, ob sie nicht auf die Küchenmatratze umziehen dürfe. Natürlich habe sie ihrer Mutter nicht verraten, was sie dort tun wollte. Stattdessen habe sie behauptet, sie sei schon lang zu groß, um noch bei ihr im Bett zu schlafen. Die freche Chang habe erst neulich auf dem Schulhof rundum gefragt, wer noch mit Bruder oder Schwester auf einer Matratze schlafen müsse. Und um ein Haar wäre herausgekommen, dass sie als Einzige kein eigenes Bett besitzt, und dann hätten sie alle ganz bestimmt auf der Stelle fürchterlich ausgelacht. Lüge. Das war gar nicht passiert. Chang hatte nicht danach gefragt. Sie habe Elussa angelogen. Aber wenn sie verraten hätte, dass sie mit ihrem Fernrohr nach den Sternlein gucken will, hätte Elussa nie im Leben erlaubt, dass sie und Porrporr den Schlafplatz tauschten.

Auch jetzt, wo es geklappt hat, muss sie sehr vorsichtig sein, um nicht erwischt zu werden. Sie wartet stets, bis es drüben bei Elussa und Porrporr ganz still geworden ist. Das dauert ewig. Die beiden reden ohne Ende. Und wenn sie endlich mit dem Erzählen aufhören, ist noch immer keine Ruhe. Wahrscheinlich weil Porrporr so wild von Twitwi und Mirmir, von Hoho und Spispi träumt, dass er sich ständig von einer Seite auf die andere wälzt. Ein Wunder, dass Elussa neben ihm einschlafen und weiterschlafen kann! Sie habe den anderen Mädchen erzählt, wie schwer der liebe Porrporr träumt und wie seine Freunde heißen, die er wegen der Kurbelkiste, wegen ihr und ihrer Mutter verlassen musste. Leider stand auch die blöde Chang dabei. Sofort hat sie behauptet, dass Porrporr bloß so wild träumen würde, weil er in Elussa verliebt sei und sie küssen wolle. Das stimmt vielleicht. Aber auch wenn es wahr und richtig ist, die blöde Ziege darf das nicht sagen. Wenn eine sagen darf, dass es so ist, dann ganz alleine ich!

Alide schweigt. Sie kratzt sich durch die wollene Mütze am Hinterkopf. Sie hebt das Näschen, drückt die Zöpfe in den Nacken, blickt durch zusammengekniffene Lider in einen Himmel, dessen Blau unserem Germania bereits den unausweichlich nahenden Frühling verspricht. Alide schweigt. Offenbar überlegt sie, was sie dir und mir von all den Sachen, die Kinder und Erwachsene unter Sonne, Mond und Sternlein machen, weitererzählen könnte. Alidchen schweigt. Aber schon zuckt ihr Mund, als liege das Nächste, was gesagt sein will, bereits auf ihrer Zungenspitze. Ich kann es kaum erwarten. Du kannst es kaum erwarten. Also, Alidchen: Komm schon. Spann uns nicht auf die Folter. Sprich!

Georg Klein bei Rowohlt

Anrufung des Blinden Fisches

Barbar Rosa

Die Logik der Süße

Die Sonne scheint uns

Die Zukunft des Mars

Roman unserer Kindheit

Schund & Segen

Sünde Güte Blitz

Von den Deutschen

MIX
Papier aus verantwortungsvollen Quellen
FSC® C083411

Das für dieses Buch verwendete FSC®-zertifizierte Papier *Lux Cream* liefert Stora Enso, Finnland.